LE CITADIN
DE GENEVE,

OV

RESPONSE AV CAVA-
lier de Sauoye.

PROVERB. XXVI.

Respon au fol selon sa folie, de peur qu'il
ne s'estime estre sage.

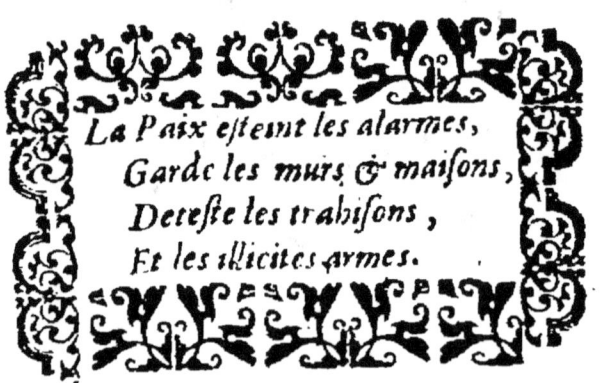

La Paix esteint les alarmes,
Garde les murs & maisons,
Deteste les trahisons,
Et les illicites armes.

Se vendent A PARIS,

Chez PIERRE LE BRET, demeurant rue S. Iean
Latran, à l'Enseigne de la grosse Escritoire.

M. DC. VI.

AVX

MAGNIFIQVES

ET

TRES-HONOREZ

SEIGNEVRS, MESSIEVRS,
*les Syndiques, petit & grand Conseil de
la Republique & Cité de Geneue.*

M AGNIFIQVES
& tref-honorez Sei-
gneurs, En ce calme
de Paix ma plume taf-
che de vous rendre les
vœux & les deuoirs que le trenchant
de ma vieille efpee mettroit encor en
executió fous le regne des armes pour
le bien de maPatrie.Cefte luite eft bié
differéte;Vous n'y verrez,ni le fag ref-
pádu,ni des mébres mutilez.Lescoups
de cefte efcrime ne fe donnent qu'en
l'air,& auec la plume.Et toutesfois les

¶　2

démarches de l'ennemi font d'autant
plus dangereufes que plufieurs ne les
apperçoiuét, & ne confiderét pas qu'il
affene fes plus grands coups, fur fa plus
riche partie de voftre Tout, fur voftre
Liberté l'ame de voftre corps, laquelle ne fe voit proprement que des yeux
de l'efprit, tant elle eft Diuine. Et de
fait il donne fur les efprits pour les
tourner de fon cofté. Et moy ie les ra-
mene tout doucement à voftre parti
par le fentier de la Verité. Ie me repu-
terai donc bien heureux fi malgré les
dents venimeufes de la Calomnie &
de l'Enuie, ie puis en ce combat fpiri-
tuel réporter auec la victoire vn prix
de mefme eftoffe. I'entends le gain de
voftre affection, & l'inclination des
Efprits pres & loin à recognoiftre &
confeffer que les Ducs de Sauoye n'ôt
aucun droit fur vous. Receuez cependant en bonne part cefte petite eftre-
ne que ie vous enuoye, & fupportez
beni-

benignement les defauts que la præcipitation du temps, & mon incapa-
cité ne m'ôt permis de reparer. Si d'a-
uenture vous ne me cognoiſſez, vous
me cognoiſtrez aſſez par ceſt eſcript,
& recognoiſtrez, pour le moins comme i'eſpere, la ſincerité de mon ame,
& l'ardente affection qui me porte à
maintenir voſtre Liberté contre la
Calomnie. Gárdez doncques, ie vous
ſupplie, & regardez d'vn bon œil ce
gage tref-aſſeuré de mon zele, & de
mon humble ſeruice qui ne mourra
que chez vous, qui ne finira qu'auec
ma vie, laquelle eſt, & ſera autant qu'il
plaira à Dieu toute voſtre, en ſouhaits
que ie lui fai de tout mon cœur qu'il
vous couure à iamais, & voſtre ville &
Republique de ſiecle en ſiecle des aiſles de ſa ſaincte protection & ſauue-
garde, iuſques à ce qu'eſtans tous re-
cueillis en noſtre Patrie celeſte, nous
en ſoyons recogneus vn iour vrays

¶ 3

Citoyens, & les Combourgeoys de
Sainéts & des cieux, coheritiers de Iesus Chrift. A Paris. De mon cabinet ce
4. Ianuier M. D C V I.

Voftre tref-humble feruiteur,
Le Citadin de Geneue.

INDICE DES MA-
TIERES PRINCIPALES
traitees en ceste Response du
Citadin de Geneue, au
Caualier de Sa-
uoye.

LE CITADIN
DE GENEVE
AV LECTEVR.

P ASSANT derniere-
ment, Ami Lecteur,
au Palais , à Paris,
lieu de mon domicile,
i'abordai , vn cercle.
d'hommes qui estoyét autant empef-
chez à cōsiderer le liure d'vn quidam
foy difant LE CAVALIER DE
SAVOYE, que fi c'euft efté quelque
nouueau monftre arriué d'Afrique.
Gardez vous , me dirent-ils de la
queuȩ. Il y a du venin contre ceux de
Geneue. Ie le confidere, de bout à au-

¶ 2

tre, & trouue voirement ce monftre
partie formé, contre la France, partie
contre l'Eftat de la Republique & Cité de Geneue ma patrie. Celle là ne
manquera point de bons deffenfeurs,
aufquels ie feroi tort de me ietter en
leur moiffon. Et l'amour de celle ci
trauerfé d'vne iufte douleur, de voir
fon honeur, reputation, & liberté vili-
pendees, defchirees & diffamees en
mille & mille fortes, voire fans autre
exemple iufques icy, m'a contraint de
difpenfer ma plume, à refuter les
fauffes impreffions que ce pretendu
Caualier tafche de donner à quelques
gens credules, dont les vns commen-
cent de triompher infolemment auec
luy du filence de mes compatriotes, &
les autres par le defaut d'vne briefue
repartie, demeurent vacillans & incertains en leurs penfees & difcours, &
ne peuuent recognoiftre fuffifammét
les

les menſonges & fauſſetez de ceſt outrecuidé, ſi par la verité des anciens
droits & documents, ils ne ſont rame-
nez à meilleure creance.(Autrement
ie ſuis bien aſſeuré que gens de merite,
de ſcauoir, & d'experience és affaires
de ce monde ne reuoquent point en
doubte, les anciens & iuſtes fondemés
de ceſte Republique , comme choſe
toute notoire.) A ceſt effaict me reſſouuenant des memoires qu'en la cu-
rioſité de ma ieuneſſe, i'auoi pieça ra-
maſſez par le benefice d'aucuns de
mes amis, qui tenoyent les premiers
rangs en l'Eſtat, afin d'auoir quelque
cognoiſſance certaine des droits, fráchiſes & libertez de la ville, où i'ay
prins naiſſance, quoy que ma vocatió
m'ait depuis appelé ailleurs, i'en ay fi-
delemét extrait ceſt eſchátillõ veritable que ma vieilleſſe vous preſente, a-
uec promeſſe, ſi ce proiet vous eſt a-

¶ 3

greable, de faire suiure en téps & lieu,
Dieu aidant, & auant que les ans de-
crepités m'affoibliffent la main, vn dif
cours plus ample, de l'Eftat de cefte
Republique. Excufez cependant fi la
douleur exttemc, & le deuoir naturel
d'vn vray & fidele citadin me con-
traignent en abordant ce Caualier de
luy lancer fatyriquement quelques
rudes eftoquades, pour luy marquer
en quelque forte le guerdon de fa temerité! A rude afne, rude afnier. Mais
pour iuger fainement & fans paffion
de ma refponfe, ie vous prie de la tenir
d'vne main, & de l'autre l'Efcript du
Caualier, lequel s'il a mis en lumiere
dix mois ou enuiron l'an reuolu a-
pres la naiffance du foldat François, ie
ferai fupporté fi parmi mes occupations publiques & particulieres, & a-
pres vne longue refiftáce de mó propre confeil, & de celuy de mes amis,

i'ay

i'ay encor comme à la defrobee trouué moyen au bout de quelques mois
de luy ietter cefte refponfe,
aux defauts de laquelle fera fuppleé par vo-
ftre béni-
gnité.

* *
*

¶ 4

Quadrains Confolatoires au Caualier de Sauoye reduit à homme de pied.

Pavure argolet defarçonné
Puis que ton Enfeigne Colonnelle
Auoit pieça quitté querelle,
Faloit il faire l'obftiné?

Puis que retirez à l'abri
Cedoyent ces grands genefts d'Efpagne,
Faloit il refter en campagne
Haridelle de Chamberi?

O haridelle, ô argolet,
Auortons de la morte Ligue,
Affez vous eut fait de fatigue,
De quelque eftable le valet.

Mais quand ce fage Citadin
De fa cholere vous honore,
Bordeaux, Cordeaux, Corbeaux encore,
Sont de vos peines le butin.

Autres quadrains fur le mef-me fuiet.

Vn grand cheual prodigieux
Couroit nagueres (ô quelle iniure!)
Foulant, roulant, mais en fculpture,
Les diademes precieux,

Voici

Voici venir le Caualier
Qui se donnant gaye carriere
Tantost auant, tantost arriere
Gaste aussi tout, mais en papier.

A piece rare & riche d'art,
Il faloit bien tel commentaire
Pour monter beste si haussaire,
Il faloit bien vn preux soldart.

Ia le cheual est à val-eau
Ce Caualier court grand fortune,
Ià le metail est à Neptune,
Pour Vulcain est ce papereau.

In Equitem Sabaudicum.

Sabaudus ille, quem videtis, hospites
Equo feroci vectum, & inflatis minas
Buccis crepantem comicus velut Thraso:
Quem dictionis improba loquacitas
Fucata reddit fastuosum & raucidis
Calumnijs audentiorem incessere
Famam bonorum: Quem superbi pectoris
Impellit ardor Gallicis Sabaudicas
AEquare vires, atque facta bellica
Laudésque auorum, nonne sic sapit velut
Crocitibus qui se suis aues putat
Coruus canoras posse vincere, aut velut
Quæ rana turgidis cutem conatibus
Aesopica intendit parem se grandibus
Credens iuuencis, & caballo Iberito.

De Equitis Sabaudi ὀνοτρόπδ῾ῳ.

Ergo Sabaudus eques sudtantis adinstar aselli
   Prodit, & argutam vult agitare lyram:
Rudere sed nouit tantùm nugator ineptus.
   Arcadicis choreas ducit & ille modis.
Oppedit vobis, Marti doctæq, Minerua
   Francigena nati, grandia verba crepans:
Hoc videt & ridet: tamen indignatur Apollo,
   Mercedémque opera vult ferat ille sua
Quam? precor. Edicit fustem comprehendat agaso,
   Dedolet vt costas & sine fronte caput.
Hoc Thraso commeruit, non ense sed ore proteruo
   Feruidus, & stolidâ garrulitate ferox.
Sic ab equis ad ὄνυς generosis lapsus inertes,
   Ἀνυς se forsan noscere discet ὄνος.

Au Cavalier Savoysien.

Vn miserable Cherille,
   En vn iour fait Caualier,
   Se iouant à son collier,
   Dedans sa voye petille.
Il nous fait recit de Phare,
   De guerriers voguans au port,
   D'vne image de haut bord,
   Et de fantasque fanfare.
Puis il bastit vn theatre,
   D'Idoles le remplissant,
   Et d'Alexandre puissant,
   Qui sçait tout le monde battre.

Il ne

'Il ne parle que d'espees,
    Que de coups, que de combats.
    C'est vn second fierabras,
    Cercheur de bribes coupees.
Il fait vn Duel de langue
    Sous vn paisible Orizon,
    Le babil est sa raison,
    Le mensonge sa harangue.
A le croire, c'est l'Achille,
    Qui l'vniuers froissera.
    Mais en fin ce ne sera
    Qu'vn miserable Cherille.

Il ne faut emprunter de Zeuxe le pinceau
Pour vous representer d'vn Caualier l'audace
Qui mutin, quereleux tout l'vniuers menace
Aux raucneux discours, suffiroit vn naueau.

HEROS VERSILOQVVS,

VEL

SATYRA MACARONEA,
Ad equitem de Sa-uoya
lourdè extraua-
gantem.

Phantasia mihi quædam charitabilis instat
Extrauagantè equitè ad rectū guidare caminū,
Versu galoppante pingui, grossísque camœnis.
Nunc ergo occultas quæ prodis, Musa, finessas,
Quæ pandis trapolas, ruzas, mendacia, fraudes,
Cui reserare datum tochnas, tradimenta reuoltas,
Annue sis præsto, firmum mihi porrige aiuttum,
Exhibe rondazzam, vt valeam defendere verū,
Suggere tela, quibus faciam sgombrare bugias.

Omnis eques fulget, magna vt virtutis alūnus,
Nam fortis bello, pacis seruator & æqui,
Legibus in primis gaudet se subdere sacris.
Abstinet hic regum sceleratâ capessere iussa,
Nam præfert mandata Dei mortalibus ausis.
Hinc etiam vitat pro vero his vendere falsum,
Qui primas rerum scorzas vix mente trapassant.
Et cauet insontem fictis proscindere probris
Aut quemquā vento inflare, & iactare tumēciem.
Illi summus honos pretiosâ occumbere morte,
Pro Christo & patria, pro vxore & prole decora.
Stemmata sunt equitū hæc, hæc sunt illustria vota,

Grata Deo sanctis totique salubria mundo.
    Tune igitur diceris eques, mala bestia, nequã,
Cui mensogna soror, frater sophisma, cauillus?
Tu mundi illuuies, infamia, dedecus, angor,
Latrina ammorbans, putris sentina, carogna.
Tu, fingens placidum Gallis suadere reposum,
Magnanimos reges, iurata in pace manentes,
Ad bellum stimulas, vt sic tua crimina celes.
›Lex muta in bello, tibi lex formido, gibettus.
    Gallorum regem cum Papa tam benè iunctum.
Tam benè catholicũ, execranda ad tartara mittis.
Tu veros equites, nunc alta in luce sedentes,
Qui patria casum stornarunt morte cupita,
Vipereo mordes dente, atque hos crimine fœdas:
At mascalzones, brigantes, & manigoldos,
Qui scalare volunt nocturno tempore muros,
Qui spirant diras cædes, vim, stupra, rapinas,
Qui ferro, flammáque malum satiare talentum
Bramant, pacificásque vrbes terroribus implent,
Hos tu Nembrottos, hac tu portenta subinde
Laudibus exornas, stercúsque ad sydera tollis.
Tu cœlum, terrámque simul confundere tentas,
Tu cuncta euertis fucato iura babillo,
Lex tibi cœlestis puzzat, ceu marcida pestis,
Monstrũ horrendũ, ingens, mētis cui lumē adēptũ.
    Non-ne tuus princeps, quo non prudētior alter,
Magnanimúsque magis, (namque omni ex parte
      refulget
Splendore Herculeo, alta ex virtute profecto)
Qui lusingheras nescit pretiare carezzas,
Qui solidam lau... ficta distinguere nouit,
Qui sibi non tribuit nisi qua sunt consona vero,

Nonne insane, tuas subsaunat sæpe fadezas,
Nonne tuas damnat purgato corde chimæras,
Quando illum sbalzas super omnia numina cœli,
Et quicquid velit ad finem perducere iactas?
Eheu quantã insaniã prodis blaspheme, balorde!
Omnipotens Deus, at qualis terrena potestas?

Insuper altricem virtutum, criminis hostem
Gebennam, hæreticam blateras, vnáque rebellem.
Scilicet hæretici sunto, te iudice, quot quot
Mystica iura colunt scriptis contenta sacratis,
Persidia sunto coulpables, atque rebelles,
Qui ceruice iugum iniustum portare recusant,
Qui francam merito patriam defendere malunt,
Quàm, fide perfracta, pretio diuendere vili.
Deserere aut illam stulta formidine mortis:
Christicolis quid enim morte est optatius illa,
Qua cœli ac patriæ immensum testatur amorem?

Hinc, caualere, vides quanta arrogantia fronte
Perfrictam obsideat, vanè dum suspicis, & mox
Exaltas illum tenebrosa in nocte furorem,
Quando lupi, & pardi, cinghiales, àtque leones,
Et furiæ, & tigres, scalatis mœnibus vrbis,
Massacrare gregem Christi, & laniare volebant,
Præstigiis Satanæ fisi, magicisque susurris.
Sed Deus ipse vigil, iusta tunc percitus ira,
Imbelles agnos cœlesti robore vestit,
Hinc factum vt meritas, profuso sanguine, pœnas
Latrones dederint, sceleris Deus vltor iniqui,
Laus æterna Deo soli, in solidúmque resultet
Gloria, solus enim magna hæc miracula fecit.

Ergo age nunc, caualere, tuã depone maniam,
Pande oculos, clemens Christus peccata remittet,

Quæ

Quæ te menazzant miferum de morte fecunda,
Ni lugeas tantos comtrito corde malhores.
  Eft locus inuifus cunÇtis,fœtore maligno
Sollicitans nafum,denfa caligine vistam
Obtenebrans,diris stridoribus, & maledictis
Percellens aures,in fumma fattus à posta,
Tormenti ac pœna genera in fe vt omnia claudat,
In fundo terræ pofitus,dixère barathrum
Quem veteres,horrenda domus, vbi cunÇta diabli
Agmina,fexcentis meritò damnata malannis,
Dimoram faciunt,iamdudum affueta gabandis
Mefchinis,quos fplendor opum, vel gloria mundi
Spingit in obliquum:ergo hac diabolica turba,
Affiduo exoptans frefcos guadagnare dolorum
Compagnos,iam te stimulat,tanto mage diram
Et tibi dat rabiem, quanto meliora propono
Nunc tibi confilia,his binis expreffa parolis,
Ut Deus acta tegat,pete corde, & agenda guber-
  net.

RESPONSE
AV CAVALIER
SAVOYSIEN.

AVALIER Sauoyſien, nouuellement eſclos de la chaleur, & pourritu-
re d'vne raue germée l'hyuer paſſé
dans quelque puante foſſe; Caualier de
nouuelle impreſſion, rien moins que Caualier, ains
pluſtoſt Carnaualier, farceur, baſteleur, vray char-
tier, nourri dans quelque cabaret, confit en iniures, & propos de tauerne, Tu as bien auancé tes
beſoignes, peſtifere crapaut, d'auoir ainſi coaſſé
contre le ciel & les gens de bien, par ce beau chef
d'œuure, par ceſte digne piece de ton apprentiſſa-
ge pleine d'oſtentation, & d'hypocriſie, parſemée de
vanitez, contrarietez ſfantaiſies, impudences, flat-
teries, impertinences, abſurditez, tromperies, fauſſetez, calomnies, impoſtures, prophanitez, effron-
teries, blaſphemes, (puantes vapeurs de ce ſepul-
chre ouuert, dignes ſouſpirs de ce pourri goſier)
Qu'as-tu malheureux gagné autre ou merité, ſinon
que bien imprudemment tu t'es acquis ceſte diſpoſition & faculté d'eſtre vn iour en tel temps &
& lieu que tu ne cuides, accollé & embraſſé par
quelque puiſſant, & hagard maiſtre des hautes œu-
ures, pour receuoir de lui ton vray collier, & ton

eſſeuement en haut degré d'honneur? Ceſt là ton
ordre,& ton deſtin pauure miſerable. Ie ſuis marri
de rompre par ceſte intrade, le ſilence que ie m'e-
ſtoſ præſcript, à la première veuë de ces fueilles infernales, que tu as bien oſé expoſer à la ſplendeur,
& lumiere du Soleil, pour t'attacher à l'honneur &
liberté de ma patrie. On dit communement qu'il
faut pardonner aux enfans, aux yurongnes, & aux
fols ; & voirement tu ſembles n'auoir que trop
de part en ces deux dernieres qualitez. De faict,
qui eſt celuy qui ayant ietté l'œil ſur l'ordure & in-
fameté de ton brouillart, ne die à haute voix ce
que chantoit vn ancien de la procedure d'vn enragé en vers Grecs que ie commece te donner en cō-
treſchange des tiens Eſpagnols.

Iliad. γ.   Φαίης κε ζακοτόν τινα έμμεναι, άφρονα δ' αύτως.

   Les vns me diſoyent, ceſt vn chien qui abboye,
les autres, ceſt vn loup enragé, qui hurle contre la
ſplendeur de la Lune ; les autres, il crache contre le
ciel, ſon crachat lui retombera ſur la face. Il eſt indigne de reſponſe, qu'y gagneriez vous?

   Bacché bacchanti, ſi velis aduerſarier

   Ex inſana inſaniorem facies.

Plautu!.   *Melius exiſtimo,* diſoit S. Cyprian, *errantis impe-*
ritiam ſilentio ſpernere, quàm loquendo demen-
tis inſaniam prouocare.

Mais toutesfois, le ſang ne peut mentir. Vn fils
qui voit le meſch.int a tenter ſur l'honneur & pu-
dicité de ſa mere, ſur la Liberté de ſa mere nourrice, de ſa Patrie, Liberté cent mille fois plus chere &
pretieuſe, que l'honneur ni la vie, ne ſera point eſ-
meu en ſes entrailles ; & par vn ſilence à demi

                        par-

parricide ne parera point les coups? A Dieu ne
plaise.

Subit ira

Vlcisci patriam & sceleratis sumere pœnas.

I'auoi le cœur trop serré pour couuer & retenir
plus longuement dans mon estomach, le iuste ressentiment des grandes iniures, qui ont esté faites à
ma patrie par ce beau Syndic de raue, qui s'est a-
uancé & præcipité iusques là, que de syndiquer cóme il dit luy mesmes p.49. & contreroller les actiós
des Rois, & se Buter Maladroit qu'il est,
contre les Republiques & Seigneuries. Si les anciens pour exprimer ceste ardente & naturelle affection, que chacun citadin doit porter à l'estat de sa
patrie, en out donné le sentiment aux pierres, in-
sensibles, & representé les yeux de la statue d'Apollon à Cumes auoit ruisselé en larmes, au propre
moment que les nouuelles y vindrent de la ruine
& desolation d'vne ville de Grece, d'où elle auoit e-
sté apportee: Et moy, sur le bruit & l'alarme des in-
famantes & infernales causeries de cest ennemi,
demeurerai-ie non sans larmes, mais sans armes,
pour me presenter à l'assaut, & sur la bresche que
ce Rhodomond pretend faire & dóner sur la riche
liberté de ma Patrie? Nullement; & nonobstant
mes defauts & manquemens particuliers, les villes
du courage, & la iustice de ceste cause me porte-
ront par dessus toutes difficultez, & guinderont ma
foiblesse en l'air, pour procurer vn rude esclat de
foudre sur l'hydeuse & puante charongne de ce
monstre, qui par son exhalation tascha de souil-
ler & infecter les oreilles des gens de bien, &

la santé de leurs opinions au regard de ma partie.

Εἷς οἰωνὸς ἄριςος, ἀμύνεϑαι ϖιρὶ ϖάτρης.

Vnum optimum auspiciū pugnare pro Patria.

Mais quoy? i'en aurai bon marché. Ie lis desia sur la face de cest ennemi iuré, les pasles estroits & les souffrances mortelles, que lui dónnét les eslancemens & bourrelemens de sa conscience criminelle, il est à demi mort. Et voirement celuy seroit vne grace speciale, que de pouuoir aller rendre sur vn fumier ses derniers souspirs plustost qu'en regimbant autour d'vne eschelle, definir honteusemét en cimagrees & sanglots entrecouppez. *Deus omen auertat*, Tant ai-ie encor de pitié, & de compassiō de ce pauure bàni, lequel de g yeté de cœur s'est exilé àtout iamais à peine de la hart, de France, de la Suisse, & de Geneue, i'ose encor dire de Sauoye. Car son Prince l'Illustrissime Duc de Sauoye n'est point si pusillanime, & si peu soucieux de son propre honneur, que de vouloir conniuer à l'impunité de l'autheur qui en pleine paix, & au milieu de ses estats, a fait traffic & marchandise publique de tel libelle blasphematoire, & diffamatoire contre Dieu, contre vn Roy de France, contre le corps general des Canton protestans, & finalement contre la Republique & Cité de Geneue, auec laquelle ne font encor que deux ans qu'il a conclu si solennellement & honorablement, vne paix perpetuelle, bien esloignee des termes de ce vilain, qui voudroit maintenant tirer & conuier son Prince à periures, cruautez, sacrileges, & qui par son escript fait autant de

ant de

tant de mention de ce traité de Paix, que s'il n'y en
auoit point. Mais ce n'est de merueilles. Le propre
des fols est de ne sçauoir en quels temps, sous quelles loix, edits, & traitez ils viuent, ou doiuent viure.
Ils sont tantost en paix, tantost en guerre selon le
cours de la Lune. Et encor t'oser dire & renommer,
Cheualier de l'ordre du Prince? Qualité que tu as
emprûtée, ou desrobée pour mieux faire valoir tes
coquilles. En l'estable, en l'estable, pour augmen-
ter le nombre des bestes & des cheuaux tât que tu
voudras, mais en la troupe des cheualiers, pour neât,
la porte en est fermée à roy & à tes semblables. Et
vrayement l'ordre seroit bien refait & reparé, si on
y auoit appelé le plus parfait patron & parangon
de folie & de manie, que la terre porta iamais. On
cognoist l'arbre par ses fruicts, & l'ouurier par son
ouurage. Comme les anciens accourutent iadis de
contrées lointaines pour voir vn Platon, admirer
Socrate adorer vn Solon, ie pense aussi que si les
fols de l'Europe pouuoyent estre asseurez du lieu
de ta residence, ils prendroyent de vistesse, & à belles troupes la route des montagnes de Sauoye,
pour t'y venir voir & adorer, comme le Crocodil
des Ægyptiens, & le Dæmon des Margaiats. Chacun aime & cerche son semblable. Bref si i'estoi a-
pothicaire tu aualerois ie te iure de belles prises
d'Ellebore, pour guerir ceste arquebuzade que tu
as en la teste, laquelle monstre bien que tu as esté
des plus auant à la guerre. Mais, holá. C'est assez vsé de preface & de complimens auec ce mal-
habile homme, ce luy est trop d'honneur. Venons
au fait, & entrons en matiere.

a iiij

CET escript ou brouillard, comme i'ay touché
ci dessus au Lecteur, peut estre diuisé en deux
parties. La premiere regarde la France, La seconde
Geneue. En l'vne & en l'autre, cest animal ne s'est
pas contenté de dresser son sourcil & le trenchât de
ses discours, contre les personnes particulieres d'vn
soldat François, d'vn Arnaud, d'vn Dolé, de la Bar-
riliere, de la Popeliniere, de Iean de Tournes. Mais
est venu heurter & donner de la teste, contre les
durs rochers de la sacrée personne du Roy de Fra-
ce, côtre la France, & la nation Françoise en general,
& desgorger vn million d'iniures & d'impostures
contre le corps des Cantons Protestans, contre le peuple vniuersel de Geneue, & finalement
contre la religion. Voila bié des ennemis formez à
plaisir. Mais ià n'aduienne que ie vueille imiter ceste rage & forcenerie. I'en proteste tresexpressémét,
& que ie n'ai veine qui tende à donner atteinte
par ceste response à l'honneur des Princes, ni de la
nation de Sauoye. A la mienne volonté seulement que le soldat François fust allé vn peu plus
retenu en cest endroit. Et que certain Pharamond
autheur d'vn GAROLVS ALLOBROX,
imprimé en Allemagne en l'an mille six cens
& trois durant la guerre de Geneue, eust tes-
moigné plus de discretion & de modestie enuers
les Princes. Ie sçay quant à iceux, que leurs personnes sont sacrees, dignes de respect & d'hôneur,
par tout droit diuin & humain, mesmes entre ceux
qui ne leur doiuent aucune obeissance. Ce sont
puissances superieures, donnees d'enhaut, ordonnees de Dieu, ce sont Princes. Ce seul mot parle de
soy,

foy,& cópréd tout.Et quant aux peuples Sauoyfiés,
qui font ou deuroyent eftre (ne tiendra qu'à eux.)
les bons voyfins de mes compatriotes, il me fuffit
de fcauoir que tout vn peuple ne peut mais de l'ou-
trecuidance& faute d'vn feul homme,qui eft mefmes defaduoné & condamné par la plufpart des
fiens,& lequel a fait plus de tort , & de mal. à fon
Prince,& à fa nation par cefte indigne procedure,
qu'il n'auoit cuidé en faire & procurer aux Princes
& nations eftrangeres.

SVr le fait de la Religion ie ne pretends retor-
quer ni des iniures, ni grand difcours. Car ce
n'eft de mon gibier.Les deux tiers des volumes &
pancartes de ce monde font pleines de ces differés.
La plus part des campagnes de la terre ont efté ar-
roufees du fang efpandu pour cefte querelle. Ni
toy,benoift Caualier,ni moy ne ferons les modera-
teurs & compofiteurs qui la vuideront.Nous fommes l'vn & l'autre trop petits Theologiens. Ce ne
feront auffi ni les difputes,ni les largeffes & liberalitez,ni les allefchemens du monde,ni les feux , ni
les glaiues,ni les confifcations,ni les edits , ni la ri-
gueur de l'inquifition,qui reduiront toute la Chreftienté à vne feule & vniforme creance:vrais moyens au contraire, pour faire germer & pulluler au
cœur des hommes,cefte femence de verité , qu'on
leur veut arracher.Ce fera doncqués vn œuure du
ciel,& de Dieu feul fcrutateur,maiftre & Seigneur
des cœurs,vray Pafteur, qui fcaura bien t'amener
quand il luy plaira au droit chemin , & en fa ber-

gerie les troupeaux qui en sõt desuoyez. Chacũ pẽse
y estre, & chacũ n'y est pas. Pour te dõner neátmoins
quelque goust des moyẽs d'vne saincte resolutiõ, &
cõsolation en telles difficultez, ie me dispẽserai de
te marquer quatre ou cinq traicts de la bõne Theologie. Si tu veux scauoir brieuemẽt ce que tu as à
croire & a faire, iette les yeux & ton estude dans les
sainctes lettres. Dans ces sacrez parterres, & non
ailleurs, notamment dans les escripts des Apostres,
tu verras les vrayes figures de l'anciẽne Eglise primitiue, sous nostre Seigneur & Sauueur. Cest là voirement où l'on peut recueillir à belles & pleines
mains, les fleurs odoriferantes qui donnent aux a-
més Chrestiennes, desia en ceste vie terrestre, le
goust & la souefue odeur de la vie celeste, & perma-
nente à iamais. Tandis que de cest arsenal sacré
nous tirerons nos flesches & nos armes contre les
aduersaires de nostre religion, il leur conuiendra
tousiours de quitter la partie. Vn de leurs Prelats
le confessoit nagueres en bõne compagnie, disant,
Si nous ne demeurons fermes aux escripts des peres, cest fait de nous. Mais il luy fust repliqué bien
« à propos par vn aduis contraire. Il faut demeurer
« aux seules & viuifiantes paroles du Pere celeste, &
non aux traditions & paroles mortelles, & passa-
bles des peres mondains & terrestres, qui ont eu
quoy que c'en soit & leurs vertus & leurs erreurs,
& nullement ceste particuliere & miraculeuse in-
spiration & infusion des graces de l'Esprit de Dieu
dont ses Apostres furent douez. Desia en l'an 1533.
le peuple de Geneue assemblé en conseil general
le 30. de Mars se rendoit capable de ceste doctrine,

de

à l'exéple des villes de Berne, Basle, & autres lieux
de Suisse, où la reformation estoit la receuë,)
& commençoit à trauers les tenebres espesses de
son ignorance d'apperceuoir quelque petite clarté
de voir l'estoile du matin, & les approches de l'aube du iour, quand il resolut sur les premieres esmo-
tions à cause de la religion; pour retenir les pre-
stres, curez & autres prescheurs en debuoir, voire
arresta par vne paix generale publiée à son de tró-
pe, póur vn principal article, Qu'il n'y eust plus de
noises ni de reproches, & que rien ne fust presché "
qui ne fust prouué par l'escriture Saincte. O diuine "
resolution qui couppe les dangereuses racines de "
la dissolution en doctrine ! Escoutons ce qu'en disoit le pere & seul autheur de nostre salut, *Enque-* Ioh. 5. v.
rez vous diligemment des escritures, car vous esti- 39.
mez auoir par icelles vie eternelle, & ce sont elles qui
portent tesmoignage de moy: Et l'esprit de ce mesme 2. ad Ti-
Dieu par son Apostre, tesmoigne que *Toute escri-* moth. 3. v.
ture est diuinement inspirée, & profitable à endoctri- s. 16.
ner, à conuaincre, à corriger, & instruire selon iustice,
afin que l'homme de Dieu soit accompli, & parfaite-
ment instruis à toute bonne œuure. Quoy ? se trou-
uera-il en cor des gens qui osent bailler vne des-
mentie à l'Esprit de Verité, & blasphemer qu'elle
n'est pas suffisante? Le sommaire & le but de ceste
Escriture, est de monstrer, & faire comprendre au
Chrestien, que, *Ceste est la vie eternelle qu'ils te co-* Euang. S
gnoissent seul vray Dieu, & celui que tu as enuoyé Ie- Iean 17. 3.
sus Christ. Et le chemin pour paruenir à ceste vie
n'est pas de suiure la multitude des hommes, Math. 7.
& le plus grand parti, *Entrez,* disoit Iesus Christ, v. 13. 14.
par la porte estroite qui meine à la vie, & peu y en a

*qui la trouuent. La porte large & le chemin spatieux
meine à perdition, & beaucoup y en a qui entrent par
icelle.* Finalement considere en l'Apocalypse chap.
17. & suiuans, la designation tres-manifeste, de la
grád ville à sept costaux, Dieu te dessillera les yeux,
pauure aueugle, & tu cófesseras qu'en la petite Geneue n'ont que voir Baal ni Dagon, Gog ni Magog.

PAREILLEMENT ie ne serai point si mal apprins, que de donner plus outre, & tout à fait
response sur la premiere partie, qui concerne la
Fráce, pour ne courir sur les brisees de tát de beaux
esprits, ausquels de droit appartient la defense de
telle cause, si tant est encor qu'ils iugent digne de
response, celui enuers lequel voirement, & à la ri-
güeur le silence deuroit tenir lieu de suffisante re-
ponse. Seulement, ô langues dsertes, bouches d'or
espiré, vrays Chrysostomes, Arnaud & Dolé, prelats illustres, du sacré temple de Themis, enfans de
lumiere, nourrissons de la verité, Encor à ce coup
au nom de Dieu faites retentir vos voix, & triompher vos plumes, & que ce Caualier ne s'en aille
point sans beste vendre, pour s'estre prins à si fortes
parties, en vous qualifiant, ô impieté! *familiers disciples du diable meridional, bourreaux & executeurs
du grand Rhadamáte, diables decheinez, claires lumieres futures du palais de Pluton p. 55. & 56.* Bien
est vray que les blasmes du meschant tournent aux
gens de bien en gloire. Et ie vous prie neantmoins
que d'vn seul coup de tonnerre on abbate la teste,
& à ce Cheualier & à son cheual. Tous deux ont
besoin de frein, de foing, de bouchon, & d'estrille.

Veu-

Vengez, vengez voſtre patrie, & ſon Pere. Souffrirez
vous que par vne effrenee & intolerable audace, cē
beliſtre, ait oſé accomparer ce pere voſtre bō Roy
au larron & voleur Dioxippe ? p. 228. taxer tacitement ce Roy Threſchreſtien d'impieté, d'atheiſme,
& d'incertitude en ſon ſalut, p. 50. de temerité, p. 94.
d'auoir plus de cœur que de raiſon, p. 111. que ſous lui
eſt l'Empire de chicheté, & d'auarice, p. 133. 137. qu'il
ait oſé au meſpris des infinis bienfaicts de la France reprocher vn cheual donné à Charles 8. Roy de
France par vn Charles Prince de Sauoye? p. 36. Qu'il
ait raualé ſi bas la grande puiſſance de ceſte redoutable Monarchie, que de dire que la France eſt
plus foible que iamais, & qu'elle a eſcarmouché
iuſques à ſa derniere bale? p. 115. contre ce que p. 50.
il auoit dit, qu'é la Frāce le ciel auoit influé ſes plus
rares richeſſes, & la nature vuidé tous ſes bahus
pour la faire la merueille du mōde. Que par vne im
poſture execrable, il ait chargé la nation Frāçoiſe,
qui mene auiourd'huy vne vie paiſible & heureuſe, à l'ombre des lauriers & des palmes de ſon Prince, en belle vnion, rendant obeïſſance parfaite à
ſon Roy, qu'il l'ait, dis-ie, chargee de periures & de
perfidies, & de crimes de læſe Maieſté, comme ſi elle en eſtoit toute couſue, en luy reprochant, qu'elle
a perdu le luſtre de ſes ſerments, & de ſes veritez,
& qu'elle a vne ſoif deſeſperee de s'enyurer du
ſang de ſō Roy? p. 98. O malheureux tu le voudrois
bié pour peſcher en eau trouble! C'eſt inſenſé s'ima
gine que deſia reſident au cœur des François tous
les mōſtres & hydres, que ſon animoſité inſatiable,
& ſon deſir endiablé lui forment dans la ceruelle.

ET toy Soldat François, qui que tu fois, ie ne te
cognoi que par tõ bié-dire, par tõ Difcours autant eſleué & enflé, que plume en traça de long
temps. Ie ne veux ia contrefaire le Cenſeur François. Il en a dit aſſez pour tous. Mais cepédant ne
prens en la mauuaiſe part ceſte mienne franchiſe,
ou pluſtoſt le fidele rapport de ce que l'on dit çà
& là preſques vnanimement, comme i'entends,
ſur le ſuiet de ton œuure. C'eſt que voirement il
euſt eſté à deſirer que tu n'euſſes iamais touché
ceſte corde, que de traicter ainſi publiquement, &
comme en plein marché les ſerieux conſeils de
Paix, ou de Guerre. Les cauſes, Ami, & les motifs de
telles reſolutions, ſont lettres cloſes à nous petits
marjolets, ſimples particuliers.   Choſes tant graues, tourneront meſ huy en vau de villes, ſi fort tu
les auiles ſans y penſer par ceſte diuulgation.   Le
Roy ſcaura trop mieux en temps & lieu &
OPORTVNIVS ruer ſon coup. Y-a-il creature au
monde qui puiſſe rien mõſtrer ou enſeigner du me-
ſtier & des moments de Mars, à Mars lui meſmes?
Au Roy & à ſon Conſeil Triumuire tout au plus,
voire au Roy ſeul en appartiét le balancement. La
forme & la face de tous les eſtats voiſins & loin-
tains lui eſt à chacun moment preſente par les diuers aduis qui lui arriuent coup ſur coup, & qui le
font pancher de ce coſté ou de l'autre. Ce ſont reſ-
forts ſecrets, ce ſont les contrepoids qui font monter & deſcendre la corde de ceſte Monarchie, &
qui ſur la monſtre font auancer & reculer l'eſguille
çà ou là. Le tiers ou le quart n'y voyent que la lon-
gueur

gueur de leurs nez. Silence dõcques vne autre fois,
ou bien à l'oreille du Prince comme fidele Cõseil-
ler fai sonner secrettement les mouuemens de ton
affection. Et toutesfois puis que tu es entré en ceste danse, il en faut sortir à ton hõneur, braues saü-
ues. La pierre en est iettee. Coutage donc Ami, &
fai desbonder la digue, & le torrent de ton eloqué-
ce pour engloutir, estouffer & noyer ce presom-
ptueux, cest outrecuidé, qui t'a si pauurement des-
chiffré. Dõne lui ie t'en cõiure ses vrayes couleurs.
Tu es meilleur peintre que moy. Ie te dirai tousiours, & ne serai que trescontent de te pouuoir ensuiure *etiam longo interuallo*. Fai lui dis-ie en bon
soldat rengorger, & reaualer les propos que son in-
discretion & sottise a proferé contre toy. Il ne s'est
point feint de te qualifier, *Estourdi Frãçois, esuenté,
seditieux, potiron de conseil, eceruelé, asseuré vilain,
serpent de diuision, Phœmicien, trompette, escueil de
sedition, Rhodomont, impudent, temeraire, fatal
flambeau, soldat emprunté, eniolleur, morgand, lan-
guard, femme de bouche, pedant, arrogant, pauure
ignorant, sendeur de naseaux, donneur de bayes, sor-
cier & Incube, souche de Palais, petit perroquet d'vn
iargon effronté, Thersyte, gouiat des Muzes, Atheï-
ste, importun harangueur, detestable Phlegias, eshon-
té, perfide & enragé, Diable François, petit soldadon à
simple rebras, soldat de neffle, chroniqueur à simple
tonsure, myrmidon de conseil, vipereau, brouillon,
bousson, escornifleur, assassin, meurtrier, soldat sans
mesche infame*. O que de beaux epithetes! ô les belles fleurs dont il a parsemé le champ de tes loüan-
ges! Il y en a assez pour dresser boutique auec les ba-
telieres de Lyon, ou les harangieres du petit pont

à Paris. Et tu oserois encor en accorder, demeurer
muet comme vn poisson, luy quitter la partie? Nõ,
non, tu es de trop bonne maison pour aualer si
doucement ces improperes. Tu es si bien armé, &
en si belle posture pour terrasser ce Caualier, qui
ne paroist, & ne l'est qu'en Idee. Et vous la Bar-
riliere, & la Popeliniere qui auez esté si lestement
accoustrez, n'en direz vous point vostre ratelee? Se-
ra-il dit que par vn eternel silence vous demeu-
riez scrupuleux disciples en l'eschole de Py-
thagore?

ENcor sous vostre permission, deux petites re-
marques en passant, deuant que venir à Geneue. La premiere sera, de l'impertinéce de ce chaud
Caualier, qui est monté sur le theatre pour faire ri-
re le monde, iusques aux mouches. Ie ne voi pas
qu'il soit venu iouer autre personnage. Quand il es-
leue son Prince par dessus tous les Monarques des
siecles passez, presets & aduenir. Quãd il lui donne
des qualitez propres à l'effroyable Maiesté de l'E-
ternel, du grãd Dieu viuãt tõnant en ire & en iugement. *Mon Prince le Phare des guerriers. Le Scipion des Annibals de l'Europe. Vostre face est la
frayeur de la terre, l'honneur des Princes, le modele de
l'ame la plus forte qui iamais animast dextre à porter
le fer à la main. Le miroir & patron où les Cæsars &
les Alexandres apprendroyent à combattre. p. 2. & 6.
Maiesté de Prince laquelle au voyage de France a-
neantissoit le lustre de la Royauté mesme. p. 133. Quãd
sa main & cholere viennent à l'execution; alors &*

alors

alors les murailles, les boulevards tresbuchent, se comblent & vont en poussiere, & les hommes se voyans accablez ne desirent que le ventre de leurs meres pour retraicte, p. 218. *Vostre face grand Duc porte la viue image du ciel quand elle est irritee*, p. 232. O blasphemes! ô niaiseries, frenaisies, signes irrefragables de brutalité & d'estourdissement d'esprit! il est bien seant à vn suiet de louer son Prince, mais auec mesure, mais non l'idolatrer. Vn ancien indigné du pesant fardeau des grandes louäges qu'on luy mettoit sus, repartit brusquemét en quatre mots d'Homere, τί μ' ἀθανάτοισιν εἴσκεις, *pourquoy m'esgales-tu aux Dieux?* Pensant doncques auoir capté sa bieueuillance, & faire du bó valet, tu l'as au contraire grádement offensé par ceste monstrueuse flatterie. Qu'on attache (dit-il, ainsi l'ai-ie entendu) ce maraüd, cest indiscret à vn posteau, si on le peut descouurir & attrapper, que les laquais, & les crocheteurs lui en donnent dos & ventre, qu'on le remette en son bon sens, & que desormais il apprenne de se dóner carriere sur autre suiet que sur ma personne. Il nous a fait seruir de risee, & de fable, sur toutes les places & carrefours. Les estriuieres pour toute recompense. Voila ta sentence. Et vrayement les Princes, qui sont sacrez au ciel, & qui naissent auec honneur public, ont bien que faire des louanges en terre, des louanges d'vn particulier. *Publica religione consecrata virtus*, disoit vn ancien, *nulla priuata laudatione indiget.* De fait, i'ay toujours tenu ton Prince pour estre trop plus genereux & magnanime, que de vouloir aualer doucement ces confitures d'impudence & de flatterie, & s'endormir au

chant de ceſte fauſſe Syrene. Les louanges ſont
belles paroles & bien agreables, mais quand elles
paſſent par la bouche d'vn fol, elles ſe tournent en
blaſmes & iniures. Les louanges exceſſiues, exorbi-
tantes, reſſemblent à certains baumes ſi acres & ſi
penetrans, qu'ils donnent mal de teſte à ceux qui
les ſentent, rongent & conſument la partie, ſur laquelle ils ſont appliquez, pluſtoſt que de la nourrir
& conſolider. *Vaneſcet Auguſti honor*, dit Tacite, *ſi
promiſcuis adulationibus vulgatur*. Et belle eſtoit
ceſte modeſtie des Empereurs Romains, dont les
vns refuſoyent *Nomen Domini*, & les autres comme Tibere, *nomen Patris patriæ ſepius a populo in-
ingeſtum*. Tu as raiſon & bonne grace, Tacite, quád
parlant des effigies des familles illuſtres, que l'on
portoit publiquement par honneur, & comme en
pompe & proceſſion, tu dis, *Sed præfulgebant Caſ-
ſius & Brutus eo ipſo quòd effigies eorũ non viſeban-
tur*. Sur ce propos vn de mes voyſins, en riant de la
vanité de ce Caualier eſtropié, ſe iouoit n'agueres i-
roniquemét auec ſa Muze Francoiſe, en ceſte ſorte:

Ne cerchez curieux, au centre des Annales,
    Les memorables faits des Princes Sauoyards,
    L'vnique Caualier au nombre des Ceſars,
    Leur donner le laurier de ſes mains liberales.
Des Lys plus blanchiſſants, des courõnes Royales,
    Le luſtre eſt obſcurci, & nul qu'vn diuin Mars
    CHARLES *peut eſgaler, duquel les eſtendars*
    Rempliront l'Ocean de victoires fatales.
Ha petit, champion, petit ſoldat François,
    Vn Caualier nouueau briſera ton harnois,
    Si tu n'as pour aſyl quelque ſeure retraite.

                               Et

Et vous du lac Leman, ô rempars menacez,
  N'irritez Phaëton, ni les dieux courroucez,
    Mais ayez pour amis vn si sage Prophete.
Et sur le mesme suiet vn grand Poete de mes amis,
qui a le chef entouré de lauriers, me faisoit present
de ceste docte chanson de sa Muse Latine, qui s'a-
dresse au Caualier.

SABAVDO EQVITI
ΕΠΙΝΙΚΙΟΝ.

VEH ! vt Eques Gallo figens in milite vitem
    Tumultuatur Allobrox !
Vt fremit, & verbis vt sesqui-pedalibus auras
    Auréſque nostras verberat !
Sic strepitus vanos, equitans in arundine longa
    Petulcus audet pusio:
Et pupos cacabo rapis feruentibus imo
    Inanis exterret sonus.
Demens ! qui stridas toties in terga secures
    Sabauda nescit Gallicas:
Qui desolatos Patriæ non respicit agros,
    Aut ore sicco respicit.
Quin semis datur Ellebori, componere summis
    Si modica non vetat pudor?
Sic canibus similes catulos, sic matribus hœdos,
    Iugíſque colles montium,
Et sic esse parem Romana somniat vrbi
    Suam ille villam subsequa.
Fallimur? anne nouas, Eheu, tibi talia pœnas
    Tellus minantur Allobrox?

At tu Principibus quia mens oculatior olim
   Sedet fauente Numine,
Et magis incoctum generoso pectus honesto
   Orbis dynastas addecet,
Promptus equum frenis, equitem compesce catenis,
   Virúsque, Princeps despue
Nam quis adulantum tam nequiter ardeliomum
   Impunè pœnas distulit?
Aut quis non, monstris passus sub talibus aulam,
   Aulámque séque perdidit?
Quid moror? ô magnum magnum te Carole, ma-
   gnus
   Audere si noles modò.

L'autre remarque me tire à soy, pour dire briefue-
ment que ce Caualier s'est manifesté du tout ridi-
culé & absurde: en ce qu'apres auoir esleué la maison d'Espagne par dessus les Astres, exalté celle de
Sauoye au dessus des nues, represeté au Roy de Fráce les monts Pyrenées tous ouuerts en gueule d'a-
bysme, pour engouffrer & engloutir les armees des
François, qui voudroyent y courir pour la conqueste du Royaume de Nauarre, bref leurs tombeaux
asseurez, & ia creusez à chasque bout de course,
Neantmoins depuis le commencement de son escrit iusques à la fin, il tasche par toutes sortes d'artifices, de figures, & de persuasions, par vn million
de destours & de singeries, de destourner le Roy de
la guerre contre l'Espagne pour la querelle de Nauarre, voire le supplie cóme à mains iointes de ne
fermer la porte du téple de Ianus à ceste occasion.
Tát il en redoute la conséquéce, tout treblecœur,
                                     de

tout trã si de frayeur en son ame. De deux choses
dõc nous te conuaincrõs de l'vne, ou que tu es vn
hardi mẽteur, plus hardi&effrõté que tous les arra-
cheurs de dents, qui regentent par les foires & mar-
chez, & que ces grandes & effroyables puissances
que tu mets du costé du parti que tu adores, sont
fausses, fabuleuses & chimeriques, ou bien que tu
es vn traistre & desloyal à la maison d'Espagne, &
à ton maistre, puis que par ce moyen tu leur rauis,
entant qu'en toy est, des victoires si certaines, tu
leur couppes & arraches des mains victorieuses, les
trophees immortels, & les despouilles desia comme presentes, au lieu de leur procurer, & faire auã-
cer les lauriers, & courõnes qui les attendẽt sur les
Pyrenees, en conuiant dextrement le Roy de France aux efforts de ceste conqueste. O Dieu, quelle
bestise! Triompher, crier la victoire à gorge des-
ployee auant le combat, & chanter la paix tout ensemble. Braue espadassin pour vuider vn duel, lequel secretement & par dessous main, fait donner
tous empeschemens à son andagoniste, à ce qu'il
ne puisse arriuer au champ assigné pour la bataille.
Mais (me dira quelqu'vn) le Roy pour son beau par
ler n'en fera ni plus ni moins. C'est la verité. Et toutesfois cela ne peut excuser ni couurir l'impertinẽ-
ce de cest escriuasseur, lequel il conuient mesbuy
deschasser des affaires d'Estat à coups de gaule, &
le rennoyer à son origine, aux raues & naueaux.

Θερσιτ' ἀκριτόμυθι, λιγύς περ ἑὼν ἀγορητής
Ἴσχεο, μηδ' ἔθελ' οἶος ἐριζέμεναι βασιλεῦσιν.

Hom.ς.

Thersyte babillard cesse meshuy de te prendre aux
Rois.

DE France venons maintenát à Geneue, de laquelle tu cómences de parler p.163.164. & 165. Puis p.194. iusques à p. 222. Falloit il maſtin à long poil, ſous ombre que le ſoldat François en paſſant appelle ton Prince, *Prince de Geneue par eſcalade*, (C'eſt tout ce qu'il a dit de Geneue.) Falloit il dis-ie ſoubs pretexte de ces quatre petits mots gaillards ſe ietter aux champs, & deſbagouler par les abboys de ta gorge Cerbereſque tant d'iniures, tant de calomnies, & d'infametez contre Geneue?

Miram vetuſtaté habet. Adagyſterus lib. 2. coſmogr. ad Carolum. V.

GENEVE, ville tant illuſtre pour ſon Antiquité, verifiee par diuers teſmoignages, que la rouilluré du temps & les ſiecles n'ont peu effacer. Ie ne m'arreſte point beaucoup à ce qu'aucús eſcriuains de noſtre temps dient auoir tiré des fragments antiques des Chroniqueurs Manetus Ægyptien, & Pierronius autheur Grec, traictans les geſtes des Roys, Lemanus & Oblius, les meſmes choſes ſe trouuans auſſi eſcriptes dans vne vieille Chronique du païs de Vaud, dont l'original doibt encor eſtre dans les archiues de la fortereſſe de Chillon. C'eſt que le Roy Lemanus donna le premier nom au Lac Leman. Roy qui eſtoit des deſcendans du grand Roy des Gaules Hercules, & lequel apres auoir ruiné & deſtruit par feu & par guerre, vne ville qui eſtoit ſituée au bord du Lac, à l'endroit de Loſanne, nómee Arpentras, & recerchát l'aſſiete d'vn nouueau baſtimét, ſe vinſt rédre en vn petit coſtau pche du Lac plein de geneuriers, & là baſtiſt en l'an de la creatió du móde 3994. vne ville qu'il

nomma

nomma Geneura ou Genebra, comme encores à
present par les Italiens elle est appellée Geneura, & les habitans de Geneue, Genebria-
ni, à laquelle il donna de grandes libertez & franchises. A luy succeda le Roy Oblius 20. Roy de
Bourgongne, qui fist bastir la tour ou forteresse de
l'Isle, dont vne partie subsiste encor sur l'endroit
où le Rhosne sortant du Lac Geneuois darde son
cours impetueux pour descendre à Lyon. Cest
Oblius fust ardent zelateur de Iustice & droiture,
lequel par faute d'heritiers laissa tous ses païs au
gouuernement & domination de ses peuples, laquelle dura iusques à la venue de Fabius l'Allobrox, & de Iules Cæsar qui en firent vne prouince
sous l'Empire Romain. Moins fai-ie estat de ce
qu'en aucuns memoires par ignorance de la signi-
fication du mot de Genabû, qui *est Carnutum oppidum, de quo Cæsar lib.7.* est assignée la fondation de
Geneue à vn certain Genabus de Numance appelee la grande Cité, lequel apres la destruction de
son pais faite par Scipion, se vinst rendre au cartier
de Geneue où il edifia Geneue, & l'appela *Genabã
seu Geneuam ß in u Latinum commutato*, & est
allegué pour autheur de ceste opinion & con-
iecture vn certain Frontonius Poëte, duquel
neantmoins on recite ce fragment, qui la nomme
autrement

> *Est locus Allobrogum, prisci dixere Gebennas.*
> *Quem Lacus illustrat cristallo clarior omni*
> *Hinc torrens Avaris. &c.*

A laquelle Geneue ou Gebenna aucuns, comme
entre autres, Raymundus Marlianus in Cæsarem

*Guillau-
me Gue-
roult liure
I. de sa co-
rographie
d'Europe
imprimée
à Lyon
anno 1553.
Et dedié
au Sire
Iean
Troillet
Iurifcon-
fulte de
Geneue.*

*Arar qui
signifie la
Saone est
abusiue-*

ment ici
prins pour
le grand
torrent
d'Arne.
& Paradin en ſa chronique de Sauoye.chap.26. liu.
1.rapportent les vers ſuiuans du Poete Lucan,liure
1.quoy qu'ils ſemblent à autres ſe deuoir pluſtoſt
entendre du mont Gebenna,*qui Aruernos ab Hel-
uijs diſcludit,*Ceſar lib.7.

 —Qua Rhodanus raptum velocibus vndis
 In mare fert Araxim: quà montib. ardua ſummis
 Gens habitat canâ pendentes rupe Gebennas.

Et de fait à regarder Geneue de loin,& nommement quand on vient du coſté du Rhoſne & de
Suiſſe,elle ſemble eſtre pendue & attachee au môt
de Saleue qui en eſt diſtât neantmoins d'vne lieue.

On recite plus,ceſt qu'en vne vieille Chronique
de Sauoye eſcripte à la main eſt dit,que Paracodus,
l'vn des L x x. Diſciples de noſtre Seigneur,& De-
nys furêt fondateurs de l'Egliſe de Geneue:que De-
nys s'é alla à Paris,& que Paracodus ſoit Paradocus
demeura à Geneue.Ce qui eſt confirmé par les memoires tirees d'vne vieille Bible Latine de Geneue,
laquelle iadis les Chanoines & Chapitre gardoiêt
ſoigneuſement, où l'on a trouué eſcript que l'Egliſe de Geneue auoit eſté fondee par les diſciples
des Apoſtres,& qu'eſtant grandement floriſſante
elle dominoit iadis ſur toutes les villes qui eſtoyêt
depuis les Alpes Rætiques iuſques aux Celtiques.
De ces choſes ie laiſſe au Lecteur de faire telle cô-
ſideration que bon luy ſemblera , & aux plus doctes que moy d'adiouſter,changer ou diminuer ce
que la curieuſe recerche des bons liures ançiés leur
aura fourni pour la cognoiſſance de l'antiquité de
Geneue:Antiquité bien recogneuë pár Volaterran
au 3.de ſa Geographie,quand apres auoir parlé de
Geneue

Geneue en la defcription des Gaules qu'il nomme *Gebennam, vrbem* (dit-il) **Genuam Cæfari appella-**tam apud Lacum Lemanum, il declare qu'aucuns eftiment que Gennes en Italie, de laquelle parle Tite Liue au commencement de fon 30. liure & ailleurs, eft vne Colonie de Geneue, *Genuam Tranfalpina Genua quam in Gallia commemoraui, coloniam effe putant.* Mais cés chofes laiffees ie me contéterai à prefent de donner vn feul tefmoignage certain d'antiquité pour tous. Ce fera celui du premier qui forma & porta le fceptre de ce grád Empire Romain Iules Cefar, lequel auant la natiuité de noftre Seigneur & Sauueur Iefus Chrift, conquerant les Gaules, & voulant empefcher le paffage des Suiffes, qu'il appelle *homines bellicofos*, lefquels faifoyent vn corps d'armee vers le Rhofne pour fe ietter en France, honora Geneue de fa prefence & feiour, pour y dreffer fon armee, & rafraifchir les troupes de fa fuite, voire à grádes iournees de Rome fe vinft rédre à Geneue. Efcoutons le luy mefmes parlant de foy & de Geneue à l'entree de fes Cómentaires. *Extremú oppidum Allobrogum eft, proximúmúmque Heluetiorum finibus Geneua. Ex eo oppido pons ad Heluetios pertinet.* [id eft, *fpeét às*, regarde du cofté de la Suiffe.] *Cæfari cùm nútiatum effet Heluetios per prouinciam noftram iter facere conari, maturat ab Vrbe proficifci, & quàm maximis itineribus poteft, in Galliam vlteriorem contendit, & ad Geneuam peruenit. Pontem qui erat ad Genuam iubet refcindi.* Nous prendrons doncques les commencemens de Geneue, hors de toute fabuleufe conieéture, de deux mille trois cents ans pour le

* malè, pro *Ge-neuam.*

Le païs de Daulphiné eftoit des *Al-lobroges.*

b iiij

moins. Il en parle non point comme d'vn petit village, mais comme d'vne ville & grande bourgade
close de murailles. (La seule Rome estoit appelée *Vrbs.*) Cest assemblage d'hommes & de familles en vn mesme lieu, ceste creatiõ de ville pierre sur pierre, maison apres maison, requierent bien
non des annees, mais des centaines d'annees. Et
encor parler contre Geneue ?

    C E N E V E, que les Empereurs suiuants ont
comblée de benefices, voire l'Empereur Aurelian,
(ou plustost Aurelius) au dire de plusieurs histo-
riens en fust le restaurateur en l'an de nostre Seigneur C C L X I I I I. & la doüa de grandes libertez, foires & franchises, l'ayant de son nom fait appeller Aurelienne: nom que depuis elle laissa pour
reprendre l'ancien. *Sunt qui Gebennas in Allobro-*
gibus ab eo **conditas expeditione illa Gallica dicãt.*
Quoy que c'en soit, les anciens Empereurs l'ont
honoree de belles & riches qualitez. C'est ceste
Geneue qu'ils ont voulu auec vne partie du pays
circonuoisin nommé Chablais *à Caballis*, estre le
Siege ordinaire, le domicile, & la retraite des troupes illustres de la Caualerie Romaine, & à cest esgard l'ont appellee & qualifiee *Ciuitatèm & Colo-*
niã Equestrè. Les anciénes inscriptiõs en font encor foy suffisante, & tãt de riches monumèts lè tes-
moignent qui se treuuent imprimez au recueil
du docte Cruterus, & en partie remarquez par le
grand Lipsius, & qui y sont restez en bon nombre,
apres les grands & presques vniuersels bruslemens
y aduenus à deux ou trois fois, ainsi que du temps
d'Heliogabale Empereur, Item d'Amé Comte de

                                Gene-

Sabelli-
cus in
Aurelia-
no.
* *malè*
pro re-
stauratas.

Geneuois en lan 1291. lequel estant repoussé de
la ville le Vendredy apres la feste de l'Assumption,
& *cum pugnando præualere non posset* (ainsi-que
chante vn vieux acte n'agueres à moy enuoyé) se
retirant fist mettre secrettement le feu en plusieurs
endróits de la ville qui furent consumez, mesmes
aucuns bastimens pres l'Eglise Cathedrale de S.
Pierre. Et le Dimáche suiuant Humbert Daulphin
Viennois & le dit Cóte vindrét mettre le feu en la
plus grande partie des fauxbourgs. Cóme aussi par
feu du ciel & autres accidens, ainsi que par le moyé
d'vn four pres le téple S. Germain en lan 1334. iusques à la ruine des principaux Temples. Mesmes
Poggius Florentinus recite vn incendie signalé,
Nocturno quoque igne, dit-il, *in vrbe Gebenna tempore Martini quinti, summi Pontificis plurima egregiæque domus exustæ sunt. Ipsi id conspeximus rem
visu miseram & fletu dignam. Huius ignis calamitas multos euertit bonis.*

Lib. de miseria conditionis humanæ.

Pour le present & en attendát quelque meilleure occasion il me suffira de representer demi douzaine de formelles & notables inscriptions, La premiere, qui est enchassee dans les murs de l'hostel
de ville, du costé de la treille pres la porte.

IMP. CÆS. M.
AVRELIO
ANTONINO
PIO FELIC. AVG.
PONTIF. MAX.
TRIB. POTEST.
COS.
CIVITAS.
EQVESTRIVM.

La seconde qui est vers l'Horologe du Molard.

D. VALERIO ASIATICI LIBERT
SISSI* IIIIII. VIRO COL. EQ.
EX   T.

* i. Sextumuiro Coloniæ Equestris.

Et au mesme lieu le monument dressé par vn
pere à vn ieune citadin Geneuois Aduocat son bon
fils.

D.   M.

L. AVR. LIBERTO IVVEN
ERVDITO CAVSIDICO
BIS CIVI VALLENSÆ
ET EQVESTRE DEFVN
TO ANNORVM XVIII
FILIO PIENTISSIMO
AVRELIVS RESPE TVS
PATER PONENDVM
CVRAVIT.

Ce qui me fait ressouuenir du personnage que
le Iurisconsulte Vlpian a recommandé à la poste-
rité, *qua ætate*, dit-il, (17 *annorum scil.*) *aut paulo
maiore fertur Nerua filius & publicè de iure respon-
sitasse.*

Pour vne quatriesme, le monument dressé par
vne bonne fille à son pere, qui se voit dans les murs
de la ville en dehors vers l'ancienne porte de la
Monnoye, ou Courraterie.

T. IVL. T. FIL. CORN. VALERIANO
PATRONO. COLON. IIVIR. AER. IIIVIR.
LOCOR. PERSEQVENDOR. TRIB. MILIT.
LEG. VI. VICTR. PRAEF. FABRV. FLAM. AVG.
PONTIFICI.
IVLIA T. F. VERA. PATRI OPTIMO.

La cinquiefme, qui parle d'aucuns de la celebre
famille des Plines, & qui fe voit en dehors de la
porte de Riue à main gauche dans la muraille bié
prés de la porte.

ANNOR. XII.	C. PLINIO M. F. O
I. PLINIO	FAVSTO
FAVSTI FIL.	AEDILI. II. VIRO
SABINO	IVL. EQ. FLAMIN
	C. PLINIVS FAV
	VIVOS I
	O

La fixiefme qui eft au Molard au pied de l'efca-
lier de la maifon des hales.

D. IVL. D. F. VOLT. CAPITOI
AVGVRI IIVIRO AERAR.
FLAMINI. MARTIS TR.
MILIT.

C'eſt ceſte G E N E V E , laquelle iadis floriſſante,les Empereurs Chreſtiés,ſoit pour la commodité de ſon aſſiete, ſoit pour autres dignes conſide-
rations ont enrichie de beaux & excellens priuileges,ont retenue au rang des villes franches & Im-
periales.Riche prerogatiue,ſouueraine liberté quelle a gardee iuſques à preſent ſoubs la protection
du Tout-puiſſant,parmi toutes les trauerſes & atteintes,que lui ont dóné par droit de bié-ſeance de
temps en temps pluſieurs Princes voyſins, Comtes
du Geneuois,Comtes & Ducs de Sauoye. Ceſte riche qualité ne ſe trouue point cachee ſimplement
ou reſſerree dans les vieilles pancartes de ſes Archiues, mais grauee publiquement ſur le front & ſur
la cime de l'Egliſe de S. Pierre du coſté du grand
portail en la repreſentation d'vne grande Aigle Imperiale qui deſment tous contrediſans, & laquelle
on tient auoir pour autheur ce tant renommé
Charlemagne le Iules Ceſar Chreſtien , la ſtatue
duquel eſtoit encor en l'an 1535 poſée au deſſus auec
ſa couronne Imperiale , tenant le ſceptre Imperial
d'vne main & de l'autre l'eſpee, lequel daigna honorer Geneue de la fondation de pluſieurs ſuper-
bes edifices tant ſacrez que prophanes, ainſi que
*Theodoricus ſecundus vltimus Merouingiorum in
Burgundia,qui cùm ex Brunehilde vxore nihil pro-
creaſſet, multa pro fulcienda ſancta religione apud
Gebennam fundauit.*Charlemagne dis-ie corrobo-
ra les libertez & frăchiſes de Geneue,les priuileges
& immunitez de la Cómunauté , Nobleſſe, Cheualiers, Marchands , & les quatre foires accouſtu-
mees,annuellemét franches, pendant le téps qu'il
y ſe-

Voolff
Lazius
de migr.
gent. fol.
779.

y seiourna en l'an 773.pour dresser & rafraischir l'armee qu'il menoit en Italie côtre les Lôbards à la requeste du Pape Adriâ,& là où il tinst vn Synode &assemblee expresse pour deliberer des moyés, des preparatifs,& de l'acheminemét de ceste guerre, & en deslogea auec vne partie de son armee tirant contre le mont Cenis, & enuoya du costé du grand S.Bernard son oncle maternel Bernard auec l'autre partie,ainsi qu'atteste *Regino Abbâs Prumiensis*,en ces termes.*Anno 773. Genuam ciuitatem veniens synodum tenuit,& ibi exercitum diuisie in duas partes.Ipse cum vna parte per montem Cynisium perrexit.& misit Bernardum auunculum suum cum reliqua parte per montem Iouis. Côiunxerunt se autê vterq, exercitus ad Clusas.*[Ceste cluze est vn passage estroit en la ValDoste pour aller en Italie.] Ce qui est repeté par *Paulus Aemilius Ueronensis: In Allobrogibus conuentu habito, coactoque de sententia concily,exercitu, ipse cum parte copiarum iugum Cynisium petit. Bernardum auunculum suum saltum Iouis occupare cum reliquo milite iubet.*Comme aussi auparauant en l'an 726.auoit esté tenu vn autre Concile à Geneue pour la reconciliation des peuples du pays de Vaux & de Neufchastel.

Et depuis mourut à Geneue & y fust enseueli Ansegisus Archeuesque de Sens grand personnage en son temps.& qui a fait diuers traitez des loix de Charlemagne,&autres escrits raportez par Gesnerus en la Bibliotheque , & qui a vescu en l'an 840. de nostre Seigneur.Reste encor à Geneue vne partie de son Epitaphe graué en characteres Gottiques

Lib. 2. *Chronic.*

De rebus gestis Fräcorum in Carolo magne:& Aimoin. Monachus lib. 4.c.69. Gebennä Burgundiae ciuitatem iuxta Rhodanü venit, ibique de bello suscipiendo de liberans. &c.

pour la plus part, & ou se lisent encor les mots suiuans entiers, le reste imparfait, tiré de l'anciéne Esglise de S. Victor. Il fuit aussi Euesque de Geneue.

NON MERITIS

PRÆVALEAT PIETAS

ADSIT ALMIFICVS

ANSEGISVS ERAM.

GENEVE que les predecesseurs de ton Prince, ô ignorant Caualier, ont bien daigné honorer de traitez & declarations en forme d'alliance & confœderation pour la tuition de ses libertez, comme ie deduirai ci apres en son lieu.

GENEVE que ton propre Prince cherit & aime tant, au veu & sceu de tout l'Vniuers. Amour qui luy donne tant de pensemens & d'inquietudes, tant d'allees & de venues diurnes & nocturnes. Il n'y a Damoiselle pucelle, qui soit plus muguettee que par luy ceste Geneue. Et toy rebelle suiet tu blasmeras Geneue, tu porteras haine mortelle à celle que ton Prince aime & desire? Heureuse Geneue, tandis que tu garderas le nom de Maistresse, mais si tost que tu viendrois à le perdre ou changer, A dieu mes beaux iours, tu ne serois plus qu'vne chetifue chambriere, plus miserable cent fois que les hydeux & languissants esclaues qui garrotez de cadenes tirent à la rame iour & nuict, suiets aux plus villes functions de la marine, espoinçonnez à tous moments à grands coups de barre sur dos, & ventre, qui par apres leur sont parsemez de sel, pour consolider par vne dure cuison leurs sanglantes blessures.

GENEVE

GENEVE, ſur laquelle le Sauueur du monde, le Soleil de Iuſtice, en ces derniers temps a deſployé les entrailles de ſa miſericorde, a fait abondammét reluire le threſor de ſes graces par les rayons de ſa lumiere celeſte, qui a diſſipé les eſpaiſſes nuees de tenebres qui la couuroyent auec la plus part du reſte de la terre. Bonnes gens de nos deuanciers qui confeſſoyent ſans y penſer le regne de leurs tenebres, quand par ceſte ancienne & prophetique deuiſe POST TENEBRAS SPERO LVCEM, ils eſperoyent de ſortir de tenebres, ils attendoyent le regne aduenir de Lumiere. Eſperance non vaine, & qui n'a point fruſtré leur poſterité, laquelle ſe voyant reſtauree au premier eſclair de ceſte Lumiere, Lumiere du S. Euangile, en fiſt publier l'heureuſe arriuee, & la delicieuſe iouiſſance par vne deuiſe raccourcie qui parle en trois mots grauez en lettres d'or dans le cercle de ſes armes ſur tous lieux & endroits POST TENEBRAS LVX. Lumiere à laquelle ces premiers porte-flambeaux qui deſcouurirét le myſtere d'iniquité, ces premiers liberateurs de la ſeconde captiuité Babylonique, conſacrerét ce monument perpetuel graué en table d'airain & enchaſſé publiquemét dans les murs de l'hoſtel de ville.

QVVM ANNO. 1535. PROFLIGATA ROMANI ANTICHRISTI TYRANNIDE, ABROGATISQVE EIVS SVPERSTITIONIBVS, SACROSANCTA CHRISTI RELIGIO HIC IN SVAM PVRITATEM, ECCLESIA IN MELIOREM ORDINEM, SINGV-

LARI DEI BENEFICIO, REPOSI-
TA: ET SIMVL PVLSIS FVGA-
TISQVE HOSTIBVS VRBS IPSA
IN SVAM LIBERTATEM, NON SI-
NE INSIGNI MIRACVLO, RESTI-
TVTA FVERIT: SENATVS POPV-
LVSQVE GENEVENSIS MONV-
MENTVM HOC PERPETVÆ ME-
MORIÆ CAVSA FIERI, ATQVE
HOC LOCO ERIGI CVRAVIT:
QVO SVAM ERGA DEVM GRATI-
TVDINEM AD POSTEROS TESTA-
TAM FACERET.

Ce fuſt à mieux dire le retour de l'anciene lumiere, laquelle des pluſieurs ſiecles auoit eſté ob-
ſcurcie par les voiles de ſuperſtitió & de tradition
humaine, & deſia par vn prognoſtic veritable iadis
ſous le Paganiſme Geneue auoit en ſes armes vn
Apollon myſtique, vn Soleil corporel, Comme en
font foy les inſcriptions ſuiuantes.

Au College pres la porte de la qua-
trieſme Claſſe.
APOLLINI
MVERATIVS
MERCATOR
Et en vne maiſon ſur la rue de la cité au
deſſus du premier eſtage.
APOLLINI
MAVFVSTIVS
CATVSO.

Dans

Dans ce Soleil fust depuis soubs le Christianisme enclos & enchassé le precieux nom de IHS le vray Soleil Spirituel nostre Protecteur, qui par ses rayons ardents illumine le champ de nos armes, l'Aigle, dis-ie, volante & les clefs de S. Pierre fidele Apostre enuoyé par ce grand Soleil de nos ames, pour ouurir le cabinet des thresors de l'Euangile, descouurir les secrets des cieux & du Paradis eter- nel assigné aux ames bien heureuses. Et encor par- ler contre Geneue?   Lumiere qui embrasa tel- lement les cœurs des bons citadins, qu'il se recite es Chroniques de Geneue, que le premier iour de l'an 1533. quatre ans auãt la reformation, preschant dans vne salle vn personnage Daulphinois nommé Antoine Froment (qui sous pretexte d'instruire grands & petits à lire & escrire en Francois, ensei- gnoit la pureté de la religion) il y eust telle presse & multitude par les degrez & aux enuirons de la mai- son, que la troupe s'escria. Au Molard, au Molard, si le menerent en la grand' place du Molard, luy crians, *Preschez nous la Parole de Dieu.* Et qui ne sera au recit de ces paroles de zele flam- boyant touché viuement en ses entrailles, & au plus profond de son ame? La force de ceste veri- table Parole de Dieu estonna tout le Clergé en Se- ptembre 1532. lors que Farel & Antoine Saunier arriuez de Piedmont vindrent par commandemét de l'Euesque comparoir au conseil episcopal com- posé de 32. Chanoines, pour respondre sur les char- ges qu'on leur mettoit sus de nouuelle doctrine, mesmes eust bonne grace l'vn des principaux Cha- noines, qui dit en opinant à son tour apres qu'ils

c j

se furent retirez, *Si diſputetur, totum miniſterium noſtrum deſtruetur.*

GENEVE, en laquelle Dieu en ces dernies ſiecles a ſuſcité & enuoyé des exçellens & rares perſonnages, fideles & zelez prædicateurs de ſon S. Euangile. FAREL, VIRET, ce grand Docte CALVIN, & ceſte perle d'Antoine Sadeel baron de CHANDIEV, le rude fleau des Ieſuites: Admirables eſcriuains, diuins interpretes des ſaincts decrets.

Ces deux le ciel voulut tirer à ſoy preſques en la fleur de leurs ans pour les rauir à la terre qui ſe monſtroit indigne de ioyaux ſi precieux. Mais i'apperçoi ma plume qui veut marquer en ceſte page le nom de ce venerable & tant renommé vieillard THEODORE DE BESZE, lequel plein de vie treſcontenté cheminoit nagueres en la lice de l'an quatre vingts & ſeptieme de ſon aage reſpectât ſingulieremét les Magiſtrats, & d'iceux nó moins reſpecté. Heureux vieillard qui ſur ſes iours decrepites euſt ceſt hôneur que de receuoir les doux acceuils du plus grand Roy de la Chreſtienté, & d'auoir eſté viſité & careſſé en ſa propre maiſon par la pluſpart des grands & autres, qui paſſans à Geneue renenoyent tous melancholiques en l'an 1600. du grand Iubilé de Rome, & des Princes & grands Seigneurs qui ſuiuoyent la Royale Maieſté en la conqueſte de Sauoye, leſquels daignerent honore Geneue de leur preſence. Ie luy auoi renouuellé dreſſant ceſt eſcrit, le ſouhait qui luy fuſt fait il y a quelques annees par vn Grand: Pleuſt à Dieu que ie vous peuſſe deſcharger d'vne vingtaine de vos annees

nees pour prolonger vos seruices au Public & à l'E-
glise, & le souhait d'Agamemnon à Nestor dans
mon autheur,

Ὦ γέρον, εἴθ' ὡς θυμὸς ἐνὶ στήθεσσι φίλοισιν. &c.

Mais helas! le pourray-ie dire sans larmes? Il
me faut à mon grand regret changer de termes. Ie
vien de receuoir vne triste nouuelle pour l'Eglise,
tres-bonne pour ce personnage. C'est qu'vn iour du
Seigneur, vn iour de Dimache 13. d'Octobre dernier
Dieu a retiré du milieu de l'Eglise de Geneue cete
claire lumiere, ce precieux chandelier au grand
deuil de tous les gens de bien: qui sont consolez
neantmoins en ce que Theodore de Beze vit &
viura encores à Geneue, & par l'Vniuers, en ses
doctes escrits, en son heureuse & perdurable memoire, & en la personne de plusieurs excellents
Pasteurs de la mesme Eglise, qui tousiours se sont
rendus ses fideles imitateurs en pureté de doctrine, en zele & sincerité de vie : Vie qu'il te plaise, ô
bon Dieu, Pasteur des pasteurs leur prester aussi
longue, & aussi bonne, couronnee d'vne mort, ou
plustost d'vn sommeil autant doux & heureux,

OBDORMIVIT IN DOMINO.

Ie ne doute point que plusieurs doctes hómes,
& Poetes ne donnent à la memoire du defunct
plusieurs riches epitaphes. Pour moy ie ne luy
donne pour ceste heure que cest Anagramme veritable malgré l'enuieuse rage des ennemis de Dieu
& de son Eglise.

THEODORVS BESZA VESELIVS,
DEI ZELO VSVS BEATVS HEROS.
GENEVE, qui fait incessamment la guerre à

c ij

Baal & Dagon, en laquelle sont punis rigoureu-
sement les heretiques, tesmoin le memorable supplice de ce maudit Seruet antitrinitaire, bruslé en
l'an 1553. & la condamnation d'vne trouppe d'Ana-
baptistes en l'an 1537. & le chastiement public d'vn
Anabaptiste en Ianuier 1545 & d'vn autre heretique
au point de la saincte Trinité, Valentin Gentil en
l'an 1558. Bref où plusieurs pour blasphemes, re-
niemés & maugremens du nom de Dieu (qui sont
auiourd'huy les fleurs du langage des mondains,)
ont esté punis à mort.

GENEVE où la parole de Dieu est preschee, &
les saincts Sacremens vrays seaux & gages de nostre foy, administrez en toute pureté, naifueté &
simplicité sans fard ni tradition humaine, auec
prieres & oraisons qui montent & penetrent au
ciel en odeur de sacrifice agreable à Dieu, & reson-
nent en terre, en edification aux bienviuans. La où
on adore vn seul Dieu, Pere, Fils & S. Esprit, vn seul
Sauueur & Mediateur Iesus Christ, & nul autre. [Il
ne veut point de compagnon. Il est suffisant pour
sauuer l'homme.] Là où Dieu est prié & inuoqué
par le formulaire de priere que luy mesmes ensei-
gna & laissa à ses disciples & à l'Eglise. *Pater noster qui es in cælis, &t.* Là où l'on fait confession de
la foy Chrestienne par la graue recitation du sym-
bole des Apostres, *Credo in Deum Patrem, &c.* Là
où finalement les deux tables de la Loy de Dieu,
& des dix commandemens, qu'il publia & pronon-
ça à Moyse dans le mont de Sinai d'vne voix & Maiesté redoutable, en esclats de tonnerres, & en sons
& retentissemens de trompette redoublez, sont pro-
posez

posez au peuple sans y rien changer, oster, ni adiouster, pour regle des actions humaines enuers Dieu,
& enuers les hommes : & encor parler contre Geneue, & la qualifier le siege des heretiques? O infame calomniateur, quel Dæmon t'a ausi præcipité?

GENEVE, le refuge memorable des pauures
fideles de Merindol & de Cabrieres en leur persecutiõ horrible de l'an 1545. Qui a serui de retraicte
& d'asyle à vn si grand nombre de gens de bien de
toutes nations & qualitez: par exemple au magnifique Andrea da Pōte frere de Nicolo da Ponte Duc
de Venize, à vn Celso Martinégo de la maison Illustrissime des Comtes de Martinengue, qui fust le
premier fondateur & Pasteur de l'Eglise Italienne
de Geneue, à trois Côtes de Thienne, à vn Marquis
de Vico Galeazzo Caracciolo du Royaume de Na
ples, qui auoit esté des grāds fauoris de Charles V.
& marié auec vne fille du Duc di Nocera, cōme plus
amplemét est deduit en l'estat de sa vie mise en lumiere par feu Nicolao Balbani docte & venerable
Theologien de ceste mesme Eglise Italienne. Bref
à plusieurs grands Seigneurs d'Angleterre, Comtes, Barons, Cheualiers, & qualifiez gentilshom-
mes: comme aux Seigneurs Knolles, Stanley, Spen-
ser, Stevvard, Bodleigh, Pilkington, Mosgraue, Pel-
ham, Morley, Haruye, Beaumont, Sampson, Mans-
feilde, Amondisham, Nevvton, Ffolgeham, Duce,
Argal, Chrispe, Smyth, & autres de ceste nation du
temps de la persecutiõ sous la Royne Marie, aucuns
desquels comme Guillaume Vvilliam, Iean
Knoxe, Christofle Goodman, Iean Baccon, Iean
Bodeleigh & autres se passerent bourgeois [si que

Geneue se peut vanter d'auoir encor des citoyens
grāds Seigneurs en Angleterre]& la plus part en fin
à l'heureux aduenement de la feu Royne Elisabeth
se retirerēt en leur pais, & se vindrent presenter en
conseil le 30. de May M.D.LX. remerciās par l'or-
gane de Guillaume Vuittinguen la Seigneurie de
telle hospitalité, & des honeurs & bienfaicts qu'ils
auoyent receu en la ville, offrans tous seruices, &
requerans attestation de leur bonne conuersation,
Puis remirent vn liure pour per-petuelle memoire
escrit en Anglois contenāt leurs noms & qualitez,
& particulierement de ceux qui estoyent nez &
morts en la ville. Si fūt expressemēt arresté, *Qu'on*
retenois ceux qui estoyent bourgeoys, pour tels à l'ad-
uenir. Bref ceste Geneue qui a serui de port & d'ha-
ure trāquille parmi les orages & rudes tēpestes de
ce dernier siecle à vn grād nombre de gentilhommes Frāçois & Flamāds signalez & de haute qualité: Comme à vn Iaques de Bourgongne, Seigneur
de Fallais, proche parent de l'Empereur Charles
V. marié auec Dame Yoland de Bréderode ; aux
Vicomtes d'Aubeterre ; à l'vn des freres du feu
Mareschal de Montpezat ; à Messire Preian Vi-
dame de Chartres ; aux Seigneurs Amilcar de
Teligni, Paul de Mouuans, François de Lottrech,
Frāçois de la Noue, & infinis autres. Tous lesquels
refugiez, & autres de toutes nations, lesquels
pour cause de briefueté ie m'abstiē de remarquer,
au temps des feux & des persecutions mespri-
soyent & abandonnoyent leurs Estats, leurs Seigneuries, biens, commoditez, honneurs, & les
grandeurs de ce monde, pour triompher en leur

peti-

petiteſſe ſous la douce liberté de leurs conſciences, S. Iean 14.6.
& loger le reſte de leurs iours en repos ſoubs les
aiſles, & à l'abry des conſolations du Saũueur qui
crioit aux oreilles de Thomas, Ie ſuis le chemin, la
verité, & la vie,

Aude hoſpes contemnere opes, & té quoque dignũ
Finge Deo.

GENEVE à laquelle Dieu fiſt iadis ceſt honneur & ceſte grace, que d'y auoir aſſemblé & dreſſé en meſme temps Egliſes Eſpagnole, Angloiſe,
Allemande, Françoiſe, Italienne. Ces deux y reſtent
encores. Et en celle ci paroiſſent pluſieurs honorables Seigneurs Italiens de maiſons Nobles &
anciennes de Luques, Cremone, & autres endroits d'Italie, qui ont l'honneur & la vertu en recommandation, ennemis iurez de l'oiſiueté, mere
nourrice des vices.

GENEVE où le meſchant, le blaſphemateur,
le ſorcier, l'adultere ne ſont point tolerez, ains re-
tranchez du milieu des hommes par le glaiue de
Iuſtice.

Procul ô procul eſte prophani.
Et encor parler contre Geneue?

GENEVE, de laquelle l'vn des principaux
Princes d'Allemagne vray patron de vertu, de valeur, & de ſcience, faiſoit bien autre cas, autre eſti-
me que toy, Caualier iniurieux, lors qu'y paſſant il
y a quelques annees, & ne voulant eſtre cognu
en ſon ſeiour, il laiſſa neantmoins pour eſtre recogneu apres ſon deſpart ſous le cheuet de ſon lict
au logis public ceſt eloge, ce monument perpetuel
de ſon iugement & de ſa bienueuillance, *Galliam*

ingreſſurus, Geneua reliquit perpetua memoria, ergò
Anno 1602. Iuly 28.

MAVRITIVS HASSIÆ
LANDGRAVIVS. &c.

Quiſquis amat vitam ſobriam, caſtamque tueri,
Perpetua eſto illi caſta Geneua domus.
Quiſquis amat vitam hanc bene viuere, viuere &
illam
Illi iterum fuerit pulchra Geneua Locu.
Hic vita inuenies quicquid conducit vtrique
Relligio hic ſana eſt, aura, ager, atque Lacus.

A quoy i'adiouſterai ceſt anagramme fait par vn
autre grand Seigneur:

RESPVBLICA GENEVENSIS,
GENS SVB CELIS VERÉ PIA.

Et encor parler contre Geneue?

GENEVE, où reluit & regne d'vn coſté, en
l'hoſpital general Pieté & Charité au ſoulagement de ceux du lieu, & des pauures paſſants &
malades, de quelque condition, ou religion qu'ils
ſoyent, & d'autre coſté en ceſte celebre Bourſe des
pauures eſtrágers François, laquelle eſt adminiſtrée
auec autant d'induſtrie, de zele & de bon meſnage,
quelle eſt accompagnée & arrouſee d'vne mani-
feſte benediction de Dieu. Et encor parler contre Geneue?

GENEVE, de laquelle Dieu tire iournellement comme d'vne fertile pepiniere, des excellens
ouuriers qu'il enuoye çà & là pres & loin en ſa
moiſſon, qui eſt grande par ſa grace.

GENEVE celebre Egliſe, où reluiſent des clai-
tes lumieres, des eſtoilles brillantes, des preſcheurs
admi-

admirables. Heureuse compagnie, Conclaue Religieux, Confiftoire venerable, qui dónez terreur au vice, & accueil à la vertu, fous l'aide & la puiffance du Magiftrat, puiffiez vous durer à toufiours mais de pere en fils, de fiecle en fiecle, feruans conftamment à l'Eternel ci bas en terre, à l'auancement & profeffion de fa S. Verité, manutention des bonnes ordonnances, ædification & confolation des fideles Chreftiens, pour receuoir vn iour au ciel voftre guerdon infaillible, les couronnes Eternelles. *Sed illud apud Geneuates laudabile* (dit Bodin) *fi quid vfquam gentium, quodque Rempub. efficit, fi non opibus & imperij magnitudine, certè virtutibus ac pietate florentem: illa fcilicet Pontificum cenfura, qua nihil maius ac diuinius cogitari potuit ad coercendas hominum cupiditates, & ea vitia qua legibus humanis ac iudiciis emendari nullo modo poffunt: hæc tamē coertio ad Chrifti normam dirigitur, latēter primùm et amicè, deinde paulo acerbius. &c.*

10. Bodinus in methodo hiftor. 16. p. 342.

Encor parler contre Geneue?
GENEVE Republique tant renommee pour la bonne police & pour l'Efchole & Academie, là où des plus grands & illuftres perfonnages de noftre temps en toutes fciéces douez de beaux & rares efprits, & qui fōt pour la plufpart cogneus par leurs doctes efcrits, ont vefcu iufques à leur tōbeau, & aucuns iufques eux edits de Pacificatió: voire entōné dãs les chaires des Tēples, dãs les chaires des Auditoires, des predications, & des leçons de haute & rare doctrine. Ie voy les glorieux noms de ces grands hommes, religieux officiers des Mufes, qui ont refplendi fous la voute du ciel Geneuois, com-

me des claires lumieres par leurs vertus, doctrine,
& bonne vie; ie les voi, dis-ie, escrits magnifique-
ment en lettres d'or dans les matricules de l'Academie, qui me rauissent, & par leur splédeur m'es-
blouissent à demi les yeux.

Plin. ep.
4.26. *Patriam meam, omnesque qui nomen eius au-
xerunt, vt Patriam ipsam veneror & diligo.*

Au rang des Theologiens i'apperçoi les sus nó-
mez Guillaume Farel, Pierre Viret, Iean Caluin,
Theodore de Besze , Antoine de Chandieu. Puis
Nicolas des Galars dit de Saules, Iean Macar, Michel Cop, Lambert Daneau, Iean Raimond Mer-
lin, Claude Prenost, Iean de Serres, Pierre d'Aribau-
douze baron d'Anduze, Iean de L'espine , Iean Ri-
bit, pere de feu mósieur de la Riuiere premier Me-
decin du Roy, François Bourgoin, Iean Balæus, Thomas Karthutitus Anglois, Iean Gnoxus Escossois,
Ieã Pererius Espagnol, & Iean Baptiste Rotá Italié.

La gráde modestie des viuans qui excellent auiourd'huy en bon nombre à Geneue, tant Professeurs en Theologie, que Ministres & professeurs
en la langue Hebraïque, & lettres humaines vieux
& ieunes, desquels la reputation & renommée ga-
gne pays au lóg & au large de iour à autre, ne me
permet de les nómer, pour couurir d'ailleurs soubs
mon silence, plus de vertus que l'infinité de ma
plume ne pourroit exprimer.

Au rang des Professeurs en langue Hebraïque
sont escrits.

Antonius Rodolphus Ceualerius , Petrus Ceualerius, Bonauentura Cornelius Bertramus, Loys fils
du grand Budé, François le Gay sieur de Boisnor-
mand,

mand, François du ton, dit Iunius, François de Béjon, gentilhomme de Bretagne.

Au rang des Iurisconsultes, dont les vns ont esté *oracula ciuitatis* par leurs doctes responses, & les autres ont honoré l'Vniuersité par la profession de la Iurisprudence, se presentent.

Henricus Scringerus Escossois, Enemondus Bonæfidius *magni nominis apud Cuiacium*, & duquel fut auditeur à Geneue Hermannus Vulterus grãd Iurisconsulte au païs du Lantgraff de Hessen, Hugo Donellus, Hugo Langlæus, Germanus Colladonius, Leo Colladonius, Laurêtius de Normandie, Innocêt Gentillet qui estoit President du Parlemêt de Grenoble, Petrus Carpentarius qui depuis fut procurepr du Roy au grand conseil, Franciscus Hotomannus, Ioannes Crispinus, Petrus Ceualerius, & Paulus F. senatores Geneu. Michaël Vatro senateur à Geneue & grand mathematicien & philosophe, Iean de Verace disciple de Duaren, & fils du grand Guillaume Budé, duquel Guillaume l'on voit encores pour le iourd'huy la propre fille à Geneue, matrone treshonorable de 80. ans Dionysius Cothofredus, Iulius Pacius, Iacobus Lectius Senator & Professor.

Marchent apres au rang des Medecins & des Professeurs & hommes doctes es lettres humaines Benoist Textor, Philibert Sarasin, *qui superstitem reliquit filiam Lodoicam Sarracenum literis Hebraicas, Græcas & Latinas doctam Marco Offredo Doctori Medico è nobilissima Offredorum Cremonensium familia, etiamnum iunctam matrimonio.* Ianus Antonius Sarracenus Philib. F. Tussanus Ducretus, Ioseph du Chesne Sr de la Violette Med.

IOSEPH SCALIGER l'honneur des lettres en
ce siecle fils du grand Iule Cæsar Scaliger. Iulian
du Perron pere du Cardinal du Perron cy deuant
Euesque d'Eureux, Petrus Ramus Parisiensis, Simō
Simonius, Conradus Badius, Petrus Antesignanus,
Robertus Stephanus, Henricus Stephanus, Franciscus Portus Cretensis, Æmylus Portus f. Petrus
Galezius Hispanus, Robertus Constantinus, Franciscus Beraldus, Mathæus Beroaldus, Iean Ron-
don, Claudius Baduellus, Augustinus Niphus,
Ioannes Stadius, Iaques Beisson grand Mathematicien, Ioannes Tagautius, Florent Chrestien.
Hugues Sureau dit du Rosier, Mathurin Cordier.
Isaacus Casaubonus. Bref qui en voudroit en ce
lieu comprendre l'entier denombrement le cata-
logue seroit plus lōg que de Geneue à Chambery.
Heureuse Eglise, Heureuse Academie, en faueur &
hōneur de laquelle plusieurs ieunes grāds Princes,
& Seigneurs de France, d'Allemagne d'Angleterre, d'Escosse, de Poloigne, de Dánemarch, Boeme,
Morauie, Suisse, ont esté de tout tēps, & sont iournellement enuoyez à Geneue pour la pureté de religion, pour la cognoissance de la langue Francoi-
se, & des bonnes lettres, comme iadis Christophle
Conte Palatin du Rhin, fils du grand Frideric Electeur Palatin, & frere du Duc Casimir. Hésy fils aisné de Iaques l'aciē Duc de Nemours Francois Duc
de Lunebourg. Iean Adolph Duc de Holstein. Plu
sieurs & diuers Comtes des maisons de Nassavv,
Solms, Hanavv, Holavv, Béthein, Vvitgenstein, les
Barons de Zerotin en Morauie, les freres Barons de
Donavv

Donavv, François de Hasting & Roger de Rutland Comtes Anglois & infinis autres. Voire i'entends qu'encor à present apres tant de troubles & de miseres, il y a encor nombre de gentilhommes estrangers à Geneue, & plus de huict ou neuf Comtes, ou Barons Allemands, & cependant ce calomniateur de Cauaier aura bien osé prophaner le desseing de tant de gens d'honneur, & qualifier Geneue, *vn nid de Mercadans, le rebut du monde, la lie & l'ordure des Conuents defroquez, petit troupeau d'estourneaux.* Appren imposteur à respecter autrement le corps d'vne ville si honorable & tant de Seigneurs qui l'aiment & cherissent ausquels tu fais pareille iniure.

GENEVE, laquelle fait ses trophees & sa grande gloire du mespris, des blasmes, des rebuts, & de la haine du monde. *Vous serez hais de tous* (disoit nostre Sauueur) *à cause de mon nom, mais il qui soustiendra iusques à la fin, cestui là sera sauué.* Matth. 10.

GENEVE, en vn mot toute Renommée, dont l'estat à vray dire n'est qu'vn pur ænigme, vn abregé des miracles du Tout puissant, le Theatre sur lequel il a desployé ses grandes merueilles, & des tesmoignages tant signalez de sa bienueillance paternelle & de sa protection & sauuegarde contre les belles maximes d'estat, & les conclusions humaines. Tant d'entreprises descouuertes les vnes sur les autres miraculeusement, & par des moyens du tout extraordinaires: *Prater omne humanum consilium, omnémque humanam expectationem sola diuina prouidentia.* comme dit François Boniuard prieur de S. Victor à Geneue escriuant au lieu sus

allegué à Muniferus de la conferuation remarquable de Geneuë. Conferuation qui met aucuns des
aduerfaires de Geneuë comme hors d'eux mefmes,
& les reduit en fens reprouué, ainfi que ce beau Pere hypocrite, lequel au lieu d'en affigner les caufes
à la feule bône volôté de Dieu, & en dependre immediatement en admirant les fecrets infcrutables
de la prouidence diuine, recouroit dernierement
aux Dæmôs par multiplicité de queftions damna-
bles qui ont efté publiees par tout le monde , où
entre autres fe lifent ces deux qui concernent Geneuë. *Circá Geneuam plagiariam quid velit Deus*
me fcire per te. Plufieurs n'entendront pas ces
termes, car auffi bien eft-ce langage de diables : &
l'autre, *Quid circa Geneua côferuationem tam fape,*
C'eft à dire, Que fera-il de cefte fi frequente confer-
uatió de Geneuë? De mefme farine eft certain difcours de l'Archipere, lequel trotte par les mains
d'vn chacun en Allemagne contenant les deffeings
& moyens pour paruenir à la deftruction de Geneuë & s'oppofer au Dieu du ciel qui eft le feul autheur de cefte protection & conferuation miraculeufe. Miferables, il feroit mef-huy temps de donner gloire à Dieu, & non point fe roidir contre le
bras du Tout puiffant, lequel n'eftant point r'ac-
courci, il eftendra s'il luy plaift comme par le paffé
au long & au large fur Geneuë pour y continuer de
plus en plus cefte conferuation, laquelle a extorqué
de la bouche des aduerfaires de Geneuë moins a-
nimez, ces paroles,

Non hæc fine numine Diuûm
Eueniunt.

Et tiré de nos langues volontaires cesse confession quotidienne auec le Prophete Royal.

Pfal. 40.
Bucan.

In nos sancte parens quæ vigilantia.
Et quam mira tua pignora suppetant
Qua nec mens acie cernere languida
Possit, nec numero lingua retexere.

Dont lui soit honneur & gloire eternellement.
C'est ainsi que i'ay voulu en prose contrecarrer
les blasmes que tu t'es efforcé d'entasser sur Geneue. Mais il y a plus, voici ce qu'vne rhyme beaucoup meilleure t'en dira sommairement, & en
bons termes.

Eques Sabaude perfidis leonibus,
Et impudicis impudentior Lupis.
Quotquot nefandis fornicationibus
Augent tributa iussa summi Presidis,
Et lucra parta rebus ex quibuslibet,
Quotquot nimis severa vota Calidum
Solantur, atque Iesuiticos greges,
Quum strictiore fibula pruriginem
Arcere sani non queunt Cupidinem,
Hanc, Vrbem Abyssi iste vocat Tartarum
Chaos, Barathrum, dogmatum propaginem,
Errantium, Dagonis, & Baalium
Sedem: Mephitim fœdam, odore quæ inficit
Teterrimo cutius urbis incolas?
Et bile si quid impotenti concitus,
Loquenuisque stridulis gannitibus
Tumens recenses pessus? O dum furor!
O fascini inurere cæco pectora,
Scourim meta philtris ardentibus
Qua perdit animas amicis perniciel
Damnas Genenam, quod Tyrannidis iugum

Excuſſit Antichriſtianæ? Quòd Stygis
Palude nata eliminauit ſomnia,
Manúque fabrorum dolata fregerit
Eidola, cultus abrogarit impios,
Et quicquid æternis repugnat legibus
Parentis almi? Quòd micante lumine
Luſtrata veritati inclytæ ſua
Nunc vota Chriſte pura ſolì nuncupat,
Illos abominata qui cœleſtibus
Oraculis oracla præferunt ſua,
Humana ſcita vocibus vatum ſacris?
Autoritates Cæſarum qui negligunt,
Regéſque pronas ſubditos cogunt ſuis
Libare baſiationes calceis?
Cogúntque bullis fulminantibus datas,
Pauere leges, & ſuos nutus ſequi.
Oſor ſuperbe Numinis veri, Schola
Te fibulata factionis haud probis
Adhuc tenellulum imbuerunt artibus:
Crudelis inde factus, arrogans, ferox,
Impurus, audax, verſipellis, & procax,
Calumniator ſanguinem noſtrum ſitis
Sopita quærens innouare iurgia:
Tuúmque damnas Principem, quòd fraudibus
Procul malignis, & procul periurio
Iurata ſeruat fœdera, & paces volit
Prudens benignas, nec canum curat famem
Latrantium leuare, bella quos ſolens
Nutrire inertes ſola: nil tuis eget
Eques Sabaude, blandulis hortatibus.
Vis plura? Quiſquis publica optat otia,
Te turbulentum odit, tibíque darat crucem.

DE L'ESTAT ANCIEN
de Geneue soubs les Euesques qualifiez Princes de GE-NEVE.

GENEVE doncques pour reprendre sommairement noftre propos, enfuinát les traces antiques de la pure & fimple verité (ce qui feruira de præambule, de lumiere & d'efclairciffement aux droits que nous oppoferós ci apres aux fauffes allegations du Caualier) Geneue, dis-ie, ville iadiſ puiffante & floriffante, plus grande trois fois en fes feuls fauxbourgs, qu'elle n'eft à prefent en tout le circuit de fes murs, dominant en cefte affiette remarquable fur cefte petite mer du tant renommé Lac Leman, & fur l'eftendue de la meilleure part du pais voifin iufques à la ville de Soleurre : mefmes du temps de l'Euefque Domitian, a toufiours demeuré ville franche & Republique Imperiale, voire plufieurs fiecles auất que la maifon de Sauoye euft encor aucun nom, ni commencement en Sauoye, moins qu'elle fuft erigee ni en Comté, ni en Duché, releuant fimplement & immediatement de l'Empire Romain, fans qu'il y ait memoire ni acte valable du contraire : Gouuernee par fes Confuls ou Syndiques & autres Magiftrats en la mefme forte & maniere que depuis 70. ou 80. ans, ainfi mefmes qu'il appert par les anciens liures de confeil, dreffez les vns en Latin, les autres en vieux Romant : regie par fes pro-

pres loix,ſtatus & edits municipaux,& hors iceux
par le droit eſcript Imperial,duquel meſmes iceux
edits ſont pour la plus part extraits & tirez : n'a-
yant à Prince ou Potetat du monde aucun deuoir
ni obligation de ſujettion & obeïſſance , fors que
de faire prieres publiques. ſolennellement trois
iours durant pour la proſperité de l'Empire & de
l'Empereur quãd il viendroit en perſonne dans
la ville,côme ſera monſtré & verifié plus expreſſement en ſon lieu, & ainſi qu'il fuſt fait & pratiqué
enuers Henry deſigné Empereur le Mardy apres la
S.Michel 1319. enuers Sigiſmond en l'an 1415.&
enuers Frideric III. de ce nom le 25. d'Octobre
1442. paſſans à Geneue. Lequel Frideric à l'imitation de ce que nous auons dit ci deſſus de Charlemagne fiſt peindre ſur l'arc du portail allant du
haut de la rue du Perron en la place de S. Pierre
l'Aigle des Rois des Romains en eſcuſſon iaulne,
peinoe de ſable,& armee de gueules où le tout ſe
voit encor de preſent.

Bien eſt vray que dés le regne de l'Emp.Charle-
magne,lequel pouſſé de grãde deuotiõ & pieté, cõ
meſt notoire à ceux qui ſon verſez en ſon hiſtoire,s'efforça de planter la banniere du Chriſtianiſ-
me par l'Vniuers, & religieuſement donna de grã-
des præeminences & prærogatiues en diuers lieux
aux gés d'Egliſe,Archeueſques , Eueſques & autres
Prelats iuſques à ioindre à la ſpiritualité,la iuriſdiction & principauté temporelle,Geneue, ſoit pour
agreer à la volonté religieuſe des Empereurs , ſoit
par vne debonnaireté & facilité naturelle, & grãde deuotion de tout temps recognuë en ce peuple
à reſ-

à respecter & honorer ses Euesques, & autres gens
d'Eglise, commença principalement sur le declin
de l'Empire Romain, & pour se garentir contre les
incursions des barbares, de recourir à ses Euesques
qui auoyent les principaux reuenus du pays en
main, & par côsequét les nerfs de guerre, & les forces de l'Estat deuers eux, & de leur attribuer reli-
gieusement titres de Princes & administrateurs de
l'Eglise & Cité. Entre autres tesmoignages de ceste
grande & singuliere deuotion ie donnerai celui de
Volaterran au 3. de sa geographie : *Geberna (dit il)
vrbs Genua Cæsari appellata apud Lacū Iemānum,
vbi Cataldum eius vrbis Præsulem ac Professorem
adorant.* Ils l'adorent, c'est à dire ils luy portent, & à
sa memoire vn grand honneur, & reuerence religieuse, & doit à mon aduis ce Cataldus auoir esté
l'vn des premiers Euesques & prescheurs, qui ont
annoncé & presché la foy Chrestienne à Geneue.
Toutesfois ie me submettrai au iugement & à la
censure de ceux qui ayans plus ample cognoissance de l'histoire, pourront, s'il leur plaist, rapporter
& donner au public autre plus certaine coniectu-
re.

Mais ceste puissance & iurisdiction temporelle
ainsi dônee & accordee aux Euesques estoit neantmoins limitée & restrainte dans ses bornes & regles, en telle sorte que plusieurs belles marques de
souueraineté, plusieurs bonnes reliques de l'anciene liberté demeuroyent deuers le magistrat secu-
lier, Syndiques & conseil de la ville, si bien que tels
princes & Euesques semblent auoir esté plustost
princes de Geneue de titre seulement & par hon-

neur, que d'effect, & en puissance, semblables aux
Ducs qui sont és Republiques de Gennes & de Venize, ou bien à l'Euesque de Sion en Valey & à plusieurs autres, qui en France, Allemagne, Suisse, &
Sauoye, ainsi que l'Archeuesque de Tarátaize, sont
qualifiez princes des pais despendans de leurs Ar-
cheueschez & Eueschez sans que toutesfois il leur
soit loisible de disposer & resoudre des affaires
d'importance, & d'Estat, sans le consentement &
volonté de leurs peuples qui ont leurs conseils &
assemblees, & l'administration de plusieurs choses
temporelles en main. Autres sont honorez du titre
de Monsieur de tel & tel lieu. MONSIEVR de
Bourges, de Lyon, de Paris, & ainsi conséquément
quoy qu'ils n'en soient seigneurs, & qu'il y ait bié
autre Môsieur par dessus eux. Pour exéple de ceste
nô absolue puissance & principauté des Euesques
de Geneue ie me côteterai de marquer quatre ou
cinq poincts notables. Le premier sera

I.

Que l'election & l'establissement des Euesques
se faisoit par le peuple en conseil general, chacun y
donnant sa voix d'approbation ou reiection. Et sur
ce propos est remarquable la congratulation de S.
Bernard en son epistre 27. escriuant à l'Euesque Ardutius ou Ardutio.

Credimus electionem tuam esse à Deo quam tante
Cleri Populique côsensu fuisse celebratam accepimus,
Gratulamur, &c.

II.

Les Euesques à leur entree iuroyent & promet-
toyent par sermét solennel de fidelité entre mains
des

des Syndiques, par fois entre mains de deux notaires, de garder & proteger les anciennes libertez &
franchises de la Cité. Ausquelles partant ils ne pouuoyent deroger, soit tacitement ou expressement,
que par penure, desloyauté ou lascheté.

Ainsi en l'an 1357. & le 23. May Ademarus Euesf-
que apres auoir reueu tous les registres desdites libertez & franchises, & icelles reduit en meilleure
forme & bon ordre, les conferme, iure & fait publier. *Nous promettons par nostre bonne foy (dit il)
pour nous & nos successeurs en ladite Eglise de Geneue & en la iurisdiction teporelle, es mains des notaires publics & iurez stipulans icelles franchises, tenir
perpetuellement & inuiolablement obseruer.* Il auoit
esté Iacopin, & ne regna que trois ans. Ainsi en l'an
1418. Iean de Pierre Cize Patriarche de Côstantinople & Euesque de Geneue, duquel nous parlerons ci apres en autre lieu, & en l'an 1422. & le
22. d'Octobre Messire Iean de Brieue cuisse confes-
seur du Roy de France, & auparauant Euesque de
Paris, puis Euesque de Geneue faisans leur
entree d'Euesques, presterent le serment (est il
dit) que leurs predecesseurs auoyent accoustumé.

Successiuement François de Sauoye Euesque, le
23. de Iuin 1428. par acte & instrument public signé *Monachi*, en ces termes. *Prefatus Dominus E-
piscopus & Princeps, mores & vestigia suorum in dicto suo episcopatu pradecessorum benigniter insequen-
do, existens ante magnum altare Ecclesia sancti Petri manibus apertis super imagine crucifixi fecit atq;
prastitit corporale iuramentum, dicendo ore suo;*

d iij

Nos Franciscus &c. Iuramus obseruare & manute-
nere pro posse libertates, immunitates & franchesias
ciuitatis nostræ Gebenna in singulis capitulis. Sic
Deus nos iuuet &c.

De mesmes Charles de Seyssé en l'an 1510. & le 2.
de Iuin faisant son entree, iura les franchises & libertez de la Cité comme ses predecesseurs, & au
mois de Sept. suiuát s'alla presenter à Strasbourg à
Maximilian Roy des Rom. pour maintenir contre
quelque sinistre demáde les libertez de la ville par
la bulle de Frideric Barberousse ci apres tenori-
see en son lieu. Ainsi Iean de Sauoye le dernier iour
d'Aoust 1513. Ainsi Pierre de la Baulme frere du
Comte de Montreuel & dernier Euesque de Geneue succedant en l'Euesché à Iean de Sauoye fist son
entree à Geneue le 1. d'Auril 1523. & auant que mettre le pied dans les Fauxbourgs du palais, presta
serment au pont d'Arue entre mains de deux Syndiques d'obseruer les franchises & liberté de la ville. Lesdites franchises se trouuent imprimees à Geneue en l'an 1507. contenans septanteneuf articles,
& sont intitulees: *La copie des coustumes, ordonnan-*
ces, franchise, & libertez de la Noble, & insigne Cité
de Geneue. Libertez si anciennes qu'il est escript au
premier feuillet en vers,

　On ne pourroit au vray dire estimer
　Le iour ne quand premier furent construites,
　Car par deuant qu'oncques on fist intimer
　Loys d'Empereurs ils ont esté escrites.
Entre autres articles il y a celuy ci 22.
I I I.
Que la garde de la ville & cité de Geneue &
des

des biens des delinquans à deuoir garder par la
Cour appartient & doibt appartenir entierement
de nuict depuis le Soleil couché, iusques au Soleil
Leuant aux Syndiques & conseil des citoyens, &
non à autres, & que nous ni autres à nostre nom
* ne puissent ni ne doiuent exercer aucune iurisdiction à celles heures, sinon lesdits citoyes, lesquels
ayent, & ausquels appartient toute iurisdiction mere, & mixte Empire.

*C'est l'E-
uesque A-
demarus
qui parle.

Partage bien remarquable de gouuerner les vns
de iour, les autres de nuict, & qui semble auoir esté
fait entre les Euesques & les citoyens pour s'accorder de la Iurisdiction temporelle, que les citoyens
ne vouloient contre leurs anciennes libertez estre
entierement acquise aux Euesques, aucûs desquels
vsoyent bien sobrement des preeminences à eux
accordées: mais les autres par contre se laissans es-
bransler aux vents & orages impetueux d'Ambitió
& Auarice, en abusoyent par fois au grand mescon-
tentement du peuple.

IV.

Item en l'art. 23. Que les citoyens bourgeoys &
iurez de ladite Cité puissent vn chacun an consti-
tuer, creer, faire ordóner quatre Syndiques de ladite Cité; ausquels ils puissent conceder & donner
toute & pleine puissance. Iceux Syndiques par
les anciens actes sont appellez Assesseurs des Euesques.

V.

Item en l'art. 14. Que si aucun malfaicteur lay
en cas de crime confesse le cas duquel il est accoul-
pé, ou est conuaincu par verité, il ne doit estre cón-

damné ni iugé, ou eftre abfouls, finon du confentement, confeil & expreffe volonté des deffuf-
dits Syndiques & citoyens, lefquels puiffent audit
conuaincu à leur arbitrage amender, & moyenner
la peine.

A ce propos fait à reciter ce qui fe trouue dans
les Chroniques de Geneue, fcauoir qu'en l'an 1513.
regnant en Frãce le Roy Threfchreftien Loys XII.
d'heureufe memoire vinft à Geneue vn Prefident
de Dijon nommé Villeneufue, lequel les Ambaffadeurs des Cantons de Berne & de Fribourg vindrent demander incontinent pour leur eftre remis
à caufe de certains dommages & excez qu'ils difoyent par luy auoir efté perpetrez contre leurs Seigneurs & fuperieurs. Mais les Syndiques s'eftans
addreffez à l'Euefque Iean de Sauoye pour prendre de luy aduis comme ils fe comporteroyent en
affaire de telle importance qui regardoit l'intereft
& des François, & des Suiffes efgalement demand-
deurs,& le particulier de la ville en fa iurifdiction,
il leur fift brieuement refponfe *Ie fuis Prince, &*
vous Iuges des caufes criminelles, nullement fuiets à
autruy. Si fuft cefte refponfe aux Ambaff. deurs ré-
diie,& qu'on leur feroit bonne & brieue iuftice.En
ce tẽps eftoit Pape Iule qui tenoit bon pour l'Eglife,& refiftoit aux entreprifes du Duc de Sauoye fur
l'Eglife de Geneue.

Voire la conoiffance criminelle appartenoit auf-
dits Syndiques fans appel,fors qu'en certains cas
& où il fembloit y auoir lieu à clemence & mifericorde,l'Euefque faifoit grace, & remettoit aux
delinquants leurs forfaits,pluftoft par autorité E-
piscopa-

piſcopale & Eccleſiaſtique, que Seculiere: ce qu'a-
uec lé téps eſtoit pcedé de ceſte maxime erronee,
Que les Eueſques & Archeueſques, & le Pape principalement peuuent pardonner les pechez en ce
monde, & donner des indulgences à foiſon, & que
telles gens d'Egliſe doiuent eſtre miſericordieux à
l'imitation de la Diuinité.

Telle fuſt la grace que fiſt Thomas Archeueſque
de Tarentaize & adminiſtrateur de l'Eueſché de
Geneue à certain criminel condamné à mort par
les Syndiques le 6. de May 1453. Grace qui fuſt
faite à la requeſte & priere de Loys Duc de Sauoyé:
car ces propres termes ſe liſent en l'acte, *Ad preces
inſtantes, & affectuoſas Illuſtriſſimi Principis, & Domini, Domini Ludouici Ducis Sabaudiæ in ea parte
pro dilecto ſuo ſinceri intercedentis, autoritate Epi-
ſcopali & Principatus Gebennenſis parcendum &
indulgendum gratioſe & miſericorditer duximus.*
Ce qui eſt meſmes à noter, pour monſtrer que les
Ducs de Sauoye n'auoyent aucun droit de Seigneurie ou principauté dans la ville, puis qu'ils re-
queroyent inſtamment les Eueſques de faire grace à vn criminel, Ce qu'ils n'euſſent oncques fait,
s'ils euſſent eu le droit & la puiſſance de pardonner.

Item la grace que fiſt l'Eueſque Philibert de Sauoye à vn nommé le Paumier eſtant ia au pied de
l'eſchelle, & au veu & ſceu du Duc Philibert qui
alors eſtoit à Geneue, & du baſtard de Sauoye ſon
frere.

Ité celle que fiſt Iean de Sauoye l'an 1517. lequel
giſant au lict malade des gouttes, & oyãt du bruit

en la rue demandé que c'estoit, & par vne bonne
femme qui le seruoit en cette maladie luy fust res-
pôdu, C'est vn larron qu'on mene pedre, Mõsieur, si
vous luy faisiez grace, il prieroit Dieu toute sa vie
pour vostre santé. L'Euesque luy ennoya apres sa
grace. ¶ Item celle qui fust dônee l'an 1527 & le 20.
de Feurier par Pierre de laBaulme à vn criminel de
la faction des Mammelus, lequel estant conduit au
supplice la corde au col fust par ce moyen relasché
à la requeste des Ambassadeurs des deux villes de
Berne & de Fribourg. Mais ce petit conte est digne
d'obseruatiõ, scauoir que ce pauure criminel estoit
si goutteux qu'à peine pouuoit il mettre vn pied
deuãt l'autre. Et toutesfois la grace estãt suruenue
sur le triste chemin du gibet, il desmarcha de telle
vistesse pour se sauuer parmi le peuple, qui crioit,
au maistre, au traistre, qu'il fut gueri des gouttes, &
depuis vescut longuement sans aucunement s'en
resentir. La peur & l'apprehension secõdee d'vne
indicible ioye auoyent plus operé en ceste goutte
que tous les remedes des Medecins n'eussent peu
faire, lesquels par commun prouerbe l'on dit he
voir goutte en la goutte. Reuenons à nos Euesques.

VI.

Es affaires d'importance les Euesques ne pouuoyent en determiner ni resouldre sans l'aduis &
conseil du Chapitre & du Peuple qui estoit assemblé dans les cloistres de S. Pierre au son de la grosse
cloche. Mesmes les cries se faisoyent de la part de
l'Euesque & des Syndiques. L'vn ne pouuoit
rien sans l'autre, & pour exemple de ceste non
absolue puissance, & limitée autorité, le
baille

baille ce qu'eſt dit en vn traicté d'accord
fait en l'an 1308. entre Aymo Eueſque & Loys Côte de Sauoye au fait de la monnoye qui ſera plus
amplement deſigné ci ápres pour autre regard. Là
où il eſt dit que l'Eueſque ſe fera aduouer, s'il luy
eſt poſſible. *Quòd dominus Epiſcopus bona fide pro-
curet ſi poterit quòd Capitulum Gebennenſe hanc
præſentem concordiam approbet, ratificet, & hoc
procurare non poſſit, ſupplicet ſummo Pontifici, &c.*
De meſmes ayant le x1. Iuin 1418. le Pape Martin
accompagné de 15. Cardinaux, & d'Amé premier
Duc de Sauoye, depuis creé Pape & ſurnommé Fœlix V. au Côcile de Baſle, paſſé à Geneue, & logé aux
Cordeliers à Riue iuſques au 3. de Sept. qu'il en par-
tiſt, ledit Duc Amé luy fiſt ſupplication pour obtenir quelque iuriſdiction à Geneue, & en commu-
niqua depuis auec l'Eueſque Iean de Pierre-Cyze
à Chambery. Mais recognoiſſant ledit Eueſque
que telle choſe ne deſpendoit de ſon autorité, il s'é
excuſa fort honneſtement, & neantmoins pour
ſa deſcharge fiſt aſſembler les Syndiques &
Conſeil de Geneue, expreſſement pour ceſt
affaire le dernier de Feurier 1420. aux Cloiſtres de
S. Pierre, & les pria de luy donner aide & conſeil,
& luy declarer comme il leut ſembloit qu'il deuſt
ſe comporter en tel affaire. Les propres termes de
l'acte qui en fuſt dreſſé intitulé, Tranſaction entre
Iean Patriarche de Conſtantinople & adminiſtrateur de l'Eueſché & Cité de Geneue, ſont tels de
mot à mot: *Venit ad Côſilium generale, vt moris eſt
in talibus, & à Syndicis & procuratoribus nec non ciuibus & habitatoribus communitatem & vniuerſita-
tem dicta ciuitatis Gebennenſis repraeſentantibus cũ*

instantia debita petiit & requisiuit, petebat & re-
quirebat eorum cõsilium, deliberationem, consensúm-
que, auxilium & iuuamen super eo quod videretur
eis debere fieri per eum.

Puis estant parlé de la præface que tindrent les
Syndiques & Conseil general en leur response, il
est dit qu'ils reietterét bié au loin ceste propositió;
Requirentes Dominum Patriarcham & administra-
torem, cum quanta potuerunt reuerentia, in vim &
efficaciam præstiti per eum iuramenti in suo iocundo
aduentu de bene & fideliter regendo Ecclesiam & ci-
uitatem Gebennensem, & iura eis seruando, vt in ipso
iuramento latiùs continetur.

Si fust en fin conclu par stipulation reciproque,
Qu'il ne seroit loisible aux Euesques d'aliener
chose aucune de la Cité sans le consentement & signature des Syndiques & de la plus grande partie
du peuple, en ces propres termes, *Quòd Dominus*
Patriarcha & administrator, aut sui successores, vel
aliquis ex eis nunquam perpetuis futuris temporibus
ad translationem, transmutationem, seu quamuis a-
lienationem ciuitatis Gebennensis, suburbiorum, ter-
ritorij, iurisdictionis, & dominij eiusdem in toto vel in
parte aliqua, etiam ad requisitionem cuiuscumque
persona, cuiusuis dignitatis, gradus, ordinis vel hono-
ris fuerit, quacumque recompensatione sibi data &
assignata procedet, neque etiam aliquem tractatum
super hoc faciet, neque facere poterit, debebit, nec sibi
licebit, quouis dato colore, directè, vel indirectè, sine
expressa requisitione, ante omnia consilio & expresso
consensu Syndicorum dicta Ciuitatis seu Cõmunita-
tis Gebennensis, vocatísque cum sono campana singu-
lari.

*lariter singulis in domo propria, seu ad eorū personas,
ac sine subscriptione dictorum Syndicorum, ac etiam
magna & nobilis partis seu multitudinis ciuiū & habitatorum, &c.*

Voire mesmes en plusieurs bulles & prouisions
des Empereurs Romains qui seront touchees en
autre lieu concernans la superiorité & iurisdiction
temporelle appartenante aux Euesques, Eglise & *Bulle de*
Cité de Geneue, il est dit, qu'il ne sera oncques *Frideric.*
loisible aux propresEmpereurs de l'aliener ou trás- *1162.*
ferer à autres personnes, ores mesmes que l'Euesque y voudroit cösentir. De faict par les constitu-
tions tant Ciuiles que Canoniques ne peuuent les
biens & droits de l'Eglise aucunement estre alie-
nez par les Euesques , beaucoup moins l'Eglise
mesme.

VII.

Les Syndiques citoyens & Communauté de Geneue de temps en temps ont contracté des alhan-
ces auec des Princes estrangers & Republiques au
veu & sceu de leurs Euesques, sans prendre neantmoins d'iceux aucun adueu, permission ni consen-
temét: voire mesmesont fait aucūs traitez de paix,
cóme celuy de S. Iulien en l'an 1530.& de Payerne
1531 par l'entremise des Cantons des Ligues sans
faire en iceux aucune mention des Euesques, directement pour s'opposer & resister aux violences
d'aucuns Euesques abusans de leur autorité & superiorité.

Et cóme en l'an 1285,& le Lundy prochain apres
la feste de S.Michel, fuit fait traité d'alliance entre
Amé 4.Comte de Sauoye d'vne part & les citoyés,

& communauté de la ville de Geneue, d'autre: par
lequel ledit Côte promet de maintenir, garder &
deffendre à ses propres cousts & despens ladite ville & Cité, biens & franchises d'icelle enuers & con
tre tous, *Villam vestram, dit-il, nec non bona & iura
vestra, & franchesias, bona fide per iuramentum nostrum ad Sancta Dei Euangelia præstitum* : mesmes
de leur prester aide, conseil & secours contre Môsieur l'Euesque, si à cause de tel traité, ou pour autre occasion il venoit à leur donner de la fascherie,
vser de violences & d'iniures. *Quòd si Dominus E-
piscopus vel alia persona nomine dicti Episcopi, vobis,
vel alicui vestrum violentiam vel iniuriam inferrent,*
& comme plus amplement tel acte sera designé en
autre lieu. Voire par vne acte de transaction de
l'an 1293. entre Guillaume de Conflens Euesque
de Geneue, & les citoyens & bourgeoys, il appert
que les citoyés tenoyent vne garnison & corps de
garde ordinaire vers l'Eglise Cathedrale de Sainct
Pierre pour maintenir leur liberté contre les attentats de l'Euesque.

De mesmes en l'an 1518. l'Abbé de Bomont &
Frâçois de Boniuard prieur de S. Victor iennes Prelats, zelez Citadins & amateurs de la liberté de la
ville, ioints à vn bon nombre de citoyens enuoyerent au grand regret de l'Euesque Iean de Sauoye
demander la combourgeoisie à la Noble ville &
Canton de Fribourg, laquelle ils obtindrent moyé-
nant que le Conseil general de Geneue y côsentist:
ce que depuis fust par la plus grand voix du general resolu, & la combourgeoisie tost apres iuree.

Et

Et derechef en l'an 1526 le 12. de Mars auant
qu'il y eust aucun trouble pour le fait de la religion
dans Geneue, les Syndiques & citoyens au veu &
sceu de l'Euesque Pierre de la Baume, & sans nean-
moins en prendre de lui aucun aduis ou conseil, co-
tracterent, ou plustost renouuellerent & iurerent
solennellement alliance & combourgeoisie auec
les deux puissantes villes & Cantons de Berne &
Fribourg. Ce que l'Euesque quoy que s'en soit
n'eust point souffert, ni lesdites Republiques faict
faite, s'ils eussent recogneu que le peuple de Geneue fust lié à l'Euesque & Prince par vne si estroite
subiection qu'il ne luy fust loisible de paruenir à
telles alliances, *Nous trois villes,* (est il dit en l'acte
de la combourgeoisie) *pour nous & nos successeurs,
& les nostres qui demeurët esdites villes auõs promis & accepté bien & loyalement receu bourgeoisie,
ainsi comme nos libertez, droits, franchises & anciennes coustumes loyalement portent. Et ainsi puissance
auons de le faire &c.*

VIIL.

La plus part des reuenus de la ville se parta-
geoyent entre l'Euesque & les Syndiques. Comme
entre autres l'Euesque receuoit les deux tiers du
profit des hales, & les Syndiques l'autre tiers.

IX.

Mais quoy ? Voulez-vous vn plus signalé tesmoignage de ceste non absolue puissance des Euesques dans Geneue, que ce qu'aucuns d'iceux ont
instamment recerché, puis obtenu la bourgeoisie

de la ville: Bourgeoisie qui ne se donnoit & conse-
roit que par les Syndiques & Conseil nommez par
nom & surnõ au cõmencement des actes de bourgeoisie, cõtenãt ceste clause principale du sermét:
Iurauit super Dei Euangelijs quòd erit bonus &
fidelis Illustri & Reuerend. Domino Episcopo Gebë-
nensi ac dicta ciuitati, & erit obediens iussibus & mã-
datis Syndicorum, &c. Entre autres & de recente
memoire le susnommé Pierre de la Baulme qui a e-
sté voirement le dernier, mais l'vn des plus prudéts
& iudicieux Euesques de Geneue, si pour le corol-
laire de son Episcopat defaillant de courage sur les
approches de la Verité Celeste il n'eust abandonné
& deseré son Eglise pour courir & se ietter au parti de Sauoye, Pierre de la Baulme, dis-ie, le 15 de Iuillet 1527. se presente en conseil general, demande
d'estre receu à bourgeois de la ville , & par consequent de pouuoir iouir de l'effaict & benefice de la
combourgeoisie sus alleguée de Berne & de Fribourg. L'acte de telle bourgeoisie est notable couché en langue vulgaire, & digne d'estre icy rappor
té en ses clauses principales.

　　Ledit Euesque estant venu au cloistre de S. Pier-
,,re où estoyent la plus grand partie du peuple de
,, Geneue pour affaires publiques couuoquez au son
,, de la grosse cloche , a fait à haute voix, & fait faire
,, remõstrãce des occurrents & grands dãgers surue-
,, nants à Geneue du costé de l'Illustrissime Seigneur
,, le Seigneur Duc de Sauoye. Quoy estre fait, estant
,, cõme a dit, du teneur des lettres de la cõbourgeoi-
,, sie des Magnifiques Seigneurs de Berne, Fribourg,
,, & Geneue, de plain à plain bien informé de son
bon

bó gré & franche volóté, a loué & approuué, pour «
luy & au nom de fon Eglife, & en icelle fes fuccef- «
feurs, ladite combourgeoifie, & pour plus groffe «
demonftrance d'approbation, & afin que à l'adue- «
nir il puiffe de ladite combourgeoifie auec ceux de «
ladite Cité vfer, A prié les affiftás qu'ils le voulfif- «
fét en Bourgeoys receuoir, promettát par fa foy & «
fon ferment par l'eleuation de fa main dextre & «
appofition d'icelle à fon pecte, comme eft la ma- «
niere des prelats deuëment fait, iuftement & loya- «
lement fe entretenir, maintenir, garder, & obferuer «
tout ce que en Bourgeoifie eft befoin. Lefquelles «
chofes eftans, par lefdits Nobles & Magnifiques «
Seigneur Syndiques de ladite Cité, enfemble le pe- «
tit, le moyen, & le grand general confeil ouyes, ont «
fpontaneement receu, accepté & retenu ledit Illu- «
ftriffime & tref-reuerend Seigneur, Pierre de la «
Baulme pour combourgeoys, & lequel a promis «
procurer de tout fon pouuoir le bien, honneur, «
vtilité & profit de ladite Cité, euiter le dommage «
d'icelle, reueler tout ce qu'il apperceura eftre con- «
tre ladite Cité traicté, fans iamais y confentir, & i- «
celle Cité, vs, & couftumes, libertez & franchifes «
maintenir, & eftre perpetuellement à ladite Cité «
feable en tout & par tout, & de tout fon pouuoir «
aider comme bon Seigneur & Bourgeoys. Et fem- «
blablement lefdits Syndiques Confeil Citoyens & «
Bourgeoys luy ont promis faire tout ce que «
bonne combourgeoifie porte, &c. Et du mefme «
iour ledit Euefque laiffa aux Syndiques & Confeil «
l'entiere, fouueraine & definitiue cognoiffance «
des caufes ciuiles entre ceux de la ville.

e j

» En somme ladite ville n'estoit point subiecte aux
» Euesques, comme à quelques absolus Princes
» ou seigneurs seculiers, ains comme à Peres Pasteurs
» & vtiles protecteurs & administrateurs d'icelle, ho-
» norez du titre de Princes par vn respect & obeis-
» sance volontaire & religieuse. De fait aucuns plus
» modestes Euesques s'appelloyent simplement Ad-
» ministrateurs & Pasteurs de ladite Eglise, & se trou-
» uent ainsi appelez par plusieurs bulles & prouisiós
» des Empereurs. Et combien que ce titre d'Admini-
» strateur soit parfois attribué aux Vicaires de l'E-
» uesque, il est neantmoins aussi attribué à ceux qui
» sont Euesques de leur propre chef. L'Euesque Ado-
» marus en la preface des franchises susmentiónees
» parle en ceste sorte [Disposons par affection tresgra-
» cieuse lesdits Citoyens, Bourgeoys, habitans &
» iurez par amiable faueur gratieusement traicter &
» nourrir selon la nature du bon & piteux berger &
» Pasteur] Et le Pape Foelix depuis Euesque de Gene-
» ue en vn acte de declaration de l'an 1448. parlant
» de la Communauté de Geneue dit, *que sub Regi-*
» *mine & Administratione nostris in præsentiarum e-*
» *xistit.* Et Sigismond en sa bulle de l'an 1420. parlant
des Euesques de Genoue, les appelle *Pastores &*
Gubernatores, & le Tiers nommé Iean Patriarche de
Constantinople *Administratorem Ecclesiæ.* Comme aussi Pierre de la Baume au susdit acte de bourgeoisie du 15. Iuillet 1527. fonde la cause dudit acte,
sur l'office (dit il) *d'vn bon Pasteur & prelat* : & plus
bas, *pour viure auec les citoyens bourgeois & habi-*
tans de ladite ville en vne mesme volonté, desirant
auſſi

aussi suivre la race des Pasteurs de bon vouloir. Et
Guillaume Euesque par ledit acte de l'an 1293. parlant de l'Eglise de Geneue de laquelle il n'estoit,
que comme Lieutenant & administrateur, & les
droits de laquelle n'estoient point attachez, ni à sa
personne de luy, ni des autres Euesques, ni à leur
office (Car ce n'estoit point vne Seigneurie patrimoniale ou hereditaire, ni proprieté personnelle,)
dit, *quòd Ecclesia Gebennensis, Domina est & prin-*
ceps vnica & insolidum totius ciuitatis & suburbij &
Castri insula Gebennensis. D'où semblent auoir e-
sté prins les termes d'vn fort ancien acte du temps
dudit Guillaume Euesque.

Notorium est quòd Ecclesia Gebennensis Domina
est & Princeps vnica insolidum ciuitatis & sub-
urbij Gebennensis, non habens in Dominatu eiusdem,
quemcumque participem vel consortem. Et in posses-
sione vel quasi Dominatu eiusdem est, & fuit à tem-
pore cuius in contrarium memoria non existit, ipseque
que Ciuitatem cum suis pertinentijs, Castra, possessio-
nes & villas, homines, iura & iurisdictiones, & liber-
tates ac vniuersa bona immobilia ad se pertinentia
ab Imperatore Romano immediate tenet, nulli alij
Regi, Principi vel Baroni seculari in iis in toto vel in
parte subiecta. Par où se void que les priuileges Imperiaux n'ont point tant regardé la personne d'vn
Euesque, comme tout le corps de la Republique,
qui luy est commise, & que le but & intention des
Empereurs n'a esté autre que de conseruer & maintenir à l'Empire paisiblement ladite Cité soubs la
côduite de telles personnes non addonnees à l'hôneur des armes, plustost que de hazarder l'Estat &

condition de ladite ville entre les mains d'vn grãd
Seigneur qui par violence euſt peu eſſayer à s'en rédre maiſtre,& ſe ſeruir de l'importante aſſiete d'i-
celle au grand dommage de l'Empire, honorants
neantmoins les Eueſques de titre des Princes pour
d'vn coſté mieux authorizer leurs perſonnes & vo-
cation,& deſtourner d'ailleurs tous autres Princes
d'y rien pretendre. A quoy ſe rapportent les termes
d'vn autre acte du 10. Octob. 1398. contenant vn
proces & ſentence d'entre Humbert de Vilars Côte du Geneuois & Girard de Ternier d'vne part, &
Guillaume Eueſque,d'autre:lequel pourſuiuant la
confiſcation des terres de Ternier pour cauſe de
félonnie,en fiſt conoiſtre par ſon official: & pource eſt adiouſtee vne raiſon pour preuenir l'obiectió
que l'on euſt peu faire , ſçauoir que l'Eueſque ne
deuoit iuger de ſa propre cauſe,*quia cùm vtilitas nõ
Epiſcopi ſed Eccleſia propriè vertatur in his talibus,
Iudex & cognitor in ſua cauſa Epiſcopus non vide-
tur*,& l'Empereur Frideric Barberouſſe en ſa bulle
de l'an 1159. parlant des libertez, franchiſes & immunitez Imperiales confermees à l'Eueſque Arducius (il dit)*vſibus Eccleſiæ in perpetuum profuturis.*

XI.

Et de fait en pluſieurs inſtruments anciens par
fois eſt attribué honneur & autorité principale
aux Syndiques & Citoyens de ladite ville,comme
en la declaratió d'Amé Comte de Sauoye en Sept.
1359. par laquelle il confeſſe d'auoir eſté aſſiſté &
ſecouru par les citoyens & cõmunauté de Geneue,
gratieuſement *& de gratia ſpeciali*& de meſmes
Amé

Amé VIII.l. Duc de Sauoye depuis Pape Fœlix par
ſes lettres de declaration de l'an 1448 remercie les
Syndiques, Citoyens, Bourgeoys & Communauté
de Geneue du ſecours à luy baillé d'hommes de
guerre, ſans faire mention de l'Eueſque. Et l'Empereur Charles V. eſcriuant à Geneue en l'an 1530. a-
uant les troubles pour la religion, n'adreſſe point
ſes lettres à l'Eueſque, mais tant ſeulement aux
Syndiques, Conſeil & Cómunauté en ces termes,
*Honorabilibus noſtris & Imperij ſacri fidelibus, dile-
ctis Nobilibus, Syndicis, Conſulibus, ac ciuibus Ciuitatis Imperialis noſtræ Gebennenſis*, & par autres
lettres en Fráçois de la meſme annee. A nos chers
& feaux les Syndiques, citoyens & habitans de noſtre Cité Imperiale de Geneue. Leſquelles inſcri-
ptiós ſont meſmes cóſidérables pour autre regard.
Ceſt que Geneue eſt par luy recogneuë ville Imperiale, ainſi que par Sigiſmond en ſa bulle de l'an
1420. *Cùm Eccleſia Gebennenſis* (dit-il) *inſigne mé-
brum ſacri Romani exiſtat imperij*. Et par Charles
IV. en ſes patentes de l'an 1367. *Nobile membrum
Imperij*, ſous la conduite paſtorale & paternelle de
ſon Eueſque, n'appartenante par conſequent ni en
tout ni en partie à la maiſon de Sauoye. Semblablement pluſieurs requeſtes preſentees par les Ducs
de Sauoye aux fins d'obtenir territoire à Geneue,
ou permiſſió, ſoit pour y ſeiourner quelques iours
auec leur Cour, ſoit pour leur eſtre prolongé le
terme du ſeiour premierement ottroyé, ſoit pour y
rendre Iuſtice priuément & entre leurs ſuiets tant
ſeulement, telles requeſtes dis-ie ſont addreſſees
aux Syndiques & Conſeil, & non aux Eueſques. A-

ctes qui feruent & pour le prefent fuiet, & de tefmoignage euident & preuue tref-certaine de la
fauſſeté des droits attribuez par le Caualier à la
maiſon de Sauoye ſur Geneue. Actes qui ſe voyent
originellement à Geneue, ainſi que pluſieurs autres
ci deſſus & ci apres alleguez, leſquels ont eſté iadis
communiquez aux Sauoyſiés en diuerſes iournees
de Suiſſe, & qui ſeront par nous deſduits plus particulierement en autre endroit de ceſt eſcript. Par
fois auſſi en affaires de conſequence & qui regardent l'Eſtat, on s'addreſſoit tāt à l'Eueſque, que aux
citoyens coniointement, comme en l'acte de permiſſion donné par François Eueſque à Amé Duc
de Sauoye en l'an 1430. de pouuoir faire publier ſes
ſtatuts à Geneue ſous les confeſſions neantmoins
du Duc bié expreſſes & ſolénelles de n'eſtre la choſe tiree iamais en conſequence, Il eſt dit notamment par l'Eueſque, *nos & ciues noſtros requiſiuit.*
Voila doncques vn eſchantillon des teſmoignages de la liberté qui demeuroit encor à ceſte ville
Imperiale ſoubs les Eueſques, les droits deſquels
pour le faire court, quels qu'ils ayent eſté abbattét
& rembarrent ſuffiſamment les pretenſions de la
maiſon de Sauoye, & font iceux droits demeurez
comme attachez, & inſeparablement adhærens &
propres à l'Egliſe de Geneue par les raiſons ſus alleguees au corps dis ie de la Republique, de l'Egliſe & de tout le peuple, à qui ils appartiennent ſans
que ni Papes, ni Empereurs, ni Eueſques y ayent
peu apporter aucun changement, alienation, ou
alteration, quoy qu'on ait changé en mieux le cul-
te & ſeruice diuin, ladite Egliſe & Communauté
neant-

neantmoins n'estant point changee, tousiours l'E-
glise de Genue Eglise Chrestienne. l'on n'y presche point l'Alcoran de Mahomet, ni les hæresies cõ-
dampees par l'ancienne Eglise primitiue, ains la pu-
re parole de Dieu, vn seul Iesus Christ crucifié vne fois, seul Redempteur du genre humain, vray Dieu
& vray homme cossentiel au Pere & au S. Esprit.
Et se trouuera il encor des Iuliens Apostats qui cõ-
damnent ceste doctrine? Et qui crailsent Geneue e-
stre le siege des hæretiques? Et de fait le changement en la forme de l'administration, ou la diuersité de doctrine en certains points de la Religion ne
peut alterer les droits d'vne Republique Chrestie-
ne à icelle acquis vne fois & continuez par tant de
siecles. Comme aussi tout notoirement aucuns
Princes tant du S. Empire, qu'autres, ensemble plusieurs Republiques Imperiales, en Allemagne &
Pays bas, nonobstant le changement de religion
& de maniere de gouuernement Ecclesiastique ou
Politique en leurs villes & estats, iouïssent sans cõ-
tredite des priuileges, præeminences, & dignitez
autre fois acquises par le benefice des anciens Im-
pereurs & Rois des Romains, les ottroys &
concessions desquels ne doiuent estre
rendus incertains & illusoires,
ains au contraire mainte-
nus auec grande ve-
neration.

DES DEPORTEMENTS DES
Comtes de Geneuois, Comtes & Dues
de Sauoye, enuers GE-
NEVE.

EPENDANT du temps des Euefques regnoyent en Sauoye & contrees
voyfines de Geneue, les Seigneurs &
Princes de deux maifons bien puiffan-
tes & Illuftres, Scauoir les Comtes du pais de Geneuois d'vn cofté, abufiuement appellez Comtes
de Geneue [quoy que mefmes Geneue, & les terres
dependantes d'icelle ne fuffent erigees en Comté,
mais en Principauté] Et d'autre cofté les Comtes
& Ducs de Sauoye moins anciens au pais de Sauoye
que les Comtes de Geneuois.

Or ces Princes portans impatiemment la domination de l'Eglife & Cité de Geneue, & que fi
puiffante & floriffante ville fituee dans le centre
de leurs Eftats, n'é fift la meilleure partie, voire que
pour le Geneuois, Foucigny, Ternier, Chablais,
Gez, Gaillard, mádemet de Remilly, pais de Vaux,
Monfaulcon, les Efchelles en Daulphiné [Terres
qui leur auoyent efté infeodees par les Euefques &
Eglife de Geneue, à laquelle auoit le tout appartenu auparauant, comme à la ville Mai-
ftraiffe & Capitale de tout le pais circonuoifin] ils
fuffent fuiets de fe venir humilier dans Geneue, &
d'en prefter les hommages & fidelitez à la premiere fe

re ſemonce & commandement des Eueſques &
Cité, & ſe faiſans à croire que par droit, non des
gents, mais des geants, ſion de ſceante iuſtice, mais
par le droit trop cómun aux gráds, de biéſeance, il
leur appartenoit pluſtoſt de cómmander & de ſe-
couer le ioug de l'Egliſe, que de ſouffrir pour la dá-
gereuſe conſequence vne Republique ou peuple
tant libre ſi pres de leurs exclaues. Ces Princes, diſ-
ie, ne ceſſerent depuis la premiere fondation de
leurs maiſons au païs de Sauoye, d'anheler & d'a-
ſpirer contre ceſte Geneue, & à chaſque benin aſpect des aſtres ſur le cours & progrez de leur bonne fortune, d'attenter & d'entreprédre de temps
en temps, par toutes ſortes de trauerſes, de fatigues, d'artifices, de ſubtilitez, de præiudiciables có-
ſequences, & de violéces, ſur la ſacree Liberté de
Geneue, iuſques à ſe battre & guerroyer les vns có-
tre les autres pour ceſte querelle, & par fois leurs
guerres s'appaiſoyent par mariages, comme quand
au Comte Guillaume de Geneuois fuſt donnée à
femme Agnes 3. fille du Comte Amé de Sauoye.
Quád les Côtes de Sauoye preſſoyent Geneue, les
Côtes du Geneuois y venoyét au ſecours pour faı-
re leuer le ſiege. Et par traitez d'alliáce faiſoyét ſe-
blát d'aſſeurer la ville, cóme eſt celuy du 5. de M y
1307. entre Amé Comte du Geneuois, & l'Eueſque
& communauté de Geneue, auquel y a grands ſerments de ne iamais vſurper aucun droit ſur la ville, ains la deffendre enuers & contre tous. Quand
au reciproque les Comtes du Geneuois n'alloient
pas droit, & qu'ils portoyent dommage à la ville,
les Comtes ou Ducs de Sauoye luy preſtoient có-

tre contre iceux toute faueur aide & affiftance.
Toufiours tenus dehors neantmoins & les vns &
les autres à l'air & en la campagne tant que poffible a efté aux citoyens. Par cefte ialoufie mutuelle,
ou commune ambition, fuft maintenue Geneue
contre les vns & les autres. Secret admirabile de la
prouidence diuine.

De telles entreprifes venoyent plufieurs guerres
& querelles, fur lefquelles fe faifoyent diuers accords qui n'eftoient pas de longue duree, comme
celuy de l'an 1124. duquel nous parlerons ci apres,
qui fuft fait entre Humbert 42. Euefque de Geneue, & Amé ou Aymon Comte de Gene-
uois, fur l'indeuë occupation de plufieurs biens de
l'Euefché:& l'accord de l'an 1155. entre Ardutius E-
uefque, fucceffeur dudit Humbert & ledit Comte,
dont fe rendirent moyenneurs & entremetteurs
l'Archeuefque de Vienne & autres Prelats, apres
que l'Euefque fe fuft retiré par deuers l'Empereur
Frideric premier de ce nom, duquel il obtint permiffion que luy feul feroit & fe pourroit nommer
Prince de Geneue en fouueraineté, tenãt feulemẽt
de Dieu, & de l'Empire, cõme tefmoigne le Chroni
queur de Sauoye Paradin au 26. chap. fus allegué. liure 1. Mais ces accords ne duroyent gueres plus
que les variables & inconftans accords de quelque
luth ou autre mufical inftrument. Ce Comte
toufiours vifoit à ce blanc, & ne pouuant paruenir
nir de fon eftoc au principal de fes deffeings, il
s'aduifa d'employer enuers l'Empereur le credit
d'vn plus grand, de forte qu'il fift faire le ieu au Cõte de Zeringuen qui fe ietta à la trauerfe, grand &
puif.

puissant Seigneur en ce temps là tant en territoire & domaine que thresor & richesses. C'est celui
qui est tenu pour fondateur des villes de Berne &
de Fribourg, lequel subrepticement se fist attribuer
en Cour d'Empire quelques droits sur Geneue,
& desia les cedoit au Comte de Geneuois, qui cô-
mençoit aussi de s'é faire bien à croire, quãd par la
bulle d'or du susdit Empereur Frideric Barberouf-
se en l'an 1162 ils furêt tous deux en pleine assemblée
Imperiale bien chapitrez à la requeste & poursuite
de l'Euesque, & cômınez de laisser en Paix Geneue.

Et neãtmoins Guillaume Côte de Geneuois re-
cômence de troubler la paix en l'an 1184. & derechef l'an 1186. par infinis efforts côtre l'Euesque au
preiudice des droits Imperiaux, ne se souuenãt plus
du sermêt iteratif par luy presté pour l'obseruatiõ
d'icelle entre mains premierement de l'Archeuefque de Vienne, puis de l'Empereur. Ce qui fust cause que par sentence Imperiale il fust declaré public ennemi de l'Empire à la requeste de l'E-
uesque Nantelinus successeur d'Arduine Baff en-
court le ban de l'Empire, & fust priué du fief qu'il
tenoit de l'Euesque. Ceste guerre dura iusques au
trespas de l'Euesque, auquel temps les habitans
voulans resister au Comte de Geneuois appellerent
à leur aide vn Comte de Maurienne, entre lesquels
s'esleuerent de grandes goerres, de sorte que le Côte de Sauoye à l'occasion de Geneue fit plusieurs
grandes conquestes sur celuy de Geneuois, & esté-
dit ses limites iusques touchant la ville de Geneue,
comme dit Paradin au lieu sus allegué, mais nullé-
ment dedans la ville.

Paradin au chap. 26. liб. 1.

Depuis en l'an 1307. & le 17. d'Aouſt Amé Comte
de Geneuois,& Seigneur de Foucigny, nonobſtát
l'alliance ſuſdite,& en haine de ce que Geneue a-
uoit demonſtré quelque honneur & courtoiſie au
Comte de Sauoye, ialoux fiſt vn effort ſur la ville
auec armee puiſſante,mais n'ayant peu entrer dedans,il fiſt bruſler les fauxbourgs,&gaſta les vignes
& poſſeſſiós depuis S.Victor iuſques au pré l'Eueſque,& priſt le Chaſteau de Ville la grand appartenant à l'Eueſque,& le fiſt demolir. Voire en l'an
1311.le Mardy auant la Magdelaine,& en l'an 1320.
& 1321. en Auril le meſme Comte prenant vne
treſ pauure &barbareſque végeáce fiſt par ſes Foucignerans tailler & arracher toutes les vignes & ar-
bres du coſté de S.Victor,&de S.Geruais,bruſler le
bourg du coſté dePalais en laquelle courſe il y euſt
rencontre aupres de Vandeuures entre ceux de Geneue & les Foucignerans,deſquels mourut & fuſt
prins grand nombre que l'on amenoit tous liez enſemble deux à deux en la ville, exceptez les bleſſez
qui furent laiſſez en l'hoſpital des Fauxbourgs. Et
derechef en l'an 1325. denonca le meſme Comte
la guerre au reſte des pauures vignes de S.Victor,
de maniere que n'eſt de merueilles ſi en ce cartier
là elles ſont rares & de grand prix.Eu fin ceſte maiſon des Comtes de Geneuois ſe vinſt perdre dans
celle des Comtes de Sauoye comme vne petite riuiere dans vne plus grande, tant par traitez , contracts,& mariages que par ſucceſſions.

Mais les Côtes de Sauoye côioignans à leur ambition,l'haine mortelle des Comtes de Geneuois,
de laquelle ils ſembloyent heriter tout ainſi que
des

que des biens, ne manquoyent auſſi d'entrepriſes
ſur Geneue, & de taſcher par continuelles viólen-
ces, artifices, & moleſtes d'empieter ſur ceſte pretieuſe Liberté , & d'amener les choſes au point
qu'ils deſiroyent, ainſi que par ci apres ſera móſtré
plus particulierement par la deduction des prouiſi-
ſions accordees par les Empereurs à ceux de Geneue contre les Comites & Ducs de Sauoye; & par les
reſolutions prinſes par le peuple de Geneue auec
ſes Eueſques contre les recerches des Ducs.

Comme fuſt celle dont mention a eſté faite ci
deſſus du Comte Amé VIII. premier Duc de
Sauoye & premier Eueſque de Geneue de la maiſon de Sauoye, lequel ſoubs prætexté de quelque
prouiſion obtenue du Pape Martin auant ſon Epiſcopat, concernant la iuriſdiction de Geneue, quoy
que de telle choſe ne fuſt au Pape de diſpoſer, fiſt
ſonder en conſeil general l'intention du peuple de
Geneue par Iean de Pierre-Cize leur Eueſque. Mais
il trouua les citoyens, bourgeoys & habitans bien
mal preſts d'acquieſcer à telles remonſtrances, leſquels firent en deux mots la reſponſe, qu'ils ont de
tout téps accouſtumé quand on leur a parlé de ró-
pre leur Liberté, PLVSTOST MOVRIR. Si que
au contraire il leur promiſt aide de corps & de biés
pour maintenir la iuriſdiction & liberté de l'Egliſe
& Cité. Ce Pierrecize fuſt ſucceſſeur en l'Eueſché
du docte Cardinal Hoſtienſis, lequel auoit par fois
preſidé au Concile de Conſtance en l'an 1414. &
y fuſt meſmes ſoupconné d'eſtre Huſſite, lequel fonda & renta le 9. d'Auril 1416. la Chappelle appelee du Cardinal Hoſtienſis, tout ioignant
l'Egliſe de S. Pierre qui ſert à preſent d'Auditoire

pour la profession de la Iurisprudéce, où il fut en-
feueli l'an 1476. comme auſſi l'Eueſque François
de Mie ſon ſucceſſeur & nepueu. Quand les Ducs
ſe voyoyét au bout de leur rôllet, & qu'ils ne pouuoyent rien gagner ni auancer ſur ce peuple tant
ialoux de ſa Liberté,& qui par l'âcié chroniqueur
de Geneue,eſt appelé, *Peuple impatient de ſeruitu-
de*,C'eſtoit à deſtendre le cômerce des viures, & à
donner des empeſchemens & interruptions aux
foires iadis tant renommées de Geneue. Ainſi faiſoit Loys Duc de Sauoye du téps que IeanLoys ſon
fils eſtoit Eueſque es années 1456.& 57.iuſques à ce
que par accord exprès qui ſera touché en ſon lieu
il y fut pourueu. Et neantmoins en l'an 1463. ayãt
de nouueau conceu maltalent contre Geneue, &
pour s'en venger par quelque ſignalé preiudice, il
enuoya aſſeurer le Roy de France Loys XI.qu'il
feroit deſtourner ſur ſes païs les Marchands fre-
quétás leſdites foires. De ſorte que nonobſtant les
vrgentes inſtances des Ambaſſadeurs de Meſſieurs
des Ligues, leſdites foires furent premierement e-
ſtablies à Bourges en Berry, puis à Lyõ où elles ſont
encoies,au retour deſquelles celles de Geneue cô-
méçét pour le iourd'huy. Duquel chãgemét la ville & tout le païs des Ligues receurent voiremét vn
grand dômage,mais nõ gueres moindre la Sauoye
qui auparauant tiroit grandes commoditez de ces
foires. Ainſi pour nuire à Geneue il n'eſpargna ſes
propres ſuiets.

Et pourtant plus aiſement s'introduiſer & gliſſer
dans Geneue,& y gagner de pied à pied quelque
autorité,les Ducs taſchoient par tous moyens poſſibles,

Voyez
l'hiſtoire
du Roy
depuis la
Paix,in
4°. ou eſt
diſcouru
de l'eſcala
de de Ge-
neue. l.5.
p. 199.

sibles,& par brigues entre les citoyens corrompus,
de faire tomber l'Euesché entre mains de quelcun
de la maison de Sauoye, fust il battard ou legitime,
ou de quelque personnage qui fust, comme l'on
dit, créature de leur maison,& par estroittes obliga
tions affecté à leur seruice, & au profit & auancement de leur domination.

Ainsi apres Iean Loys de Sauoye qui le 4. de No-
uemb.1477. côtracta alliance pour soy & la Cité à
sa vie durant auec les Ligues de Suisse,& qui fust le
plus courageux de la maison de Sauoye à maintenir l'autorité de l'Eglise de Geneue, contre laquelle de son temps il n'y auoit si hardi de leur maison,
non pas le Duc mesmes qui osast onurir la bouche, fust establi Euesque Francois de Sauoye, Archeuesque d'Aux frere dudit Iean Loys , & toutesfois auec beaucoup de difficulté,& apres plusieurs
alterations,& eschanges de benefices, par ce que le
Pape Sixte vouloit contre le droit de l'election faite dudit Francois, attribuer l'Euesché au Cardinal
S. Clement son nepueu , & tost apres Francois (car
tant estoit enuié ce grand Euesché que les Euesques n'y duroyent gueres, excepté le bon Arditius
qui regna 50. ans) luy succeda Antoine Champion,
lequel auoit auparauât esté Chancelier de Sauoye,
& qui emporta l'Euesché contre Charles de Seyssel à l'aide & faueur du Seigneur de Bresse qui e-
stoit de la maison de Sauoye. Mais nous dirons en
passant de ce braue Champion que cest celuy qui
en l'an 1493. filt tenir vn Synode à Geneue auquel
furent les ordonnances & côstitutions des Princes
Euesques reueuës & corrigees, & se treuuent imprimees de la mesme annee, intitulees Côstitutiones

Synodales Episcopatus Gebennensis. La præface est
couchee en termes notables & pleins de pieté, qui
meritent d'estre en passant icy rapportez. *Non est
indecens, imò expedit secundum varietatem tempo-
rum, rerum, & causarum, humana variari statuta, &
sic constitutionibus, peruersorum coarctari volupta-
tes, vt appetitus noxy, honestatis debita limites non
excedant, sed quisque magis ac magis salutaribus
proficiat incrementis. Propterea in hac sacra synodo
hodierno die celebrata salubriter visum fuit, constitu-
tiones sequentes maturo & sano consilio editas, dige-
stéque ruminatas in vnum coadunare. Et ne ignorantia pretextu qua crassa reputaretur, quis se valeat
excusare, iussa sunt characteribus imprimi, quo facilius
vnusquisque paruo & modico pretio sibi possit compa-
rare. Et quia virtus in operatione consistit, & non qui
auditor, aut lector est verbis, d qui factor, iustificabi-
tur, studeat vnusquisque quod scripto legerit corde retinere, & opere complere, vt moribus & vita interius
& exterius reformati, cæteris bene viuendi exem-
plar, & nobis æternam beatitudinem comparemus.
Amen.*

Et en l'article contre les blasphemes & iuremés
qui ne sont que trop frequents pour le iourd'huy
en la bouche de plusieurs Curez:

*Clericis omnibus & singulis qui sicut alios digni-
tate præcellunt, sic præ cunctis debent vita ac morum
honestate fulgere, cùm gesta per eos trahantur facili-
ter in exemplum, sub anathemate duximus prohibē-
dum; Ne nomen gloriosissimi Dei & Domini nostri
Iesu Christi, eiúsue sanguinem pretiosum, cuius nos
aspersione redemit, aut caput, vel cætera pretiosissima*
ipsius

ipsius membra, quomodolibet blasphemare, seu lu-
dibriose in vanum aut irreuerenter iurare presumat.
Il fuſt Eueſque quatre ans & mourut le 19. Iuillet
1495. & apres luy fuſt eſleu Philippe de Sauoye
ieune enfant, fils de Philippe de Sauoye Seigneur
de Breſſe, & ce à la requeſte de Madame Blanche
Marie de Môtferrat veſue de Charles I. & luy fuſt
baillé pour vicaire & adminiſtrateur l'Eueſque de
Lauſanne. Comme auſſi depuis fuſt Eueſque de
Geneue Iean de Sauoye protonotaire d'Aux & baſtard de Fráçois de Sauoye Archeueſque d'Aux, &
fit ſô entree le dernier d'Aouſt 1513. Il trauerſoit de
tout ſon pouuoir les libertez & fráchiſes de la ville pour agreer au Duc Charles, & luy faire ſes beſô
gnes, de ſorte que ceux des citoyens qui luy eſtoyét
bien familiers eſtoyent tenus pour traiſtres, meſmes en l'an 1515. aucuns citoyens furent appelez en
conſeil ordinaire pour reſpondre ſur ce qu'ô les ta-
xoit d'eſtre péſiônaires de l'Eueſque (qui eſtoit au-
tât que de l'eſtre du Duc) & d'auoir eſté côtraires à
vn certain Claude Vandelli citoyen qui eſtoit mo-
leſté par l'Eueſque contre les fráchiſes. Mais apres
auoir recognu d'eſtre penſionnaires, ils deſchirerét
les lettres de leur penſion deuant le Conſeil, & dirent qu'ils n'eſtoyent pas tellement ſeruiteurs de
Monſieur de Geneue, qu'ils oubliaſſent d'eſtre enfans de Geneue, & qu'ils employeroyent au ſouſte-
nement des franchiſes contre lui meſmes corps &
biens.

Ce Iean de Sauoye mourut en l'Abaye de Pinerol, & lui ſuccéda le 12. Auril 1523. Pierre de la Baume frere du Comte de Montreuel, & qui eſtoit deſia

cómédataire des Abbayes de Suze & de S. Claude,
lequel rapporta venant à Geneue qu'il auoit esté
present à la mort dudit Iean,& qu'il mourut n'ayất
que les os & la peau apres auoir longuemết langui
tout rongé de la male-verolle, ne vous desplaise,&
que soudain apres sa mort son corps ne se trouua
peser que 25.ll. Et que voyất sa fin aprocher,& qu'il
lui conuenoit d'aller cõparoir deuant le grãd Iuge
du ciel, il exhorta iceluy de la Baume de pretendre
à l'Euesché, mourant auec grande repentance des
maux qu'il auoit faits à Geneue, en s'efforçant d'a-
liener la iurisdiction de ladite ville dont il crioit
,, mercy à Dieu,& disoit a la Baulme, Si vous y pou-
,, uiez paruenir, ie vous admoneste de n'ensuiure
,, mes pas,ains de deffendre la liberté de la ville, i'en
,, sens les peines & la vengeance de Dieu,qui me fera
,, misericorde. Ie suis en purgatoire.

Pour reuenir aux desseins des Princes de la maison de Sauoye sur Geneue, René de Sauoye frere
du Duc Philippe decedé en l'an 1496. & frere du
Duc Philibert,forma vne autre querelle par la demande subtile qu'il s'aduisa de faire aux Syndiques
de luy prester leur artillerie,disoit-il,contre le Cõte de la Chábre:ce que luy estant refusé, il tesmoi-
gna de le prendre à cœur, & d'en auoir grand mes-
contentement.

Autre espece d'artifice pratiquee par les Princes
de Sauoye,se peut remarquer en plusieurs & diuers
actes du territoire par eux demandé à Geneue (ci
dessus couchez) car pour tascher de gagner tousiours qnelque chose insensiblement sur Geneue,
ils demandoyent aux Syndiques territoire tantost

pour

pour tenir leur Cour, & y arrester vn nombre de
iours limité, lesquels expirez ils en demandoyent
prolongation, tantost pour exercer Iustice entre
leurs suiets. Ce que par fois leur estoit accordé par
la debonnaireté des Citoyens, qui se contentoyent
de retirer des Princes impetrants, bon acte & declaration, que telles choses leur auoyent esté accordees & permises de franche volonté, gratuite-
ment & sans aucun debuoit ni obligation, & qu'elles ne seroient tirees à l'aduenir en aucune conse-
quence præiudiciable à la liberté de la ville. Cepe-
dant soubs telles demandes estoit caché le petit
desseing, quelques protestes & herbes de la S. Iean
qu'on y sceust mettre au contraire. Et toutesfois
quand il n'y auroit autre en tels actes que la seule
demande & requestes aux Syndiques de pouuoir
faire ceci ou cela, il en resulte que auparauant &
sans telle permission il n'estoit loisible aux Ducs de
faire telles choses à Geneue, & que par consequent
ils n'y auoyent les droits que le Caualier leur attri-
bue si souuent & bien hardiment. Il ne couste rien
de mentir.

Geneue neantmoins parmi tels artifices auoit
assez paisiblement subsisté mesmes durāt la vie du
Duc Philibert fils de Philippe, lequel Philibert fust
Prince amateur de Paix, & de Iustice, & la memoire duquel a esté de bonne odeur à la Republique
de Geneue par dessus tous les autres Ducs ses predecesseurs, pour auoir iceluy voisiné auec elle plus
franchement & doucement que nul des autres a-
uec vne manifeste benediction de Dieu. Aucuns
escriuent que sa bienaimee Yoland de Sauoye fille

du Duc Charles II. mourut en fiançailles à Geneue, & fust enterree aux Cordeliers à Riue en vne
belle Chappelle, & en eurent (dit la Chronique)
les beaux peres d'illec des rentes beaucoup. Ce bó
& bel Duc Philibert mourut en l'an 1504. enterré
entre deux Marguerites, l'vne de Bourbon sa mere,
& l'autre d'Austriche sa femme. Geneue perdit
en luy (dit le Chroniqueur) vn grand ami, mais
luy succeda vn grand ennemi de Geneue. Scauoir
Charles troisiesme son frere, ayeul de l'Illustrissime
Duc, Charles Emanuel à present viuant.

Des deportemens du Duc Charles III. enuers GENEVE.

LE Duc Charles, IX Duc de Sauoye, est celuy des predecesseurs du Duc de Sauoye
moderne, qui plus a molesté Geneue, &
qui durant sa vie s'efforça par toutes sortes d'alles-
chemens, d'artifices, & de pratiques de paruenir à
la domination & principauté de Geneue, & voyãt
qu'il ne pouuoit rien auancer par tels moyens &
circuits, se mist à faire guerre ouuerte & quasi cô-
tinuelle, interrompuë aucunes fois par diuers traitez, accords & sentences de Messieurs des Ligues,
mais bien tost apres recommencee & continuëe
iusques à l'an 1536, qu'il fust d'vn costé despouillé
de ses pais par le Roy François, & d'autre côté par
les

les Bernois, Fribourgeois, & Valefiens pour la feule
querelle de Geneue, laquelle il fafchoit & affie-
geoit. Ceft pourquoy ie m'eftendrai vn peu plus
longuement en la deduction des chofes aduenues
de fon temps à Geneue, veü mefmes qu'elles ont
vn grand rapport à celles de noftre temps, & qui fe
font paffees depuis l'an 84. iufques à prefent.

Doncques ayant guerre contre les Valefiens en
l'an 1506. à caufe des limites du pais, il demanda
fecours à ceux de Geneue, & particulierement l'artillerie qui luy fuft refufee, dont il conceut grande
haine contre la ville. Que s'ils l'euffent accordee, il
en euft trefbien fceu faire fon profit pour tirer le
fait en confequence, & publier que c'eftoyent les
pieces de fon Arfenal, & qu'on eftoit tenu à tels deuoirs.

Puis en l'an 1512. eftant menacé de guerre par les
Ligues, lefquels demandoyent vn million de flo-
rins à eux leguez par Charles I. de ce nom, foubs
certaine condition qu'ils difoyent eftre aduenue,
luy au contraire refolu de fouftenir pluftoft la
guerre que de financer, & craignant que meffieurs
des Ligues ne tiraffent des commoditez de Geneue à fon praeiudice, il vinft à Geneue faire remon-
ftrances le 4. de Ianuier au peuple de la confiance
qu'il auoit en ceux de la ville, & qu'il vouloit viure
& mourir auec eux, recommandant fa perfonne &
fon Eftat, en confideration que fon domage ne leur
pourroit de rien profiter, & qu'au demeurant il
leur confeilloit de fortifier la ville, & qu'il offroit
de s'y aider. Mais en fin cefte querelle d'entre luy,
& les Ligues fuft appointee fans coup ferir, auec de

l'argent. Et quant à ceux de Geneue, ils creurent de ceste remonstrance, autant qu'il en faloit croire, & neantmoins en beau badinant commencerent de fortifier leur ville du costé de S. Geruais. Et le 12. d'Auril suiuant il enuoya proposer quatre articles au conseil de Geneue, moyennant lesquels il offroit de faire restablir les foires. Le premier que l'Euesque & la ville deputeroyent vn conseruateur des foires qui rendroit compte des emoluments de chacune foire au Duc, à l'Euesque, & à la Ville, à chacun pour vn tiers. Le second que la ville feroit tous les ans vn don au Duc tant petit fust-il. Le troisieme que la garde des portes de la ville appartiendroit au Duc pendant les foires. Le quatriesme que le Duc auroit les lods des maisons qui des lors en auant se bastiroyent en la ville. Articles de trop grossiere estoffe qui luy furent tout à plat refusez, voire par deux fois en conseil general, & la derniere sçauoir le 21. de Iuillet fust arresté solennellement, que cela ne se feroit iamais ni près de là.

Mais pour tels refus il ne laissoit tonsiours de suiure sa pointe, estimant qu'en fin il les esbranleroit, & qu'il se trouueroit encor quelque bonne heure vn iour pour luy: car derechef en Septembre de la mesme annee, il remit en auant deux articles. Le premier, Que les Syndiques au nom de la ville luy fissent serment de fidelité, non pour les assuietir, disoit-il, mais afin qu'il eust moyen de les main tenir. Le second, Qu'ils luy fissent tous les ans vn don gratieux: & que pour certain il leur feroit par apres reauoir leurs foires. Ceste tentation auoit esgard à l'auarice des marchands qui estoyent en

grand

Vous eussiez esté bien gardez Citoyens.

grand nombre dans Geneué, regrettans leurs foires. Des hommes on en prend les vns par le ventre,
les autres par la bourse, les autres par l'honneur. Il
les attaquoit doncques par le lieu qui sembloit le
plus foible en eux. Mais ni pour cela, tousiours fermes, tousiours resolus. Luy dirent pour toute response que si par son moyen ils paruenoyent à la
restauration de leurs foires, ils aduiseroyét de ne se
móstrer point ingrats ni mescognoisslás de telle bé-
neficence, & qu'au reste ils n'auoyent charge de la
part du peuple de luy dire autre. Il ne sçauoit à qui
imputer ces frequents refus, & se doutoit des tra-
uerses de l'Euesque Charles de Seissel: pourtant il
le voulut essayer. Si qu'en Feuurier 1513. il tascha de
l'induire ou ses officiers à faire chose qui estoit cótraire aux libertez de la ville, mais ils tindrent bó
à faire la sourde oreille. Et depuis le bon Euesque,
homme d'aage s'en excusa tresbien sur le serment
qu'il auoit presté de maintenir les libertez de la
ville, affermant que ses officiers auoyent bien fait,
d'auoir en son absence maintenu l'autorité de leur
Prince, parlant de soy. Ce qui offensa tellement le
Duc qu'vn iour luy estant faite cópagnie en Palais
par cest Euesque il luy reprocha d'auoir aidé iadis
à le promouuoir en la dignité Episcopale, & luy dit
en cholere, "Ie t'ay fait d'Abbé, Euesque, mais ie te "
desferai, & te rendrai le plus pauure prestre de ta "
Diocæse. Plus pauure ne deuinst il pas, mais il mourut tost apres. Et le 17. Ianuier 1515. le Duc voulant
encor essayer la bonne volonté des Syndiques, leur
demanda trois pieces d'artillerie qui leur estoyent
paruenues par le decez de Messire Iean Amé de

Boninard commendataire des Abbayes de Pinerol, Payerne & S. Victor pres Geneue. Mais luy e-
ftans refufees il en conceut vn fignalé defplaifir en
fon ame, & contre la Cité grande rancune.

Laquelle croiffoit de iour à autre par les mauuais confeils que luy donnoyent plufieurs courti-
fans adulateurs, mefmes vn Claude de Seyffel qui
auoit efté iadis Profeffeur és Loix à Thurin, & depuis maiftre des requeftes foubs le Roy Loys X I I.
puis Archeuefque de Marfeille, & finalement
demeuré Archeuefque de Thurin, confeillant au
Duc, pour la preferuation de fes Eftats, de ne fouf-
frir plus longuement les deux Republiques & E-
uefchez de Géneue, & de Laufanne au milieu de
fes pais.

De maniere que l'aigreur & côuoitife venát à s'ef-
chauffer de plus en plus dás la fournaife d'ambitió
on s'en defchargeoit fur aucuns pauûres innocents
bourgeoys de la ville qui fe trouuoyent par la Sauoye, les vns emprifonnez, les autres battus &
torturez, & les autres executez, & mis à mort. Ce
qui occafionna vn bon citadin Philibert Berteher
en l'an 15 7. d'en aller à fes propres frais & defpens
faire plaintes & doleances aux Seigneurs de Fribourg, leur remonftrant combien leur feroit vtile
la combourgeoifie de Geneue, où ils auoyent leur
principal traffic & negoce. Lefquels efmeus de cô-
paffion, & ayans commencé d'honorer ledit Berte-
lier de leur bourgeoyfie, enuoyerent à Geneue
Ambaffadeurs pour certifier le Confeil qu'ils
auoyent à grand defplaifir d'entendre que les pauures bourgeoys & habitans fuffent ainfi traitez, &

pour

pour les exhorter neantmoins d'employer iufqu'à
la derniere goutte de leur fang pour maintenir
leurs franchifes. Cefte bonne intelligence & correfpondance rapportee au Sauoyard fuft caufe que
depuis on fe licentia côtre vn Pecolat, duquel nous
parlerons ci apres, & contre deux ieunes citadins
martyrifez à Thurin. Ce qui fift refoudre les fideles
& courageux citoyens en l'an 1518. a fe fortifier par
alliances & combourgeoifies, de forte qu'ils par-
uindrét toft apres à cefte cy de la ville & Câton de
Fribourg, comme a efté dit ci deffus : & eftoyent
pource appelez par aucuns traiftres & ennemis de
la liberté, Hugnenots foit Heyguenots, pour dire
Ligueurs, d'autát que les Ligues de Suiffe fe nômét
entr'eux Eydgnoffen, ceft à dire liez par ferment.
Dequoy le Duc indigné grádemét & oúte mefure,
voyát que c'eftoit vn coup de partie, & que telle cô
bourgeoifie n'eftoit dreffee que pour s'oppofer à
fes deffeings & efforts, il tafche par tous moyens
de la faite rompre, & reuoquer, fe prefente vn iour
en Confeil general, où il fift faire vne harangue par
Gabriel de Laudes fon Chancelier, & ne voulut le
Duc fe feoir dans vne chaire, qu'on auoit dreffee
pour l'Euefque : voulant par là demonftrer qu'il ne
pretendoit fouueraineté dans la ville, faifant affeu-
rer qu'il ne vouloit rien alterer en la iurifdiction &
liberté & que feulement on vouluft fe deporter de
la Côbourgeoifie de Fribourg. Les citoyés Ducaux
& traiftres péfoyét ce iour là que la prefece du Duc
fermeroit la bouche aux bós citadins, mais l'affaire fuft fi prudemment mefnagé par les Syndiques,
qu'il lui fuft refpondu que la chofe eftoit de gran-

de importance, & qu'il faloit præallablement la
digerer, & en deliberer en Conseil estroit, & ainsi
fust ce coup destourné, Depuis il fist encor exhorter par l'Euesque de Maurienne (qui estoit Chanoine, & châtre de l'Eglise de Geneue,) les autheurs
d'icelle à s'en desporter, adioustant plusieurs, excuses sur la mort de deux ieunes citoyens, enuoye
Ambassadeurs aux Cantons des Ligues, pour se
plaindre des Fribourgeois, lesquels remonstroyent
au contraire les causes qui les auoyent meu, à dôner la foy à leurs Combourgeois de Geneue, au
preiudice de laquelle ils ne pretendoyent les laisser en peril & oppression.

Et sur ce qu'on faisoit courir le bruit que plusieurs de la ville estoyent prests a se retracter de ladite combourgeoisie (ce qui procedoit de quelque petit nombre de traistres intestins) sont enuoyez pour en scauoir & descouurir la verité Ambassadeurs à Geneue de la part du Duc, & des deux
villes de Berne & de Fribourg. La où apres plusieurs
harangues & remôstrances faites de part & d'autre,
mesmes de la part de ceux de Geneue (disás, qu'au
lieu que le Duc se vouloit dire Prince de la ville, il e
en estoit vassal à cause du Côté de Geneuois & au
tres terres,) est prinse ferme resolutió par le peuple
de viure & de mourir en cest combourgeoisie, &
que nul n'eust à pourchasser la destruction d'icelle
à peine de la teste. Le Duc non content de cela tasche quelque temps apres, par lettre escrite aux
Chanoines & Chapitre d'extorquer d'iceux vn des-
adueu de ceste alliance & combourgeoisie, mais
par la prudence du Prieur de S. Victor qui remon-
stroit

ſtroit que laCombourgeoiſie ne tédoit qu'à maintenir l'autorité de Monſieur S.Pierre & liberté de
la ville,l'affaire fuſt ſi bien conduit, que leur reſponſe fuſt ſimplement,Que ce n'eſtoit a eux d'ad-   «
uouer ni deſaduouer les alliances , & qu'ils ne ſe «
meſloyent que des choſes diuines , & de prier   «
Dieu.

Là deſſus on eſt aduerti à Geneue, qu'en Sauoye
ſe faiſoit leuee de gens de guerre,& amas de muni-
tions.On s'arme ſemblablement dans la ville. Le
Duc ne pouuant paruenir à ſon intention, par les
moyens ſuſdits,s'aduiſa de ſuiure l'exemple d'Alexandre le grand,qui ne pouuant deſnouer le nœud
Gordien par ſó induſtrie,le couppa par force: auſſi
ne pouuant deſlier la combourgeoiſie par iuſtice,
taſcha par force de la rompre.Il enuoye dire qu'il
deſiroit entrer en la ville , & qu'on poſaſt les ar-
mes.Luy eſt reſpondu,qu'il y ſera le bienuenu auec
ſon train ordinaire,& qu'en ce cas leurs armes ſeront pour ſon ſeruice.Bref luy eſt refuſé d'y entrer
auec plus grande ſuite.Alteré de ceſte reſponſe, il
enuoye depuis S.Iulien en l'an 1519. vn ſien heraut
d'armes nommé Chablais,qui fuſt introduit en la
ſalle du conſeil pour auoir audience , & lequel demanda aſſez inciuilement que logis fuſt appreſté
au Duc ſon maiſtre en la maiſon de ville , & qu'il
y vouloit venir auec dix mille hommes ſans la che-
ualerie,&marmonnoit par la dedans quelque choſe entre ſes dents,&en ſon iargon,touchant les pretenſions imaginaires du Duc ſur Geneue. Mais
luy fuſt reſpondu par vn bon Syndique de ce
temps là tout naïfuement , Seigneur Chablais. «

»Nous sommes les tres-humbles seruiteurs du Duc
»voltre maiftre , mais fes fuiets ou vaffaux nulle-
»ment,ceft chofe à nous non ouye iufqu'à prefent:
»& partant nous trouuons fort eftrange ceftuy vo-
»ftre langage:qu'il foit voftre Prince,nous le pouuôs
»croire, mais le noftre non. Et n'entendons pas que
»luy le pretende,vous vous mefprenez,car il eft trop
»bon fils de S. Mere Eglife , de laquelle nous
»fommes fuiets,pour la vouloir fafcher. Et d'y venir
»auec fi gros nombre de gens,à quel propos? Nous
»n'auons pas mis cuire pour eux , parquoy s'il luy
»plaift d'y venir auec fon train ordinaire ; & encor
»auec 500.d'auantage,il y fera le bienuenu, comme
»il a autresfois efté, mais qu'il choififfe autre logis
»que noftre maifon de ville , de laquelle nous ne
»pouuons point nous paffer , Ouy bien luy,elle eft
»mefmes trop chetiue.Il fera traité comme autres-
»fois;& mieux fi l'on peut;fi non côme il merite, au
»moins côme pourrôs. Là deffus prenant leur dire
»pour refus, il adioufta.Puis que n'é voulez rié faire,
»i'ay charge de Monfeigneur de vous denoncer la
»guerre,& vous desfie à feu & à fang. Et en figne
de cela rompit & ietta par terre les pieces d'vne
gaule qu'il portoit: fur quoy demanderent pareillement audience douze gentil-hommes houffez &
efperonnez, qui dirent auoir commandement de
porter la mefme parolle que le Seigneur Cha-
blais.Puis leur eftant dit que la refponfe eftoit dônee,ils fe retirerent & ren onterent promptemét à
cheual.Au retour de fon heraut,il fait paffer fon armee de S.Iulien à Gaillard, craignant que ceux de
Geneue ne fiffent vne fortie fur luy. Cependant ar-

tiué vn Ambaſſadeur des Fribourgeoys nómé Fri-
derich Marti hoſpitalier à Fribourg, lequel au nõ
de ſes ſuperieurs aduertit le Duc que s'il faiſoit force à leurs combourgeoys , ils émployeroyent leur
puiſſance pour les venger. Il reſpond que ce n'eſtoit
pour faire violence, mais pour appaiſer les troubles
& diſſenſions , & les grandes partialitez & debats
qui eſtoyent dans la ville, au grand præiudice de
tout le païs, & qu'il vouloit entrer dedans pour les
accorder, & qu'il auoit ſon armée toute preſte pour
canonner la ville, ſi on luy refuſoit paſſage. Il par-
loit de Canõs (dit la Chronique) & n'auoit meſmes
en ſon armée vne ſeule hacquebute à croc. Toutesfois le bon Fridderic fait des trefues le Samedy
pour 24. heures: & ſi ne laiſſa pourtant le Comte
Philippe de Geneuois frere du Duc de faire ſes
approches, & ſur la minuict ſuiuante du Dimanche donne du coſté de S. Antoine, & rompt les
trefues. Il eſt repouſſé vaillamment auec grande
perte des ſiens qui grenouilloyent dans le foſſé, &
à la meſme heure eſclatta vn gros tonnerre par
trois fois, & tomba le foudre à Gaillard ſur le logis du Duc, & diſoit vn chacun en ces temps là
que c'eſtoit vn ſigne de l'ire & vengeance de Dieu
pour l'infraction de la trefue & oppreſſion de Geneue. Ceſte guerre ſe faiſant en temps de Careſme
fut appelee par les vns la guerre des harens, & par
la plus part la guerre des beſoles, pource qu'on en
mangeoit beaucoup, & qu'il y euſt vne prodigieu-
ſe quantité ceſte annee là de ceſte derniere ſorte
de poiſſon. L'ambaſſadeur de Fribourg ſe va plaindre à Gaillard de la rupture des trefues. Le Duc

s'en defcharge fur fon frere, difant que ce n'eftoit
que par ieu? Mais ie vous prie quelle forte de ieu?)
Les trefues renoüées eft permis au Duc par les
Syndiques de paffer par la ville paifiblement & fans
violence ni attentat, comme il promit, auec certain nombre limité d'hommes pour fa garde. Si
qu'il entra dedans le Lundy 6. Mars 1519. par la
porte S. Antoine, & logea en la maifon de Monfieur
S. Victor. Mais eftant dedans il commence de vouloir vfer de violence, & faire faire des criées publiques; mefmes quelcun de fes gens en vient là que
d'aller marchander fecrettement vers le bourreau,
combien il voudroit d'argét pour 40. teftes. L'Ambaffadeur de Fribourg qui eftoit vn bon hommeau
plein de courage s'en eftant apperceu fait partir
promptement vn meffager pour en aduertir à Fribourg, & quant & quant va dire au Duc qu'il côtre-
uenoit à fa promeffe, & qu'il s'en repentiroit; Le
Duc en courroux, luy dit, *Allez veffot*. Cependant
l'vn des Syndiques fans en communiquer à perfonne, conftant & refolu en telle deftreffe, fait dôner vne fauffe alarme pour efprouuer le courage
des bons, & l'intention de l'ennemi. Mais le plaifir
fuft de voir aucuns Foucignerans qui fuiuoyent le
Comte de Geneuois, lefquels s'allerent cacher fous
les moulins, & les retraits qui eftoyent fur le Rhofne. On recogneut diuers partis, & les bons citadins
Heyguenôts, & les mauuais Ducaux Mammelus.
Et furent remarquez les vns & les autres fans faire
femblant de rien. L'aduis receu à Fribourg on y
dreffe deux enfeignes qui deuoyent faire 600. hômes, mais elles creurent d'heure à autre, car tous
les

les ieunes cumpagnons de Fribourg s'y alloyent
renger,& n'estoit pas fils de bonne mere qui n'e-
stoit de la partie:tous sortoyent de la ville à l'enui
les vns des autres ,poussez de bonne volôté enuers
leurs Eydgnossen de Geneue. Par les chemins plusieurs bons hommes se rengeoyent à eux mesmes
des terres du Duc. A l'entrée du païs de Vaud ils
prennent prisonnier le Goüerneur du pays Monsieur de Lulin,& par luy firent escrire au Duc, que
s'il dommageoit aucun de leurs combourgeoys de
Geneue,ils feroyent audit goüuerneur le sembla-
ble.Ils arriuent à Morges sans contredit, & se cam-
pent là,& s'y trouua de deux enseignes vne armee
de 6.mille hommes,faisans retentir le Lac, & les
montagnes de leurs cris. Ces nouuelles apportees
au Duc,il fait promptement aduertir toutes ses
gens par les fourriers de maison en maison,que nul
n'eust à outrager personne de Geneue, ni en corps,
ni en biens.Et enuoya promptemét appeller l'Ambassadeur de Fribourg qui ne bougeoit de Geneue.
Et luy dit,Monsieur L'hospitalier,ie vous prie ad- «
uisez d'appaiser tout ceci, & d'aller auec mes Am- «
bassadeurs à Morges pour dire à vos gens qu'ils ne «
marchent plus outre: Ie me voy retirer de la ville, «
vous voyez bien que ie n'ai fait desplaisir à person- «
ne,& encor vous promets n'en faire. L'Ambassa- «
deur qui se souuenoit d'auoir esté peu auparauant
mesprisé,replique brusquemét & gaillardemét en
sô bon François de Fribourg:Monsieur pésez vous «
qu'vn tel vessot que moy puisse faire cela? &c, «
Monseigneu ie ne say plé qu'on vessot, vo veli que
ʒ'allou ver nostrou Seignau & superiau li porta de

de parole per vou, manda li de voutre gents
qui porton voutre iangle, (ceſt à dire vos bour-
des) car de my ne lou porterai pa, vo m'aui prou
promes de chuſe & à me & à mo ſuperiou, & n'en aui
ren tenu, aſſi pou tindre vo cetaſcy. En ſomme il re-
fuſe tout a plat d'y aller. Le Duc voyant cela le
laiſſe, & y enuoye neantmoins ſes Ambaſſadeurs
& d'autres à Berne. Si qu'en bref y arriuerent Ambaſſadeurs de Zurich, Berne, Lucerne, Baſle, & autres Cantons, qui moyennent appointement entre le Duc & les deux villes de Fribourg, & de Geneue; Prononcent que le Duc payera aux Fr. bourgeois quatre mille eſcus ores qu'ils en demandaſ-
ſent bien quinze mille, & dont ils ne furent
gueres contents: en furent payez deux mille de cô-
tent : & le Comte de Geneuois laiſſa ſa vaiſſelle
d'argent en gage à Geneue pour le ſurplus. Et qu'au
demeurant le Duc ſe retirera & laiſſera Geneue en
ſon Eſtat, ſans rien entreprendre ſur la iuriſdiction
ni offenſer la ville en general ni en particulier. Parquoy il luy conuint d'en ſortir plus viſte que le
vent, & auât que l'armee des Fribourgeois ſe bou-
geait. Et iura de ne plus attenter ſur Geneue, &
ſe retira à Thonon. Si faiſoit il touſiours crier par
les iournees des Lignes de ceſte combourgeoyſie
de Fribourg qui lui dônoit mal de teſte. En eſt tenue en fin iournee de tous les Cantons au mois de
May 1519. à Zurich, pendant que la peſte eſtoit grâde à Geneue, dont il pleuſt a Dieu la viſiter incôti-
nent apres la guerre. Et ſe ſoubs-mirent les parties
d'en demeurer à vne prononciation amiable qui
fuſt; Que le Duc de Sauoye doreſenauant n'euſt à

atten-

ter chose contre la iurisdiction de l'Euesque, ni les
libertez & franchises de la ville : Que d'autre
costé la combourgeoisie deust demeurer en sus-
peuds sans que de part ni d'autre en fust aucun v-
sage, & que Messieurs de Fribourg se deussent cō-
tenter des 4000. escus qu'ils auoyent receus.
Car ils pretendoyent tousiours d'en auoir d'auantage. Ceste seconde paix ainsi fust conclue entre le
Duc & les deux villes, & dura tellement quelle-
ment cinq ou six ans. Alors commencerent peu à
peu de se rapatrier les Eyguenots, & les Mammelus, faisans entr'eux banquets & grosses cheres, &
s'allians par mariages, sans auoir esgard aux partialitez passees. Les Sauoysiens alloyent, & venoyent
à Geneue cōme bons amis, y faisans leurs besoi-
gnes. Et neantmoins le Duc ne laissoit de cercher
toutes occasions & prætextes d'empieter sur la liberté. Mesmes en l'an 1523. la Duchesse Beatrix de
Portugal, passa par Geneue, demanda par vn coup
d'essay aux Syndics de loger en la maison de ville: ce que luy estát refusé, quoy que l'vn d'iceux en
son particulier luy offrit sa maison gráde & magnifique, elle en fust tellemét indignee qu'elle ne voulut faire grand seiour en la ville. Là où elle tenoit
trop son rang, comme sembloit à aucuns citoyés,
mesmes en ce que les Dames de la ville l'estans
allé saluer, elle ne daigna pas quasi les regarder.
Si qu'vn bon drole qui les accompagnoit, cria aux
dernieres, Tournez visage, laissez la là. Ce que l'vn
des gens de la Duchesse voulant excuser, dit, *che e-*
ran los costumos de Portugau. Et le 2. Feuurier 1526.
l'Euesque Pierre de la Baulme voulant tesmoi-

g j

gher aux Syndiques & Conseil comme il desiroit
de conspiter auec eux en vne saincte resolution
contre tous attentats du Prince, leur recite la demande verbale que peu de iours auparauant le
Duc luy auoit encor faite de la superiorité en la
ville. Mais qu'il luy auoit respondu que *tanquam
Pierre de la Baume, il estoit son seruiteur, mais comme Euesque de Geneue il ne lui deuoit rien, voulant
maintenir sa iurisdiction iusques à la mort*, & qu'en
somme il auoit naifuement & franchement sou-
stenu au Duc luy mesmes, qu'il n'auoit que voir à
Geneue. Et de fait en haine de ceste responce, le
Duc depuis en Iuillet 1527. pour esbranler cest E-
uesque, fist reduire entre ses mains les principaux
reuenus de l'Euesché existans dans ses terres, principalement des Abbayes de Suze, & de Pinerol.
Perte laquelle te deuoit Pierre de la Baulme, à l'e-
xemple de la palme, rehausser le courage contre
telles oppressions, & voirement tu auois merité de
receuoir les verdoyants Lauriers de constance &
magnanimité, si tu eusses perseueré virilement,
& si au contraire defaillant de courage, tu ne fusses
en fin le 15. Iuillet 1533. sorti volontairement de
Geneue pour t'aller renger au parti de Sauoye contre la ville, à laquelle tu estois si estroi-
rement obligé par les sacrez liens & inuiolables sermens de Prince, d'Euesque, & de Bourgeoys.

Cependant à mesure que la ville apperceuoit la
continuation des desseings du Duc, elle redoubloit
aussi son courage pour y resister & se fortifier par
tous moyens legitimes, soustenue & consolée par

la

la preſence,& bons conſeils des quatre Ambaſſadeurs de Berne & Fribourg, que leurs ſuperieurs
pendant tels troubles tindrent vn an entier dans
Geneue. Si que le Lundy 12. de Mars 1526. ſept ans
apres ceſte premiere combourgeoyſie de Fribourg
tant de fois tracaſſée & promenée par les iournees à belles menaces, fuſt ſolennellement iurée la
combourgeoiſie en conſeil general, entre les trois
villes, Berne, Fribourg & Geneue, comme nous a-
uons touché ci deſſus. là où le peuple cria, *Nous la*
voulons, nous la voulons, de bonne heure ſont nez
ceux qui ont pourchaſſé ſi bon affaire. C'eſtoyent des
pauures citoyens qui auoient demeuré fugitifs
quelque temps, pour s'exempter des oppreſſiōs de
l'Eueſque & des Ducaux. Ce fuſt alors à faire com-
plaintes deuant Meſſieurs des Ligues, faire tenir
iournees les vnes ſur les autres, pour ſapper & faire
reuoquer ceſte combourgeoiſie. Iournee tenue à
Bienne au mois d'Aouſt ſuiuant. Autre à Soleurre
de tous les Cantons. Autre à Berne. Mais en toutes
fuſt reſolu de n'ouir plus le Duc en ſes contredits
& oppoſitions, & qu'on ſe tenoit à la combourgeoiſie, fuſt prié de n'en parler plus. Et là deſſus à
reprendre les vieux arrheneurs, faire deffenſes &
inhibitions treſ-rigoureuſes du tranſmarchement
des viures de ſes pays à Geneue. Ce qui anima &
offenſa de telle ſorte les Bourgeoys & peuple de
Berne, qui de tout temps ont eſté portez de grand
zele & affection enuers ceux de Geneue, & ont
teſmoigné d'auoir compati en leurs miſeres & af-
flictions, qu'ils vouloyent deſcendre ſur les pais du
Duc à grandes forces ſans plus marchander, ſi par

g ij

deffenses du conseil, qui ne voyoit encor l'occasion
propre pour se mettre aux champs, ils n'eussent e-
sté retenus, & les portes fermées. Ne laissa toutesfois le conseil d'enuoyer le 21. Nouembre à ceux de
Geneue pour asseurance de leur bonne volonté,
par Ambassadeurs confirmation expresse de la có-
bourgeoisie, & de mander au Duc que s'il ne relas-
choit les viures à la ville, ils luy quitteroyent son
alliance. Ce qu'en Ianuier 1527. voyans la conti-
nuatió des deffenses des viures ils furét contraints
d'executer, & de luy réuoyer les lettres de son alliáce descoupées, mais le Duc refusa de rendre les
seaux de la leur. En ce temps ne faisoit pas bó pour
ceux de Geneue en Sauoye. Tousiours quelcun en
portoit la paste au four. Plusieurs tuez & assassinez
çà & là. iustice en estoit demandée par les deux villes & par les Valeysans qui appartenoyent d'assini-
té à aucuns des meurtris. Iournees en sont tenúes à
Berne, Fribourg & Geneue. On promettoit iustice,
mais nulle execution ne s'en ensuiuoit. Ainsi l'on
preparoit les armes és trois villes, & en Valey pour
bien se battre contre le Duc. Les principaux traistres de la ville complices de la faction des Mám-
melus saisis de frayeur, se sauuent, & sont par contumace condamnez publiquement, sentenciez,
& executez en effigie en nombre de 44. leurs biés
confisquez au mois de Feuurier 1528. En ce temps
y auoit dans Geneue vne garnison de 800. hommes Bernois & Fribourgeoys. Les affaires s'en alloyent toutesfois en delays & à la longue. En fin le
Dúc en Octobre faisant semblant de caler voilé,
fait faire des criees publiques en Sauoye, touchát
le relasche-

le relaschement des viures. Mais du mesme tout
les officiers Ducaux firent deffenses contraires secretement de lieu en lieu. Soubs ceste apparence
de bon vouloir & sincere voysinance couuoit vne
conspiration qui fust descouuerte des gentils de la
Cueillier ainsi nômee, de ce que les principaux d'i-
celle banquetans & mangeans du tis ensemble à
la cueillier, ils en prindrent chacun vne pour signal
de leur confrairie , & les plus mauuais disoyent
que c'estoit pour manger Geneue à la cueillier. Ils
estoyent en armes par le païs. Le chef d'iceux nômé Ponuoire , venant à la ville pendant ces ru-
meurs qui tenoyent plustost de la guerre que de la
paix, frappa vn portier qui luy demandoit vn peu
brusquement d'où il venoit & à l'instant rebrouf-
se chemin auec grandes menaces, iuremés & maugremens du nom de Dieu , comme ont accoustumé plusieurs indiscrets qui ne sçauent pas , ou ne
veulent pas sçauoir l'honneur & le respect qui est
deu à personnes qui font en deuoir en vne porte ou
corps de garde de ville. Le 12. Ianuier 1529. entre
chien & loup il est recogneu passant à cheual par
la ville. Assailli par aucuns citoyés il se met en def-
fense, est poursuiui iusques en vne maison pres le
pont où il est attrappe , caché dessous vn lict,
& à l'instant despesché. Il portoit memoires comme ses gens deuoyent tous estre armez à blanc,
& du rendez vous qu'ils auoyent. On fait de Geneue quelques sorties pour amener des viures.
Sont prins & retenus cheuaux de part & d'autre:
sur ce Ambassadeurs en campagne de Zurich & de
Basle enuoyez à S. Iulien pour moyenner vne

trefue. Ils y trauaillent tout le mois de Feuurier
1529. & en fin tous les differents font remis en vne
autre iournee, & la trefue conclue & proclamee le
10. de Mars. La garnifon de Geneue réuoyee, A cõ-
dition que les deux villes aideront de leur puiffance à la partie qui fera moleftee cõtre la trefue par-
eux faite. Mais les gentilshómes de la cueillier ne
laifferent pas trois ou quatre iours apres, de tuer,
battre, fourrager, emprifonner cõme auparauant.
Tout le pais derechef en armes. Et en ceft endroit
fe prefentent des circonftances dignes de confide-
ratió pour le rapport & cõformite que nous trouuons d'vn temps à l'autre. Ceft que tout ainfi que
la derniere guerrre d'entre S. A. de Sauoye , & la
Seigneurie de Geneue, fur la fin de l'an 1602.
euft pour præludes & feminaires, les exactions des
tailles (contre l'ancienne franchife de ceux de Geneue en Sauoye de tout remps pratiquee,) les defenfes du commerce des viures , & les empefche-
mens donnez à ceux de la ville d'y apporter les
dentrees recueillies dans leurs propres fonds & he-
ritages en Sauoye : puis fuft ouuertement com-
mencee par l'effort d'vne efcalade, & en fin terminee fept ou 8. mois apres par vn traité de paix fait
à S. Iulien par l'entremife des Ambaffadeurs des
v. Cantons neutres, & par les ferieufes exhortations tant de bouche que par efcript de Monfieur
de Vicq pour lors Ambaffadeur de S. M. au pais
des Ligues , lequel mefmes pendant cefte guerre
paffant à Geneue, daigna honorer, cõme i'ay entédu, le Confeil de fa prefence, & de fes tres falutai-
res aduis defcoulans abondáment cõme ruiffeaux
limpides d'vne viue fource, d'integrité & de rare

eloquence. De mesmes apres plusieurs, & reiterees deffenses des viures, au temps du Duc Charles, le premier effort de ses gentils de la cueillir accompagnez des Mammelus, commença par eschelles. Car le Ieudy auant Pasques 1529. apres minuict ils vindrent auec grande quantité d'eschelles bien pres des murailles, pretendans prendre la ville d'assaut. Ils estoyent plus de 3500. couuerts de cuirasses. Mais entr'eux furent saisis de telle frayeur enuoyee du ciel qu'ils n'eurent plus belle haste que de gagner au pied, sans mesmes auoir le loisir d'appliquer leurs eschelles. Bien aduisez qu'ils furent, pour sauuer leurs pauures vies, Dieu leur osta le cœur (dit la chronique) en sorte qu'ils n'oserent iamais fourrer le nez dedans. Le Duc fist semblant de les desaduouer. Desia le bruit estoit à Chambery que Geneue estoit saccagee, & les messagers qui en couroyent de toutes parts furent bien esbahis de voir le contraire. Ceste entreprinse, ou ceste nuict fust depuis tousiours nommee, la nuict des Eschelles, ou de l'Escalade. Durat ces troubles, & le 7. de May 1529. passa par Geneue l'Ambassadeur du Roy d'Hongrie, lequel exhorta pareillement les trois villes à la Paix, & ayat veu les droits de ceux de Geneue dans les chartres & grotes, en receut grand contentement, & les trouua bien plus suffisans & peremptoires que ce que luy auoit au contraire esté moustré & donné à entendre par la Sauoye. Le Duc pour mettre bas les armes, demandoit tousiours que la combourgeoisie des deux villes fust mise à neant : en fut tenue conference entre les deux villes, & les Ambas-

fadeurs du Duc Iean, Comte de Gruieres, prins
pour fuperarbitre, & pour auoir prononcé quelque chofe plus outre mefmes que fa charge né
portoit,& par ainfi excedé le deuoir d'vn Iuge, il
fut prins en proces par les Fribourgeois, lequel
dura long temps,& qui luy coufta plus de 2000.
efcus. Et de plus fort le 24. May 1529. fuft fait é-
dit en Confeil general à Geneue de ne parler dé
l'abolirion d'icelle combourgeoyfie à peine de la
vie. L'on fait vne trefue & fufpenfion d'armes
pour amufer ceux de Geneue,mais peu de fepmai-
nés apres elle eft rompue, & l'on recommence
par la Sauóye, de nauter & frapper tantoft ceftuy
ci,tantoft ceftuy là des Geneuois,comme auparauant. Voire le 2. Octobre 1530. les Sauoyfiens en-
uifon la minuict,font vn effort de trois coftez de la
ville à bord du foffé, & font repouffez valeureufe-
ment. Secours eft enuoyé par les deux villes de
plus de fix mille hommes, & par la ville de Soleurre de 500 bons hommes tous leftes & bien choifis,
qui entrent dans le pais de Vaux, bruflent & fac-
cagent les chafteaux & maifons qu'on recognoif-
foit appartenir à quelque gentilhomme de la
Cueilliet.Tout fuyoit deuât l'armee : fe font neátmoins diuerfes rencontres pres de la ville,où ceux
de Geneue emportent des victoires fignalees que
je toucherai en autre lieu dans cefte refponfe. En
fin tous les autres Cantons des Ligues, & les alliez de S. Gal,& de Valay, enuoyent au pais Ambaffadeurs pour affoupir cefte guerre, & de leur
pouuoit efteindre le feu qui s'allumoit,& pendant
que les armees de part & d'autre eftoyent fus
pied, en

pied, en fust tenüe assemblee à S.Iulien, les Ambas-
fadeurs alloyent & reuenoyent fouuent de Geneue à S.Iulien, & de S.Iulien à Geneue, dont fortift
vn traicté de Paix appelé l'Arrest de S.Iulien du 19.
Octob. 1530. portant en termes expres que Paix &
Iustice demeureroit entre les parties, & liberté de
commerce, & que si le Duc y contreuenoit, qu'en
tel cas le pais de Vaux demeureroit obligé & hy-
pothequé pour les frais de la guerre, dommages &
interests. Les prisonniers relafchés de part & d'autre, & la decision des pretensions & differents ré-
ciproques remise à vne autre iournee, laquelle fust
depuis tenue à Payerne l'an 1531. dont nous parlerons ci apres, & où fust rendue ceste tant celebre
fentence, dite de Payerne, le respect & autorité de
laquelle sembloit auoir redonné la paix au pays
pour longues annees. Mais helas! en Ianuier 1532.
on recommença en Sauoye de publier les deffen-
fes des viures à peine de perdition de corps & de
biens, & de folliciter la reuocation de la combourgeoifie, la refcifion de l'arrest de S.Iulien, & de ladite fentence de Payerne, de cômettre toutes violē-
ces, & extorfiôs côtre ceux de Geneue. L'Euefque s'y
trouua bié empefché, & ne fcauoit à quel fainct fe
vouer, nageoit entre deux eaux, tantoft panchant
du cofté du Duc, tantoft faifant femblant d'adhe-
ter au parti de la Republique, iufques à ce qu'ap-
perceuant les premieres eftincelles de ce feu de la
vraye religion, il fe retira, comme a efté dit, de la
ville fecrettement, & fans prendre congé le 18.
Iuillet 1533. ne pouuans fes yeux porter les clairs
rayôs de la lumiere celefte, & s'alla ioindre aux Sa-

uoyſiens,& depuis ne fuſt à Geneue : ſomme que
pluſieurs grandes miſeres,troubles & oppreſſions
auoyent duré preſques d'vne continuelle ſuite par
l'eſpace de 14 ans depuis l'an 19. iuſques en l'an
1534.Que pour le comble des maux paſſez, le
Duc accouragé par l'Eueſque qui oublioit les deuoirs d'amitié Paſtorale enuers ſon Egliſe, ſe reſo-
lut d'eſſayer ſur Geneue vne entrepiinſe qui ſembloit de bien facile execution pour la grande intelligence qu'il auoit dedans , & s'il failloit ſon
coup, d'en venir pour lors à force ouuerte , & de
l'aſſieger auec armee puiſſante.En ces temps Dieu
fauoriſa Geneue de belles victoires, & miraculeu-
ſes deliurances , puis d'vn grand ſecours de ſes
voyſins.Doncques la nuict du pen. Iuillet 1534.
grand nombre de Sauoyſiens conduits par le gouuerneur de Chablais,ſe viennent rendre bien pres
de la ville à lergonan,tambours battans,enſeignes
deſployees,tenans leur entrepiinſe toute aſſeuree,
& qa'il n'y en auoit que pour leur deſieuner. Mais
l'on faiſoit dans la ville ceſte nuict là , vne garde
plus grande que de couſtume, car à meſure qu'ils
auancoyent en leur chemin contre Geneue, les effaicts de la protection & prouidence diuine ſe ma-
niſeſtoyent ſur Geneue.On deſcouurit par la contenance de quelques traiſtres, & par la diſpoſition
de l'artillerie en certain endroit de la ville , qu'il y
auoit trahiſon, & que promptement ſe debuoit
iouer quelque tragedie. L'vn des traiſtres eſt ſaiſi
qui deuoit ouurir la porte aux Sauoyſiens , à l'in-
ſtant appliqué à la queſtion,il nomme ſes compli-
ces.Aucuns d'iceux ſont apprehendez : par ainſi
l'on

l'on faisoit en mesme temps les procedures criminelles dans la prison, & d'autre costé les processiós
militaires par les rues, de maniere que les Savoy-
siens des largonan ayans apperceu la lanterne d'v-
ne ronde qui montoit par le clocher de S. Pierre,
& par là recogneu que la ville faisoit bon guet, furent saisis d'vne terreur si grande, qu'à l'instant ils
plierent bagage, & leurs enseignes, & tournerent
les talons à l'aube du iour, disans entr'eux,
Nous sommes trahis, & par vne prediction que la
bonté Diuine continuera veritable; *Iamais nous
n'entrons dans Geneue, puis qu'auons failli ce coup.*
En sont faites doleances es iournees des Ligues
par ceux de Geneue. Le Duc desaduouë le fait. Puis
en l'an 1535. commence de dresser le siege. Ceux
de Geneue au contraire par le moyen de quelques
sorties, & du secours enuoyé par les habitans de
la Comté de Neufchastel, se maintiennent iusques
en l'an 1536. que pour ceste querelle de Geneue,
le Duc fust despouillé d'vne bonne partie de ses
pais. Car les Magnifiques & puissans Seigneurs de
Berne, en fin perdans patience, & apres auoir prou
marchandé, enuoyent le 16. Ianuier 1536. par vn heraut de guerre le cartel & lettres de desfi au Duc,
dont la copie se trouue encores, *Vous declarans*
(est-il dit) *la guerre contre vous, vos gens & pais, em-
ployans tous nos efforts de vous endommager, & hosti-
lement aggredir en corps & biens. Et pourtant à
nostre honneur auons bien pourueu:* & luy quittent
toutes alliances vieilles & nouuelles, en luy remō-
strant le deuoir & obligation qu'ils auoyent à leurs
combourgeois de Geneue, & comme il auoit con-

treuenu à l'arreſt de S. Iulien, & à la ſentence de Payerne,& pour venger Geneue, Geneue la *VEN-GEE, deſcendent auec vne armee de 10. ou 12. mille hommes,& arriuent à Geneue le 2. Feuurier 1536. ſe rendent maiſtres & conqueſteurs du païs de Vaux, & des balliages de Chablais, Ter-niet, Gaillard & Gez, iuſques à l'Eſcluſe, où le Roy François, qui de ſon coſté auoit prins le reſte de la Sauoye,&le Piedmont, leur fiſt dire & crier le Hô-la, par ſon grand Preuoſt pour ne paſſer plus outre, ains ſe contenter. Les Fribourgeois eurent en par-tage le Comté de Rhomont, & les Valeyſiens, le païs de Chablais depuis la Drance en ſus contre Valey. En ceſte guerre Yuerdun, & la forterelle & Chaſteau de Chillon furent battues, tant par eau que par terre auec l'artillerie de Geneue, làquelle y fuſt menee par le Lac ſur grands vaiſſeaux. A Chillon fuſt trouué & deliuré le bon Prieur de S. Victor, François de Boniuard, lequel y auoit eſté detenu par commandament du Duc en priſon tres-eſtroite, depuis l'an 1530. & auparauant à Grolee deux ans, pource qu'il ſouſtenoit à cor & à cri les libertez de Geneue. L'on monſtre meſmes choſe remarquable en ladite forterelle de Chillon, ſçauoir vn ſentier, ou trace cauee dans la roche en l'vne des voutes ſubterranees, par le marcher & longues proumenades dudit Prieur, *Gutta cauat lapidem.* Nous auons repreſenté l'e-ſtat & condition de Geneue ſoubs les Eueſques, & les diuerſes entrepriſes des Ducs de Sauoye, ſur ſa liberté, tantoſt par douceur & artifices, tantoſt par violences & guerres, & côme Dieu ſon protecteur

* Ana-gramme de Gene-ue.

Meſſire Martin du Bellay à la fin du 4. li-ure de ſes memoires.

l'a neantmoins touſiours maintenue, s'eſtant pour
ceſt œuure admirable ſerui en diuers temps d'aucuns vaillans & courageux citadins, de quelques
bons Eueſques, des Cátos voyſins, des Empereurs,
& des Rois de France. Et là deſſus, Caualier, tu t'e-
ſcarmouches p. 164. 171. & 194. contre la Fráce que tu taxes d'eſtre partiale & coulpable de la
pretendue rebellion de Geneue, que tu nommes
enuieuſe France, complice de la deſloyauté Ge-
neuoiſe, & qui en retarde la reſtitution p. 21. contre le grand Roy Françôis, lequel (apres luy auoir
auparauant rendu quelque partie des louanges deuës à ſon grand merite) tu taxes
p. 14. & 127. inſenſé que tu es,
de diminution en ce grand
ſens qui l'accompagna
iuſqu'au tombeau,
& du vice d'in-
gratitu-
de.

DE LA BIENUEUILLAN-
ce des Rois de France enuers
GENEVE.

T V d's doncques que le Roy François enuoya Rance de Cere à Geneue pour au-
thorifer leur nouuelle rebellion p. 164.
Ce fut le Roy François voirement (puis que tu en
parles, lequel y enuoya & Rance de Cere auec vne
partie de fa compagnie, & le Seigneur de Verez
gentilhomme de fa chambre & natif de Sauoye.
Tefmoin l'exploit (pour t'en faire mieux fouue-
uenir) de la iournee dite de Coligny 24. Ianuier
1536. que cent citadins à pied & 40. bons hommes à cheual tant feulement, fortis de Geneue &
conduits par ce Verez, ayans fait rencontre de
quelques troupes Sauoyfiennes, & de Foucigny entre les villages de Chefne & de Cologny, les char-
gerent fi à propos qu'ils les mirent en route, en e-
ftendirent fur les carreaux quelques centaines,
prindrent nombre de prifonniers, & pourfuiuans
leur victoire tous couuerts & efchauffez du fang
de leurs ennemis, chaffaffoyent çà & là fur ces
pauures fuyards, quand leur côducteur Verez leur
cria la retraite, vfant de ces paroles, *Laiffez en pour
labourer les terres.* Mais tu efpargnes bien la verité
à ton ordinaire quand tu adioustes; que le Roy
Francois enuoya à Geneue tels perfonnages pour
autho.

riser leur nouuelle rebellió. Estoit-ce rebellió de se
deffédre côtre son ennemi, côtre vn Prince qui n'a-
uoit aucun droit en la ville? Estoit ce nouueauté,
qu'vne guerre deffensiue qui auoit duré de la part
de l'Euesque & de la Republique, depuis l'an 1519.
contre le Duc Charles, auec fort peu d'intermissió?
les causes de laquelle guerre tu veux neantmoins
attribuer au changement de religion qui n'aduint
qu'en l'an 1536. Lis ie te prie & Parad'n & Wander-
buch, & tu apprendras qu'ils excusent le peu de resistance que fit le Duc Charles à l'armée du Roy
Francois, sur ce qu'en la guerre de Geneue qui a-
uoit præcedé de long temps l'indignation du Roy
Francois contre le Duc Charles son oncle, il auoit
fait de grands frais, & qu'il estoit comme espuisé
de moyens, *magnis in Geuenense bellum factis sum-
ptibus exhaustus*, dit Vvanderbuch. Ce n'estoit pas
dunc guerre nouuelle. Mais les raisons, pauure haridelle, qui meurent ce grand Roy à desployer les
effaicts de sa bienueillance enuers la ville de Geneue, furent (pour t'en mieux instruire) En partie
la raison d'Estat que tu designes tacitement p. 171.
sçauoir que ce grand Roy ne vouloit souffrir qu'au
mespris de sa valeur & Maiesté Royale, (qui seule de
uoit effrayer & contenir tous les Princes voysins)&
qu'à la barbe de tous les Suisses, le semble sust op-
presse en sa petitesse, & qu'vne ville de si grande
importance sust distraite de son seruice, par vn
Prince qui n'y auoit pas plus de droit que luy, &
qui deuoit au contraire despendre de sa bienueuillance, & du seul mouuement de ses sourcils. Mais
principalement la raison de Iustice, C'est que ce

Roy qui fuſt en ſon temps grand zelateur de Iuſtice, eſtant bien informé des iuſtes fondemens de
ceſte Republique, & que le ciel auoit doüé ceſte
place d'vne liberté pretieuſe, continuee par la poſſeſſion de pluſieurs ſiecles, conſtruee par miracles
entaſſez les vns ſur les autres, maintenue par les liberalitez & prouiſions redoutables de l'Empire
Romain, & des Roys de Fráce, ne vouloit permet-
tre, ſuiuant l'exemple de ſes predeceſſeurs, que les
crimes d'Iniuſtice, de Tyrannie, & de Violence fuſ-
ſent perpetrez, en lieu, où Dieu, la nature & ſes
vertus, & la proximité de ſon Domaine l'appe-
loyent pour en guiſe d'vn clair & ſerain Soleil,
& comme Lieutenant du grand Iupiter, diſſi-
per les nuages & les eſclairs des petits Salmo-
nees.

De fait il eſtoit tellement perſuadé de la vanité
des pretenſions de la maiſon de Sauoye ſur Geneue, que ni lors que d'vn ſeul clin d'œil, il fiſt tourner toute la Sauoye ſoubs ſa baguette, ni depuis
par l'eſpace de 23. ans qu'il en demeura paiſible
poſſeſſeur, il ne luy vint oncques en la penſee de
heurter de la moindre chiquenaude contre l'Eſtat
& liberté de Geneue. Autremēt luy qui eſtoit maiſtre & Seigneur de la Sauoye, & de tout ce qui en
pouuoit deſpendre, ayant ſus pied vne puiſſante
armee, euſt peu iuſtement & bien aiſément s'em-
parer de Geneue, s'il euſt, dis-ie, recogneu d'y a-
uoir quelque droit par le moyen du Duché de Sauoye. Mais en l'eſchole de la iuſtice, & de la verité
diuines maiſtreſſes de ſes actions, il trouua le contraire.

Ainſi

Ainſi & pour les meſmes raiſons en l'an 1455. le Roy Charles VII. ayant par vne iuſte indignatiõ contre le Duc de Sauoye decerné lettres de marque, & de repreſailles à l'encontre de tous les ſuiets de Sauoye, declara par patentes du XI. Decéb. que les citoyens bourgeoys & habitans de Geneue, n'y eſtoyent point compris, la recognoiſſant ville libre & Imperiale, nullement deſpendante de la maiſon de Sauoye, ains vn corps de Republique ſeparé du Duché.

Ainſi en l'an 1579. Henry de Valois, Roy de France & de Poloigne, qui n'eſtoit mie huguenot (quoy que depuis vn couſteau diaboliquement eſguiſé ſur l'affiloire d'vn Conuent, luy ait retráché le ſilet de ſes iours,) par vn traicté perpetuel d'alliáce, reçoit la ville & Cité de Geneue auec ſon territoire, au traité de la Paix perpetuelle, qui eſt entre la Couronne de France, & le general des Ligues, & ſtipule d'aucuns Cantons, que pour la défence de la Republique de Geneue, qu'il qualifie l'vne des clefs & principal bouleuard de la Suiſſe, ils y enuoyeront en cas de ſiege ou autre neceſſité de guerre, nombre ſuffiſant d'hómes par luy ſouldoyez, pour empeſcher les entrepriſes qui ſe poirroyent faire ſur icelle, par quelques perſonnes ou Potentats que ce ſoit, ſans nul excepter. Et Geneüe de ſõ coſté promet dóner paſſage aux troupes de S. M. & de ſes ſucceſſeurs paſſás à la file ſás deſordre, & auec toute modeſtie, & au cótraire de n'accorder aucun paſſage ni retraite aux ennemis de S. M.

Ainſi en l'an 1589. le meſme Roy trauaillé par les furieux efforts de la Ligue, & ſe voulant reſſen-

tit de l'inuafion de fon Marquizat de Saluces , &
d'ailleurs eftant aduerti que le Duc de Sauoye mo
leftoit diuerfement la ville de Geneue fur fes terres par tailles, peages, daces & impofitions fur les
marchandifes, defenfes de viures, gabeles à fel, &
autres procedures contraires à l'ancienne vfance,
par laquelle les habitans de Geneue ont de tout
temps efté exempts des charges fufdites, & comme ayans les pieds blancs, ont paffé de toute memoire d'homme par tous lieux de la Sauoye, & autres terres du Duché francs & quittes , enuoya à
Geneue fon Ambaffadeur le Seigneur de Sancy,
(qui auoit auec Monfieur de Sillery pour lors Ambaffadeur de S.M.au pais des Ligues dreffé vne armee de douze mille Suiffes tirez tant des Cantons
Proteftans, que de celuy de Soleurre, & des Grifons
& Valeifans, pour commécer la guerre en Sauoye,
& rendu l'vn & l'autre en ceft endroit des figna-
dez & memorables feruices à la France:) il l'enuoya
dif-ie à Geneue, où ia eftoit le Seigneur de Quitry,
& à fon arriuee confiderant qu'il ne pouuoit aifé-
ment attaquer le pais de Sauoye fans la faueur de
la ville de Geneue, il exhorta & pria la Seigneurie
d'entrer en cefte guerre, & d'apporter & côtribuer
tout fecours & affiftance poffible à l'execution du
Royal deffeing de fon maiftre. La ville s'y difpofa
tréf- volontiers fans rien cacher ni efpargner de fes
moyens & facultez, tant pour le refpeƈ de l'allià-
ce contraƈtee dix ans auparauāt, que pource qu'elle confidera que fes alliez de Zurich & de Berne, e-
ftoyent embarquez en mefme affaire, & qu'vne
guerre ouuerte eftoit à preferer à vn repos demi-
guerre,

guerre, repos languiſſant & plein de trauerſes &
faſcheries. De ſorte que la premiere courſe, & les
premiers coups de ceſte guerre commencerent
par vne ſortie de Geneue, le 2. Auril 1589.

Ainſi apres la mort de ce Roy qui fuſt arraché
de ſon throſne, côme dit a eſté, le 1. d'Aouſt ſuiuant
par le couſteau d'vn Iacopin ſacrilege, Le Roy treſ-
chreſtié & treſ victorieux Héry IIII. Roy de Frâce
& de Nauarre, bienheureux, & deſiré ſucceſſeur de
la Courône, côfirma & renouuela tous les traictez
faits auec Geneue par ſes predeceſſeurs, & enuoya
à Geneue ſur la continuation de ceſte guerre, les
Seigneurs de Lurbigny & Baron de Conforgien en
diuers temps. Guerre en laquelle depuis le commencement iuſques à la fin le general & les particuliers de Geneue, teſmoignerent leur ardente &
indicible affection au ſeruice de la Couronne de
France par vne prodigue expoſition de leurs vies,
& de leurs petits moyens & facultez, pendant que
la France eſtoit en ſes plus grandes deſtreſſes, &
reduite aux plus dangereuſes ſyncopes de ſa lan-
gueur infortunee. O Dieu quel plaiſir & contentement c'eſtoit aux gens debien en diuers lieux de la
France de gouſter & conſiderer les fruits agreables,
& les notables ſeruices que la franche volonté du
peuple Geneuois rendit à la France par ceſte diuer-
ſion au retour de quatre Eſtés conſecutifs, qui donnerent leur Soleil pour teſmoin en ſa benigne in-
fluéce, de l'amuſement, puis de la deſconfiture des
grandes troupes, & armees qui vindrent fondre
autour de Geneue, comme la cire au pres du feu,
Mole ruentes ſua.

h ij

Ainſi ce grand Roy, le vray ſequeſtre & depoſitaire de la Tranquille Republique: *quo regnante finita bella ciuilia, ſepultus vbique armorum furor reſtituta vis legibus, iudiciis autoritas, ſenatui Maieſtas, rediit cultus agris, ſacris honos, ſecuritas hominibus, certa cuique rerum ſuarum poſſeſſio,* tout couróné de Lauriers, de palmes, & d'oliues, terminant ceſte guerre par le traicté DE VERVINS le 2. de May 1598. n'oublia point pour les raiſons ſuſdites d'Eſtat & de Iuſtice d'y faire comprendre la ville de Geneue par vn commun conſentement de tous les Ambaſſadeurs qui traitoyent de la paix, & ſi bien ce ne fuſt par le Nom propre de Geneue, (qui euſt offenſé les oreilles du Pape) ce fuſt toutesfois & de bouche, & par parole donnee de part & d'autre, & par deſignatió de ſa qualité ſous les termes biens clairs & formels qui ſont à la " fin de l'art. 34. où il eſt dit, Que en ceſte Paix, alliá- " ce & amitié ſeront compris de commun accord & " conſentement deſdits Seigneurs Rois, ſi compris y " veulent eſtre, Premierement de la part dudit Sei- " gneur Roy Tref-chreſtien &c. Les treize Cantons " des Ligues de Suiſſe, la ville de Milhuze, l'Eueſque " & Seigneurs du pais de Valay, le Comté de Neuf- " chaſtel & autres alliez & confœderez deſdits Sei- " gneurs des Ligues.

C'eſt à dire du general des Ligues, ou de quelques Cantons des Ligues tant ſeulement, par où Geneue eſt aſſez entendue: Comme ainſi ſoit que le Comté de Neufchaſtel denommé aupatanant, n'ait point d'alliance auec le general des Ligues, non plus que Geneue, ains ſeulement auec quel-

Marginal notes:

Vell. Hat. li. 2.

M. Mathieu en ſon hiſtoire du Roy depuis la Paix li. 1. p. 31. & 41.

quelques Cantons.

Mais pour en asseurer de plus fort la ville de Geneue, & tous ceux qui en eussent voulu pretendre
cause d'ignorance, (quoy qu'à l'instant de la publication du traité de Veruins, Geneue fust en effaict
retournée en Paix, publiée au son des tambours &
trompetes, tesmoignée par feux de joye, canoniia-
des, & autres indices publics d'allegresse qui e-
stoyent secondez & respondus en Sauoye,) sa Maiesté, sur ce que les Geneuois se plaignoyent de
quelques contrauentions à la Paix & tranquillité
publique, perpetrées impunement par les Sauoysiens, chargea de ceste particularité les memoires
& instructions du Seigneur de Botheon, enuoyé à
Chambery pour iurer la Paix, & luy commanda
de faire sçauoir au Duc de Sauoye, que S. M. desiroit & entendoit que ceste Ville receut le fruict &
la seurté, que le commun bien de la Paix luy promettoit, comme y ayant esté comprise, & qui plus
est, en donna ses lettres de declaration de la teneur
qui s'ensuit.

HENRY par la grace de Dieu, Roy de France & de Nauarre. A tous ceux qui ces presentes lettres verront, salut. Comme au traicté de
paix, alliance & amitié, faict, conclud & arresté entre nous, & nostre tres cher & tres amé bon frere
& cousin, le Roy d'Espagne, & nostre aussi tres cher
& amé frere le Duc de Sauoye, nous y ayons de
commun accord & consentement comprins plusieurs Princes, Seigneurs & Potentats. & entre au-

» tres nos tres-chers & bons amis alliez & confœ-
» derez les treize Cantons des Ligües de Suisse, les
» Seigneurs des trois Ligües grises, l'Euesque & Sei-
» gneurs du pais de Valey, l'Abbé & Ville de S. Gal,
» Toutkembourg, Milhausen, le Comté de Neuf-
» chastel, & autres alliez & confœderez desdits Sei-
» gneurs des Ligües, & que soubs le nom desdits al-
» liez & confœderez desdits Seigneurs des Ligües
» soit comprise la Ville & Cité de Geneue & le ter-
» ritoire d'icelle, alliee par anciéne Combourgeoisie
» auec aucuns desdits Seigneurs des Ligües, & AVEC
» NOVS par traicté faict auec nostre feu Roy no-
» stre tres-honoré Seigneur & frere, & aucuns Can-
» tons desdites Ligües. Toutesfois par ce que ladite
» Ville de Geneue n'est pas expressement nommée
» audit traité de paix, Nos tres-chers & bons amis
» les Syndics & Conseil de ladite Ville pour tous les
» habitans d'icelle & dudit territoire, craignent que
» l'on vueille reuoquer en doute qu'ils ayent eu
» part audit traicté, & les exclurre d'iceluy, & sur ce
» nous ont tres-humblement requis & supplié de
» declarer nostre intention. Scauoir faisons que nous
» DESIRANS tesmoigner en toutes occasions ausdits
» habitans de ladite Ville & territoire de Geneue, le
» soing que nous auons tousiours eu, & voulons en-
» cores auoir de leur conseruation, Auons en conse-
» quence du contenu au 34. article dudit traicté de
» paix qui fait mention de ceux qui sont compris de
» de nostre part en ladite paix, alliance & amitié, dit
» & declaré, disons & declarons par ces presentes,
» que comme soubs le nom desdits alliez & confœ-
» derez desdits Seigneurs des Ligües plusieurs sont

com-

compris, nous auons entendu , comme encores "
nous entendons , que ladite Ville & territoire de "
Geneue , & les habitans de l'vn & de l'autre, foyët, "
de ce nombre, & demeurent comprins audit trai-"
cté, fuiuant ce qui a esté declaré par nos deputez en "
faifant ledit traicté de paix, bien qu'ils ne foyent "
fpecialement & particulierement nommez par "
iceluy, ayant esté noftre intention, comme elle est "
encores, que lefdits habitans de ladite Ville & "
territoire de Geneue iouiffent du fruict de ladite "
Paix, tout ainfi que s'ils y eftoyent nommez & fpe-"
cifiez. En refmoin dequoy nous auons fait mettre "
noftre feel à cefdites prefentes données à Mon-"
ceaux le XI. iour de Nouembre l'an de grace mil "
cinq céts quatre vingts dixneuf & de noftre Regne "
le dixiefme, figné

HENRY.

Et plus bas,

DE NEVFVILLE.

Et feelees du grand feau en cire iaune.

h iiij

Et depuis estât venue S. M. à Lyon pour voir met
tre en execution le traité par elle fait quelques mois
auparauât à Paris, sçauoir le 22. Feurier 1600. auec
le Duc de Sauoye, sur le different du Marquisat de
Saluces, & ayant esté contrainte apres plusieurs
delays d'y proceder par la force des armes, & de
ietter aux champs le 11. d'Aoust 1606. quelques
troupes de ses gardes qui se saisirent la premiere
nuict de leur sortie, des villes de Bourg & de Mommelian, & de là firent progrez en Sauoye de place
en place, comme est notoire à vn chacun, sadite
M. qui conqueroit toute la Sauoye, pour le coroll-
laire de son œuure, & pour sa derniere main vint
en personne assieget & emporter le fort de S. Catherine, situé à deux petites lieuës de Geneue, & i-
celuy * rendu le 16. Decemb. en permit à ceux
de Geneue la ruine & demolition, ou à mieux dire
l'arrachement de ceste espine qui les faschoit vn
peu, dont le Cardinal Aldobrandin se formaliza
grandement, & encuida rompre le pourparler du
traicté de Paix. Pendant ce siege, les plus anciens
Seigneurs & Syndiques de Geneue allerent faire
la reuerence au Roy au village de Leluyset, lequel
les receut auec son ordinaire, & naturelle benigni-
té, estant enuironné de plus de 800. personnes; &
la plus part des Princes & grands Seigneurs de la
Cour vindrêt se pourmener à * Geneue, & pour v-
ne nuict s'y trouuerent pres de quatre mille hommes de l'armee du Roy, tous lesquels y furent les
bienuenus, & y logerent paisiblement.   Vint-il
pourtant en la pensee du Roy pour lors Duc de
Sauoye de pretendre quelque chose sur Geneue
pour

* Voyez
l'histoire
de la con-
queste de
Sauoye
par le
Seigneur
de la Pe-
peliniere,
& Ma-
thieu en
son histoi-
re li. 4. p. 5.

Voyez la
Pepeli-
niere en
l'histoire
susdite. p.
114. où il
parle de
200. che.

pour ceſte conqueſte, non plus que le Roy Frãçois *aux. &*
Mathieu
liur. 3. p.
310.
par la ſienne ? Nullement, & quoy que l'occaſion
d'vne puiſſante armee victorieuſe, & la preſence
de tant de genereux Princes, & de valeureux Seigneurs & Capitaines logez dans Geneue, ſemblaſt
pouuoir ietter les eſtincelles de ce deſir dans le
cœur d'vn Prince qui conqueroit tout le pais, ſi eſt-
ce qu'il auoit l'ame trop blãche, vne ame Royale,
vne ſincere conſcience, qui a de tout temps eſté
bien eſloignee d'vſurpation, & des prophanes &
deteſtables hereſies du Machiauel, pour adherer
au droit inuiolable de nature & des gents, & aux
loix diuines & humaines qui ſont viuement em-
praintes dans ſon cœur,& renfermees dans ſa por.
ctrine. Que pourra doncques la poſterité plus admirer aux ſiecles aduenir, ou bien la grande ſincerité & debonnaireté du Roy enuers le peuple de
Geneue, ou bien la grande franchiſe du peuple de
Geneue,& confiance en la ſincerité du Roy? L'vn
& l'autre ſont dignes d'admiration,& l'vn donnoit
à l'autre ſon eſtre. Ceſte ſincerité eſtoit fomentee
par ceſte cõfiance, & ceſte confiance eſtoit fondee ſur ceſte Royale ſincerité. Et en fin ceſte guerre
eſtrãgere, ayãt eſté terminee par vne paix reſolue
dans la ville de Lyon le 17. Ianuier 1601. ne voulut-il
pas derechef faire part à Geneue de ſon repos,& luy donner en ceſte Paix ſeconde, de paix les ſecondes lettres?
En voici la te.
neur.

,, HENRY par la grace de Dieu, Roy de Fran-
,, ce &de Nauarre. A tous ceux qui ces presen-
,, tes lettres verront, salut. Comme pour esclaircir le
,, doubte où l'on eust peu estre que la ville & terri-
,, toire de Geneue eust esté comprise de nostre part
,, au traicté de Paix fait & conclud à Veruins entre
,, nous & feu nostre tres-cher & tres-amé bon frere
,, & cousin le Roy d'Espagne Philippes deuxieme
,, dernier decedé, Nous eussions peu de temps apres
,, fait expedier nos lettres patentes, par lesquelles
,, nous aurions declaré que soubs le nom des alliez
,, & confœderez de nos tres-chers & grands amis
,, alliez & confœderez les treize Cátons des Ligues
,, de Suisse, Nous auions entendu comprendre les-
,, dits habitans de ladite ville,& territoire de Gene-
,, ue. Et par ce qu'en suite dudit traicté de Veruins,
,, estant depuis suruenu l'accord que nous auons fait
,, à Lyon au mois de Ianuier dernier auec nostre tres-
,, cher & amé frere le Duc de Sauoye, auquel ladite
,, ville & territoire de Geneue, n'estant disertement
,, nommee, non plus qu'audit premier traité , l'on
,, pourroit encores entrer en doubte de nostre inten-
,, tion, si sur ce nous ne faisions expedier nos lettres
,, necessaires. SCAVOIR faisons que nous biés memo
,, ratifs dudit traicté de Veruins, & des declarations
,, qui furent faites lors de la conclusion d'iceluy, que
,, soubs le nó desalliez desdits treize Cátós, ladite vil-
,, le &territoire de Geneue demeureroit cóprise, Met-
,, tant aussi en consideration que par ledit accord de
,, Lyó, il est dit, qu'au surplus des articles portez par
                                                    ice-

iceluy, ledit traité de Veruins sera suiui; Nous auôs "
conformement audit traité de Veruins & desdites "
lettres que nous fismes expedier en suite d'iceluy, "
dit & declaré, disons & declarôs par ces presentes, "
Qu'en faisant ledit accord dudit mois de Ianuier "
dernier auec nostre frere le Duc de Sauoye, Nous "
auons entendu, comme encores nous entendons "
ladite ville & territoire de Geneue, estre comprinse "
en iceluy, commé elle estoit audit traicté de Ver- "
uins. Voulons & entendons que ladite ville & ter- "
ritoire de Geneue iouisse du benefice d'icelui & "
dudit accord de Lyon, tout ainsi que si nomme- "
ment elle y estoit comprinse & specifiée. En tes- "
moin dequoy nous auons fait mettre nostre seel à "
cesdites presentes. Donné à S. Germain en L'aye, le "
15. d'Aoust l'an de grace 1601. & de nostre Regne "
le 13.   Signé

HENRY

Et plus bas,

DE NEVFVILLE.

Finalement lors que la ville de Geneue se repo-
sant sur les sacrez liens & inuiolables serments de
la Paix, comme sur des oreillers bien doux & asseurez, fust neantmoins resueillee en sursaut, & assail-
lie par des voleurs & foedifrages qui grimpoyent
par ses fenestres & murailles, les vns precipitez &
reiettez soudain embas, & les autres punis & chastiés selon l'enormité de leur crime & forcené attentat: Ce Grand Roy fust-il pas esmeu en ses entrailles au bruit d'vn cas tant inopiné, & qui auoit
regardé non seulement la ruine de Geneue, mais
aussi l'embrasement & inuasion de son Domaine
voysin, & des peuples despendans de son alliance?
Et puis que cest effronté Caualier s'est hazardé de
parler de l'escalade, dont la memoire neantmoins
tournera eternellement à la honté & confusion
des entrepreneurs: & que l'auteur de l'histoire du
Roy depuis la paix discourât de ceste mesme escalade liur.5.p.205. a fait mention bien expresse des
lettres que sa S. M. daigna sur les nouuelles de ceste
entreprinse escrire à la Seigneurie de Geneue, lettres pleines de sincere affectiõ, dignes vrayemẽt de
l'ame genereuse d'vn si glorieux Monarque, ie suis
contraint en signe de perpetuelle recognoissance
& memoire d'en inserer la copie en cest endroit, laquelle vola pour lors de main
en main dans ceste
ville de Pa-
ris.

Treschers

TRESCHERS & bonsamis, l'ay entendu «
auec vn tresgrand desplaisir l'entreprise faite «
sur voftre ville par les gens du Duc de Sauoye : & «
ayant sceu comme courageusement & vertueuse- «
ment vous les auez repouſſés & chaſtiés, Ie vous «
diray que ceſt l'vn des plus grands contentement «
qui me pouuoit aduenir. Ie vous ai promis mon «
affiſtance pour voſtre conſeruation : ie m'en ſuis «
declaré de bouche lors que iay veu ledit Duc, & «
pour le ſemblable à tous ceux qui m'ont eſté en- «
uoyez de ſa part. Se preſentant l'occaſion, comme «
il ſemblé qu'elle ne ſoit plus eſloignée, ie ſuis bien «
reſolu de vous en faire encor plus de declaration «
par les effects, dont ie vous prie de vous tenir aſſeu- «
rez. Eſperant que Dieu me fera la grace que ie fe- «
ray valoir les ſerments & promeſſes qui ſur ce «
m'ont eſté faites par les traités de Veruins & de «
Lyon. Ie ne void pas encor aſſez clair à ce que le- «
dit Duc proiette pour l'aduenir, ni auſſi au beſoin «
que pouuez auoir de mon ſecours, qui ne vous ſera «
point deſnié ni differé. Auſſi n'ayant encor entédu «
la reſolution qu'aurez priſe en ce faiſt auec vos au- «
tres amis & confœderez nos bons amis dés Ligües, «
Ie differeray à vous declarer plus auant quelle eſt «
en ce fait mon opinion, Iuſques à ce qu'ayant en- «
tendu les voſtres ie puiſſe mieux iuger du remede «
qu'il conuient apporter en choſe qui eſt de telle «
& ſi grande importance. Vous me ferez plaiſir «
treſagreable de me donner ſouuent & bien parti- «
culierement aduis de tout ce qui s'offre, & à quoy «
vous vous reſoluez concernant ce dernier remue-

» ment. Ce qu'attendant ie vous dirai que si ledit
» Duc vous assiege à force ouuerte, ou autrement, ie
» vous promets d'employer toute ma puissance. Et si
» besoin est, ie n'espargnerai ma-propre personne
» pour vous deffendre & secourir contre luy, & con-
» tre tous ceux qui l'assisteront. Parquoy aduertissez
» moy diligément de ce qu'il fera. I'escris & commá-
» de dés à present aux Gouuerneurs & Lieutenans
» generaux de mes Prouinces qui sont proches de
» vous, qu'ils veillent soigneusement auec vous à
» vostre conseruation, & qu'ils vous assistent, si vous
» estes pressez, de tout ce qui sera en leur pouuoir,
» comme si c'estoit pour la conseruation des plus
» importantes places que i'ay en leurs gouuerne-
» mens. Ie prie Dieu tres-chers & bons amis, qu'il
» vous ait en sa saincte & digne garde. Escrit à Paris
» le 8. Iour de Ianuier. 1603.

    HENRY
    Et plus bas,
      DE NEVEVILLE.

ET là dessus, babouin de Caualier, tu crieras à
belles iniures que la France, emuieuse France,
ingrate France, retarde la restitution de Geneue. Et
voirement vous auez grand tort, Sire, de ne vouloir
consentir que l'on attaque Geneue, par surprinse,
par siege, ni autre effort quelconque, & d'auoir si
souuét declaré de bouche & par escript à plusieurs
Princes & Potétats que vous en feriez vostre propre
querelle, si aucun l'entreprenoit. O le beau mesna-
ge que l'on ptetendroit faire, & par la Suisse, & par
les

les terres eschangees iusqu'à Lyon, si le respect de
V. M. ne seruoit de barriere aux ennemis de Geneue qui ont leur esperance sur vostre tombeau! Mais
quelle reconoissance vous pourra faire Geneue de
tant de biens & de faueurs, de tant de largesses &
liberalitez que vostre bienueillance luy desploye
iournellement?

    Grates persoluere dignas
Non opis est nostra.

Le general doncques de ceste Republique, & tous
les particuliers d'icelle continueront de plus en
plus d'vne prompte allegresse à V. M. à la grãdeur
de vostre Couronne, & à MONSEIGNEVR LE
DAVLPHIN, vostre Auguste Successeur, le tres hũ-
ble & ardent seruice qu'au milieu des plus grands
orages, & des plus rudes tempestes de vostre Estat,
ils ont tasché de vous rendre de toute leur puissance; & en leurs prieres publiques & particulieres
ne cesseront d'esleuer leurs yeux au ciel, pour sup-
plier le Roy des Roys qui vous a tousiours enuironné de ses saincts Anges tutelaires, vrays deposi-
taires de vostre chere & pretieuse Vie, au milieu des
batailles, parmi la poussiere, parmi la gresle des bastons à feu, parmi les esclats des armes, & les es-
clairs & tonnerres des Canons, & contre la pointe
aceree & enuenimee du cousteau Iesuitique, qui
fust lancé contre le sacré Palais de vostre
face, le 27. Decemb. 1594. de vouloir verser prodi-
galement sur vostre personne ses sainctes graces &
benedictions, vous redoublet heureusement en
Paix le demi siecle de Vie, que vous auez passé glorieusement en guerre, à ce que desduisant vos

beaux & longs iours en douce tranquillité, l'on
voye de plus en plus renaistre en France, le siecle
doré soubs vostre Empire, & que vostre face chenue
auant le temps, reuerdisse sous le doux Zephyr de
vos Lauriers & de vos palmes en toute ioye & allegresse, & au parfait contentement que vous prendrez en Dieu vostre souuerain bienfaicteur, par
la meditation de la gloire immortelle, & de ia felicité perdurable qui vous attend au regne du ciel:
Et que pour le comble de vos souhaits en ceste machine terrestre, vous puissiez lassé de vieillesse decrepite resigner à vous mesmes, à vostre viue image, Monseigneur le Daulphin esleué en la fleur de
ses ans, vostre sceptre enrichi de vos trophees eternels, luy resigner dis-ie, par vne diuine transfusion le thresor de l'entiere substance de vos grádes
& brillantes vertus, pour estre le Daulphin, qui voguát en la pleine & haute mer des benedictions de
Dieu, maintienne & conserue contre les vents &
bourrasques de ce monde, le grand vaisseau de la
France, ensemble les esquifs & nasselles voysines
qui sont appareillees pour vostre seruice & le sien,
lesquelles vostre recommandation luy marquera.
    C'est où aspirent, S I R E, les viues flammes
    des vœux indefatigables de tout le
        peuple de Geneue, c'est le
            payement de vos bien-
                faicts, qui voleront e-
                ternellement par
                    leurs bou-
                        ches.

                                        D E S

DES ALLIANCES ET CON-
fœderations de Geneue, anciennes & modernes. Et de la bienueillance & amitié de
plusieurs Princes & Re-
publiques enuers
elle.

R puis que cest insolent Caualier
n'a point fait de difficulté de ruer
contre le Roy de France, & tout son
Royaume, non des coups de lance,
mais de langue, ie ne trouue point
estrange, si en iettant son venin cà & là, il a tasché
en passant de noircir la face & l'honneur des Magnifiques & Puissans Seigneurs de Berne, ausquels
il impropere calomnieusement p. 166. d'auoir voulu se rendre maistres de Geneue, en l'an 1558. &
que ceux de Geneue courent encor fortune de ren-
contrer ce que pour lors ils eschaperent, alleguant
vne fausse circonstance, sçauoir qu'en ladite annee finissoit leur presupposee protection de Geneue.

Quant au premier, C'est la verité qu'il offense
par vn tort signalé la candeur & debonnaireté
desdits Seigneurs, qui oncques ne logerent dans
leurs ames, qui sont reuestues d'vne Heluetiale sincerité, les mouuements d'vne passion tant brutale,
ni le proiet d'vn si detestable & scelerat desseing,

i j

que d'auoir voulu attenter sur la liberté d'vne ville & République, qui est coniointe auec eux par le
droit de combourgeoisie & alliance esgale, par les
sacrez & inuiolables liens de cōmune Religion, de
Liberté pareille. Et qui ne sçait que le ciel & la terre
cōspireroyét ensemble pour estouffer & destruire
les iustruments d'vne si desloyale entreprise, & que
le grand Dieu vengeur des perfides feroit esclater
sur les testes des coulpables les foudres de son indignation? & que Geneue est armee d'vne cōstā-
te resolution & volonté à maintenir sa liberté iusques aux derniers abboys contre qui que ce soit?
Et que deuiendroyent nos serments & nos pa-
ches?

Πεῦ δ'η ουνθεσίαι τε καὶ ὅρκια βήσεται ἡμῖν;

O que ces illustres Seigneurs ont bien apprins
meilleure doctrine & dans l'Eglise de Dieu, &
dans l'innocente eschole de Nature, & par les traces & dignes monuments de l'antique & naifue
generosité de leurs predecesseurs! Geneue demeure en repos pour ce regard, & en dort sur l'vne &
sur l'autre oreille. Mais qui ne voit que c'est vn pur
artifice de l'ennemi commun qui tasche de ietter
entre ces deux villes tant bien vnies les semences
de diuision, d'ombrage & de deffiance, pour sapper
& affoiblir leur saincte vnion & concorde? Et
neantmoins il a beau dire & beau faire, ils seront,
ie m'en asseure, d'autant plus eschauffez & accou-
ragez à defendre d'vne constance Chrestienne &
digne de la valeur de leurs ancestres, & auec vne
confiance mutuelle, le thresor inestimable de leur
commune liberté soubs l'enseigne de IESVS
CHRIST,

CHRIST qui en est l'auteur, & le vray mainte-
neur.

Et puis cest ignorant Arcadien baptisera du
nom de Protection, vn louable & honorable traicté de combourgeoisie? Tant s'en faut que rien se
fust passé de sinistre en ladite annee entre les deux
villes, qu'au contraire le 1. de Ianuier 1558. elles iurerent & contracterent ensemble vne combourgeoisie perpetuelle: ceste annee doncques commença par vn bonheur, & par vn singulier bienfaict
consacré à la memoire des siecles à venir, au lieu
qu'il l'a voulu noter de fatalité, & d'vn sinistre &
prodigieux augure.

Combourgeoisie & alliance, dont le noble
droit ne compete qu'à villes franches & li-
bres, & qui auoit pieça prins possession dans Geneue.

Car ia auparauant en l'an 1518. comme a esté
touché ci dessus, la combourgeoisie auoit esté
contractee entre les deux villes, Fribourg & Ge,
neue.

Et en l'an 1526 entre les trois villes, Berne, Fribourg & Geneue, continuée & iuree de trois en
trois ans iusques en l'an 1536. que les Magnifiques
Seigneurs de Fribourg s'en desparurent pour le cha
gement aduenu en l'exercice de la religion, & si
n'ont pourtant laissé ceux de Geneue de leur garder tousiours auec leurs seaux la mesme bonne volonté & affection que iadis ils leur portoyent, es-
perans que comme la diuersité de religion n'a
point rompu la religion des alliances entre autres
estats & Republiques, Dieu aussi pour l'vtilité &

i ij

cômodité des vns & des autres auec le temps ra-
menera leurs cœurs au vœu de l'áciéne, eſtroite &
tant affectionnée combourgeoiſie de leurs predeceſſeurs qui n'a eſté que ſuſpendue, & nô rompue.

Et le 27. d'Aouſt de ladite annee 1536. les Seigneurs
de Berne perſiſtans en icelle, la renouuellerent, &
& iurerent auec Geneue pour 25 ans, l'expiration
deſquels approchant elle fuſt faite & iuree perpetuelle ledit premier iour de Ianuier 1558.

Et ſuiuât ce que par le 13 article d'icelle eſtoit reſolu à forme de certaine côuention ia faite en l'an
1549. Qu'il ſeroit trauaillé de part & d'autre, à faire
entrer Geneue en la louable communauté des Ligues & alliâce, côme ceux de Milhouzen & Rott-
vvill; Ou en la paix áuec la Coronne de France, fuſt
fait vingt & vn-an apres, le 8. May 1579. le traité ſus-
mentionné à Soleurre, entre le feu Roy Henry III.
de haute & louable memoire, & les villes de Berne, Soleurre, & Geneue, dans lequel depuis autres
Cantôs ſôt entrez: & nouuellement par l'induſtrie
& ſyncere affection de Monſieur de Caumartin à
preſent Ambaſſadeur pour ſa Maieſté au pays des
Ligues, ſuiuant ce que par iceluy traicté tous les
Cantons des Ligues eſtoyent conuiez par ſadite
M. d'y entrer. Et quant à l'alliance generale, auec
les Magnifiques, Puiſſans, & Redoutez Seigneurs
des Ligues, tel & ſi bon affaire a eſte iuſques icy
retardé & trauerſe par les artifices de la maiſon
de Sauoye, quoy qu'ils ne manquent de bonne volonté enuers la ville de Geneue, meſmes pour l'intereſt que les plus entendus recognoiſſent treſbien
tout leur pais auoir à la côſeruation d'icelle.

                              Et ce-

Et cependant comme nous auons touché ci
deſſus p.79.Iean Loys de Sauoye Eueſque de Geneue *contracta le 4.Nouemb.1477.alliance auec
les Ligues de Suiſſe pour ſoy & la Cité à ſa vie durant.

* vuan-
derbuch.
p. 227.

Et iadis en l'an 1285. furent faites des conuen-
tions en forme d'alliance, entre Ame IV. Comte
de Sauoye d'vne part,& les Citoyens, Habitans &
Communauté de Geneue,comme anons touché ci
deſſus pour autre regard p. 62. *Nos Amedeus Comes Sabaudiæ. Uobis vniuerſis & ſingulis ciuibus,
Clericis & Habitatoribus Gebennenſibus, bona fide
per iuramentum noſtrum ad Sancta Dei Euangelia
præſtitum pro nobis,& heredibus noſtris ,& ſucceſſoribus in Comitatu Sabaudiæ,promittimus quòd vos
& quemlibet veſtrum , & omnes alios conciues ve-
ſtros,clericos & laicos, qui iuramentis & conuentio-
nibus infraſcriptis conſentire voluit, Villam veſtram,*
nec non bona & iura veſtra, & francheſias veſtras, *
cum rebus omnibus veſtris, vbique contra omnes, *
& ab omnibus toto poſſe noſtro manutenebimus, gar-
dabimus & defendemus, Promittentes etiam vobis
modo quo ſupra quòd ſi Dominus Epiſcopus Gcbē-
nenſis,vel alia perſona nomine dicti Epiſcopi,ratione
& occaſione dictorum iuramentorum ſeu conuentio-
num infraſcriptarum, vel alia de cauſa vos vel aliquem veſtrum in curia Romana,vel alibi in cauſam
traherent,vel vobis , vel alicui veſtrum violentiam
vel iniuriam inferrent,Quòd vobis conſilium, auxilium & iuuamen præſtabimus cum expenſis noſtris
propriis,quandocumque & quotieſcumque nos duxe-
ritis ſuper hoc requirendos, ſeu noſtrum Caſtellanum

Gebennesy, vel alios Castellanos nostros: Promitten-
tes vobis insuper, quòd cum aliquo qui vos & vestrū
aliquem occasione dictorum iuramentorum vel con-
uentionum huiusmodi, vel alia de causa teneret in a-
liqua mala suspicione, vel de quo malam suspicionem
habebitis, sine vobis & consensu vestro pacem ali-
quā, vel treugā aliquomodo nó faciemus. Volumus
aūtē, & vobis modo prædicto promittim°, quòd omnes
Castellani nostri, & specialiter Castellanus Geben-
nesy, Balleysonis, Alingy, Thonony, Aquiani, Chil-
lionis & Turris Viuiaci, ad requisitionem vestram,
seu certi nuncy vestri, quòd vos & vestram villam,
cum omnibus bonis vestris iuuabunt vbique & de-
fendent ab omnibus & contra omnes, & in secursum
vestrum, & villæ vestræ Gebennensis venient per a-
quam & terram cum efforticio gentis nostræ, *&*
cum expensis nostris, cum mittere fuerint per vos re-
quisiti, seu per literas vestras. In quorū vniuersorum
omnium prædictorum & singulorum testimonium, si-
gillum nostrum præsentibus duximus apponendum.
Datum Gebennis, Die Lunæ proxima post festum
beati Michaelis, Anno Do. M. ducentismo octua-
gesimo quinto, cum duabus consignationibus factis
per Dominum Aymonem Comitem Sabaudiæ, &
Dominum Amedeum Comitem Sabaudiæ, & ducē
Chablasii & Augustæ, & pluribus aliis.

Et depuis en l'an 1307. S. Idus Maij, fut fait autre traité d'alliance, comme auons touché ci dessus p.73. entre Amé Comte de Geneuois & Hugues
Daulphin, d'vne part, & l'Euesque & Communauté de Geneue d'autre, auquel furent prestez bien
                                          solennel-

folennellement de grands fermens par lefdits
Seigneurs de ne iamais vfurper aucun droit fur
Geneue, ains la defendre enuers & contre tous, tenir les habitans d'icelle exempts de tous
peages & gabelles és terres de Geneuois & Foucigny.

Qui plus eft, Geneue n'a pas arreſté le cours de
telles combourgeoifies & alliances dans les bornes du pays des Cantons voyſins, ou de la Sauoye
tất feulement, mais la fait paffer iufques en Italie,
ayant eu iadis combourgeoifie auec la Seigneurie
de Venize, laquelle n'a iamais effé rompue, quoy
que pour le iourd'huy elle ne foit pas exactement
obferuee. Mefmes Guillaume Gueroult en fon e-
pitome de la Corographie d'Europe, l.1.p.21. imprimé à Lyon in 40. l'an 54. attefte, *Que à Venize*
ceux de Geneue pour l'ancienne confœderation que
ces deux Seigneuries ont enfemble, font francs de tous
fubfides, dequoy s'aident plufieurs (dit il) vfurpans
titre d'eftre citoyens de Geneue, pour librement faire
paffer leurs marchandifes. Mefmes ces deux villes
quoy que feparees de grãde diftáce de lieux vfoyét
du mefme poids de 15. onces de marc pour la liure,
& eft ledit poids appelé à Venize le poids de Geneue : ce qui tefmoigne la grande communion &
correfpondance qu'elles ont eu iadis enfemble.

Mais pour reuenir aux alliances de Suiffe nous
adioufterons que les Magnifiques & Puiffans Seigneurs, du louable & tant renommé Canton de
Zurich premier Canton des Ligues, recognoiffans
de combien grande importance eft la ville de Geneue pour le bien & feurté du pais des Ligues, o, es

qu'eux qui en sont esloignez de cinq iournées,
semblent y auoir le moins d'interest, receurent la
ville de Geneue & son territoire en alliance esgale
& perpetuelle en l'an 1584. le 18. Octobre qui fust
iurée es deux villes par les deputez auec grandes
solennitez & demonstrations de la ioye & du cō-
tentement qu'en receuoyent les peuples de part
& d'autre.

Acte louable & genereux, digne de l'ancienne
vertu & sincerité Tigurine qui reluit en la face de
tout leur Estat, digne d'estre graué bien auant au
Téple de Memoire. Et de fait pour vn tesmoignage de perpetuelle recognoissance en fust dressé le
monument & tableau qui se voit dans l'entree de
l'hostel de ville à Geneue, en ceste forme.

D. O. M. S.
ANNO A VERA RELIGIONE DIVI-
NITVS CVM VETERE LIBERTATE
GENEVÆ RESTITVTA L. QVASI
NOVO IVBILÆO INEVNTE PLV-
RIMIS VITATIS DOMI ET FORIS
INSIDIS, ET SVPERATIS TEM-
PESTATIBVS, QVOD HELVETIO-
RVM PRIMARI TIGVRINI BER-
NATVM EXEMPLO ÆQVO IVRE IN
SOCIETATEM PERPETVAM NO-
BISCVM VENERINT, ET PRIVS
VINCVLVM NOVO ADSTRINXE-
RINT S. P. G. QVOD FOELIX ESSE
VELIT D. O. M. TANTI BENEFICI
MONVMENTVM CONSECRARVNT
ANNO

ANNO. TEMPORIS VLTIMI CIƆ
IƆ XXCIV.

Alliances qui n'ont pas esté seulement escrites
sur le bois, ou papier, mais grauees dans les cœurs
des alliez & confœderez, & dignement pratiquees
par la bonne assistance que les Republiques de
Zurich & de Berne à diuerses fois ont rendue à
Geneue en hommes & en moyens contre les efforts & entreprinses de la maison de Sauoye, dont
leur sera gardee vne obligation gratieuse & perpetuelle qui passera dans les cœurs de nostre po-
sterité.

Ie ne puis & ne dois taire en ce lieu non les alliances, mais les amitiez & bienueuillances de plusieurs Princes & Republiques qui ont la vraye es-
sence & le principal fruict des alliances. Leur bóne, prompte & franche volonté marche au pair
des traictez, & tient lieu d'asseurance. Premierement la bienueuillance du Grand & Puissant Roy
d'Angleterre, vray Salomon en Diademe & en
Doctrine, lequel (comme heritier de l'affection
cordiale, & des vertus heroiques qui reluisoyent en
la Serenissime Royne Elizabeth de tres-louable &
rare memoire entre les Roynes de la terre, & laquelle de son viuant, quoy que separee du long tra-
iect des mers, tesmoignoit à toutes occasions vne
gráde affectió & charité à la ville de Geneue, qu'elle daignoit honorer de la frequéce de ses lettres,) a
rendu apres ces derniers troubles de l'escalade qui
ont de bié peu præcédé son aduenemét à la Couró-
ne, des tesmoignages signalez de sa bienueuillance

enuers Geneue,& a bien voulu que tous ſes ſuiets
indifferemment en ayent eſtè les dignes inſtruments,& que l'Ambaſſadeur du Duc de Sauoye, le
Seigneur Marquis de Lulin qui pour lors eſtoit en
Cour,ait entendu de ſa propre bouche qu'il affe-
ctionnoit l'Eſtat de Geneue , & qu'il deſiroit que
ſon maiſtre en fuſt aduerti par luy meſmes.

Voire s'en eſtant peu falu que Geueue ne fuſt
compriſe par ſon nom propre au traité de Paix
d'entre les deux Maieſtéz d'Angleterre & d'Eſpa-
gne:(cela ayant eſté agité ſur le bureau de part &
d'autre:) touteſfois elle y demeura compriſe d'vn
commun conſentement ſous le nom & reſerue
generale des villes Imperiales.

En ſecond lieu ſe preſente à mes yeux la bienueuillance du premier Electeur de l'Empire ,Mon-
ſeigneur Frideric Conte Palatin, laquelle tant de
ſon propre & naturel mouuement (côme vray ſucceſſeur des affections Chreſtiennes de l'Electeur
Frideric ſon ayeul,& du Duc Caſimir , o'heureuſe
memoire,ſon oncle)que par les fideles conſeils de
pluſieurs doctes & rares perſonnages qui reluiſent
en ſa Cour,il ſeelle iournellement des cachets de
ſa liberalité , & des preuues de ſa bonne volonté
enuers Geneue.

Ie lairoi gliſſer ſur moy la tache d'ingratitude
ſi en ceſt endroit ie paſſoi ſoubs ſiléce la bienueillance de ce grand Prince, Monſeigneur Maurice
La dgraff de Heſſen,laquelle ne ſe demonſtre pas
ſeulement en diſcours,ou par eſcrits , ſelon ce que
i'ay touché ci deſſus p.57.mais bien par vtiles effects qui redondent au grand bien & ſoulagement

de

de l'Eglife & Republique de Geneue.

Et de faict les noms des deux Rois fus mentionnez, les noms de ces deux Princes, & celuy du Côte Maurice de Naffavv (genereux Champion de Mars & de Neptune, qui de fa valeur fait trembler & confumer les grandes armees contraires par mer & par terre, qui combat en Flandre pour la Flandre pour la France, pour l'Allemagne, pour la Suiffe, pour Geneué , & pour tous les autres membres de l'Eglife de Dieu) leurs noms dis-ie trefglorieux refonnent iournellement dans les voutes des temples de Geneue, paffants par la bouche des zelez predicateurs, qui en leurs prieres en toutes affemblees publiques recommandent à Dieu folennellement la profperité & la conferuation de leurs facrees perfonnes tant vtiles & neceffaires à la Chreftienté.

Et fur ce fuiet qui n'admirera la grâde mifericorde & prouidéce de Dieu? lequel exauçat les prieres des gens de bié, s'eft monftré nouuellemét le Protecteur du Roy & de tout le Royaume d'Angleterre; par la manifeftatió miraculeufe de la plus horrible & deteftable entreprife & trahifon qui foit efclofe de vie d'homme fous le Soleil , laquelle vint en lumiere le 14. de Nouembre dernier, M. DC. V. ancien ftyl, la veille de l'ouuerture des Eftats generaux d'Angleterre, Qui eftoit, que deffous la fale du Parlement, où le lendemain le Roy , la Royne, le Prince de Gales, les Ducs, Comtes, Barons , Archeuefques, Euefques , Officiers de la Couronne, Confeillers d'Eftat , & les deputez de toutes les Prouinces d'Angleterre & d'Efcoffe, perfonnages

d'eflite & qualifiez fe deuoyent trouuer. Les trai
ftres & coniurez ayans acheté vne maifon voyfine,
& par la caue d'icelle prins entree dans la voulte
qui eftoit foubs ladite fale, auoyent accommodé
grande quantité de poudres en deux grands ton
neaux, & 32. barrils ou barriques, & force bois ar
rengé par piliers pour y mettre le feu, & faire faul
ter la maifon du Parlement à l'heure de l'affem
blee, & les y faire tous mourir cruellement & mife
rablement. Mais Dieu fift parler vn des coniurez,
lequel à la veille de tant de Parricides & facrile
ges, efcriuit à vn fien ami, duquel il auoit enco
quelque pitié, en ces termes, *Excufez vous le iour*
de demain. Il y aura tant de bruit que l'on en aura la
tefte rompue. Sa lettre communiquee au Roy, par v
ne prompte & diligente recerche celui qui auoit
accommodé les poudres eft trouué fortant de la
voulte d'où il venoit pour dreffer la mefche & la
trainee : Eft contraint & forcé de r'entrer dedans,
où il monftre le tout, & recognoit franchement la
mefchanceté. En apres, partie des coniurez fe
voyas defcouuerts fe fauuent en vne maifon hors
de Londres, de laquelle eftans menacez qu'on y
mettroit le feu, ils fortent à la defefperade auec
l'efpee au poing, les vns tuez, les autres bleffez &
prins prifonniers, & y demeurent les vies d'aucuns
des affaillans. Les particularitez fe defcouuriront
plus à plein ci apres par les confeffions des crimi
nels, quoy que l'ő die que le principal d'en'eux nő
mé lafon, ne veut pour quelques tourmés qu'ő luy
fache faire, declarer les fecrets, & l'origine de l'en
trepife.

treprise, en laquelle sera grand miracle, si les saute-
relles de l'abysme, les assassins des Roys & des Princes, les boureaux vniuersels du monde, tesmoin le
le present embrasement de la Hongrie, ne se trouuent auoir tref-bonne part. Dieu vueille ouurir les
yeux aux Grands de la terre pour apperceuoir
les viperes qui se glissent dans leur sein.

Bref la faueur & bienueuillance de plusieurs
autres Princes d'Allemagne doibt entrer en ce denombrement des thresors de Geneue, comme l'a-
mitié des Ducs des deux Ponts Comtes Palatins,
celle des Comtes de ceste grande & glorieuse maison de Nassavv, issue d'Empereurs, mere nourrice,
& la riche pepiniere de plusieurs Princes vertueux,
& Princesses qui sont entrees en partage, & en
la societé des principales Courônes d'Allemagne,
celle des Princes de l'antique maison d'Arhalt, &
plusieurs autres.

Et pour la conclusion de ceste matiere, ie finirai
par l'estroite amitié & correspondance de Messieurs les Estats és Prouinces vnies des pais bas, &
celle des illustres Cantons de Suisse, particulierement des louables Cantons de Claris, Basle, Soleurre, Schaffuzen, & Appentzel nos derniers paci-
ficateurs, & de plusieurs grandes & puissantes Republiques & villes Imperiales d'Allemagne, comme Strasbourg, Noremberg, Breme & autres. Et
des villes & pais alliez desdits Cantons de Suisse,
comme des Magnifiques Seigneurs des Ligues
Grises, du pais de Valay, des villes de S. Gal, & de
Milhusen & par l'ancien zele & affection des peu-

ples de la Comté de Neufchaſtel.

DES DROITS ET TITRES
de Geneue, auec l'examen & reſutation
des pretenſions imaginaires
de la maiſon de Sa-
uoye.

A PRES auoir chargé d'ap-
pointement le Caualier à noſtre premiere rencontre, & de
là couru le champ des louanges de ma Patrie, puis trauer-
ſé la France, l'Allemagne, &
la Suiſſe, ie me retrouue
maintenant par vne viue repreſentation du lieu
dans les Archiues de Geneue au plus profond de
la Grotte, enuironné de Bulles, de Patentes, de gros
Cahiers, d'Anciés Liures ferrez aux quatre bouts,
& retenus à des chaiſnes, de peur qu'ils ne s'en-
fuyent, de vieux Parchemins ornez de grands
ſeaux de cire ou de plomb, qui ont longues années
repoſé dans l'arche de fer à ſept clefs. Bref il me
ſemble ne voir autour de moy qu'vne venerable
Antiquité qui me donne accez & entree au cabinet des Empereurs, des Roys des Romains, des Papes,

es,des Comtes & Ducs, des Archeuesques & E-
uesques, aux assemblees generales du peuple de
Geneue és cloistres de S.Pierre,ou i'entends parler
vnanimement les vns & les autres, en termes de
verité pour la liberté de ma Patrie. Ie discourrai
doncques par leur bouche,& mettrai sur le bureau
de la iustice vniuerselle du monde, vne partie des
beaux titres & documents authentiques qu'ils
nous ont laissé,pour sur iceux faire condamner le
Caualier en tous les despens de ceste cause, dommages & interests; & en l'amende du FOL CAR.
TEL, le tout encor par grace speciale, & à bon
marché faire.

Et combien que le recit des choses cy dessus re-
presentées demonstre assez, combien est esloignee
de Verité la puante & sordide iactance du Caualier,quand il ose bien dire en la p.95.que la France son ennemie dissimule non seulement les pretentions,mais aussi les possessions que les Princes
de Sauoyé ont eu à Geneue iusques en l'an 1536.
& qu'il qualifie Geneue l'vn des beaux fleurons de
la Couronne de ses Princes, & que c'estoit l'appa-
nage des puisnez de la maison de Sauoye , ores que
les aisnez n'ayent rien de si excellent en tout leur
domaine,& que la Clef & l'Aigle n'ayent iamais
esté veuës aupres de la croix blanche, si ce n'est en
l'arsenal de Geneue , où les armoiries de la ville
gardent & regardent les croix blanches, qui sont
marquees sur les Canons,Drappeaux & Cornettes
gagnées en la guerre de Sauoye , Ie ne lairrai toutesfois pour saouler ce Caualier de raison, & vous

faire cognoiſtre, ò peuples de la terre, l'enormité
de ſes impoſtures, de luy donner de mes parchemins ſi ſec à trauers les ioües, que nous le
facions ſage des Droits de la Republique de
Geneue, & que nous tirions ſon ame des
eſpaiſſes tenebres qui l'enuironnent, &
le font marcher à taſtons en affaires qui ſont plus
clairs que le So-
leil en plein
midy.

***

DES

DES COMTES DE GENE-
nois faußement & abusinement, appelez &
reputez Comtes de Geneue, & des hommages par eux prestez à l'Eglise & Cité de Geneue, & des
sensences & patentes
Imperiales contre
eux ren-
dues.

NTRONS doncques en matiere, &
parlons vn peu par escot. Examinons
les pretendus droits alleguez par le Caualier pour fonder les pretensions de la
maison de Sauoye sur la ville de GENEVE.

Le premier fondement est vn pretendu extrait
Latin des Registres de Geneue, lequel en sa premiere partie contenue en la page 196. est entierement contraire à l'intention de ceux qui l'em-
ployent, mais plus à propos le contenu de la secon
de partie qui est en la p. 197. sera refuté & biffé cōme nul, & impertinent, apres que nous aurons donné response au second fondement.

Qui cōsiste en plusieurs & diuers hommages pre-
tēdus prestez aux Comtes de Sauoye, par les Comtes de Geneuois, & autres actes à la desfaueur des
dits de Geneuois, pour preuue desquels sont cotez
huict articles es pages 197. 198. 199. & 200. 201.

Le 1. Vn hommage fait par Guy Comte de Ge- «
neue à Rossillon au Comte Thomas de Maurien- «

k j

» ne de la maison de Sauoye, il y a enuirõ 435. ans, &
« la victoire de Pierre Côte de Sauoye sur le Côte de
» Geneue remis en grace, dit-il, entre Gez & Nyõ, il y
» a 239. ans. Le 2. l'hommage presté par Iean de Vien-
» ne (du cõsentemẽt de Cõstãce sa féme fille du Cõ-
» te de Geneue) à Amé Comte de Sauoye pour tous
» les biens generalemẽt qu'elle auoit eù du Comte
» de Geneue son pere, l'an 1287. Le 3. Vne sentence
» par laquelle le Comte de Geneue est tenu de reco-
» noistre de fidelité & d'hommage les Comtes de
» Sauoye, de l'an 1293. Le 4. Vn hommage presté par
» Amé Comte de Geneue à Amé Comte de Sauoye
» en Nouembre 1329. Le 5. que le Comte de Geneue
» s'estant declaré homme liege du Dauphin, en l'an
» 1316. depuis par vn acte de cession faite au Comte
» de Sauoye par le Dauphin est commandé audit
» Comte de Geneue de prester l'hommage au Com-
» te de Sauoye, en Auril 1355. Ce qui est en la mesme
» annee confirmé par l'Empereur Charles 4. Le 6.
» Amé I. Duc de Sauoye fait iurer certain appointe-
» ment à vn Comte de Geneue qu'en apres il inue-
» stit l'an 1398. Le 7. Amé 8. achete de Oddo de Vi-
» lars le Comté de Geneue en l'an 1401. passe quittã-
» ce du prix, l'an 1405. Le 8. Melchide Comtesse de
» Geneue quitte au Duc tous droits qu'elle auoit
» audit Comté l'an 147.

    Tous lesquels actes & hõmages pretendus, quãd
mesmes ils seroyẽt accordez pour veritables (quoy
que la date de plusieurs, & les diuerses circonstances que le Lecteur pourra ci apres remarquer en
la veritable deductiõ des droits de Geneue y repu-
gnent grandement) toutesfois ils ne peuuent de
rien

rien feruir aux Ducs de Sauoye contre la ville de
Geneue pour les iustes exceptions & raisons tres-
peremptoires, qui s'enfuiuent & qui se rapportent
à ce principal poinct. Sçauoir, que lesdits Comtes
pretendus de Geneue (qui n'estoyent que Comtes
de Geneuois) n'auoyent aucun droit de souueraineté en la ville de Geneue, & que par consequent
les Côtes & Ducs de Sauoye qui disét auoir droit
& cause d'eux, & d'estre entrez simplement en
leur place par lesdites cessions & transports, par
successions, & par le moyen desdits hommages,
n'y ont aussi aucun droit, comme ainsi soit qu'ils
n'ont peu acquerir les droits, titres, & autoritez sur
la ville, qui n'auoyét oncques appartenu aux Côtes
de Geneuois, ni ceux-ci leur trásferer plus de droit
qu'ils n'y auoyent. C'est chose que la raison de nature, & le sens commun enseignent assez; & l'vne
des Reigles de l'alphabet des Institutaires, *Nemo
plus iuris in alium transferre potest quàm ipse habuit*. Et pareillement n'ont peu lesdits Comtes de
Geneuois præiudicier à la ville de Geneue par le
moyen de tels pretendus hómages qui n'estoyent
faits par la ville, ni pour la ville, ni au nom d'icelle,
ni par son consentement ou commandement,
ains par le Côte qui ne represétoit point la ville, &
qui n'y auoit aucũ droit de superiorité. Vne chose
faite entre autres personnes (dit vne autre reigle)
ne peut nuire au tiers absent & non consentant, &
qui n'a donné charge de la faire. Vous commen-
cez doncques de recognoistre qu'il n'y a ni rime
ni raison en ce premier argument du Caualier.
Mais pour plus grád esclaircissement de ce point,

est à considerer, Que lesdits Comtes pretendus de
Geneue n'estoyent point Comtes ou Seigneurs de
la ville de Geneue, & que mesmes ils ne se trouuét
point ainsi nommez es plus anciens titres & documents. Mais bien s'appellent ils *Comites* Gebennesis, quelquesfois ainsi escrit au long, & quelquesfois par abbregé *Comes Geben*. dont l'ignorance de quelques notaires a fait par fois Gebenness,
qu'on a par apres exposé Gebennensis, y ayant neátmoins gráde differéce entre G E B E N N E S I V M,
qui est le pays de Geneuois appartenant auiour-
d'huy à Monsieur le Duc de Nemours, ainsi appelé, soit du nom de la ville Capitale de Geneue, dont
iadis il despendoit cóme suiect, soit d'vn Chasteau
appelé de Geneue, que le Seigneur François de Boniuard en sa Chron-remarque auoir esté iadis pos-
sedé par les Côtes de Geneuois, dás le pais de Geneuois, & nó à Geneue; Et entre G E B E N N A la ville
de Geueue, ainsi barbaremét appelee par corruptió
de son ancien nom de G E N E V A, ville souueraine,
ne recognoissant que S. Pierre & l'Empire sous l'administration de son Euesque. Bref la differéce est
aussi grande que de l'esprit au corps. Cestuy-ci est
suiet, & l'autre domine. Et à ce ce propos on recite
qu'il y a enuiron 50. ans qu'vn personnage de Sauoye, ayant presenté à vn Syndique de Geneue,
certain acte où le Duc de Sauoye se qualifioit Côte de Geneue: le Syndic à l'instát luy rendit l'acte,
& luy declara qu'il ne pouuoit le receuoir qu'au-
præallable il ne l'eust corrigé, & qu'il eust à mettre
promptement vn accent sur le dernier E', parce
que au commun langage du pays, le de Geneuois

est

* Ainsi
les nomme
V. van-
derbuch.
p. 225.
in Ema-
nuele Phi-
liberto.

* En la
ch sus te-
norisé de
l'an 1285.
il est par-
lé du Cha
stelain
Geben-
nesij.
& en
plusieurs
actes sui-
uans, Co-
mes Ge-
bennesij.

est appelé Geneue, soit Geneuey. Telle en est la pro
nóciatió. Voire combien qu'ó accorderoit absolue-
mét, lesdits nós & titres de Comte de Geneue auoir
esté vsurpez par les Comtes de Geneuois, toutesfois ces lettres & syllabes ne leur pourroyent attribuer aucune Seigneurie, ou superiorité sur ladite
ville, non plus qu'aucuns Roys que ie ne nomme-
rai pour le present, Ducs & Comtes en Allemagne, ne sont point reputez Seigneurs ou souuerains
des Prouinces & des villes Imperiales desquelles
en leurs titres ils portét le nom, ou desquelles partie de leurs pays a prins nom. Ce ne sont que titres
de vent & d'opinion, despouillez de l'effact, & de
la realité, où verité.   De mesmes se peut-il faire
que les Comtes de Geneuois (qui par continuelles entreprises & attentats, & par vne signalee ingratitude aspiroyent à la domination de Geueue,
comme nous auons remonsté ci dessus p. 71. d'autant plus hardiment qu'ils consideroyent n'auoir
à faire qu'à des bons Euesques qui promptement
ne couroyent pas aux armes,) il se peut, dis-ie, faire
qu'ils se soyent qualifiez Comtes de Geneue par
les mouuemés de leur Ambition, & du desir qu'ils
auoyent de l'estre. Mais il ne s'ensuit pas pourtant
qu'ils l'ayent esté, & qu'ils en ayent eu la possessió
reelle, veritable, & paisible, moins qu'on en puisse
produire aucun titre valable. Non plus que les
Ducs de Sauoye, qui encor à present & depuis cent
ans se font nommer Comtés de Geneue en plusieurs actes passez hors de Geneue dans Turin, ou
ailleurs sur leurs terres (ce qui n'est pas au pou-
noir de ceux de Geneue d'empescher) ne sont pas

pourtant Comtes ni Seigneurs de Geneue,& la pô-
sterité qui par les histoires verra qu'ils n'en ont
eu autre possession,qu'en esprit & en volonté,n'v
sera pas de la ratiocination du Caualier, pour tirer
quelque argument de souueraineté d'vn titre ima-
ginaire.

Et tant s'en faut que lesdits Comtes de Geneuois ayent oncques eu quelque autorité sur la ville de Geneue,que tout au contraire ils prestoyent
foy & hommage à l'Euesque & Eglise de Geneue
à cause dudit Comté de Geneuois,& autres terres
ressortissantes d'icelle,& se disoyent humbles vassaux dudit Euesque & Eglise, comme nous verifierons par actes authentiques.

Car la ville estant iadis splendide & florissante,
& possedant vn beau & grand domaine autour de
soy,lequel print son nom d'icelle,appelé le pais de
Geneuois, outre plusieurs autres chasteaux & Seigneuries qui estoyent de son ressort & diocese, les
Euesques comme personnes Ecclesiastiques qui ne
pouuoyent vaquer à l'administration de tous lesdits pais, en commirent au commencement la
charge & le gouuernement , à des Seigneurs de
matque,lequel ne duroit qu'à la vie, soit de l'Euefque qui conferoit la charge,soit de celuy qui estoit
cômis,& se nômoyêt lesdits administrateurs,Côtes
de Geneuois. C'estoit par ainsi vn simple nom de
charge & d'office,tel que des Seneschaux &Baillifs
limité,en Fráce, côme dit est,à certain temps,ainsi
que de plusieurs autres Comtes en l'Empire pour
côseruer le pais côtre la force estrágete,& pour rédre Iustice aux peuples à eux cômis, mais nô point
vn nom

vn nom de Seigneurie le patrimoniale ou hereditai
re. Ainsi appelez Comtes *à comitando*, pource qu'en
qualité d'Officiers de l'Euesque, ils l'accompa-
gnoyent & suiuoyent le plus souuent sa Cour en
laissant sur les lieux des Lieutenans. Mesmes par
vn traicté fait en l'an 1155. entre l'Euesque de Geneue, & Amé Comte de Geneuois est manifestement declaré, & en termes bien remarquables
quel estoit l'office du Comte en ces mots, *Comes fidelis Aduocatus sub Episcopo esse debet.*

Et suiuant ce par vn contract fait entre Humbert de Gramont Euesque de Geneue, & Aymé
Comte de Geneuois de l'an M. C X X I I I I. touchant l'infeodation faite auparauant par Vido E-
uesque de Geneue audit Aymé son frere, de quel
que domaine & droits appartenants à ladite ville,
il est declaré que ledit Comte ne pourra rien pretendre dans la ville, & en termes expres. Qu'il a fait
hommage & fidelité audit Humbert Euesque ab-
solument, & sans reserue exception ni preference
d'aucun autre que de l'Empereur.

Neantmoins comme l'Ambition qui se fourre
dans l'esprit des grands n'y trouue point de bornes, & que les hommes en la prosperité se laissent
emporter à trauers champs à leurs passions: Aussi
les Comtes de Geneuois se voyants grands & riches en domaine, se voulurent non seulement e-
manciper de la suiettion & fidelité, à laquelle ils
estoyent astraints enuers les Euesques: mais, qui
pis est, empieter sur les terres & iurisdiction de
leur Souuerain, voire de son throsne le faire desce-
dre à leurs pieds, & le soubmettre à leur authori-

k iiij

té. Ce qui occasionna l'Euesque Ardutius en l'an
1153. de recourir à l'Empereur Friderie, surnommé
Barberousse, pour estre maintenu en la possessiō
& iouissance de quelques terres & Seigneuriesʼ
que le Comte de Geneuois se vouloit approprier,
lequel Empereur enclinant à vne si iuste requeste,
luy en donna ses patentes à Spire, le 14. Ianuier 1551.
de ceste teneur :

In Nomine Sanctæ & indiuiduæ Trinitatis : Fri-
dericus Diuina fauente clementia Romanorum Rex
Augustus : Existimamus omni petitioni quæ ad vsū
hominum & ad vtilitatem spectat Ecclesiarum et
culmine Regiæ dignitatis dignum . . . . adquiesce-
re, præcipue tamen his obsecundare duximus, quibus
& in aduersis, sicut & in posteris idem nobiscum est
animus Igitur . . . tam futurorum quàm præsen-
tium Christi Regíque fidelium in perpetuum . . . .
nouerit industria, quòd venientem ad Curiam no-
stram, dilectum nostrum Ardutium venerabilem Ge-
bennensem Episcopum, sicut tantum Principem no-
strum decuit benignè recepimus, & in iis quæ ad do-
mum Regiæ maiestatis spectabant Imperiali sceptro
eum promouimus. Deinde piæ petitioni ipsius clemē-
ter annuentes, quæcumque bona vel possessiones Ec-
clesia sua Gebennensis possederit, aut in præsentiarum
possidet, vel in futuro largitione Regum, seu oblatione
aliorum fidelium poterit adipisci, Regia autoritate
eidem Ecclesiæ vsibus in perpetuum profuturis con-
firmamus, & præsentis priuilegij scripto, tam præfato
Episcopo quàm successoribus suis corroboramus, sta-
tuentes vt nulla magna vel parua persona hanc no-
stram confirmationem infringere præsumat. Sed si
quis (quod

quis quid aliud) contumacia ductus huic nostre corro-
borationis pagina . . . . . contrariare tentauerit, Regali
banno subiaceat, & decem libras auri. . . . . per-
soluat, medietatem camera nostra, & medietatem
iam dicte Ecclesie. Et vt hec omnia in posterum tempore . . . . & incommulsa permaneant, presenti
pagina sigilli nostri impressione munita, testes subter-
notari fecimus, quorum nomina sunt hec. Humber-
tus Bisuntinensis Episcopus . . . . . Basiliensis
Episcopus, Amedeus Lausannensis Episc. . . . . .
Spirensis Episc. Anselmus Halbergensis Episc. Stephanus Metensis Episc. Matheus Dux Rachorin-
gie, Fridericus Dux Sueuie, Fridericus Dux Palatinus. Hermannus Marchio de Baden, Hugo comes
de Asses. Theodoricus Comes de Montebelligardis,
& alij quamplures quos annumerare superfluum
duximus. Ego Hesholsus Cancellarius vice Arnoldi
Moguntinensis Archiepiscopi & Architancellarij
recognoui. Datum Spire 16. Kal. Febr. anno Domini-
ca Incarnationis M. centesimo Lii jo. Indictione se-
cunda, regnante Friderico Romanorum Rege glorioso, anno vero Regni eius secundo.

Ce bon Empereur Frideric est celui auquel le
Pape Alexandre III. quelques annees apres, scauoir enuiron l'an 1176. en haine de ce qu'il luy a-
uoit fait la guerre, dit dans Venize au paruis de la
g'ad Eglise de S. Marc, qu'il eust en ligne de saincte
obedience à se prosterner en terre, & demander
pardon de son peche, de sorte que voulant baiser le
pied du Pape, ledit Pape d'vn insuportable faste, &
qui ne sentoit point son *Seruus seruorū*, luy mit le
pied sur la teste, disant & abusant d'vn passage du

paſſage du Pſeaume. x c. *Super aſpidem & baſiliſcum ambulabis, & conculcabis leonem & draconem.*

Et l'Eueſque Ardutius mentionné en ceſte bulle, eſt celui de qui nous auons parlé ci deſſus p. 92. auquel S. Bernard addreſſe derechef ſon epiſtre 27. contenant vne ſerieuſe exhortation, qui commence par ces termes: *Cathedra, chariſſime, quam nuper ſortitus es, hominum multorum expetit meritorum.* Ce qui monſtre bien, eſtans ioint aux paroles de l'Empereur ſus eſcrites, *ſicut tantum Principem noſtrum decuit,* de quelle importance eſtoit l'Epiſcopat & Principauté de Geneüe.

Cependant le meſme Comte de Geneuois, au lieu de ſe comporter modeſtement enuers l'Egliſe de Geneue, en reuerence deſdites patentes Imperiales, & en ſuite des ſerments de fidelité par luy preſtez, vient à forligner de ſon deüoir, & à machiner en ſon eſprit l'vſurpation de la Superiorité de Geneue: & pour y paruenir indirectement il induit le Duc Berthold de Zeringuen grand & puiſſant Seigneur, à faire demande à l'Empereur, comme nous auons touché ci deſſus p. 75. du Vicariat de l'Empire ſur Geneué, eſperant d'en auoir par apres la retroceſſion dudit Duc, & que par ce moyé & pretexte il ne ſera plus le vaſſal & ſuiet de l'Eueſque & Egliſe de Geneue: mais tout au contraire leur Souuerain Seigneur & Prince. Bref, que de valet (comme on dit) il deuiendra maiſtre. Si obtint le Duc par ſurprinſe de l'Empereur ladite ceſſion du Vicariat: & deſia remettoit ce titre audit Comte, quand l'Eueſque Ardutius de ce aduerti, va recourir

ſa ûrit en diligence vers l'Empereur pour luy en
ire ſa plainte, lequel recognoiſſant d'auoir eſté
ſurprins, & que le Comte de Geneuois n'auoit aucun autre fondement que la ceſſiõ dudit Duc, (Ce
qui eſt bien remarquable pour mõſtrer que dorr-
ques ni luy, ni ſes predeceſſeurs n'auoyét eu aupara
uãt aucũ droit ſur Geneuë) reuoque telle ceſſion de
Vicariat en pleine aſſemblee Imperiale, par Arreſt
donné en Iugement contradictoire, & par forme
de Pragmatique ſanction, auec meure deliberatiõ,
& la participation du conſeil & aduis de pluſieûrs
Archeueſques, Eueſques & Princes de l'Empire ÿ
denommez. Qui tous iugerent n'auoir eſté loyſi-
ble à l'Empereur (ce ſont les propres termes) de
transferer la Superiorité de Geneuë audit Duc, &
ne deuoir oncques eſtre loiſible à aucun autre Em.
pereur de la transferer à qui que ce ſoit, quãd meſmes l'Eueſque y voudroit conſentir, pource qu'elle
auoit eſté remiſe par les Empereurs à l'Eueſque &
à ſes ſucceſſeurs, cóme en faiſoyent foy ledit Eueſque par bons titres. De ſorte que ledit Empereur
ayant oui les parties, impoſe ſilence auſdits Duc &
Comte, & declare qu'il ne ſe retient aucune autre
choſe ſur ladite ville, ſinon que venant luy, ou ſes
ſucceſſeurs en perſonne à Geneuë, le Clergé fera
trois iours durant prieres ſolennelles pour la conſeruation & accroiſſement de l'Empire; & que ledit Eueſque, & ſes ſucceſſeurs deuront demeurer
Souuerains & Princes de Geneue, ſans recognoiſtre aucun autre Superieur par deſſus eux que S.
Pierre. Le tout ordóné en preſence & du conſentement expres deſdits Duc & Comte, qui en toute

reuerence deuë demanderent pardon de telle furprinfe, à l'Euefque & Prince Arducius.

C'eſt la Bulle d'or tant renommée de l'Empereur Frideric Barberouſſe de l'an 1162. de laquelle
furent faits pluſieurs Vidimus bien ſolennellemét
à Rome en l'an 483. & qui eſt inſerée de mot à
mot dans la Bulle du Pape Sixte de la meſme annee.

Bulle dont l'importance eſt grande, pour verifier que toute ſuperiorité de Geneue en ſuite de
pluſieurs anciens & precedens priuileges Imperiaux a eſté laiſſee auſdits Euefques & Egliſe de
Geneue, & à leurs ſucceſſeurs, excluſiuemét à tous
Princes, & le pouuoir oſté aux Empereurs d'y contreuenir. Elle merite bien d'eſtre inſeree en ce lieu
de mot à mot pour eſtre notoire à vn chacun
du peuple de Geneue iuſques aux enfans, aufquels ie deſire qu'on la face apprendre par cœur
en l'eſchole : à celle fin qu'à meſure qu'ils tirent l'air de leur douce & naturelle liberté, ils
ſoyent auſſi imbus des plus anciens documents
d'icelle, pour reſpondre en tous lieux aux
obieċtions que l'ignorance & la calomnie mettent en a.
uant çà &
là.

FRIDE-

FRIDERICVS *Dei gratia Romanorum Rex,*
semper Augustus Vniuerso Clero Gebennensi, &
omnibus militibus, ciuibus, atque burgensibus ipsius
Ciuitatis, & habitatoribus castrorum ipsius Episco-
patus, & cæteris omnibus tam minoribus quàm maio-
ribus ad Episcopatum Gebennẽsem subiectionis gra-
tia pertinentibus, Gratiam suam, & omne bonum.
Nouerit vestra dilectio, vestráque Vniuer-
sitas: Quòd venerabilem Episcopum vestrum Ardu-
cium ad præsentiam Excellentiæ nostræ & Principum
nostrorum venientem, tanquam dilectum, & venera-
bilem curiæ nostræ Principem, Imperiali mansuetu-
dine & honorificẽtia suscepimus, & auditis eius quere-
lis, vocatísq; Duce de Zeringuen & Amedeo Comi-
te Gebennẽ. & ad plenum intellectis querimonijs ipsius
Episcopi super superioritate Ciuitatis & castro-
rum ipsius Ecclesiæ, quam tanquam Vicario nostro
remiserimus Duci de Zeringuen, qui eam superiori-
tatem transtulerat in Amedeum Comitem Gebennẽ.
pro se personaliter comparentem, & ad sui opus ipsam
superioritatem, sibi vindicare cupientem, nullo ta-
men subsistente fundamento: nisi quòd ipsi Duci
præfatam remissionem fecerumus. Replicante ipso
Arducio Episcopo. & Principe hanc talem concessio-
nem nos fecisse non potuisse, cum iam per multa priui-
legia prædecessorum nostrorum fuerit Ecclesiæ suæ, &
suis prædecessoribus concessum, quòd nullus, volente e-
tiam ipso Episcopo, posset medius esse inter nos & Ec- *Ce sont*
clesiam Gebennensem, exhibens etiam * priuilegium *les præce-*
Ecclesiæ suæ secundo anno regni nostri per nos circa *dentes pa-*
tentes.

rem hanc concessum cum remissione omnis iuris Imperialis quod poterat Imperialis Maiestas, sibi vllo vnquam tempore vindicare in Ciuitate Gebennensi, suburbiis & limitibus ipsius ciuitatis, pariter & arcibus Episcopatus. Quibus omnibus auditis & ad plenum intellectis, eo Episcopo instante, & iustitiam perpensius à nobis postulante, A dilectis nostris Henrico Vurgiburgēsi Episcopo, & quàm pluribus Archiepiscopis, Episc. & Principibus hîc inferius nominatis iudicium quæsiuimus. Qui omnes cognouerunt nobis non licuisse Bertholdo Duci de Zeringuen, nec vnquam licere alicui alteri Superioritatem ciuitatis Gebennensis in aliquem alium transferre, cùm iam Episcopo & suis successoribus remisissemus quicquid iuris in ipsa superioritate haberet Imperialis Maiestas, vt de his plenam fidem faciebat idem Episcopus. Quibus intellectis, & multis aliis rationibus ad hoc animum nostrum mouentibus, ipsam Superioritatem totaliter remisimus, & adiudicamus præfato Episcopo & suis successoribus in Ecclesia Gebennensi, silentium perpetuum imponentes præfatis Duci & Comiti, nihilque nobis penitus nec successoribus nostris Imperatoribus in ipsa Ciuitate, limitibus & castris penitus retinentes, nisi tantummodo dum nos & nostri successores facerent personaliter transitum per ipsam ciuitatem, teneatur ipse Episcopus cum suo clero litanias solemnes . . . . tribus diebus continuò facere pro conseruatione & augmento sacri Romani Imperij. Nec aliquid possimus ab eo quicquam, seu suis successoribus, possit Imperialis Maiestas in rebus Ecclesia Gebennensis sibi vindicare. Sed remaneat ipse

Epi-

rx scôpus & sui successores supremus Dominus &
Giinceps Ciuitatis suburbiorum & limitum ipsius
nitatis & castrorum Episcopatus Gebennensis.
Nullum ex his recognoscentes superiorem præter-
quàm beatum Petrum Apostolum, ob cuius reuerentiam uos & nostri in sacro Imperio prædecessores tales
contulimus gratias & priuilegia. Ea propter his ad finem ordinabiliter perductis etiam interueniente côsensu Ducis de Zeringuen, ac Comitis Gebenn. Qui
nobis præsentibus venerabiliter veniam petierût
ipsi Episcopo, Eundem Episcopum Ecclesiæ vostræ
& Ciuitatis Principem vniuersitati vestræ cum plenitudine gratiæ nostræ & supremo integralique dono
Ciuitatis, suburbiorum & castrorum vobis remitti-
mus. Mandantes omnibus vobis & firmiter præci-
pientes, quòd eum & suos successores reuereamini &
honoretis, & seruitia omnia exhibeatis quæ veris Episcopis & supremis Principibus vestris exhibere de-
betis. Declarantes hac nostra Imperiali autoritate,
nunquam vos habere posse Dominium Principem neque supremum, nisi Arducium venerabilem Episcopum, & ceteros sibi in Episcopatu succedentes.

Iubemus & nostra pragmatica sanctione sentimus,
Ne de cetero aliqua persona magna vel parua, Eccle-
siastica vel secularis, Episcopum, vel eius successores
in Iurisdictionibus, Regalibus supremis dominiis castris, siue in possessionibus Ecclesiæ Gebennensis Ciuitatis & suburbiorum cum eorm limitibus inquietare, molestare, vel aliter quomodolibet grauare præsumat. Si quis verò contra huius nostri præcepti tenorem
venire præsumpserit, mille libras auri pro pœna sol-
uet; medietatem fisco nostro, & aliam medietatem

præfato Episcopo Gebennensi & eius Ecclesiæ. Huius
autem nostræ Constitutionis & confirmationis & ordi-
nationis, pariter & remissionis testes fuerunt Principes Imperij, quorum nomina sunt hæc. Conradus
Pragensis Archiep. Regnardus Coloniensis Archiep.
Vlicus Aquiliensis Patriarcha. Hylinus Treuerensis
Archiep. Vuichmanus Magdeburgensis Archie-
pisc. Vualterius Bisuntinensis Archiep. . . . .
Bremēsis Archiep. Guido Rauenas Archiep. Hen-
ricus Vuurtiburg. Episc. Girardus Bambergensis E-
pisc. Henricus Leodiensis Episc. Hermannus Costan-
tiensis Episc. Coradus Vvormacēsis Episc. Conradus
Augustensis Episc. Godofredus Traiectensis Episc.
Gero Haluerstatēsis Episc. Iohannes Magdeburgensis Episc. Galfendonus Mantuanus Episc. . . . .
Abbas Sancti Galli &c. Henricus Dux Bauariæ
& Saxoniæ. Marchio Albertus, Fridericus Dux
Sueuorum, Ottho Palatinus Comes, Albertus Comes,
Aemardus Vuillelmus Montisferrati, & alij quā-
plures. Acta sunt hæc in anno incarnationis Domi-
nicæ millesimo centesimo sexagesimo secundo, Indictione decima, Regnāte Domino Friderico Rom. Imperatore victoriosissimo. Anno regni eius decimo, Imperij
verò septimo. Datum in Archiepiscopatu Bisuntinēsi,
apud Pontem Larue super Sonam. Septimo Idus Septemb. hac præsenti pagina sigilli nostri assueti impressione munita, & in fine Signum Friderici Imperatoris
inuictissimi. Ego Hetholsus cancellarius vice Arnoldi Moguntinensis Archiepiscopi & Archicancel-
larij recognoui. Cum sigillo Aureo & filis seri-
cius.

Laquelle Bulle ayant esté en la forme susdite
expe-

expediee audit Arducius, il en remercia bien humblement l'Empereur. Et neantmoins d'autant que
le Duc de Zeringuen & le Comte de Geneuois
fous fon nom, luy detenoyent & occupoyent quelques Regales & aucuns Chafteaux defpendans de
l'Euefché, il defira d'auoir quelque plus expreffe
prouifion pour contraindre ledit Comte à la refti-
tution des chofes prinfes, & à quitter la poffeffion
defdits Chafteaux & Regales: Et à ces fins s'en a-
dreffa derechef le mefme iour audit Empereur en
pleine affemblee Imperiale, lequel luy en accorda
les patentes requifes, (dattees du mefme iour &
lieu que les autres) defquelles, pour caufe de briefueté, ie ne marqueray que les principales claufes.

FRIDERICVS, &c.

*Veniens ad noftræ Maieftatis præfentiam dilectus
nofter Arducius Gebenñ. Epifc. in generali Curia noftra apud pontem Larvæ, vbi ferè omnes Imperij noftri Principes conuenerant, grauem querimoniam nobis expofuit, Quòd videlicet Dux Bertholdus de
Zeringuen, & Comes Gebennefis Amedeus Regalia
iniuftè fibi abftulerint. Epifcopo igitur inftante, & iu-
ftitiam propenfius à nobis poftulante, & communica-
to cum Archiepifcopis & Epifcopis, cæterifque Principibus confilio fententia cum laudamento & affenfu
communi in præfentia noftra protulit, Quòd poft primam inueftituram factam in Epifcopum Gebenñ. in
aliam perfonam transferri non liceret, & côceffio Duci facta, nullatenus rata effe poffet, quod iuxta inqui-
fitionem noftram ab omnibus approbatum eft. Inde
eft, quòd ex iudicio illam donationem quam Bertholdo feceramus, penitus caffamus, & in irritum reduci-*

I j

mus, & donationem quam Episcopo Gebén. & Ecclesia sua fecerant, Imperiali autoritate confirmamus.
Præterea cùm, prædictus Episcopus restitutionem in
Regalibus & in possessionibus Ecclesia instantius po-
stularet, dilectus consanguineus noster, Marchio Albertus de Saxonia requisitus à nobis de iudicio, resti-
tutionis hanc secundam sententiam assentientibus v-
niuersis Principibus in medium promulgauit. Quòd
præfatus Episc. per mandatum nostrum in ipsis Regalibus, & in cæteris possessionibus Ecclesia in inte-
grum deberet restitui, & Dux Bertholdus atque Comes Gebennesis nostra præceptione essent coercendi,
quòd deinceps de Regalibus & de possessionibus Gebennensis Ecclesia nullo modo se intromitterent, & v-
niuersa ablata ex integro resarcirent. Eapropter hoc
ordine iudicy rite completo, præfato Duci & Comiti
Gebénesi, edicto Imperiali præcepimus vt intra ter-
minum competentem vniuersa ablata Episc. & Ecclesia ex omni integritate restituant, & de cætero E-
piscopalem Ecclesiam inquietare atque molestare de-
sistant. Mandantes omnibus vobis vt dilectum &
venerabilem Principem nostrum Arducium cum
pleno honore bénigné suscipiatis, dignámque reuerentiam, & debita seruitia exhibere studeatis, &c. comme en la precedente Bulle.

Doncques se trôpe grandement Nicolas Vignier
en sa Chronique Latine de Bourgôgne, là où il dit
que sur l'an 1185. le Duc Berthold 4. de Zeringuen
mourut Ponce de Geneue & de Lausanne. Car le
bon homme a ignoré les Patentes Impériales, par
vertu desquelles peu de temps après furent reuo-
quees & annullées telles prouisiós subrepticemét
obte-

obtenues, voire rapportees & biffees en la Chancellerie de l'Empire. Mais beaucoup mieux le Caualier, p. 203. a confessé sans y penser ladite bulle de
Frideric, & Paradin le Chroniqueur de Sauoye, liure 1. chap. 26. la recognoist, & Vvanderbuch pareillement en son histoire Latine de la maison
de Sauoye, recitant les paroles d'vn autre autheur
in Emanuele Philiberto p. 225. aduoüe icelle bulle
& les hommages prestez par les Comtes de Geneuois à l'Eglise de Geneue pour le Comté de Geneuois, lequel en ce lieu là il appelle *Comitatum Gebennesy*. Laquelle bulle aussi est amplement mentionnee dans la premiere partie du pretendu titre
Latin employé par le Caualier, p. 196. en ces mots,

*Qui Aymonem in Episcopatu secutus est, ita Fri-
derici primi beneuolentiam sibi comparauit Imperatoris, vt deinceps totius Gebennensis summa res tam
in diuino quàm humano iure penes illum fuerit &c.*

Et Mathieu excellent historiographe du Roy en
son histoire du Roy depuis la Paix liur. 5. p. 198. trai-
tant succinctement des droits de Geneue, selon la
cognoissance qu'il en a peu auoir par les memoires de quelque ami, employe les hommages prestez à l'Euesché de Geneue par les Comtes de Geneuois, ensemble les prouisions reuocatoires oc-
troyees par l'Empereur Frideric à l'Euesque Ardutius contre le Comte de Geneuois.

Or estant decedé le venerable Ardutius en aage
decrepit au grand dueil & preiudice toutesfois de
la Republique, à laquelle pendant son gouuernement & administration, qui fust d'enuiron 50. ans
il s'estoit rendu grandemét vtile, poussé d'vn cou-

l ij

rage heroique, luy succeda l'Euesque Nantelinus, lequel suiuant les traces de son predecesseur, & voyant aussi que le Comte Guillaume de Geneuois, successeur d'Amé tenoit ses mesmes brisers, & marchoit à la piste de ses pernicieux desseings, obtint du mesme Empereur le 19. de Nouëb. 1185. à Pauie des patétes Imperiales, côfirmatoires des dôs & priuileges accordez par l'Empire à l'Eglise de Geneüe, lesquelles sont de mot à mot semblables *mutatis mutandis*, à celles que ledit Arducius auoit obtenu en l'an 1153. à Spire cy dessus tenorisees. Mais tout ainsi que le Comte Amé apres les patétes de l'an 1153. voulut encor regimber iusques à ce qu'il fust entierement accablé par la bulle de l'an 1162. De mesmes le Comte Guillaume apres celle de l'an 1185. voulut encor faire du mauuais, & refusoit de lascher prise en diuers lieux despendans de l'Eglise de Geneue, & ores qu'il eust promis par sermét, sur la poursuite des dômages & interests soufferts par l'Euesque d'acquiescer à tout ce que l'Empereur en ordôneroit, neatmoins sans congé prendre, il se retire secrettemét de la Cour de l'Empereur: dequoy l'Empereur fort indigné, ordonna par patentes donnees à Cazal le 26. Feuurier 1186. que le fief que ledit Comte tenoit de l'Euesque & Eglise de Geneue, retourneroit à ladite Eglise pour raison de felonnie par luy commise, & qu'il payeroit à l'Euesque la somme de mille liures d'or. En voici les propres termes.

FRIDE-

FRIDERICVS *Dei gratia Romanorum Im-*
perator, & semper Augustus. Vniuersis Romani
Imperij fidelibus ad quos præsens scriptum perue-
nerit gratiam suam & omne bonum. Imperialem de-
cet Maiestatem in rebus varijs gratiam moderari &
vindictam, vt fidelibus . . . . . . pro seruitijs re-
spondeat, & culpas rebellium digna vltionis ani-
maduersione compescat. Eapropter notum facimus v-
niuersitati vestræ, Quod Vuillelmus Comes Gebenn-
nesij legitima citatione coram Maiestate nostra con-
stitutus, Iurauit stare mandatis nostris super iniurijs
& excessibus, & damnis qua dilecto nostro N antel.
lino. Gebennensi Episcopo & Ecclesia Gebennensi di-
gnoscitur intulisse , qui subterfugiendo iustitiam à
Curia nostra clam recessit. Et dum iuramenti sui fi-
deique constantiam expectaremus, deierauit. Habito
igitur Principum, prudentúmque nostrorum consilio,
Consultísque Curia nostra iudicibus, iudiciali senten-
tia ipsum Comitem banno Imperiali subijcimus, le-
gali iudicio condemnatum, ad omnimodam restitutio-
nem damnorum qua prædicto Episcopo & Ecclesia
irrogauit. Ideóque statuimus, vt idem Episcopus de
prædijs antedicti Comitis vsque ad summam viginti
millium solidorum liquido declaratam recipiat, ac ei-
dem Episcopo plenam damus autoritatem ab eodem
Comite & bonis eius exigendi mille libras auri pro-
pter præuaricationem priuilegij nostri, sicut in eo con-
tinetur. Iudiciario quoque ordine data est in ipsum
Comitem sententia, vt omnia feoda & beneficia qua
habuit ab Episcopo & Ecclesia Gebennensi ad ipsum

l iij

Episcopum & ad Ecclesiam liberè reuertantur, quibus Comes propter culpam & contumaciam suam iu-
sto priuatus est iudicio, & ad dictum Episc. & Ecclesiam suam iudiciali sententia redierunt. Itaque eos
omnes illos qui mediantibus eisdem feudis aut benefi-
ciis Comiti fidelitate fuerant adstricti, omnino absoluimus, & pro eisdem bonis Episcopo & Ecclesiæ eadem fidelitate debere teneri censemus. Quocirca uobis mandamus, & sub obtentu gratiæ nostræ ac debito
fidelitatis firmiter & districtè præcipimus, quatenus
sæpius dictum Comitem tanquam bannitum & publicum hostem Imperij habeatis, Episcopo Gebennensi & Ecclesiæ suæ in recuperatione damnorum suorū
constanter assistentes.

Et sur la contumace dudit Comte Guillaume,
& à cause de ses crimes & exces perpetrez contre
l'Eglise de Geneue, est permis à l'Euesque par
autres patentes du 27. Aoust suiuant, donnees à
Milhuzen de luy faire la guerre fort & ferme, com-
à vn manifeste ennemi de l'Empire.

FRIDERICVS Dei gratia Romanorum Imperator & semper Augustus, dilecto suo N. ante-
lino Gebennensi Episcopo gratiam & omne bonum.
Attendentes desperatam rebellionem & pernicaciā
Vuilelmi quondam Comitis Gebennesij, quem pro
sceleribus & excessibus suis quos in Gebennensem Ecclesiam exercuit, & exercere non desinet, legali sententia curiæ nostræ proscriptum, autoritatis uostræ bannio
publicè subiecimus, tanquam manifestum hostem Imperij, Tibi concedimus vt omnia feoda quæ à manu
tua tenebat, tibi iudicialiter adiudicata in potestatē
suam liberè recolligas, & partem ex eis strenuis ac fide.

delibus viris . . . . qui Gebenn. Ecclesiam debeant & possint defendere, & absque omni dissimulatione prædicto hosti nostro guerram facere liberaliter feodali nomine concedas, quod gratum habemus, & Imperiali autoritate confirmamus. Ce qui est confirme en l'extrait Latin du Caualier p. 196. en ces mots. *Non multo post comitem irreuerentem nec non & eius posteros Feudo priuauit Imperator. Episcopum accersiuit, summa que authoritate muniuit.*

Nous auons ouï parler & nommer vn grand Empereur contre les Comtes de Genevois pour les Euesques de Geneue, Ardutius & Natelinus; & pour les droits & liberté de leur Eglise. Maintenát (quoy que la disposition des Seigneuries de ce monde, ne doiue despendre de celui qui encor plus mal se dit auoir Empire sur les ames, l'Euesque de Rome, auquel beaucoup mieux conuiendroit la cure de paistre ses brebis de la pure Parole de Dieu, cóme iadis faisoyent les premiers Euesques de Rome) Neantmoins puis qu'il y a eu des Papes, lesquels se sont autant aidé à maintenir les libertez de l'Eglise de Geneue, comme d'autres leurs successeurs à les trauerser, & pour opposer Pape à Pape; Vn Pape ou plusieurs à ceux que le Caualier appelle de son costé, Escoutons auec la modestie requise, le Pape Adrian (ce sera sans luy baiser la pantoufle) lequel par vn indult confirmatif des priuileges & præeminences de l'Eglise de Geneue, donné à Latran le 22. de May 1157. signé *Adrianus Catholicæ sedis Episcopus*, & par X L. Cardinaux, approue de plus fort les prouisions donnees par l'Empereur Frideric à l'Euesque Ardutius, & à l'Eglise

I iiij

de Geneue, & menace d'excommunication & de grandes peines ceux qui voudroyent molester & troubler l'Estat de ladite Eglise, & entreprendre sur les biens d'icelle presens, ou aduenir, parlant tacitement aux Comtes de Geneuois qui en ce temps là troubloyent le monde és pais circonuoisins de Geneue.

ADRIANVS *Papa seruus seruorum Dei, Uenerabili fratri Arducio Gebennensis Ecclesiæ Episcopo, eiusque successoribus . . . . in perpetuum, Salutem. Cùm ex iniuncto nobis à Deo Apostololatus officio quo cunctis Christi fidelibus, authore Domino præminemus, singulariter Paci & tranquillitati debeamus intendere, Præsertim pro illorum quiete oportet nos esse sollicitos qui Pastorali dignitate sunt præditi, & ad officium Pontificale promoti. Nisi enim nos eorum vtilitatibus intendentes, ipsorum iura in quantum Domino permittente possumus, integra conseruemus, & autoritate Apostolica eos à prauorū incursibus defendam, de illorū salute non verè poterunt esse solliciti, qui sibi ad regendum Domino sunt disponente commissi. Eapropter venerabilis in Christo frater Gebennensis Episcop. tuis iustis postulationibus gratum impertimur assensum, & præfatam Gebennensem Ecclesiam, cui (Deo autore) præesse dignosceris sub Beati Petri & nostra protectione suscipimus, & præsentis scripti priuilegio communimus, statuentes vt ea qua charissimus in Christo filius noster Fridericus Romanorum Imperator ad Regale ius pertinentia tibi & Ecclesiæ tuæ intra Ciuitatis Gebennensis muros & extra pietatis intuitu* *catu reſeratur legitimè contuliſſe, ut ſcripti ſui pagina roboraſſe, ſicut in ipſo ſcripto continetur, tibi tuiſque ſucceſſoribus autoritate ſedis Apoſtolicæ integrè confirmamus, & huius priuilegij munimine roboramus. Præterea quaſcumque poſſeſſiones, quæcumque bona eadem Eccleſia iuſtè in præſentiarum & canonicè poſſidet, aut in futurum conceſſione Pontificum, largitione Regum vel Principum, oblatione fidelium, ſeu aliis iuſtis modis, præſtante Domino poterit adipiſci, firma tibi, tuiſque ſucceſſoribus & illibata permaneant. Decernimus ergo ut nulli omnino hominum liceat ſupradictam Eccleſiam temerè perturbare, aut eius poſſeſſiones auferre, vel ablatas retinere, amouere, ſeu quibuſlibet vexationibus fatigare, ſed illibata omnia & integra conſeruentur eorum, pro quorum gubernatione & ſuſtentatione conceſſa ſunt, vſibus omnimodis profutura. Si qua igitur in futurum Eccleſiaſtica ſæcularisve perſona hanc noſtræ conſtitutionis paginam ſciéter contrauenire tentauerit, ſecundò tertiòve commonita, niſi præſumptionem ſuam cōgruà ſatiſfactione correxerit, poteſtatis honoriſque ſui dignitate careat, reámque ſe diuino iudicio exiſtere de perpetrata inquitate cognoſcat, & à ſacratiſſimo corpore ac ſanguine Dei & Domini redemptoris noſtri Ieſu Chriſti aliena fiat, atque in extremo examine diſtrictæ vltioni ſubiaceat.*

Ce n'eſt pas aſſez que l'Empereur & le Pape ayent prononcé pour l'Egliſe de Geneue contre les Comtes de Geneuois, il faut que les Archeueſques, Eueſques, Abbez & autres Prelats voyſins, Princes Eccleſiaſtiques, & temporels y apportent encor leur ſuffrage. Ce n'eſt pas tout, les Comtes de Ge-

neuois tiendront tãtoſt le meſme lãgage & de leu
propre bouche confeſſeront & recognoiſtront que
la Seigneurie & Souueraineté de Geneue appartiẽt
à l'Egliſe de Geneue, & qu'ils en ſont hommes lieges, & humbles vaſſaux.

Car autant de fois que les Eueſques de Geneue
recouroyent, comme nous auons veu, aux Empereurs, ils eſtoyent auſſi contraints de ioindre à leur
bon droit & à l'authorité de leurs bulles & prouiſi-
ſions la force des armes pour triompher ſur l'obſti-
nation des rebelles à l'Empire. Ces guerres eſtoyẽt
incontinẽt aſſoupies par des accords & traitez qui
eſtoyent moyennez & pourſuiuis par les Archeueſques voyſins, comme de Vienne, & de Lyon, leſquels tantoſt par forme de ſentence, & de compro-
mis, tantoſt par amiable compoſition & prononciation r'amenoyent la paix entre les Eueſques de
Geneue, & les Comtes de Geneuois.

Par exemple le 25. de Feurier 1156. les Archeueſques de Vienne, de Lyon, & de Tarentaize font
vn accord contenant pluſieurs & diuers articles
entre l'Eueſque Ardutius & le Comte Amé de Geneuois confirmatif d'vn precedent, fait quelques
annees auparauant à Seyſel par leſdits de Vienne,
& de Lyon, & l'Eueſque de Lauſanne, par leſquels
eſt ordóné que toute puiſſãce & autorité depuis la
plus haute choſe iuſques à la moindre doit demeurer à l'Eueſque & Egliſe de Geneue, & ƣ le Cõte deura deſmolir to⁹ les chaſteaux qu'il a baſtis ſur les
terres deſpendãtes de l'Eueſché de Geneue, &c.

Mais pour n'abuſer de la patiẽce du Lecteur ie
me contenteray de rapporter les principales clauſes en

ses en commençant par le proëme qui est digne
d'estre rapporté.

O MNIPOTENTIS *Dei misericordia Ge-*
bennensem Ecclesiam temporibus Domini Ar-
ducij eiusdem Ecclesia Episcopi ab Amedeo Comite
multis modis afflictam, ex alto solita bonitate prospe-
ctans, Permaximos Doctores & Rectores Ecclesia
Archiepiscopos, videlicet Dominum Viennensem, &
Erachium Lugdunensem, Petrum quoque Tarent.
vocari apud Sanctum Sigismundum iuxta Greysia-
cum Gebën. Episcopus & Comes venerunt, habitisque
hinc & inde sermonibus, tandem in hoc convenerunt,
vt placitum quod apud Seysel eorum Archiep. Vien-
nensi & Petro Tarentasien. ac Amedeo Episcopo
Lausanensi iam prolatum fuerat in tantorum Domi-
norum prasentia perpetua stabilitate in posterum for-
maretur.

Quacumque super terram Ecclesia per Comitem
leuata castra fuerant, si probare posset, penitus diluo.
rentur, alioqui si super terram Comitis erecta essent,
manerent.

Bannum totius Geneua in omnibus, & per omnia,
solius Episcopi esse, Iustitiam & Dominium, cuiuf-
cumque sit homo ad Episcopu solii pertinere. Aduë-
titios quoque ex quo per annum & diem Gebenna
moram fecerint solius Episcopi esse.

Comes in tota Geneua nullos homines capere de-
bet.

De piscatione verò quoniam Episcopus querimo-
niam fecerat, ita depositum est vt bonas consuetudines

quas

C'eſt un gnas homines Epiſcopi ab antiquo per laſū habuerūt,
droit que ſemper in pace haberent.

Genebe a Si quis verò inſtinctu Diaboli pacem hanc vel cō-
ſur tout le cordiam temerario auſu infringere tentauerit, dictū
Lac, ap- eſt ab accordatoribus vt Epiſcopus Iuſtitiam inde fa-
pellé, la cias.
Queſte.

Ceterum hac Carta facta eſt ad Pacem & Libertatem Gebennenſis Eccleſiæ *in futuris temporibus*
perſeuerandam. Anno ab incarnatione Domini
M. C. L V I. P̄. P̄. *Adriano feliciter Romanæ Eccle-*
ſiæ præſidente, & Imperatore Friderico Regnante
V I. K A L. *Martij, anno biſſextili. Febr. vij. Lunæ*
x x x. *Indict. iij. Cyclo Lunari. ij. Solis. x v i. Epacta.*

Vne autre tranſaction & ſentence ſe trouue de
l'an 1184. faite par Robert Archeueſque de Vienne,
& Hugues Abbé de Bonneuaux, entre l'Eueſque
Ardutius & le Comte Guillaume de Geneuois, lequel par ſerment auoit promis de ſe tenir à leur
cognoiſſance.

Ledit Eueſque leur preſente les Bulles de Frideric. Item vn accord fait long temps auparauāt, entre l'Eueſque Humbert & le Comte Aymo. Item
vn autre entre Ardutius, *qui nunc preſidet,* & le Côte
Amé, tous ſellez des ſeaux deſdits Côtes, & deſdits
Archeueſques de Lyon & de Vienne. En fin ils cō-
firment toutes leſdits tranſactions qui contienent
les meſmes articles que la precedente, eſtans aſſi-
ſtez de l'aduis & conſeil des venerables Eueſques
de Grenoble, de Morienne, & des Abbez de
Haute-combe, d'Abondance, d'En-
tremont. Elle com-
mence.

I N

IN *Nomine Domini nostri Iesu Christi, Ego Robertus Viennensis Ecclesia Archiep. & ego Hugo Abbas Boneuallis*, &c.

Idoneis testibus multis de veritate earundem scripturarum & forma transactionis, diligenter examinatis, atque susceptis legitimè allegationibus vtriusque partis, Iustitia mediante decreuimus vt earundem autoritas cartarum inuiolabilis perseueret, & per omnia fides debeat adhiberi. Iudicamus proinde & firma autoritate præcipimus, vt accordationes olim facta per homines Episcopi & Comitis Gebennelij & eorundem iuramento firmata inuiolabiliter in perpetuum obseruentur, quas cognouimus tales fuisse.

Bannum videlicet totius Geneua in omnibus & per omnia solius Episcopi esse Iustitiam & dominium.

Comes in tota Geneua nullos homines capere debet.

Cursus Rhodani, forum totius villa & iustitiam fori solius Episcopi esse, pedagium & pascua, &c.

Et in omnibus, sicut supra dictum est, bannum totius Geneua, & reliqua superius scripta, patres nostri supradicti Ecclesia Gebennensi adiudicauerunt. Et ipse Vuilelmus Comes, totius Ciuitatis Dominium ad Gebennensem Ecclesiam pertinere confessus est.

Lata est hac sententia in oppido de Aquis, anno ab incarnatione Domini M. CLXXXIIII. præsidente in sancta Romana Ecclesia beatissimo Papa Lucio iij. Imperatore glorioso Friderico semper Au-

gusto. Scripta est per manum Petri notarij Viennen-
sis de praecepto nostro, & diligenter examinata, nostris
& aliarum personarum munita sigillis.

Autre sentence fust aussi depuis renduë en l'an
1186 par le mesme Robert Archeuesque de Vienne, entre ledit Euesque Nantelinus & le Comte
Guillaume de Geneuois, par laquelle est confirmée la precedente.

Sententia qua fuit data à nobis & ab Hugo-
ne venerabili Abbate Bona Vallis tanquam iusta &
iustè lata immobilis perseueret.

Et d'autant que le Comte n'y auoit pas satisfaict
& qu'à ceste occasion l'Euesque luy vouloit
faire la guerre à bon escient, il est dit;

Non tamen propter illum defectum ab Episcopo
guerra fiet, & nec terra ponetur in interdicto.

Dominium totius ciuitatis & villae Gebennensis so-
lius Episcopi est. Bannum & iustitiam habet Episco-
pus ibidem integrè super omnes homines cuiuscum-
que sint.

Quia verò Episcopus Dominus est territorij Gebē-
nensis, tanquam Dominus aedificabit ubique voluerit,
& sicut ei placuerit.

Quòd si contra hanc Pacem Comes aut sui fece-
rint, & Comes admonitus intra 40 dies non emenda-
uerit, Nobiles guerram viuam debent Comiti facere,
si Episcopus voluerit : Nec pacem nec treuam
possunt facere cum Comite, nisi Episcopus pacem
vel treuam fecerit, aut Comes fractum Pacis emen-
dauerit.

Obsides triginta debent singulis annis in ostagium
bis in anno, videlicet in festo Paschae, & festo sancti

Mi-

Michaelis Gebennam venire, nec inde debent rece-
dere donec pax, si fracta fuerit, sit emendata: & si ali-
quas vel aliqui eorum docesserint, alij debent in osta-
gium stare donec alius vel alij loco eorum fuerint
dati. Nobiles obligauerunt filios suos in prædicto iu-
ramento, quòd pactum placuit huiui bona fide, vt pa-
tres eorum obseruarent. Iurauit Comes hanc pacem
se seruaturum & pactionem, Obsides quoque tenen-
tur hoc facere iuramentum. Quòd si Comes vel sui
pacem fregerint, & Episcopus vel sui guerram fece-
rint, nullum Comiti auxilium præstare debent, & ʒ
singuli quod ostagium teneant, debent dare fideiusso-
res.

Patratum est hoc negotium anno ab incarnatione
Domini nostri Iesu Christi M. centesimo, octuagesimo
sexto, Domino Gregoriano presidente sanctæ Romanæ
Ecclesiæ, Friderico felici Imperatore, Nantelino Ge-
bennensi Episcopo, Vuilelmo Comite Gebenñ. mense
Februarij, Die Dominico.

Toutes ces diuerses ceremonies & circonstances adioustees pour obliger & le Comte, & ses o-
stages, & leurs enfans à l'obseruation de la Paix,
monstrent euidément que desia en ces temps là la
ville de Geneue estoit en possession d'estre suiette
à des frequentes infractions de la Paix, & de la
tranquillité publique.

Ce que ie confermeray encor par les termes notables & clauses principales d'vne autre sentence
renduë 33. ans apres à Disengiez pres Seyssel.

Anno Domini M. ducentesimo decimo nono sexto
Idus Octobris A. Gebennensis Episcopus, & Nobilis
vir Vuilelmus Gebennesij, super omnibus querelis,

discordiis & controuersiis quæ inter ipsos vertebantur, compromiserūt in Dominum I. Viennensem Archiepiscopum, & iurauerunt se stare dicto vel mandato ipsius, & eius dicta vel mandata se inuiolabiliter obseruaturos.

Inspectis compositionibus & transactionibus inter ipsos olim factis, sub hac forma statuit obseruandum. Dominium, bannum & iustitiam totius Ciuitatis Gebennensis in omnibus, & per omnia, ad Episcopum pertinebunt.

Gebennensis Episcopus tanquam Dominus in territorio Gebennensi, vbicumque voluerit, & sicut sibi placuerit ædificabit.

Ad maiorem autem pacis firmitatem & dilectionem Episcopus Gebennensis sub sua defensione & protectione, recepit Guillelmum tanquam hominem suum ligium.

Et peu apres.

Sanè Vuilelmus homagium ligium fecit Episcopo, & fidelitatem iuramento promisit. Episcopus verò ipsum Vuilelmum de feudo Comitatus Gebennesij cū annulo inuestiuit. Et sic amici facti omnem iniuriam & omnem querelam quas quondam inter se habuerant sibi inuicem remiserunt.

Et en l'an. 1313. au mois de May. Guillaume Comte de Geneuois fait fidelité & hommage, à Pierre Euesque de Geneue, des chasteaux & mandemens de Geneuois, Ternier, Balaison, Remilly, Monfalcon, les Eschelles, confessant estre homme liegé du dit Euesque sauf la fidelité deuë à l'Empereur. Acte receu par Henry de Balmis notaire.

Nous auons iusques icy verifié bien clairement

que

que les Comtes de Geneuois n'auoyent aucun
droit fur Geneue, & qu'au contraire ils en estoyent
hommes liéges & vassaux. L'Empereur, le Pape,
les Archeuesques, Euesques, Abbez, & les propres
Comtes du Geneuois l'ont cy dessus recogneu par
tant de bulles & de sentences que nous auons remarquees, l'autorité desquelles establit en fin
apres longues guerres la puissance de l'Eglise de
Geneue dans Geneue à l'exclusion entiere des
Comtes de Geneuois auec telle fermeté que depuis les autres Comtes de Geneuois prestoyent
les hommages volontairement dans l'Eglise de S.
Pierre sans plus se faire tirer l'oreille, ni sans attendre les fulminations Imperiales ou Papales, ni
la presence venerable des Archeuesques, Euesques, & autres Prelats, voire dans leurs propres
maisons hors Geneue, & de leur plein gré
sur vne simple sommation de l'Euesque ou de
ses officiers se sont recogneus Vassaux de l'E-
glise de Geneue, par iufinis actes, & ont
par fois prié d'estre excusez s'ils ne venoyent pour lors prester l'hommage dans
l'Eglise de S. Pierre, à forme de la coustume ancienne, comme en fait foy suffisante, l'hommage tres-notable qui s'ensuit de l'an
1 3 4 6. & qui doibt en ceste matiere valoir
autant que cent mille contracts, vn
pour tous, digne d'estre
escrit en let-
tres d'or.

* *
*

NOS *Amedeus* Comes Gebenñ. notum facimus vniuersis præsentes literas inspecturis, Quod cum nos & Antecessores nostri Comites Gebennesi, consueuimus facere & exhibere hommagium & fidelitatem, ad quam, & quod tenemur Episcopo Gebenñ. consueuimus inquam prædicta facere & exhibere in Ecclesia Domini Petri Gebennensis, seu infra Claustrum prædicta Ecclesia, prout Episcopis prædictæ Ecclesia, qui pro tempore fuerunt in Ecclesia prædicta placuit, Reuerendus in Christo Pater Dominus *Alamandus* Dei gratia nunc Episcopus Gebennensis, Dominus noster, de gratia speciali, Anno Domini M. CCC. XLVI. die Iouis post assumptionem beata Maria Virginis fidelitatem & hommagium prædictum recepit, à nobis in castro nostro de Claromonte. Cum nos assereremus quòd ad dictam Ecclesiam Domini Petri Gebennensis ad præsens commode non poteramus accedere quibusdam ineuitabilib. negotiis impediti, & prædicta recepit sub protestatione, quod non præiudicet in posterum ipsi Domino Episcopo nec successoribus eius in dicto Episcopatu, nec Ecclesia Gebennensi, quoniam in posterum perpetuo teneamur nos & nostri successores Comites Gebenñ. prædicto Domino Episcopo & eius successoribus Episcopis Gebenñ. facere & præstare dictam fidelitatem & dictū hommagium in Ecclesia dicti Petri Gebenñ. seu infra clausuras dicta Ecclesia ad voluntatem Episcoporum qui pro tempore fuerint in Ecclesia memorata. Quam protestationem ratam habemus pro nobis atque nostris successoribus, atque firmam. In cuius rei testimonium sigillum nostrum præsens dis-

duximus apponendum, Anno, die & loco quibus supra. Per Dominum in Consilio, præsentibus Dominis Ioh. de Compois milite, Stephano de Compois, canonico Gebenñ. & Iudice, & Humberto de Naui.

Qui plus est, ce droit de souueraineté & de Regales apartenoit à l'Euesque & Eglise de Geneue, non seulement dans Geneue, mais aussi dans toute la diocese de Geneue, par exemple, le pouuoir de battre monnoye, & qui est l'vne des plus belles marques de la souueraineté d'vn Prince ou d'vne Republique, n'estoit pas renfermé dans les murs de Geneue, mais s'estendoit bien au loin par tout le diocese, (dans laquelle monnoye, dont se voyent encor plusieurs pieces, il y auoit d'vn costé, G E N E V A C I V I T A S, & de l'autre, S. P E T R V S.) Mesmes du temps de l'Euesque Alamand sus nommé, & dix ans apres le precedent acte, scauoir le 17. Aoust 1356. sur ce qu'ó entédit à Geneue, que le Côte Amé de Geneuois faisoit battre monnoye à Annecy diocese de Geneue, furent enuoyez par iceluy Euesque deux personnages & deux autres par le Chapitre de Geneue vers ledit Comte, qui lors estoit *in Castro Balme Cosengiaci,* pour s'en plaindre & luy faire defenses de plus battre mónoye, lequel quelques iours apres fist responce qu'il estoit prest d'acquiescer à ce qu'en ordóneroyent deux personnages qui seroyent prins de part & d'autre.

A C C E S S E R V N T *ad præsentiam Illustris Principis & Domini Domini Amedei Comitis Gebenñ. viri venerabiles missi per reuerendum patrem Dominum Alamandum Dei Gratia Gebennensem*

Episcopum, & exposuerunt quòd tam ex concessione
Imperatorum quàm ex confirmatione Apostolica Ius
regalium ad Ecclesiam & Episcopum Gebennensem
per totam diocesim Gebennensem insolidum pertineat pleno iure, inter quæ iura regalia Ius cudendi
monetam dignoscitur contineri, cuius moneta cussio
per solum Episcopum Gebennensem pro tempore, & nõ
per quemcumque aliam semper retroactis temporibus
facta fuit, & ad notitiam dicti Domini Episcopi per-
uenerit, quòd ipse Dominus Comes cudi facit monetam apud Annecy, qui locus est intra diocesim Gebenñ. quod cedit in detrimentum & præiudicium Gebennensis Ecclesiæ, si sit ita. Quapropter ipse Dominus
de Monthonay nomine eius soci dictum Dominum
Comitem nomine & ex parte dicti Episcopi requisiuit vt à cussione dictæ monetæ cesset totaliter & desistat, & eidem Amedeo Comiti, quantù expressius potuit, dictæ monetæ cussionem & fabricam prohibuit &
defendit, Deinde . . . . missi per venerabilem
Gebenñ. Capitulum, vt dicebant, dictum Comitê ro-
gauerunt & requisierunt ex parte Capituli Gebñ.
vt à cussione dictæ monetæ in præiudiciũ dictæ Eccl.
Gebenñ. desistat, cùm ipsa moneta cussio ad Ecclesiam Gebenñ. pertineat, & quòd in hoc iura dictæ
Ecclesia non opprimat, neque lædat. De quibus omn-
bus dicti Domini requirentes petierunt per me notarium fieri publicum instrumentum. Datum in Camera dicti Domini Comitis, &c. præsentibus Domino
Petro de Compois milite, & Mermeto Poterij de An-
nessiaco not. Item anno & indictione quibus supra,
nomine dicti Gebenñ. Comitis Dominus Stephanus
de Compois respondit ad præmissa nomine, Domini
                                    Gebenñ.

Gebeñ. Comitis, videlicet quòd supra dicto facto di-
ctus Dominus Comes erat paratus, eligere Clericum
vel vnum Dominum Cardinalem, & ipse Dominus
Episcopus eligat alios, quorum ordinationem est & e-
rit obseruare paratus. Datum in Castro Pineti, Petro
Quineri de Salanchia notario publico.

Et tellement estoyét liez & obligez lesdits. Com
tes de Geneuois aux hommages & deuoirs sus alleguez enuers l'Euesque & Eglise de Geneue, que
le 10. d'Octobre 1398. sentence fust rédue en faueur
de Guillaume de Lornay Euesque successeur d'A-
lamandus contre Humbert de Vilars Comte de
Geneuois, & Seigneur de Ternier, par laquelle,
pour cause de felonnie, & pour ne s'estre son predecesseur loué enuers l'Euesque, le Mandement de
Ternier fust adiugé & declaré commis audit Euesc.
que Seigneur Souuerain.

L'acte en est memorable. L'euesque & ledit
Comte ayants contesté deuant l'Official de la
Cour de Geneue (qui auoit vn grand ressort, & lequel auoit nom *Petrus de Meygiaco*) & ce par procureurs, scauoir Guillaume Orset & autres iurisconsultes de la part de l'Euesque, & Pierre Bouet
licentié és Droits, de la part dudit Comte, fondez
les vns & les autres en bonnes procurations insé-
rees audit Acte de mot à mot: auquel procez inter-
uindrent aussi par Procureurs Melchide de Bolo-
gne Comtesse de Geneuois, *& spectabilis & egregia*
Domina Blanchia, nata bona memoria Domi. A-
medei Comitis Gebenñ. pretendantes droit au Chasteau & Mandement de Ternier.

Ledit Orset propose, *Quòd cùm Illustris Domi-*

nus Amedeus quondã Comes Gebenñ. filius quondã
Illustris Domini Guillelmi Comitis quondã Gebeñ.
teneret in feudum à Reuerendo in Christo patre, &
Domino, Domino Allamando quõdã Episc. Gebenñ.
& ab Eccl. Gebenñ. Castrum & mandamentum Terniaci cum suis iuribus, pertinentiis, & appendentiis
sub homagio ligio præ cũctis Dominis, salua fidelitate Imperatoris, ipse Dominus Amedeus commisit

Le cha-
steau de
Peney as-
siegé &
pris.

feloniam contra dictum Dominum Alamandũ tunc
Episcopum Gebenñ. & dictam eius Ecclesiam, putà
quia obsedit Castrum dicti Domini, Domini Episcopi & Ecclesiæ suæ Gebenñ. dictum de Pineto, ipsũm-
que castrum violenter intrauit & occupauit, & guerram contra dictum Dominũ Episcopum & Ecclesiam
suam fecit de facto iniustè, Quò'dque mortuo dicto
Domino Amedeo, superstitibus Dominis Aymone &
Amedeo militibus, Iohanne & Petro filiis suis, dictus
Dominus Aymo primogenitus qui successit Amedeo
patri suo in Comitatu Gebenñ. stetit per annum &
diem, saluo pluri, quam inuestituram dicti feudi Castri Terniaci, non petiit à Domino Episcopo Gebenñ.
qui pro tunc erat, fidelitatem pollicendo, &c. Vnde cũ
per prædicta dictum feudum sit & fuerit apertum dicto Domino Episcopo & eius Ecclesiæ Gebenñ. Eapropter agit dictus Dominus Orseti, & petit à vobis
vt dictum feudum Castri Terniaci cum mandamento & pertinentiis ac appenden. eorundem esse ac
pertinere dicto Domino Episcopo & Ecclesiæ suæ
per diffinitiuam sententiam pronuntietis, &c.

Sur quoy apres longues contestes est dit:

Visa contestatione litis in qua fuit iuratum de ca-
lumnia per partes, Visis positionibus per partem a-
stri-

trice, & responsionibus inde secutis, & omnibus productis per partes in causa diligenter inspectis & crimi-
natis, participato'que consilio cum libris & peritis, non
modica authoritatis, & potissimè cum peritissimis viris, venerabilibus Dominis Francisco de Suprauarey,
& Ioanne Seruagij in legibus excellentissimis Docto-
ribus, qui nobis suum consilium suis singulis manibus sigillatim signatum in scriptis remiserunt, cuius
senor sequitur, &c. Auquel aduis il y a de longs
discours & grandes allegations de loix, & à la fin
est escrit : Comperimus, & nobis apparet partem a-
ctricem contenta in sua petitione sufficienter probasse.
Idcirco per nostram sententiam declaramus dictam
partem ream cecidisse à iure, quod habuit in dictis
rebus de quibus agitur, & ipsam partem ream condemnamus, ut ipsas res dicto actori restituat, &c. &
hæc quoad præsens sufficiant cu benigna supportatio-
ne & omnimoda correctione dicti Domini Officialis,
& cuiuscumque alterius melius quàm supra consiliu
sit sentientis. Et ita credo de iure Ego Franciscus de
Suprauarey legum doctor, saluo semper saniori consilio. Et ego Iohannes Seruagij Legum Doctor ita
credo de iure, saluo semper meliori iudicio. In cuius rei testimonium sigillum nostrum proprium duximus apponendum. Et en après l'Official reparle
en ceste sorte : Et * aliis causis nos ad hoc mouentibus sedentes pro tribunali loco maiorum, solum
Deu & sacras scripturas præ oculis nostris habentes,
& Christi nomine præsens innocato, Dicentes,
In nomine Patris & Filij & Spiritus sancti Amen.
Ad nostram definitiuam sententiam quam in scriptis
proferimus, procedimus in modum qui sequitur. Pro-

* On ob-
serue encor
les mesmes
termes
aux senté-
ces crimi-
nelles à
Geneue.

nunciamus & declaramus dictam partem ream ce-
cidiſſe à iure quod habuit in dictis rebus de quibus
agitur, & ipſam partem ream condemnamus, vt ipſas
res dicto actori reſtituat, condemnantes etiam prædi-
ctam partem ream in expenſis occaſione huiuſmodi
cauſa factis, taxatione nobis in poſterum reſer-
uata.

Et ſix ans apres, ſcauoir le 13. de Mars 1404. Madame Blanche, ſoy diſant Côteſſe de Geneuois, fille du Comte Amé de Geneuois, duquel eſt parlé en
l'acte ſuſmentionné de l'an 1346. & petite fille du
Comte Guillaume, nommé en l'hommage de
l'an 1313. ſe preſente par Procureur audit Guillaume de Lornay Eueſque de Geneue, pour luy demã-
der l'inueſtiture du Mandement de Remilly, & dependances, auec offre d'en preſter hommage. Mais
luy eſt reſpondu que leſdites terres eſtoyent de-
uolues à l'Egliſe de Geneue pour certaines cauſes;
& qu'en outre Amé 8. Comte & I. Duc de Sauoye,
ſe diſat Côte de Geneuois, auoit deſia iuſtámét
requis telle inueſtiture, & promis hômage de tous
les lieux qu'il tient du Comté de Geneuois, & que
partant on ne pouuoit paſſer outre; mais qu'apres
qu'elle ſeroit d'accord auec ledit Comte, on y auroit tel eſgard que de raiſon. Elle fait parler doncques à l'Eueſque en ceſte ſorte:

Pro conſeruatione iuris ſui, & ad vitandam mo-
ram & quamcumque ingratitudinem quam erga vos
& Eccleſiam veſtram committere non intendit, parata
eſt & diligens ad petendum inueſtituram & fide-
litatem ſeu hommagium debite pollicendum & præ-
ſtandum, & ad faciendum quæ bono vel deuoto vaſ-

ſallo

salło de iure, vel consuetudine facienda incumbunt.

Et luy est respondu :

FIRMITER *credimus ipsam bene scire Castrum & Villam Remilly in Albañ. & mandamentum cum iurisdictione, Iuribus & pertinentiis eorum, & nonnulla alia loca & iura hactenus fuisse & extitisse de feudo Ecclesia nostra pradicta, ipsaq; tenebat & possidebat in feudum sub homagio ligio inclyta recordationis, Dominus Amedeus olim Comes Gebenñ. quondam pater dicta Domina. Nihilominus prafata, castrum, mandamētum, Castellania Remilly cum iurisdictione, Iuribus & pertinentiis pleno iure pertinent ad Ecclesiam nostram Gebenñ. pluribus rationib. atque caussis iustis & legitimis suo loco & tempore declarandis, ulteriúsque dicentes quod Illustris Princeps Dominus Amedeus Comes Sabaudia nos cum instantia pari modo requisiuit de inuestitura dictorū locorum, fidelitatē & homagium pollicendo, qui maiorem partem Comitatus Gebenñ. tenet & possidet: verùm cum uterque se contendat Comitem Gebenñ. & quastio nondum sit terminata, habita tranquillitate inter ipsos, faciemus ea qua rationabiliter fuerint facienda.*

NOVS auons doncques suffisamment verifié que les Comtes de Geneuois n'auoyent aucun droit sur la ville de Geneue, ains qu'ils en estoyent hommes lieges, & vassaux. Mais pour la bône bouche il faut confermer ceste verité par la propre côfession du Chroniqueur de Sauoye, Paradin, lequel liu. 2. chap. 104 aduouant ceste doctrine, dit en termes expres : *Que le Comte de Geneue n'auoit aucu-*

ne Seigneurie sinon hors les murs de la ville de Gene-
ye. Et apres luy vn autre Chroniqueur de la maison de Sauoye, *Lambertus Vvanderbuchius in A-
medeo IIII. p. 47. Ea vrbs* (parlant de Geneue) *obiter hoc dicam soli loci Episcopo antiquitus paruit, neque Comiti, cuius latè alioqui imperitantis imperij fi-
nes vrbis muris terminabantur, quicquam in eam vr-
bē iuris fuit.* Et ainsi voila les Comtes de Geneuois,
bien loing de leur côte, & du tié, ô Caualier: voila ces beaux argumés pleinemét refutez que tu ti-
rois des 8. art. cotez au desauantage des Comtes de
Geneuois, lesquels n'ayans eu aucun droit sur Geneue n'ôt peu aussi trasferer aux Côtes de Sauoye
aucun droit sur Geneuë, ni preiudicier à Geneuë
par les pretendus actes & hommages. Sur le premier desquels neantmoins fait par Guy Comte
au Comte Thomas de Maurienne à Rossillon, ie
ne lairray de dire en passant (pour monstrer ce que
peut estre de la verité des autres, quoy que ceux de
Geneue n'ayent aucū interest de les debatre) Qu'il
n'est d'aucune consideration, parce qu'il fust extorqué par force, comme remarque Paradin liu. 2.
chap. 58. En tant que ledit Comte Guy fust detenu
longuement prisonnier, iusques (dit-il) à ce qu'il
fist hommage de sa Comté au Comte Thomas, lequel contre le gré & le consentement dudit Guy,
& pendant sa detention espousa sa fille Beatrix.
Et en ce que le Caualier adiouste à la fin dudit premier art. scauoir que le Comte Pierre fils de Thomas remit en grace le Comte de Geneuois entre
Gez & Nyon, il y a de l'auantage & du faste en telles paroles. Car il appelle Remettre ou recenoir en
grace,

grace, ce que Paradin liu. 2. chap. 80. appelle Faire
la Paix, disant que ladite Paix fust traictee par les
Côtes de Bourgongne & de Mascon leurs voysins,
quoru ipsoru (dit Vvanderbuchius in Petro) ma-
gnopere intererat eā controuersiā componi, singulari
studio pax inter eos facta est, & sur la generalité ie
dirai que les Comtés de Sauoyé n'auoyent tel
droit sur les Comtes de Geneuois qu'est presupposé, puis que le mesme Paradin liut. 2. p. 219. atteste
que le Comte Amé de Geneue, & Hugues Seigneur de Gez firent alliances & confœderation a-
uec Amé V. de ce nom, & X. Comte de Sauoye,
& promirent de ne fauoriser en maniere quelconque les ennemis de Sauoye, dont s'ensuit que lesdits Comtes de Geneuois n'estoyent point si absoluement suiets & vassaux de ceux de Sauoyé, comme a esté presupposé par le Caualier.

A R G U M E N T S   E T   R A I-
sons contre les pretentions des Ducs de Sauoye
sur Geneue, Les prouisions Imperiales sur ce
mesme suiet. Bulles des Papes. Hommages
prestez à l'Euesque & Eglise de Geneue par
les Comtes de Sauoye. Territoires, & autres
droits de la ville contre les Ducs de Sauoye.

E A V C O V P moins l'estoit, voire ne
l'estoit en aucune sorte ni maniere
le peuple de la ville & Republique
de Geneue, qui n'auoit autre supe-

rieur comme nous auós verifié ci deſſus, que Dieu
& S.Pierre.　　Car pour reuenir à la reſutation du
premier fondement poſé au contraire par noſtre
Caualier, (qui eſt vn pretendu extrait Latin des
propres regiſtres de Geneue,) de la premiere partie duquel contenue en la pag. 1 9 6. nous auons
parlé ci deſſus.) i'ai ſceu, m'en eſtant informé par
lettres, que tel eſcrit, ores que la premiere partie
d'iceluy face entierement pour ceux de Geneue, &
que ce ne ſoit ni contract ni acte iudiciaire, mais
vn ſimple pretendu diſcours hiſtorique, aura e-
ſté forgé à plaiſir, & qu'il ne s'en trouue rien aux
regiſtres ou archiues de la ville.

　　Et toutesfois ie ne lairray d'y reſpondre. Car en
ce qu'il dit, que ceux de Geneue trauaillez par le
Comte de Geneuois, *Comitem Maurianenſem ap-*
pellauere, cela doit eſtre entendu ſainement & à
la lettre & non plus outre, eſtant qu'ils appellerét
voirement à leur aide contre le Comte de Geneuois, ainſi qu'auons touché ci deſſus p.75. vn Comte
de Maurienne nommé Amé & ſurnommé le Grád,
qui depuis fuſt le V I I I. Comte de Saüoye ſucce-
dant à Philippe ſon oncle en l'an 1 2 8 5. Mais cela
fuſt fait ſans luy attribuer aucune autorité, Iuriſdiction ou Empire ſur la ville.　　Seulement luy
permit on de rauager & d'occuper ſoubs les
hommages deubs à l'Egliſe de Geneue, le pais
circonuoiſin du Comte de Geneuois (où auparauant il n'auoit rien) ſans neantmoins toucher à
la ville. Ce que Vvanderbuch, apres Paradin confeſſe aſſez p.229. quand il dit qu'il gagna du païs

ad

ad Geneuensis oppidi portas vsque, tant seulement.
Lesquelles terres toutesfois furent quelque téps
apres restituees aux Comtes de Geneuois par vn
traicté de mariage. Et quoy que Paradin & autres
traitans de la vie dudit Comte, ayent auancé que
ceux de la ville se voyans pressez par ledit Comte
de Maurienne pour le remboursement des frais de
ladite guerre, & craignás qu'il ne s'allast r'allier &
accorder auec le Comte de Geneuois leur ennemi, ils luy attribuerent tous les droits que le Comte de Geneuois auoit dans la ville. Si est ce que
cela n'est ni concluant, ni vraysemblable, ni accó-
pagné d'aucunes preuues. Au contraire quand
mesmes il seroit accordé que ceux de Geneue eussent declaré audit Comte de Maurienne qu'il en-
treroit au lieu & place du Comte de Geneuois,
& qu'ils luy laisseroyent tous les droits que le Cóte de Geneuois y poumoit auoir, neantmoins il
s'ensuiuroit tousiours de là que le Comte de Maurienne ou de Sauoye n'y auoit aucun droit, puis
que nous auons verifié ci dessus assez amplemét q̃
le Comte de Geneuois n'y en auoit point du tout.
Ioint qu'ayant voulu dans peu de temps ledit Cóte de Maurienne empieter sur la liberté de la ville,
les Citadins luy monstrerent tost apres les dehts,
& luy donnerent bien enuie de s'en retirer ; sur
quoy furent esmeués de grandes guerres & discor-
des, lesquelles comme confesse Paradin liu. I. chap.
26. durerent iusques à ce que la maison des Côtes de
Geneuois print fin, & qu'alors estant le tout reduit en
la puissance du Côte de Sauoye, & se faschant le
Côte Amé (dit-il) d'estre suiet à l'Euesque, il obtint

enuers l'Empereur Charles IIII. le vicariat de l'Empire. Ce que demonstre bien euidemment, que donecques auparauant ledit ottroy & prætexte de Vicariat, ledit Comte de Sauoye n'employoit aucun droit ni pretention contre Geneue, & que le Comte de Geneuois reintegré en ses terres estoit pour lors encor suiet à l'Euesque de Geneue, puis qu'il dit que Amé succedant à la maison de Geneuois se faschoit d'estre suiet à vn Euesque. Bref les propres paroles du prænommé Chroniqueur de Sauoye, doiuét seruir de suffisante response. A quoy cepédant nous adiousterós que ce Côte de Maurienne est celuy lequel fist à Geneue, auec la ville de Geneue, le traicté, sus tenorisé p. 133. en forme d'alliance, par lequel il promet de donner secours à la ville & de defendre *Villã vestrã, nec non bona & iura vestra, & franchesias vestras,* & aussi de ne faire aucune paix ni trefue auec les ennemis de Geneue, sans l'expres consentement de ceux de la ville. Tous lesquels termes & autres semblables contenus audit acte sont bien eslognez du langage que tiendroit vn Prince à ses suiets, ne ressentans rien de semblable, voire en ce temps, vn Prince qui promettroit aide & secours à vne Republique, la plus libre du monde, ne pourroit parler plus ciuilement, ni auec plus de retenue.

En outre le mesme Paradin li. 2. c. 87. dit que ce Comte de Sauoye voyant que le Comte de Geneuois ioint auec le Daulphin Viennois faisoyent grand degast en son pays, vint droit auprès de Geneue auec vne grosse armee, & voulant auoir le passage libre pour aller & venir de Sauoye en

Vaux,

Vaux s'ensaisina du pont du Rhosne en l'an 1290.
Ce qui monstre derechef qu'ayant esté appelé au
parauant en aide par ceux de Geneue, il n'auoit
pourtant gaigné aucun droit sur la ville, & n'en e-
stoit point demeuré Seigneur, puis que pour se defendre quelques années apres contre le mesme
Comte de Geneuois, les histoires attestét qu'il fust
contraint de venir par force occuper le pont du
Rhosne pour auoir passage, lequel passage autremét luy eust esté libre & asseuré, si vray estoit qu'il
eust eu quelque droit & Seigneurie en la ville.

Suiuons à l'examen de l'escript Latin, lequel
en la page 197. veut inferer que ledit Comte
de Maurienne fust appellé à Geneue auec
attribution de quelque iurisdiction, en suite d'vn
droit, lequel Ainé I. Comte de Maurienne, & I.
Comte de Sauoye auoit acquis sur Geneue, entant
qu'il presuppose, que par l'Empereur Henry V. il
fust fait à Rome, *non solùm Gebennensium Comes,*
verùm & perpetuus Imperij Vicarius, en l'an M
C. X. apres auoir gagné vne bataille sur le Comte
de Geneuois, en vn lieu appellé le col de Thamis.
Mais pour monstrer l'impertinence de cel escrit, il
ne se trouue aucun historien qui atteste que ledit
Empereur Henry V. eust lors transferé audit Comte de Maurienne le Vicariat, ni le Comté de Geneuois. Paradin liure 2. chap. 38. & Vvandesbuch
n'en font aucune mention, ains racontent simplement Que l'Empereur luy erigea le pays de Sa- «
uoye en Comté, & l'en fit proclamer, & nommer «
le Premier Comte, & luy en donna inuestiture so- «
lennelle, auec inionction que le Comté de Sauoye «

" seroit son premier & principal titre: & auec ce luy
" fit present de la Seigneurie de Bieugeois, luy fai-
" sant despescher lettres de l'vn & de l'autre, à la
" charge qu'il tiendroit le tout comme fief d'Empi-
" re.(mais du Comté de Geneuois, on du Vicariat
" pas vn mot).& auparauant le pays de Sauoye ap-
" partenant aux Empereurs d'Allemagne estoit ad-
" ministré par des Gouuerneurs enuoyez sur les
" lieux par les Empereurs. Et mesmes il n'y a pas
que 100. ans, ou enuiron, que les causes ciuiles de
Sauoye pouuoyent encor aller en appel & en dernier ressort en la Chambre Imperiale de Spire.

Tant s'en faut que les Ducs ou Comtes de Sauoye estans vassaux de l'Empire, eussent domination sur vne ville, franche & Imperiale, telle que
Geneue. Mais pour reuenir à l'escrit Latin nous
l'arguons d'vne autre erreur, en ce qu'il dit que ledit Henry V. donna tel pretendu Vicariat, & ledit
Comté de Geneuois au Comte de Maurienne a-
pres la bataille de Thamis, au lieu que par la mesme autorité de Paradin liur. 2. chap. 38.& 39.& 41.
p. 85.l'erection de la Sauoye en Comté, & la donation de Bieugeois en fief d'Empire, furent faites
auant la bataille de Thamis. Et de fait n'est vray
semblable la donation dudit Comté de Geneuois,
veu que longues annees apres a duré la maison &
famille des Comtes de Geneuois possedans vn
grand domaine, & leurs terres anciennes. Et combien mesmes que telle donation seroit accordee,
quid inde contre Geneue? puis qu'en telle Comté
n'estoit comprise Geneue, de laquelle au contraire
ledit Comte tenoit les terres du Comté en fief, &
en rendoit

en rendoit les hommages? Et que direz-vous de
la declaration authentitique de l'vn dès plus
anciens Princes de la maiſon de Sauoye Thomas VI. Comte de Maurienne, & III. de
Sauoye, qui ſucceda au Comté l'an 1201. & lequel
eſpris des graces, & beauté de Beatrix fille du Côte Guy de Geneuois, ne ceſſa de remuer ciel & terre iuſques à ce qu'il l'euſt eſpouſée: voire ainſi que
on la menoit au Roy Philippes Auguſte de Fráce,
qui en ſecondes nopces l'auoit demandee en mariage, il ſurprint par les chemins vers Roſſillon, côme conſeſſe Paradin, li. 2. c. 57. & la Damoiſelle, &
le Côte Guy ſon pere (qui n'auoit aucune affectió
audit Comte Thomas, ſe reſſouuenant touſiours
de la desfaite de feu ſon pere ſur le col de Thamis
par le biſayeul dudit Thomas) & l'ayát retenu pri-
ſonnier, eſpouſa ſa fille, & le força de luy faire hômage du Comté de Geneuois, ci deſſus p. 184. Du
temps de ce Comte vn Eueſque de Geneue nômé
Bernard ayát eu quelque vent que ledit Côte vouloit s'attribuer les Regales de Geneue ſous pretexte du Comté de Geneuois, & en traiter auec l'Empereur, en addreſſe ſa plainte audit Comte en preſence de gens, luy defendant & remonſtrant qu'il
ſe garde bien de prendre à ſoy leſdites Regales,
quand meſmes elles luy ſeroyent remiſes: lequel
reſpond qu'il n'y pretendra iamais rien.

*Nouerit vniuerſitas veſtra, quòd Dominus Ber-
nardus Gebēnēſis Epiſcopus in noſtra praſentia iuxta
Lugrins per fidelitatē requiſiuit à Comite Mauriáñ.
Thoma, & prohibuit & contradixit eidē Comiti per
fidelitatē ne ſuper Regalibus Gebennēſibus Pacē fa-*

n j

ceret, & ne eadē Regalia, etiā si darentur illi, recipe-
ret, quia erat de iure Ecclesia Gebēnēsis. Ipse vero Co-
mes respondit, quod super Regalibus nunquā moueret
causam contra Ecclesiam Gebennensem, nec acciperet
siue reciperet ius Ecclesia Gebennensis. Anno ab in-
carnat. Do. M. C C X I. *in festo Callisti Papæ.*

Et quāt au Vicariat, outre ce que les Historiés, cōme nous auons dit, n'en parlent point: & que seule-
mēt Paradin dit li.2.c.114.que l'Emp. le crea Prince
en l'Empire : il eschet à toutes fins de considerer generalement sur ceste matiere du Vicariat
d'Empire vn point tref-veritable: Scauoir que pro-
premēt & en son cōmencemēt il ne s'entendoit, &
ne s'estendoit que sur les pays & terres de la maison de Sauoye, pour estre les Comtes de Sauoye
Vicaires de l'Empereur en leurs terres. Car de le
vouloir rapporter à toutes les terres de l'Empire,
cę seroit vne absurdité trop grossiere, & laquelle
les Princes Electeurs de l'Empire, & autres ne
pourroyent souffrir à leur preiudice. Paradin le cō-
fesse liure 1.chap.26. quand il dit que Amé obtint
de Charles IIII. vn Vicariat de l'Empire en tout
son pays & obeissance. Et le Caualier dit pa. 208.
que Gregoire XII. en l'annee M.CCCC.VI.confir-
ma le Vicariat de l'Empire à Amé VIII. en toutes
ses terres. *Ergo* ce n'estoit pas es terres d'autruy.
Que pouuoit il doncques soubs prætexte du Vicariat pretendre à Geneue qui n'estoit pas de ses
terres ? Mesmes diuers autres Princes qui aussi
portent tels titres de Vicaires perpetuels du S. Empire se contentent d'en iouir dans leurs Estats.
Et puis quel estoit le droit des Empereurs sur Geneue par la bulle de Frideric Barberousse ? Estoit

ce la fouueraineté ou autre iurifdiction en la ville? Nullement,ains au contraire ayans les Empereurs remis & abandonné toute la fouueraineté &
domination fur la ville de Geneue, & fon territoire à l'Euefque & Eglife de Geneue, (ceft à dire à la
ville mefmes) ils ne s'eftoyent referué autre droit
quel qu'il foit dans Geneue,finon que y venans en
perfonne feroyet faites folénellemét prieres públi-
ques trois iours durant pour la profperité de l'Empire. Charles IV. doncques ne pouuoit dóñner ce
qui n'eftoit plus,ni à luy, ni à l'Empire , fuiuant
ladite bulle de Frideric Barberouffe. Et pourtant
Cui bono de faire tant de bruit pour ce
Vicariat , lequel outre ce qu'il a efté reuoqué à
diuerfes fois,comme nous verifierons ci après ; ne
feroit à toutes fins d'aucun vfage, & ne pourroit
produire autre effaict que celuy de la bulle de Frideric ? Et voirement on prie bien Dieu fouuent à
Geneue pour la profperité des Princes eftrargers
& de leurs Eftats,encores qu'ils foyent abfens ; &
qu'on ne leur ait aucune fuiettion. Si les Sauoyfiés
auoyent vne fois commencé à bien & tranquille-
ment voifiner auec ceux de Geneue,ils ne feroyent
non plus oubliez és prieres des gens de bien,finon
que beaucoup mieux on vueille pratiquer le pré-
cepte Chreftien de prier Dieu pour ceux qui nous
maudiffent,& pour leur conuerfion. Reuenons à
noftre texte Latin duquel on a fait fi grande parade. Il adioufte que : *Longius quàm par eft*
dicere inter Duces, Comitéfque dimicatum eft, hi
victi fapius, tandem Ducibus ita fape victoribus,
manus dedere Gebennenfes. Doncques ce Comte
de Maurienne appelé auparauant, n'en eftoit pas

demeuré Seigneur. Item, si par ces derniers mots,
tu entens Caualier, que ceux de Geneue se soyent
rendus & donnez aux Ducs, *toto aberras cœlo*. Voire n'est-ce pas bien à propos de dire qu'il y a eu de
grandes guerres entre les Ducs de Sauoye d'vne
part, & les Comtes de Geneuois d'autre, & puis
que pour la fin de telles guerres, vn tiers, scauoir
ceux de Geneue se sont rendus aux Ducs, auec lesquels ils n'auoyent point de guerre? Que si tu disois qu'en fin ceux de geneue apres auoir demeuré neutres quelque téps, suiuirent en telles guerres le parti des Ducs de Sauoye, tu parlerois plus
sainement. Mais il ne faut pas trouuer plus estrange, si on a interpreté suiure le parti, *Manus dare*,
que ce qu'en la pag. 198. tu as superbement enoncé
la phrase de remettre en grace, au lieu de faire la
Paix. Et pour confirmer mon interpretation, i'ap-
pele derechef de mon costé le Paradin qui au liure 2. chap. 125. dit que le Comte Edouard neufuie-
me Comte de Sauoye, fils aisné de Amé le Grand
susnommé, & fait son successeur en l'an 1323. &
decedé 1329. fut auerti qu'vn Cheualier nommé Girard de Ternier auoit dressé vn fort sur le
Rhosne pres de Larve, en vn lieu nommé iadis
Molard de Melier, (& à present la Bastie, soit ba-
stille Melier) pour faire teste aux habitans de Géneue, qui suiuoyent le parti du Comte Edouard.
Ce qui monstre bien qu'ils n'estoyent pas suiets
dudit Comte Edouard, mais seulement partisans
volontaires, tout ainsi sans comparaison que ceux
de Geneue en la guerre qui commença l'an 1589.
en Sauoye, suiuirent le parti du Roy de France, &
donne

donnerent passage, retraite & toute assistance à
eux possible aux troupes de son armee. Qui plus
est la verité a extorqué de la plume du mesme Paradin liur.1.chap.26. ceste confession, scauoir que
Amé (VI. surnommé le Verd qui succeda au
Comte de Sauoye l'an 1342. & mourut l'an 1383.)
ayant obtenu de l'Empereur Charles IIII. de ce
nom à Chambery vn Vicariat, en tout son pais &
obeissance, vouloit pour ceste raison & titre (dit-
il) subiuguer & assuiettir à soy l'Euesque de Geneue. A quoy y resistant iceluy, ensemble les citoyés, demeurerent les choses en ceste querelle,
iusques au temps d'Amé VIII. premier Duc de
Sauoye, & le mesme autheur de l'escript Latin en
se contredisant dit à la fin: *Sed ad hunc quasi annis,
qui Amedei primi Sabaudiæ ducis; regni decimus
quintus est, lis protracta est.* Sur quoy faut considerer ces paroles: *Voulant pour ceste raison & titre,*
qui mostrent que dócques auparauat il n'auoit aucune autre raison ni titre côtre Geneue, puis qu'il
estoit côtraint de recercher ce prætexte du Vicariat. En second lieu, que iusques à Amé VIII.
par la resistance, & de l'Euesque, & des citoyens,
(& par le moyen des diuerses renocations du mesme Empereur Charles IIII. ci apres tenorisées)
le desseing dudit Comte de Sauoye, fust tellement
prolongé & retardé qu'il ne peult auoir la possession de la ville, & que par ainsi *manus non dedere*
Gebennenses. Et quant aux derniers mots, *lis*
protracta, armorū vi & iure possessionis sopita fuit,
ils sont si pleins d'ambiguité, qu'on ne scait s'il
entend que ceux de la ville de Geneue par force

d'armes se soyét mháintenus & par le droit de leur
possession,ce que seroit conforme à la verité, ou
bien si c'est Amé VIII. I. Duc de Sauoye qui
ait assoupi ladite guerre par force d'armes,& par
le droit de la possessió le cótraire dequoy sera aisé-
mént verifié,&qu'il n'en demeura point possesseúr
pédant qu'il fust Duc de Sauoye,& que tout au re-
bours il prestoit hómage & fidelité à l'Euesque &
Eglise de Geneue,à cause du Comté de Geneuois.

　　Sur quoy tu te mets à declaquer mille iniures contre Iean de Tournes pag. 203.204.
» 205. 206. 207. 208. 209. 215. soubs ce
» prætexte (dis-tu) qu'il a brouillé en plusieurs en-
» droits la nouuelle impression de l'histoire de Sa-
» uoye,item qu'il a auancé que les Comtes de Sa-
» uoye,comme ledit Amé VIII en l'an 405 ont
» fait hommage & recognoissance enuers l'Eglise
» de Geneue,à cause du Comte de Geneuois. Item
» que le Vicariat obtenu de Charles IIII. a esté
» depuis renoqué en l'an 1366 Item qu'en l'an 1371.
» le Comte Verd de Sauoye s'en deporta. Item &
» finalement que par la sentence des Ligues donnee
» a Payerne le Duc Charles fust debouté de la pre-
» tendue souueraineté. Tous lesquels articles tu
nies,Quant au premier,combien que ie ne doubte
point de sa probité & sincerité en ladite impressió,
si est ce que pour leuer tout scrupule aux Lecteurs,
ie proteste d'auoir cité le Paradin suiuant l'ancienne edition, en tous endroits ou i'en ay fait
mention. Et quant aux conuices & insultes, &
aux autres charges, outre ce que nous en examin-
nerós le merite par ci apres, voici pour suiure le fil

　　　　　　　　　　　　　　　de

de ton discours, ce que sut les nouuelles de ta naiſſance, ſedit de Tournes en eſcriuit à vn ſien ami.

MONSIEVR, ie receu la ſepmaine paſſée la
voſtre du 17. du preſent, à laquelle pour lors ie ne fis
entiere reſponſe, faute de loiſir. Le Chaſſematee é-
ſtant parti, i'ay reprins en main voſtredite lettre, &
ay veu & leuce qu'il vous a pleu faire extraire du
Caualier de Sauoye en ce qui me concernoit. Il n'y
a hôme de ſi peu de iugemêt, qui ne voye biê qu'v-
ne paſſion deſmeſurée tranſporte ce Caualier, lequel toutesfois s'eſt trôpé en ſon deſſeing : car cui-
dant me denigter infiniment par ſon eſcrit plein
d'iniures & venimeuſes inuectiues, il me fait beaucoup d'honneur, puis qu'au meſme liure, où il traj-
te ſi indignement le plus grand Roy, qui pour ſe
iourd'huy porte ſceptre en la Chreſtienté, il me
met auſſi en bute, pour vomir contre moy les outrages de ſa plume lezarde. Ie n'aurois pas grand
beſoing de faire aucune apologie pour repouſſer
ſes iniures, notamment en voſtre endroit, veu
que depuis quarante ans & dauantage, vous pouuez eſtre iuge de preſque toutes mes actiôs, m'ayât
de voſtre grace teſmoigné, & par parolles, & par
effect, vne affection vrayement paternelle dès l'an
1564. que i'eus ceſt heur d'entrer en voſtre fami-
liarité & d'auoir part en vos bonnes graces. Mais
pource que ces cartels de libelles diffamatoires, e-
ſtans publiez, tombent indifferemment entre les
mains d'vn chacun, i'ay voulu par ceſte lettre vous
faire toucher au doigt les legitimes moyens & iuſtes raiſons que i'ay de pouuoir repouſſer au loing,
& faire declarer nulles les calomnies que me met

fus ce Caualier,lequel,comme ie ne cognoy point,
auſſi ſuis-ie ſi peu curieux, que ie ne veux recercher ny ſon nom,ni ſa vacation, & moins encores
ſes actions,par leſquelles ie peuſſe ſcauoir en quelle façon c'eſt qu'il ment,ou qu'il dit verité. Ie vous
bailleray donc la peine de lire ceſte lettre beaucoup plus longue que celles que i'ay acouſtumé
de vous eſcrire.ie m'y ſuis vn peu eſtédu,à fin qu'e-
ſtant viſité, comme vous l'eſtes à toute heure , &
par toutes gens d'honneur & de vertu, ſi quelcun
ſe rencontroit mal informé de la verité par la
fauſſeté de ces calomnies, comme vous m'eſtes, &
auez touſiours eſté,de voſtre grace.bon ſeigneur &
ami,vous le peuſſiez plus facilement eſclarcir de
de tout ce qu'il deſireroit.   Ie ſuis attaqué par ce
Caualier à cauſe de la Chronique de Sauoye , laquelle i'ay r'imprimé l'an 1602.& où il dit que i'ay
deſtourné le ſens de l'hiſtoire, brouillé & confon-
du icelle annale.C'eſt vne choſe inouie iuſques icy,
comme elle eſt auſſi hors de toute raiſon,que l'on
s'attaque aux Imprimeurs des liures,au lieu de s'en
prendre aux Autheurs. L'hiſtoire que Monſieur
Paradin a compoſé finit à la page 4 2 3,de ma der-
niére impreſſion.Pour continuer ceſte hiſtoire iuſques au temps que la derniere edition en a eſté
faicte, i'ay recueilli de diuers auteurs ce que i'y ai
adiouſté, leſquels i'ay ordinairemét nommé quád
i'en ay peu ſcauoir le nom. Vvanderbuch , (qui
eſt le dernier qui a eſcrit ceſte Chronique , & qui
meſmes l'a dediee au Duc à preſent regnant) eſt
celuy de qui i'ay extraict ce que i'ay mis au commencement de la page 425.touchant le Marquiſat
de

de Saluces. Ce qui concerne les guerres de France contre Sauoye depuis l'an 1589. tant és enuirons de Geneue, qu'ailleurs, ie l'ai pris entierement de deux difcours imprimez, l'vn l'an 1593, fans nom de l'auteur, l'autre l'an 1601. par le Seigneur de la Popeliniere. I'ai tous les deux en main pour en faire foy, fi befoin eft; En ces deux difcours, tant s'en faut que i'y aye rien adioufté du mien au def-auantage de la maifon de Sauoye, qu'au contraire i'en ay refequé plufieurs mots, & quelquesfois des claufes entieres, non feulement pource que cela n'apportoit rien à cefte annale, mais auffi parce qu'en ce que i'en ai retranché il y auoit bié fouuét des piques & aigreurs, fleurs mal conuenables dás le plaifant & doux vtile iardin de l'hiftoire. I'ai bien efté quelquesfois cótraint d'y adioufter quelque mot ou quelque claufe pour lier les difcours, ou pour autre occafion, comme, entre autres, le commencement du chapitre 117. du 3. liure: mais en tout ce qui eft du mien, on trouuera toufiours que i'ay parlé des Princes auec tout l'honneur & le refpect qui eft deu aux grands, ainfi que le deuoir & la raifon le commandent. Bien confefferay-ie que ie n'ay iamais efté gueres propre à flatter, & moins encor à idolatrer. Quant à ce qui concerne la Republique de Geneue, ce qui en eft inferé en quelques endroits de cefte hiftoire, a efté pris & extraict fidelement de diuers inftruments authentiques & dignes de foy, lefquels m'ont efté communiquez, & aufquels ie me remets, ne voulant eftre fi prefomptueux, que d'entreprendre la de-

fenſe des droits de Geneue , non plus que ie ne
veux de tant m'auancer, que de prendre celle de
la France, veu qu'il y a trop grand nombre de bri-
nes eſprits en la France, qui n'ont garde de paſſer
ſous ſilence les outrages faits à leur patrie. & veu
auſſi, Dieu merci, que Geneue n'eſt pas deſnuee
de doctes & diſertes plumes, qui ne faudront de
reſpondre pertinemment à ce Caualier, & peut
eſtre auant que l'an ſe paſſe.   Pour reuenir à noſtre hiſtoire, ce en quoy i'y ay principalement trauaillé, ie le declare, & en rends raiſon en mon epiſtre au Lecteur. C'a eſté aux Genealogies, à la recerche deſquelles ie me ſuis employé le plus diligemment qu'il m'a eſté poſſible. Ce Caualier vo-
mit contre moy vne charretee d'iniures. Il m'appelle *Marſye, impoſteur, effronté:* ſur quel fondement, ie ne le puis voir: peut eſtre en a il pris le mo-
delle ſur ſoy-meſme. Il me baille vn dementi de
bien loing, & ſans raiſon. Il m'appelle rappieceur
d'Almauachs: ie ne fis iamais almanach ny ephe-
meride: & quand i'en aurois fait, ie ne m'en ſenti-
rois pas deſhonnoré. Les Ephemerides ſont vne
dependance des Mathematiques à l'honneur deſquelles il ne deuoit pas eſtre ſi temeraire de toucher, non ſeulement à cauſe de l'excellence d'icelles, mais auſſi parce que ſon Prince eſt beaucoup
priſé & eſtimé entre les gents de lettres à cauſe du
plaiſir & eſtude qu'il employe quelque fois en
ces ſciences. Il m'appelle Caluiniſte, banquerou-
tier. Quant au premier mot, ie confeſſe franchement, que i'enſui la Religion dont font profeſſion
les Egliſes reformees de France, & en icelle ie veux
viure

viure & mourir, moy eurant la grace de Dieu. S'il
veut appeller cette Religion Caluiniste, ie ne l'en
peux pas empescher. Quant au mot de banquerou-
tier, si par là il veut dire, que i'aye quitté ma pré-
miere religion pour suiure la reformee, il se mes-
compte: car ie n'ay iamais esté d'autre religion que
ie suis. Si aussi il prend ce mot, pour me mettre du
nombre de ceux qui payent leurs debtes en baillãt
du cul sur la pierre, il s'abuse lourdement: car il est
à naistre qui puisse dire que i'aye iamais fait perdre vn liard à ceux à qui i'ay esté debiteur. Ie côfes-
se biẽ, q̃ ceux qui me mirét en chemise l'an 1589. à
Lyon me despouillás de la meilleure partie de mõ
biẽ (qui n'estoit pas petit pour vn hôme de ma cõ-
ditiõ) m'ot biẽ baillé argumét de faire bãqueurou-
te, & peut-estre auec plus d'occasiõ que iamais per-
sône n'é ait eu. Mais, graces à Dieu, si bien, les biẽs
s'é sont allez, l'hôneur neãtmoins m'est demeuré,
que ie tiẽs plus cher que tous les biẽs du môde. Iufques icy ie pense auoir recueilli & repoussé toutes
les iniures que ce Caualier desgaine côtre moy. Par
celle que ie vous escriui la sepmaine passee, ie vous
disois quelle issue ie craignois luy deuoir aduenir
à cause de son Manifest. Ie suis encor en la mesme
opinion, & crain que tost ou tard il n'en soit rudement chastié, & par son maistre mesme. Cela est
bien certain que la pluspart des hommes, & principalement les grands, prẽnent plasir, & ont à gré
qu'on leur complaise, & qu'on leur applaudisse:
mais on le peut & doit-on faire sans offenser les
autres Princes par comparaisons mordantes, ou

par picquantes mocqueries. Il fut impossible au
Roy Louys onziesme de faire quitter en aucune
façon au dernier Duc de Bourgongne la grande
mitié qu'il portoit au Connestable S. Pol, iusques à
ce que ledit Roy s'aduisa de faire ouir au Seigneur
de Contay, seruiteur affectioné dudit Duc, (qu'il
auoit rangé en lieu où il ne pouuoit estre apperceu)
les mocqueries & contenances ridicules, dont les
gens du Connestable Louys de Greiulle, & Iean
Richer vsoyent au præiudice, & des-honneur dudit
Duc, le voulans contrefaire. L'experience nous fait
voir tous les iours, que les haines & rancunes que
l'on conçoit à cause de telles irrisions, prennent si
profondes racines és cœurs des grands, que l'on ne
les en peut iamais arracher. Et, à la verité, telles fa-
çons d'escrire, ne peuuent sortir d'vn cœur genereux.　Nous pouuons & deuons debatre nostre
droit, modestement, & sans offenser personne. Si
bien les grands aiment d'estre louez & exaltez, si
ne laissent ils pas de preuoir les perilleuses consequences qui peuuent reussir des escrits de ceux
qui, escriuans en la faueur de leurs maistres, prouo-
quent & attirent par leurs dangereuses plumes,
l'ire & l'indignation des estrangers. Encor me sem-
ble-il que non seulement on doit s'abstenir d'offenser autruy, mais encor deuroit-on estre plus retenu en louant les siens. Ces immoderees louanges ne presagissent rien de bon. Pour preuue de mó
dire, sans aller recercher les exemples anciens, i'é-
ploye seulement les poesies & acclamations Mi-
lannoises, que l'historiographe Florentin en la 6. se-
ctió de son 3. li. tient auoir esté cómeprognostics &

auatcoureurs de la ruine de Ludouic Sforce, Pour reuenir à noſtre Caualier, il eſt bien à craindre que ces ſarcaſmes & irriſions ne luy apportent quelque grand malheur, & que la comparaiſon de Dioxippe quelque iour ne le diſſippe. Or eſt-ce à ce coup que i'ay bien occaſion de vous prier, comme auſſi ie fay, qu'il vous plaiſe m'excuſer pour l'ennuy que ie vous donne à lire vne ſi longue lettre. à laquelle ie mettray fin, apres vous auoir bien humblement baiſé les mains, & prié Dieu, Monſieur, qu'il vous doint, & aux voſtres en ſanté lōgue & heureuſe vie, auec accroiſſement de vos honneurs & dignitez. De voſtre maiſon ce 15. Apuril 1605. ſelon l'ancien Kalendrier.

Voſtre plus humble & obeïſſant ſeruiteur
IEAN DE TOVRNES.

SI tu auois, (chetif Caualier) auſſi bonne teinture és lettres que Iean de Tournes, perſonnage bien verſé és Langues, & és Mathematiques, Hiſtoires, & en la Theologie, quoy que tu dies au cótraire p. 213. tu euſſes eſcrit auec plus de diſcretion & de prudence. Mais le iugement de tous ceux qui te conſiderent de pres, en reuient là, que tu n'as point de iugemẽt. *Flumen verborũ vbique video, mentis vix gũttam.*

Reprenons maintenant les articles qui ont eſté par toy deſniez, comme ſi de Tournes les auoit fauſſement alleguez, & qu'apres on me face Iuſtice de tes deſmentis audaciéux. Premierement

quant à la reuocation du Vicariat, ottroyé par
l'Empereur Charles IV. au Comte Verd, (dont
iu'te plains p.206,& 207.) ie la verifierai par trois
ou quatre patentes ou Sentences Imperiales bien
authentiques, & par vne bulle du Pape Gregoire
XI.

Ce Comte Verd succeda à son pere en l'an 1342
estant fort ieune, & eust pour tuteurs Loys de Sauoye, Seigneur de Vaux son grand oncle, vassal de
l'Eglise de Geueue, comme nous deduirons ci a-
pres,& Aimé Comte de Geneuois son parrain, &
depuis apres la mort de sondit oncle, il fust mis
soubs la conduite de Guillaume de la Baume,Che-
ualier.Il s'exerçoit dés son enfance aux armes,& fit
vn iour vn tournoy à Chambery,où tát luy que ses
gents estoyét habillez de verd, pourquoy fut tousiours depuis appelé le Côte Verd. Il est de grãd re-
nõ entre les Princes de Sauoye,& est celuy qui premier esleut des Cheualiers, qui auec luy portoyét
vn collier d'or fait à trois lacs d'amour, dedás lesquels estoit enlassez ces mots, FERT, FERT,
FERT,que l'on a gardé depuis.& que l'õ voit es ar
moiries de Sauoye en diuers lieux, chacune des let
tres signifiát son mot,& les quatre ces quatre mots
Fortitudo eius Rhodum tenuit, en memoire de la
prouesse de son predecesseur Aimé le Grand,duquel
nous auons parlé,qui auoit assisté aux Cheualiers
de la religion de S. Iean de Ierusalem à la prinse
de Rhode.Ce Prince qui n'auoit que trop de courage pour estendre sa domination,voyant qu'il n'a-
uoit aucun droit sur yne si belle ville que Geneue
si proche de ses Estats. (Car autrement s'il y eust
eu

eu quelque droit de son chef ou de l'estoc de ses
predecesseurs il ne fust allé recercher & emprunter vn titre estranger, & tout nouueau suiet à reuocation,& qui ne se pouuoit transferer),il s'aduisa de faire enuers l'Empereur Charles IIII. son
parent, ce que iadis le Comte Amé de Geneuois
& le Duc de Zeringuen auoyent essayé enuers
l'Empereur Frideric Barberousse. Il se fit doncques remettre en l'an 1366. le Vicariat de l'Empire sur tous ses pais & sur quelques lieux adiacents,
soubs prætexte dequoy par faute d'autre droit, il
pretendoit la iurisdiction & souueraineté de Geneue ville Imperiale luy appartenir. Mais comme
iadis l'Euesque Ardutius auoit fait promptement
reuoquer les prouisions subrepticement obtenues
par ledit Duc de Zeringuen & ledit Comte Amé
de Geneuois, aussi en ce temps Dieu suscita vn
courageux Euesque nommé Guillaume de Marcossay rempli de l'esprit d'Ardutius,lequel succeda
en l'an 1366. à l'Euesque Alaman de S.Ioire,& ap-
perceuant le desseing du Comte Verd, il eust soudain recours au mesme Empereur,se voyant assisté de la voix & du courage de tous les bons Citadins,duquel Empereur(inuestu pareillemét de l'e-
sprit de celui du temps d'Ardutius Frideric Barberousse,)il obtint aussi la reuocation generale du Vicariat telle que s'ensuit le 10.de Sept.1366. Et ainsi
4.mois tát seulemét apres l'ottroy fait audit Côte.

———

KAROLVS *quartus diuina fauente gratia*
Romanorum Imperator semper Augustus &

Boemiæ Rex. Notum facimus tenore præsentium vniuersis. Quòd licet illustrem Amedeum Comitem Sabaudiæ Principem & consanguineum nostrum carissimum, In nonnullis ciuitatibus locis & terris Comitatus Sabaudiæ & alijs locis vicinis adiacentibus ad nos & sacrum Imperium pertinentibus, tunc confidentes nostram operationem esse vtilem, & ad Reipublicæ vergere commodum & profectum; Pro nostra sacra Maiestate Imperiali Vicarium constituimus generalem, sicut hoc literæ nostræ datæ desuper lucidiùs protestantur. Tamen experientia rerum efficace magistra docente, constitutio eiusdem Vicarij vergit quotidie in nostrum & sacri Romani Imperij & libertatis Ecclesiasticæ magnum præiudicium & iacturam, sicut de hoc sumus documentis legitimis informati. Ne igitur huiusmodi beneficium Vicariatus nobis & Romano Imperio ac Ecclesijs, & ipsarum Ministris damnosum existat, moti ex certis causis, rationabiliter deposcente vtilitate publica, sano Principum, Comitum, Baronum, & procerum sacri Imperij fidelium nostrorum accedente consilio, ex certa nostra scientia, & de Cæsarea potestatis plenitudine, prædictum officium Vicariatus resumimus ad nos, ac Imperium, & à Comite prædicto penitus reuocamus, litteras nostras quas desuper dedimus cuiuscunque tenoris existant in omnibus suis sententijs, punctis & clausulis, etiam si in eis contineretur, quòd dictus Comes reuocari non possit, annullantes, destruentes, annihilantes, & autoritate præfata Cæsarea penitus reuocantes, ac mandantes seriosiùs vniuersis & singulis Principibus Ecclesiasticis, & secularibus Comitibus, Baronibus, Vicarijs, Nobilibus, Militibus,

Offi-

Officialibus, Iudicibus, Consiliarijs, & Ciuitatum
locorúmque Communitatibus, omnibúsque & singulis alijs nostris, & sacri Romani Imperij fidelibus,
quos dictus Vicariatus complectitur, Quatenus ratione Vicariatus huiusmodi ad prædictum Comitem,
vel suos quos ad hæc deputauit, hactenus vel deputa-
uerit, in futurum nullum respectum habeant, nec sibi
tanquam Vicario Imperij obediant, Quos etiam ab
eiusdem obedientia & fidelitate in totum eximimus,
liberamus & absoluimus per præsentes, & si aliquid
tempore præterito côtra intentionê nostram aduersus
præsentem nostram reuocationem, iura, priuilegia &
libertatem Ecclesiasticam à dicto Gomite, vel ipsius
vicem gerentibus occasione, seu prætextu dicti Vicariatus foret attentatum, administratum seu factum
hactenus aut fuerit in futurum, de Cæsarea potestatis plenitudine seu prætextu dicti Vicariatus prædi-
cti, hoc ipsum qualecumque modo gestum, administratum, seu factum fuerit, Cassamus, Irritamus, va-
cuamus, cassum, irritum & vacuum omnimodo pro-
nunciamus, nec debet vllis temporibus in futurum
habere roboris firmitatem. Vniuersos & singulos
Principes Ecclesiasticos, & seculares Comites, Baro-
nes, ciues & vniuersitates Ciuitatum & locorum, nec
non principatus dominia, possessiones & subditos eorû
cuinscumque gradus, seu ordinis existant ad iura præ-
stina, libertatem, franchesiam, & statum pristinum
reducentes. Non obstantibus literis nostris prædictis,
quas à nobis idem Comes Sabaudiæ obtinuerit. Quibus omnibus proinde ac si ipsarum tenores de v̄rbo
ad verbum hic exprimerentur de prædicta potestatis
plenitudine ex certa scientia totaliter derogamus

o j

præſentium ſub Imperialis noſtra Maieſtatis ſigillo,
teſtimonio literarum. Datum Frankenfeld. Anno
Domini M. CCC. LXVI. Iohb. Sept. regnorum
noſtrorum XXI. Imperij vero, duodecimo.

Et par autre ſeconde ſentence de reuocation en
date du 14. Septemb. audit an 1366. le meſme Empereur notifie ſadite volonté à aucuns Archeueſques & Officiers de l'Empire, & leur commande
d'en faire la publication par tout, à ce que ledit
Comte ou ſes Officiers n'en pretendent cauſe d'i-
gnorance.

KAROLVS *quartus diuinâ fauente clemen-*
tiâ Romanorum Imperator, ſemper Auguſtus
& Boemiæ Rex. Venerabilibus Arelatenſi
& Gratianopolitano Archiepiſcopis, & Valentinenſi
Epiſcopo. Spectabili Comiti Valentinen̅. & nobilibus
Rodulpho de Lupzer gubernatori Delphinatus, Do-
mino de Vinagio, & Audiberto de Caſtronouo & aliis
ſuis, & Imperij ſacri fidelibus, ad quos præſentes per-
uenerint gratiam ſuam & omne bonum, Fidelitati
veſtræ ſignificat noſtra Serenitas, qualiter Vicaria-
tum quem alias Comiti Sabaudiæ nos commiſiſſe di-
gnoſcimur, Reuocauimus per noſtras literas patentes
ſub noſtro maiori ſigillo, Quarum tenor ſequitur in
hæc verba: Karolus &c. * Ne igitur præfatus Comes

* Ce ſont
les prece-
dentes.

ex ignorantia noſtræ reuocationis ſe tenere valeat, Et
ne Capitanei, Officiales & Adminiſtratores ſui tem-
pore eius abſentia excuſari poſſint, fidelitati veſtræ
mandamus & iniungimus præſentibus ſerioſe. Qua-
tenus vos vnus vel plures qui noſtro nomine ad hoc

re

requisiti fueritis, dictà nostram reuocationem in om-
nibus & singulis ciuitalibus, oppidis & locis, vbi ex-
pediens fuerit, & vbi verisimiliter nostra intentio ad
aures dictorum Comitis, officialiumque suorum, & a-
liorum quorum interest, peruenire poterit, debeatis cü
omni diligentia publicare. & litteras nostras praedictas
coram omnibus legi publicè faciatis, praesentium sub
Imperialis nostra Maiestatis sigillo, testimonio litte-
rarum. Datum Frankenfeld, Anno 1366. Indictione
quarta 16. Kal. Octob. Regnorum nostrorum 21. Im-
pery vero duodecimo.

Mais comme iadis les Cointes de Geneuois ne
se rendoyét pas du premier coup pour dire Amen
en reuerence des proulsions Imperiales, & qu'il
faloit plusieurs recharges pour les faire obtempe-
rer. De mesme le Comte Verd persistant à se vouloit seruir du Vicariat contre l'Eglise de Geneue,
fust cominé par diuerses sentences iusques à la
troisiesme & quatriesme.

De la troisiesme (pour le faire court, qui est du 30.
de Decembre 1367. donée à Hertingfeld, de mesme substance que la precedente, voire plus particuliere & specifique, ie remarqueray les clauses principales, par lesquelles l'Empereur Charles 4. declare
qu'il n'a oncques entendu par celle remission de
Vicariat de preiudicier aux droits, libertez & franchises de la ville de Geneue, & comme passant auparauant à Geneue, l'Euesque lui auoit presenté
les patentes de ses praedecesseurs Empereurs, par
lesquelles la iurisdiction & Iustice Imperiale en la
Cité de Geneue estoit expressement reseruee.

Qui Episcopus, coram nobis in Ciuitate Gebẽñ præfata comparuit, & multas literas prædecessorum nostrorum Romanorum Imperatorum & Regum coram nostra Celsitudine produxit, in quibus inter alia generalia verba continebatur, videlicet, Saluis Iurisdictione & Iustitia Imperiali in Ciuitate Gebenñ. Sicut hæc verba, vel similia eiusdem intellectus, in literis ex parte dicti Episcopi productis sunt expressa.

Per hæc tamen Episcopo & Ecclesia Gebenñ. & aliis quibuslibet in suis iuribus non intendebamus, Nec adhuc nostræ intentionis existit in aliquo præiudicium facere nec grauare. Nam licet nostra Cæsarei Imperij iura negligere non velimus, aliis tamen & præsertim Sacrosanctis Ecclesiis quarum defensio, protectio & tuitio ad nos, vt ad Romanum Cæsarem pertinet, in suis iuribus, libertatibus, gratiis, priuilegiis & indultis in aliquo nolumus derogari.

Et finalement sur la rebellion & contumace dudit Comte Verd est rendue la quatriesme & definitiue sentence reuocatoire du Vicariat sur Geneue, du 15. Feuurier 1367. donnee à Prague, par laquelle luy est parlé bien clairement, & des grosses dents, Ie la recommande dõcques à la memoire de la ieunesse de Geneue pour la ioindre à celle de Frideric Barberousse.

In nomine Sanctæ & indiuiduæ Trinitatis fœliciter. Amen.

K*AROLYS quartus diuina fauente Clementia Romanorum Imperator semper Augustus, &*

Boe-

Boemiæ Rex , ad perpetuam rei memoriam.
Quamuis aliàs ad importunam instantiam & vehe-
mentes preces replicatas pluries, Spectabili Amedeo
Comiti, Sabaudiæ Principi, & consanguineo nostro
dilecto, Nonnulla jura . . . . . . in ciuitate Gebennarum concesserit nostra Serenitas. Et super hoc priuilegia ac literas duxerit erogandas. Quia
tamen, sicut probatione Clarissima in præsentia nostra
Maiestatis ostensum est, ex eadem nostra concessione,
Iuribus , priuilegiis, Iurisdictionibus, Franchesiis, &
libertatibus, venerabilis Gebenñ. Episcopi, Principis
& deuoti nostri dilecti, & eius Ecclesiæ multipliciter
derogatur; Nos habita matura deliberatione, & dili-
genti consilio super concessione prædicta, Principum,
Bâronum & Procerum sacri Imperij accedēte consiliô,
deliberauit rité nostra celsitudo Cæsarea, Sic interpre-
tari, declarare, & dicere. Et sic interpretamur, declaramus & dicimus, Quòd nostra intentionis semper
fuit & est hodie, Quòd ex cōcessione prædicta, quàm
Comiti fecisse dignoscimur, nullum debuit, debet, seu
debebit aliquo modo Gebenñ. Episcopo & eius Ecclesiæ, damnum seu præiudiciū generari. Et ob hoc autoritate Imperiali, & de potestatis Cæsareæ plenitudine,
de certa nostra sciētia ac motu proprio, cassam°, annul-
lamus, reuocamus, irritamus, nec nõ cassata, annullata, reuocata, ac irrita pronuntiamus, Quicquid actio-
nis, potestatis, iurisdictionis, præeminentiæ , & iuris
cuiuslibet alterius cessi, concessi, translati seu promissi
per Maiestatem nostram Cæsaream, dicto consanguineo nostro Sabaudiæ Comiti, eius heredibus , successoribus, vniuersis & singulis, & causam habituris ab i-

o iij

plis in ciuitate Gebennensi, eius suburbiis & territorio, & locis, & rebus vniuersis, & singulis iurisdictio-
nib. & iurib. alias quibuscunque ad Episcopu & Ecclesiam Gebennensem pertinentibus, sub quocumque
verborum tenore. Omnésque vniuersas & singulas literas & priuilegia, gratias & concessiones & alia quacumque quomodolibet per nostram Maiestatem Imperialem dicto Comiti concessas & concessa, concerné-
tes seu tangentes, concernentia seu tangentia directe
vel indirecte predicta, de plenitudine potestatis Cesa-
rea ex certa scientia, & motu proprio cassamus, an-
nullamus, reuocamus omnino, certis rationabilibus
causis animum nostrum ad hec rite & legitime mouentibus. Quas pro expressis, declaratis, & notorie si-
gnificatis proinde haberi volumus, ac si de his face-
remus in presentibus de verbo ad verbum distinctã
specificam, & clarissimam mentionem. . . . .

　　　　　Nulli ergo hominum liceat hanc
nostra cassationis, annullationis, reuocationis, irrita-
tionis, interpretationis, declarationis, & defectuum
suppletionis paginam infringere, seu ei quouis
ausu temerario contraire sub pœna mille marcharum auri purissimi, quas ab ea que contra fecerit
toties quotiens contra factum fuerit irremissibiliter exigi volumus, & quaru medietatem nostri
Imperialis Cesarei fisci, residuam verò partem iniuriam passorum vsibus applicari, & pœna soluta, vel
non soluta, nihilominus semper intentionis nostre ex-
stit, vt premissa omnia & quælibet eorum, prout ex-
pressantur superius in suo robore ac firmitate perpetuo tempore absque qualibet difficultate obiter per-
seuerent. Signum Serenissimi Principis & Domini
　　　　　　　　　　　　　　　　　　Domini

Domini Karoli quarti Romanorum Imperatoris Inuictissimi & gloriosissimi Boemiæ Regis. Testes huius rei sunt venerabiles, Iohannes Pragen. Archiepiscopus sedis Apostolicæ Legatus, Iohannes Glomucien. Episc. Regalis Capellæ Boemiæ Comes, & aulæ nostræ Cancellarius &c. Necnon alij quamplures nobiles nostri & Imperij sacri fideles præsentium sub Imperialis nostræ Maiestatis sigillo testimonio literarum.

Demanderas-tu maintenant, Caualier aduersaire, où c'est que l'on trouue que les Empereurs ayét despouillé les Princes de Sauoye de leurs premieres concessions? Tu vois ce que c'en est. Ie te fai cest honneur & priuauté, que de te conduire bien auant dans les secrets de nos archiues. Mais si tu n'es content d'auoir ouï prononcer cest Empereur dans son throsne de Maiesté pour les libertez de l'Eglise de Geneue contre ledit Comte Verd, & ses successeurs, contre les ottroys de Vicariat, que tes partisans font sonner si haut, qui demeurent maintenant cassez, annulez, biffez, deschirez. Ie te conduirai vers la sainteté du Pape Gregoire XI. en Auignon, lequel en l'an 1371 & le 23. de May, suiuát la submission qu'auoit fait le Comte Verd, de se tenir à son ordonnance, luy commande de lascher tout ce qu'il auoit occupé despendant de l'Eglise de Geneue, & de rapporter sans delay entre ses mains, ou de rendre à l'Euesque toutes les lettres Imperiales qui donnoyent prætexte à ses violences.

o iij

GREGORIVS *Episcopus, seruus seruorum Dei, ad futuram Rei memoriam: Nuper cùm dilectus filius Nobilis Vir Amedeus Comes Sabaudiæ, super discordiis, quæ inter venerabilem fratrem nostrum Guilelmum Episcopum & Ecclesiam Gebennensem, & ipsum Comitem tunc erant, ordinationi nostræ tanquam Romanorum Ecclesiæ deuotißimus filius obtulisset, se semper super prædictis facturum quicquid duceremus ordinandum. Nos per nostras alias literas eidem Comiti scripsimus, vt ipse omnia, & singula occupata per ipsum, seu eius gentes, quarumdam Imperialium conceßionum prætextu (quas se dicebat habere) Episcopo & Ecclesiæ Gebennarum plenè & liberè restituat, & etiam nobis mittat, vel ipsi Episcopo tradat, seu tradi faciat literas Imperiales continentes conceßiones prædictas sine dilatione morosâ, & insuper quòd ipse contra declarationes, recognitiones, seu conuentiones factas . . . . inter bonæ memoriæ Aymonem Gebennensem Episcopum, & quondam Amedeum Comitem Sabaudiæ Dicti Comitis prædeceßorem aliquid non faciat, vel attentet, nec fieri seu attentari permittat, sed eas inuiolabiliter obseruet, & faciat obseruari, & quòd eundem Episcopum & Ecclesiam in ipsorum rebus & iuribus quibuscumque non impediat, nec turbari, seu impediri permittat, &c. Nulli ergo omnino liceat hominum hanc paginam nostræ intentionis infringere, vel ei ausu temerario contraire. Si quis autem hæc attentare præsumpserit indigna-*
tionem

tionem omnipotentis Dei & Beatorum Petri & Pauli Apostolorum eius se nouerit incursurum. Datum Auenione X. Kal. Iunij, Pontificatus nostri, Anno primo Transmontan̄.

Bonnes nouuelles, Caualier & merueilleuse fust la force des foudres de l'excommunication & cómination Papale, qui penetra plus auant dans le cœur de ce Prince, que la redoutable voix de l'Empereur son Souerain n'auoit peu faire. Voici le Comte Verd qui voulant rendre obeissance au Sainct Pere, remet à l'Euesque par acte fait à Thonon le 25. de Iuin 1371. tout ce qu'il auoit occupé appartenant à iceluy Euesque & à son Eglise, en vigueur & par le moyen des concessions Imperiales, se deportât de ses pretensions & vsurpations sur Geneue : voire luy deliure lesdites lettres Imperiales, promettant pour soy & ses successeurs, audit Euesque & à ses successeurs soubs l'obligation de tous & chacun ses biens d'obseruer le tout inuiolablement à perpetuité, & de ne venir iamais, ni souffrir estre venu au contraire.

AMEDEVS Comes Sabaudia, vniuersis & singulis præsentibus & futuris paginam præsentem inspecturis, salutem & notitiam rei gestæ, &c. Et apres auoir parlé des choses qu'il auoit occupees, il dit: Quæ Reuerendus in Christo pater Dominus Guilelmus Dei gratia Gebennensis Episcopus sibi & suæ Ecclesiæ pertinere dicebat, &c. Super quorum restitutione & relaxatione summus in Christo pater Dominus Gregorius Papa vndecimus

Dominus noster chariffimus . . . . nobis fuas gratiofas literas deftinauit. Cui Domino noftro Papæ ob Dei, fui, & fanctæ fedis Apoftolicæ reuerentiam tanquam verus obedientiæ filius complacere, & obedire volentes . . . . iuxta prædicta per nos capta, & quæ tenemus vigore conceffionis Imperialis prædictæ, de qua dicti Domini noftri Imperatoris teftimoniales literas habemus, vna cum ipfis literis Imperialibus prædictis . . . . dicto Domino Epifcopo Gebennenfi, reddimus & reftituimus, & expedimus. Promittentes pro nobis & noftris fucceforibus bona fide dicto Epifcopo pro fe & fuis fucceforibus fub noftrorum obligatione bonorum quorumcumq; prædicta omnia, & fingula rata grata & firma habere perpetuo & tenere, nunquam contra facere vel venire, nec contra facere vel venire volenti confentire. Datum Thononij cum noftri figilli maioris appenfione, in teftimonium præmiforum, die 25. Menfis Iunij anno Domini M. c c c. L X X I. Per Dominum Præfentibus S. de Grandiffono Cancellario, &c.

Voila doncques des preuues bien authentiques de la reuocation & total aneantiffement du pretendu Vicariat fur Geneue par le moyen defquelles ie renuoye au Caualier le paquet de fes defmé- ſpus. Mais il y a plus. Car quand mefmes telles reuocations ne feroyent point, nous difons d'abondant que telles ceffions du Vicariat ne pourroyent fubfifter contre les patentes trop plus anciennes de ce grand & victorieux Empereur Frideric Barberouffe, donnees il y a plus de 512. ans à compter depuis la premiere, * lefquelles eftabliffent pleinement

En marge : La 2. de Frideric parle d'autres plus anciens priuileges des precedicts Empereurs.

ment

ment & irreuocablement la fouueraineté de ladite ville es mains de l'Euefque & Eglife, auec expreffe reftriction qu'il ne foit oncques loifible à aucun Empereur de l'alterer ou aliener: & ce auec
grande & ferieufe cognoiffance de caufe, & par fanction pragmatique, & à quoy par cófequét n'a peu
depuis eftre contreuenu par vn fimple refcript
de l'Empereui Charles 4. fait en abfence de ceux
de Geneue, & iceux non ouis en leurs droits, & fur
les obreptices & importunes*requeftes dudit Cóte Amé fon proche parent. Eftant certain que par
le formulaire du ferment accouftumé prefter
par les Empereurs lors de leur facre & couronne-
ment, ils promettent expreffément de n'abolir, ni
diminuer, ains pluftoft accroiftre & confermer les
priuileges des Princes de l'Empire, Eftats & Citez
Imperiales à forme de la bulle de l'Empire appelee
d'or de laquelle fuft autheur le mefme Charles IV.
auant l'ottroy dudit Vicariat, & par laquelle chap.
8. 11. & 13 *Libertates, iura, priuilegia, Iurifdictiones,
immunitates, honores Principum & Ciuitatum con-
firmari dicuntur.* Suiuant laquelle il auoit deu
lors retenir à foy, (comme de fait il fit depuis) &
à l'Empire immediatement à forme des priuileges
& fanction pragmatique dudit Frideric, & autres
fes predeceffeurs y mentionnez, les præeminences
& autoritez par eux referuees fur ladite ville, &
non pas mettre en hazard l'Eftat dicelle en la refi-
gnant entre mains d'vnVicaire ou Lieutenát, Prince puiffant, qui abufant de telle dignité, euft peu
s'approprier la fouueraineté au præiudice & defa-

*Il les ap-
pelle *Im-
portanas*
portunas
inflantias.

ueur de l'Empire, & libertez anciennes de la ville,
& se præualoit de la commodité, forteresse & situa-
tion d'icelle.

Outre ce que de droit, les ottroys faits par les
Princes & Empereurs sans ouir ceux qui y ont interest, & contre leurs droits, sont reputez nuls, mesmes par la propre volonté & ordonnance des Princes qui les accordent, *tot. tit. Cod. si contra ius vel
vtilitatem publicam fuerit aliquid impetratum.* Ce
qui a lieu principalement *in Concessionibus & be-
neficiis maioribus, qualia sunt Regalia, quia in iis
causa cognitione & pragmatica sanctione opus est,
inquit Bald. in l. 2. Cod. de petit. bonor. sub num. 5. &
ibid. num. 8. Nota (inquit) quod Rescriptum Imperatoris quo alicui concedit ius in ciuitatem & Eccle-
siā, nō valet.* Que s'il n'est permis à l'Empereur de
dōner les biés d'vn particulier sās iuste cause, *l. itē si
verberatum. §. 1 ff. ad l. Aquiliam, l. Lucius ff. de eui-
ction.* beaucoup moins peut-il oster à toute vne
ville son ancienne liberté qui luy est plus pretieuse que tous les biens du monde, *neque potest vti
ti plenitudine potestatis in præiudiciū subditorum, l.
1. §. cùm autem. vbi Bald. Cod. decad. toll. idē Bald.
in cap. 1. de natura feudi.* Voire ne pourroit le peuple d'vne Cité Imperiale estre contraint de se dōn-
ner & assuiettir à autre domination que de l'Em-
pire, *Alb. in l. 1. ff. de iud. Hostiensis in l. vlt. eod. tit. l. 1.
Cod. de iis qui spont. num. suf. lib. 10.* Et de fait les
Eueschez de Sion & de Lausanne ayans esté compris aussi bien que celuy de Geneue aux mesmes
patentes de Charles I I I I. lesdites villes ne voulurent non plus recognoistre ledit Amé, ni deroo-
ger

* Salic. in
l. 1. Cod. de
mona ve-
Elig. Paris
conf. 12.
vol. 2.

ger à leur condition, & fur les plaintes qui en furent faites par lefdites villes,& leurs Euefques, la
conceffion fuft femblablement reuoquée. Et de
noftre fiecle tant de belles villes Imperiales ne
gardent-elles pas fermement leurs anciens priuileges Imperiaux,comme tres-folides &inuiolables
fondemens de leur Eftat & liberté,fans crainte de
reftriction ou reuocation d'iceux,qui ne fe pourroit faite que contre tout droit Diuin & Imperial,apres la iouiffance de tãt de fiecles ?　Par les
mefmes raifons s'il eft aduenu à Vvenceflae Roy
des Romains,& à l'Empereur Maximiliã,defquels
eft parlé en la pag. 209. du Caualier, ou autres Empereurs modernes pour agreer aux Princes de la
maifon de Sauoye, & paraduanture ignorans les
reuocations de Charles IV. & les bulles de Frideric,de remettre en auãt tels ou femblables ottroys
de Vicariat à l'infceu de ceux de Geneue,&en haine de la religion,nous difons que leurs côceffions
nouuelles obtenues clandeftiment par furprinfe
& obréptiõs des Princes impetrãts côtre la forme
neceffaire & effétielle de legitimes pragmatiques
fanctions Imperiales,& contre les declarations &
prohibitions de tant d'Empereurs leurs predece-
ceffeurs fi fouuent données auec meure cognoiffance de caufe en faueur de ceux de Geneue, n'ont
peu & ne peuuent renuerfer les fondemens de la
liberté tref-ancienne de ladite ville, aneantir fes
authentiques priuileges, ni efteindre l'authorité
des Pragmatiques fanctions & Conftitutions ema-
nées defdits Empereurs & Princes d'Empire auec
telles folennitez que nous auons veu,& par decla-

rations fi formelles, voire confeſſions deſdits Empereurs, de n'y pouuoir preiudicier aucunement,
accompagnées de prohibitions treſ-expreſſes, que
ſoubs couleur de tel Vicariat, ou pour auūe pretexte ne ſeroit oncques atrribuée preeminence, ni autorité aux Comtes & Ducs de Sauoye, ni autres
Princes ſur ladite ville. Et meſmes quant à Vven-
ceſlae nous auons au contraire vne ſienne confirmation authentique de l'an 1400. & du 22. de Iuin,
donnée à Prague, où il y a clauſule expreſſe, Que
nul Vicariat d'Empire accordé, ou que luy, ou ſon
ſucceſſeur pourroyèt accorder à l'aduenir au Duc
de Sauoye, & à ſes ſucceſſeurs, ne puiſſe aucunemét
deſroger aux droits, iuriſdictions, & libertez de Geneue, quand meſmes le conſentemét de l'Eueſque
du lieu y entreuiendroit.

Ce que depuis auſſi par autres Empereurs &
anciens & modernes a eſté conferme & la liberté
de ladite ville de plus fort corroboree par lettres &
patentes que nous marquerons ci apres en leur
lieu: & pour le preſent, & en ceſt endroit les Patentes de l'Empereur Sigiſmond bien formelles, contre ledit Vicariat, du 20. de Decembre 1402. par leſ-
les il declare à Amé V I I I. Comte de Sauoye, Qu'il
a trouué fort eſtrange d'entendre qu'il veuille ſe
ſeruir dudit Vicariat contre les Eueſchez & Citez
de Lauſanne, de Geneue, & de Valey, & qu'il leur
demande par citations, & pourſuites rigoureuſes
des hommages qu'elles ne luy doiuent point, puis
qu'il ne doit ignorer que tel Vicariat a eſté reuoqué par Charles I V. ſon pere: & partant l'exhorte,
& luy dit, Vouloir qu'il ſe deporte de telles demā-
des,

des,& qu'il ne trouble ou ne souffre estre troublees
lesdites Citez en leurs droicts & libertez,& qu'elles
sont Imperiales,nullement tenues de recognoistre
autre que l'Empire.

SIGISMVNDVS *Dei gratia Romanorum Rex*
semper Augustus , ac Hungaria , Dalmatia,
Croatia , &c. Rex. Illustri Principi Amedeo Comiti
Sabaudia,&c.consanguineo nostro charissimo, gratiã
Regiam,& omne bonum: Illustris Princeps consangui.
nce charissime , Etsi ad reprimendum quorumlibet
nostro Culmini subiectorum grauamina & iniurias
ex tradita nobis diuinitus dispensationis officio, inter
alias occupationum curas quibus solicitamur conti-
nuo, animus noster vt plurimum fatigatur. Circa il-
lud tamen potissimum nostra versatur solicitudinis
intentio, qualiter sacrum Romanum Imperium ad
quod nos licet immeritos diuina sublimauit clemẽtia,
ab illatis sibi iniurijs relenando in suis statu, bonis.
iuribus non minuendo , sed augendo potius construe-
mus,& tanto maioribus circa hæc nostra benignitatis
motibus prouocamur , quanto idem Romanum Impe-
rium cæteris mundi potestatibus sublimius æstima.
mus.& quanto etiam eidem Imperio præ alijs cœlitus
est concessus Augustalis titulus , quo & nos præfati
Imperij amplificator dicimur Augustus. Sanè non
sine mentis admiratione ad nostrum pridem
peruenit auditum, quòd quia Serenissimus &
inuictissimus Princeps & Dominus , Dominus
Karolus quartus diuina fauente clementia Roma.
norũ Imperator semper Augustus, & Bohemiã Rex.

diua recordationis Dominus, & genitor chariſſimus,
Illuſtrem Amedeũ bona memoria Comitem Sabaudia, auum tuum ac ipſius haredes & ſucceſſores
Comites Sabaudia generales in Comitatu Sabaudia
ac partibus circumuicinis. & notanter in ciuitatibus
Lauſan-
nenſi, Gebennenſi, Auguſteñ. Seduñ. ac in tempora-
ralib. Eccleſiarum huiuſmodi Ciuitatum ſuos & Im-
pery ſacri generales conſtituerit Vicarios, & c. Epiſco-
pos prædictarum Eccleſiarum ad præſentiam tuam
perſonaliter euocari ciraſti, vt veniant coram te o-
bedientiam, ad quam Caſarea maieſtati tenebantur,
præſtituri, & c. Cum autem, Illuſtris Princeps, Cõſan-
guinee chariſſime, vicariatus prædictus per præfatum
Dominum Karolum & genitorem noſtrum chariſſi-
mum ex certis & legitimis cauſis animum ſuum ad
hoc mouentibus publicis ſua Maieſtatis literis dudũ
ſit reuocatus ſicut hoc in regiſtris Cancellaria ſua cer-
nitur clariſſime comprehenſum. Cúmque prædictorũ
Regalium infeudationes, velut ſingulares Romanorum Imperatorum & Regum pertinentia, dignitates,
in quibus accipiendis Imperatores & Reges huiuſmodi propter ineuitabilia viarum diſcrimina, certas
& legitimas cauſas aut imminentes, vrgentéſque ne-
ceſſitates inferioribus quãdoque ſuas vices committere ſint ſoliti, ad nos velut Regem Romanorum immediate pertineant, ac prænominati Epiſcopi Eccleſiarum ſuarum Regalia ſiue feuda à præfato Romã-
no Imperio, & ab eius retrò Romanis Imperatoribus & Regibus prædeceſſoribus noſtris hactenus
recepiſſe & tenuiſſe noſcantur, & c. Ne nos qui
ſemper Auguſtus & amplificator Imperij dicimur,

dicimur, & qui alios in ipsorum iuribus fouere debemus, nostra & dicti Imperij iura negligendo titulum Augustalem nobis sicut præmittitur, Diuinitus concessum calumniari quomodolibet reputemur, & cùm deníque nobis ad defendendum, & manutenendum nostra & Imperij sacri iura consiliis & auxiliis assistere meritò tenearis, fidelitatem tuam seriose requirimus, & hortamur volentes, Quatenus euocatione tua præfata penitus annullata, cassatáque prædictos Episcopos ad recipiendum de manibus tuis antedicta Regalia siue feuda nullatenus compellas seu compelli facias, aut ipsos aliter in eorum iuribus & libertatibus perturbes, aut perturbari permittas vllomodo. Quin potius ipsos præfata Regalia siue feuda pro cóseruatione nostrarum, & Imperij sacri dignitatum ac iurium earundé Ecclesiarum, de nostris manibus sicut iustum est recipere patiaris ad honorem & specialem reuerentiam nostra Regia Maiestatis, & sicut confidentiam de te gerimus pleniorem, &c. Datum in patriâ Fori Iulij, in Campo ante castrum Sauonianis. Anno Domini M.CCCC.XII. 20. die Decemb. regnorum nostrorum Hungariæ, &c. anno 26. Romano verò 30.

Mais pour adiouster preuues sur preuues; lumiere sur lumiere, & faire voir aux peuples & nations de quelle calomnie on a voulu noircir la blanche liberté de la Republique de Geneue, nous passerós à l'autre article desnié par le Caualier p. 207. Scauoir qu'en signe & recognoissance tres-manifeste, que tous lesdits ottroys de Vicariat & pretensions vaines & imaginaires de la maison de Sauoye sur Geneue estoyent demeurees aneáties par le moyé defdites renocations & prouifions authentiques Impériales.

Le premier Duc de Sauoye, Amé VIII. petit fils du Comte Verd, fuccefleur du Duc Amé VII. fon pere, en l'an 1397. & creé Duc à Monluet par l'Empereur Sigifmond en l'an 1417. & depuis fait Pape, ou à-mieux dire Antipape d'Eugene, & fur-nommé Fœlix V. au Concile de Bafle en l'an 1439. preftoit fidelité & hommage à l'Euefque & Eglife de Geneue pour plufieurs terres qu'il tenoit en fief de la dite ville & Eglife (tant s'en faut qu'il fuft Seigneur ni fouuerain d'icelle) & principalemét pour le Comté de Geneuois. Car de fon temps defaillit la race des Comtes de Geneuois en ligne mafculine, & paffa leur maifon en celle de Sauoye, tant par heritage & fucceffion, que par contracts.

Nous auons bié-veu defia ci-deffus l'acte de l'an 1404. entre l'Euefque de Geneue, & Dame Blanche pretendue Comteffe de Geneuois, où il eft dit que ledit Amé VIII. Comte de Sauoye offroit à l'Euefque hommage du Geneuois.

Mais en voici vn autre bien formel & magnifique fait il y a 200. ans, fcauoir l'an 1405. par lequel ledit Amé 8. Comte de Sauoye & du Geneuois, e-ftant à Geneue dans l'Eglife de S. Pierre deuant le grand autel, fuiuant les anciennes couftumes des Comtes de Geneuois fe recognoit homme liege & vaffal de l'Euefque & Eglife de Geneue, & leur prefte hommage du Chafteau & Mandement de Ternier, & de toutes les terres qu'il poffedoit defpendantes du Comté de Geneuois.

In

In nomine Domini Amen.

NOVERINT *vniuersi, præsens publicum in-strumentum inspecturi. Quòd anno Domini* millesimo quatercentesimo quinto, *Indictione tertia,* decima die mensis Octobris in nostra notariorum pu-blicorum *&* testium subscriptorum præsentia consti-tutis personaliter propter infra scripta Reuerendo in Christo patre Domino Guillelmo de Lornay Dei gratia Episcopo Gebennensi. Ac etiam venerabili Capitulo sua Ecclesia Gebennensis, in quo erant præ-sentes venerabiles Domini Iacobus Demonthoux Præpositus, Ioannes de Aranthone cantor, Ioannes de Lanonay Sacrista, Petrus de Sancto Iorio, Hum-bertus Fabri, Petrus de Moyrone Canonici Ecclesia prædicta Gebennensis. Capitulantes, *&* capitulum suum tenentes, propter hoc more solito congrega-ti in dicta Ecclesia, scilicet in choro prope maius Altare ex vna parte, *&* Illustri Principe Domino nostro Domino Amedeo Sabaudia *&* Gebennensis Comite, Duce Chablasy *&* Augusta in Italia Mar-chione ex altera parte, necnon spectabili milite Do-mino Girardo Domino Terniaci ex alia parte, dictus Dominus Episcopus exposuit *&* asseruit, Quòd Illu-stres Domini quondam Comites Gebennenses teneban-tur ad præstandum *&* faciendum certum homagium *&* fidelitatem eidem Domino Episcopo nomine suo *&* suæ Gebennensis Ecclesia pro nonnullis villis, castris, Castellaniis, *&* mandamentis, feudis, rebus *&* bonis, quas *&* qua ipsi tenebant ab eo *&* dicta sua Ecclesia

Quódque ipſa villa, caſtra, Caſtellania, mandamen-
ta, atque res & bona peruenérunt, & nunc per-
tinent ad dictum Dominum Comitem ratione dicti
Comitatus Gebenneſij per ipſum acquiſiti. De qui-
bus tamen rebus & bonis aſſeruit eſſe inter catera
caſtrum & mandamentum Terniaci vnà cum eius
iuribus, pertinentiis & appendentiis, quod & que
nunc tenet et poſſidet dictus Dominus Girardus.
Et ſuiuant ce que nous auons veu ci deſſus que ledit Chaſteau & mandement de Ternier auoit eſté
adiugé par eſcheute & commiſe auec toutes ſes
appartenances & dependances, à l'Eueſque & E-
gliſe de Geneue, ledit Eueſque & Chapitre en faueur & contemplation dudit Amé, quitte audit
Girard ladite eſcheute, & apres l'auoir inueſtu dudit Mandemét, permet qu'il le tiéne & recognoiſſe
deſormais en fief dudit Amé, à condition que
ledit Amé preſte hommage dudit fief audit Eueſque & Egliſe de Geneue: *dictas commiſſionem, eſ-*
cheutam et apperturam eidem Domino Girardo re-
miſit, ac ipſum inde infeudauit et inueſtiuit. Ita tamé
quod preſtito dicto homagio per dictum Dominum
Girardum de premiſſis, caſtro, Mandamento Ter-
niaci, iuribúſque et pertinentiis eiuſdem Illuſtri Do-
mino Comiti Sabaudia & Gebenneſij, de illuſtris Do-
minus Comes táquá Comes Gebeneſij debeat et te-
neatur facere et praſtare homagium et fidelitatem
dicto Domino Epiſcopo nomine ſuo, et ſuorum ſucceſ-
ſorum, et dicte Eccleſia tam pro dicto Caſtro Terniaci,
ſuiſque mandamento, iuribus et pertinentiis, homagio
inde facto per dictum Girardum, quàm pro aliis ca-
ſtris, mandamentis, villis, feudis, rebus et bonis, que
                                              et quæ

et quas hactenus dicti Domini Comites Gebennesi tenebant ab Ecclesia Gebennensi de Comitatu Gebenesy, sur quoy ledit Girard confesse tenir ledit chasteau & mandemēt de Ternier dudit Amé auec les ceremonies requises icy pour brieueté omises.

Praeterea praefatus Illustris Dominus Amedeus Sabaudiae et Gebennesij Comes, volens bonam fidem recognoscere erga dictum Dominum Episcopum, et suam dictam Ecclesiam, matura deliberatione praehabita, gratis, scienter et sponte pro se, haeredibus, et successoribus suis quibuscumque petijt se retineri et inuestiri à dicto Domino Episcopo de feudis rebus et bonis, quae et quas praefati Domini Comites Gebennesy tenebant in feudum et de feudo dicti Domini Episcopi, & sua dicta Ecclesia paratum se offerens facere & praestare velle dicto Domino Episcopo fidelitatem & homagiū, ad quā & quod, ac eisdem modo & forma, quibus dicti Domini Comites Gebēnesy reperirentur teneri & fecisse pro praemissis. Dictus autem Dominus Episcopus de consensu dicti sui venerabilis Capituli pro se & suis in dicta Ecclesia successoribus quibuscumque praefatum Illustrem Dominum Comitem, tanquam Comitem Gebennesij, & ratione dicti Comitatus stipulantem solenniter, & recipientem pro se suisque haeredibus & successoribus vniuersis in dicto Comitatu Gebennesy de praedicto Castro, Mandamento Terniaci, iuribusque & pertinentiis eorumdem, & de dicto homagio praestito per dictum Dominum Girardum dicto Domino Comiti, & de ommibus alijs Castris, villis, mandamentis, feudis, rebus & bonis cum iuribus & pertinentiis eorundem, quae & quas dicti Domini Comites Gebennesy, quondam reperirentur tenuisse in feudum à dicto Domino Episcopo, seu eius dicta Ecclesia, inuestiuit, & retinuit per traditionem vnius magni cultelli, quem idem Dominus Episcopus in manu sua tenebat, saluo sibi & dicta Ecclesia iure homagij, feudi, directique Domini, alteriúsque cuiuslibet in eis, volens semper idē Dominus Episcopus dictam remissionem escheutæ, & commissionis factam dicto Domino Terniaci in suis viribus permanere. Quibus quidem sic factis Dominus Comes tanquam Comes Gebennesij, gratis, scienter & sponte, maturáque deliberatione præhabita consilij, vt dicebat, homagium & fidelitatem fecit, ad quod & quam, ac sub eisdem modo & forma duntaxat, quibus, prout suprà fuit dictum, dicti Domini Comites Gebennesij fecerunt, & tenebantur eidem Domino Episcopo & eius Ecclesia, positis manibus dicti Domini Comitis inter manus dicti Domini Episcopi oris osculo interueniente; Promittens ipse Dominus Comes tanquam Comes Gebennesij pro se & suis, quibus supra bona fide sua, & per iuramentum suum corporaliter præstitum supra sancta Dei Euangelia, ac sub obligatione bonorum suorum, prædicto Domino Episcopo, & supra stipulanti & recipienti, ac nobis notariis infra scriptis publicis more publica persona solenniter stipulantibus & recipientibus vice, nomine & ad opus omnium & singulorum, quorum poterit interesse, esse fidelis, faceréque & præstare dicto Episcopo, & suæ Ecclesiæ, prout in capitulis formarum nouæ & veteris fidelitatis continetur: & præterea recognoscit se tenere in feudum & sub homagio prædicto præfatum Castrum & mandamentum Terniaci cum iuribus et pertinentiis eorumdem,

dem & dictum homagium sibi præstitum per dictum
Dominum Girardum à dicto Domino Episcopo, & e-
ius Ecclesia. Alia autem castra, villas, mandamenta,
feuda, res & bona eidem Domino Episcopo, & suæ Ecclesiæ recognoscere, specificare, & declarare totiens
quotiens requisitus & informatus fueris, nunquam
in contrarium facere, dicere, vel venire, nec alicui co-
tra facere, dicere vel venire volenti in aliquo consen-
tire de iure, vel de facto. Renuntians idem Dominus
Comes ex sua certa scientia per dictum suum iurame-
tum in hoc facto omni exceptioni doli mali, vis, me-
tus, & omnibus aliis iuribus & exceptionibus quibus mediantibus contra præmissa, vel præmissorum a-
liqua venire posset, &c.

Acta fuerunt præmissa in dicta Ecclesia Gebennarum, scilicet in choro iuxta maius altare, præsentibus
pro testibus ad ea vocatis & rogatis, videlicet Reue-
rendis in Christo patribus Dominis Sauino Mau-
rian. Episc. Domino Guillelmo de Chalen. Abbate
Clusino Cancellario Sabaudiæ. Spectabilibus & e-
gregiis militibus Iohanne de Balma, Bonifacio de
Chalant marescallo Sabaudiæ, Petro de Blonex Domino Sancti Pauli, Girardo Darlod, Guichardo
Marchandi legum Doctore, Iohanne Bertrandi
Legum doctore, & pluribus aliis adstantibus
ad præmissa. Et ego Girardus de Rebonelli Drybessio,
Clericus Publicus, Apostolica & Imperiali autoritate notarius, vnà cum prænominatis Dominis testibus,
ac Humberto de Riuo notario præsens fui, ea que sic
fieri vidi & audiui, ac cum eodem Humberio in no-
tam recepi, præsensque instrumentum manu mea propria subscripsi, signóque meo solito signaui.

Diras-tu maintenát, Caualier indiscret, que Iean de
Tournes est vn menteur & vn imposteur pour a-
uoir imprimé ceste Verité, scauoir que Amé VIII.
auoit presté hommage à l'Euesque & Eglise de Geneue? Cest acte tant exprès & solennel te fermera
il point la bouche? Va te cacher à iamais (outrecuidé) dans les recoins & hideuses tenebres de tó
ignorance, & qu'vne infamie & confusion eternelle demeure grauee sur les passes traits de ta face.
Tu as bié auácé les affaires de la maisó que tu sers,
quád par tes iactáces & negatiues, tu as fait descou
urir vne mine d'or pour ceux de Geneue, r'entéds
les riches droits de tels hómages deus à Geneue, q̃
tu as fait publier, lesquels tu voulois au contraire
faire demander à Geneue, en pratiquant le prouerbe, Que ceux qui nous doiuét, nous demandét.
Tes defenses & excuses sont par trop foibles, &
les fondemens de tó opiniastreté plus fragiles que
le verre; quand tu employes p. 208. & 209. les pre-
tendues bulles d'Innocent 7. de Gregoire XII. én
l'an 1 4 0 6. d'Innocent 7. & de Leon 10. 1 5 1 5. par
lesquelles tu dis que les droits du Vicariat ont esté
confermez tant à Amé VIII. qu'à ses succes-
feurs. Car lesdits Papes n'estoyent point iuges có-
petants de tel affaire. A eux n'appartient de dóner
ni oster les Seigneuries du monde, & n'ont peu des-
roger à tant de bulles Imperiales, meuremét & so-
lénellemét cócedees auec entiere cognoissáce de
cause. Et quát à celle de Gregoire XII. de l'an 1406.
la religion des serméts, l'honneur, & la bonne foy
d'vn si grand Prince qui venoit de s'engager bien a-
uant au denoir de Vassal enuers l'Euesque de Geneue,

neue, par l'acte authentique sus enoncé du mois d'Octobre 1405.ne me permettent de croire que trois ou quatre mois apres il euſt voulu ſubrep. ticement par la recerche de telle bulle contreue- nir à ſon ſerment preſté ſi ſolennellement pour ſe polluer du crime de felónie, & par vne ſignalee in- gratitude, côſpirer côtre celuy auquel il eſtoit vaſ- ſal:& qui tout fraiſchement venoit de luy quitter l'eſcheute & commiſe du chaſteau,& mandement de Ternier.Arriere d'vn ſi grand Prince, vne ſi grá. de indignité.Ie ne le puis croire pour l'honneur de ſa memoire.

Et au regard de celle de Leon X. de l'an 1515.elle fut impetree par l'artifice du Duc Charles,qui te- noit ſaiſis les benefices de Suze & Pinerol appar- tenants à Pierre de la Baulme lors Eueſque de Ge. neue,pour tellement l'intimider qu'il ne s'oppo- ſaſt viuemét en la Cour de Rome à ſes pourſuites & procedures. Et l'on ſcait bien que iuſques à la determination d'vn Concile libre & vniuerſel, au- quel propremét appartiédra la cognoiſſáce de l'au thorité du ſiege de Rome,&de la validité ou inua- lidité des bulles qui en procedét,& des points im- portáts de la religió,pluſieurs grádes Citez &Pro- uinces Imperiales en Suiſſe,Allemagne,&Paysbas, voire pluſieurs Royaumes entiers feront touſiours eſtat (comme depuis 70.ans ou enuiró) de ne reco gnoiſtreni au ſpirituel,ni au temporel,les Pótiſes Romains,ni les Eueſques & Prelats deſpédáts deſ- dits Pótiſes:& cóme par les iournees Imperiales y a eſté prudemment aduiſé,& notamment par cel- le de Nuremberg du 3.de Iuin 1532.qui porte,Que iuſques à vn Concile,ou autre ordonnance des E.

ſtats de l'Empire, il ne ſera loiſible à aucun de trou
bler autruy, pour le fait du changement de la reli
gió: & meſmes que toutes telles cauſes intétées ſe
royent obmiſes, & ne s'en intenteroyent aucunes
autres, ains demeureroyent toutes choſes en li
berté iuſques audit Concile.

Cependant pour te ſaouler de bulles, & de rai
ſons, & quoy que l'autorité de tant d'Empereuts
& autres actes ſus & ci apres declarez, ſoyent plus
que ſuffiſants à maintenir la liberté de Geneue, &
que nous n'ayons que faire de tirer nos droiets du
ſiege de Rome, le t'oppoſe outre les bulles ci deſ
ſus marquees du Pape Adrian p.169. & de Gregoire
XI. pag. 214. celle du Pape Vrbain de l'an 7. de ſon
Pontificat, par laquelle il reproche à Amé Comte
de Sauoye qu'il ne peut ignorer la reuocation, *quã
do, inquit, tibi plenè conſtat de reuocaiione Imperia
lis conceſſionis, Iuriſdictionis, &c.* & le reprend ai
grement pour ſes entreprinſes au contraire.

Item celle de Sixte en l'an 1483. par laquelle il
confierme les Conſtitutions ci deuant mentiop
nées de l'Empereur Frideric Barberouſſe. Et où
meſmes eſt inſeree de mot à mot l'vne des bulles
de Frideric pour fódemét des libertez de ladite vil
le. Item celle du meſme Amé V. I L eſtant Pape
ſurnommé Fœlix V. de l'an 1448. qui alors auec le
Papat eſtoit adminiſtrateur de l'Eueſché de Ge
neue & de Loſanne, par laquelle il declare comme
ſes chers fils les Syndiques, Citoyens, Bourgeois,
& Communauté de la Cité de Geneue ayans eſté
par luy exhortez & requis par lettres pour la cõ
ſeruation de ladite Cité de Loſanne, en laquelle il
fai-

faisoit sa residence contre les dangers de guerre,
lors occurrens, de luy enuoyer vn certain nombre
de soldats, lui ont *de Speciali gratia, & non ex debito vllo & seruitute.* (ce sont les propres mots) enuoyé
le secours d'vne compagnie de gens de guerre,
qui lui a esté meritoirement agreable. Et d'autant
qu'au preiudice des libertés de la dite Cité cela
eust peu estre rapporté à quelque seruitude extraordinaire, voulant iceluy obuier au dommage d'i-
ceux Syndiques, Citoyens, & Communauté, en les
remerciant paternellement de leur gratuite & sincere affection, il atteste d'authorité Apostolique &
en verité auec certaine science, Que tel secours
& subuention n'est pas de quelque seruitude, mais
de pure filiale & amiable liberalité, voire sans aucune coustume, & qu'iceux Syndiques, Citoyens,
Bourgeois & Communautez, & leurs successeurs
ne sont aucunement tenus à telles choses sinô entant qu'il sera de leur bon plaisir, & qu'ils demeurent en leurs anciennes libertez, toutes choses nô-
obstant. Tesmoignage euident qu'il recognoissoit ladite Cité ville franche, & que ni pour soy, ni
pour son fils le Duc Louys il n'y pretendoit aucune chose. Car de termes si courtois & gracieux les
Princes n'vseroyent iamais enuers leurs suiets &
vassaux.

L'autre raison que tu employes p. 210. pour reuoquer en doubte la fidelité prestee par ledit Aimé
VIII à Geneue, demonstre que tu auois bien faute de raison quand tu as recouru à telle ci. Car cô-
bien qu'il seroit accordé que ledit Aimé en l'an
1434. estant à Ripaille eust creé Philippe son fils

Comte de Geneue(ou pluftoft de Geneuois)en preſence de l'Eueſque de Geneue, s'enſuit-il pourtant de là que 29. ans auparauant, ſcauoir l'an 1405 il n'euſt pas preſté hommage? Ie n'en voy point la conſequence. Il pouuoit faire hors de Geneue à Ripaille,ou ailleurs en ſes terres tout ce que bon luy ſembloit,& vſurper luy vaſſal les droits de ſon Seigneur direct, auquel ſeul appartenoit d'infeoder & conferer le Comté de Geneuois: mais neátmoins la verité des hommages paſſez ne s'effaçoit point,ni l'obligation de les continuer à l'aduenir. Soit que ledit Eueſque, qu'on preſuppoſe y auoit eſté preſent,ne fuſt pas reſpecté en ſon oppoſitió, ſoit que *per vim maiorem*, & pour le reſpect d'vn puiſſant Prince,dans les terres ,& au pouuoir duquel il ſe retrouuoit,il n'oſaſt dire mot,ſoit que tacitement par ſon ſilence ou meſmes expreſſement il y conſentit:Car il n'eſtoit loiſible aux Eueſques de Geneue,comme nous auons monſtré ci deuant, p.61.de conſentir côtre leur ſerment & deuoir de bós paſteurs &adminiſtrateurs ſás le vouloir &adueu du Chapitre &de la plus grande partie du peuple à la moindre alteration des droits de l'Egliſe. Tout ce qu'ils faiſoyent au contraire eſtoit nul & abuſif. Le Prince Amé doncques auoit beau faire ſon fils Comte de Geneue(ſoit du Geneuois)& auſſi leDuc Loys ſon fils Ianus p.211.& luy dôner des titres à plaiſir.Pour cela ne s'y trouuoit pas la realité,& n'eſtoit en rien derogé aux hommages paſſez ou à venir, ni rien auancé ſur la Souueraineté de la ville: laquelle quoy que c'en ſoit,ni luy,ni ſes predeceſſeurs ne peurent iamais occuper ni poſſeder,

der, cóme ie trouue derechef que le Chroniqueur
de Sauoye Paradin, liure 3. chap.8. l'a confeſſé en
ces mots bien remarquables : Le Duc Amé VIII. "
qui auoit fait ſes efforts de conferuer ſa ſuperiori- "
té & ſouueraineté à l'endroit de l'Euefque & Cité "
de Geneue, ne pouuoit iouir dudit Euefque, ni ſes "
predeceſſeurs auſſi, qui pour ceſte cauſe auoyént "
debatu & guerroyé depuis l'an 1124. iuſques à ſon "
temps pretendás les Euefques la Comté de Geneue "
eſtre du fief de l'Euefché.

Or eſtoyent deus les hommages à l'Euefque
& Eglife de Geneue, non feulement par les Comtes & Ducs de Sauoye pour le Chaſteau & Mandement de Ternier, & ſes dependances, & pour
tout le Comté de Geneuois : mais auſſi par les
autres Princes voyſins tant de la meſme maiſon
de Sauoye, que d'autres maiſons pour aucunes terres, pays & commoditez qu'ils tenoyent en fief de
l'Euefque.

Comme en l'an MCCLXI. le 22. Auril, Simon de
Ioinuiſle Seigneur de Gez, & Lyonnette ſa femme
font hómage à l'Euefque pour le marché de Gez,
qu'ils recógnoiſſ.nt tenir de ſon fief, *Recognoſcimus*
& confitemur nos tenere, à præfato venerabili patre
Domino Henrico Dei gratia Gebennarum Epiſcopo
& ſucceſſoribus eius, in feudum forum Caſtri de Gez,
& tenemur nos & ſucceſſores noſtri præfato Epiſcopo,
& ſucceſſoribus eius ſine aliqua alia petitione facere
homagium pro foro ſupradicto, & pro feudo de Anu-
ſon, de quo feudo noſtrum feudum augmentauit. Teſ-
tes ad hoc vocati, Stephanus de Roſſillone, & Rodol-
phus de Liuron milites, & plures alij. Anno Domini

M. C C. L X I. 10. *Kal. May.* Lequel hommage se trouue renouuelé par autre du Lundy auant
la feste de S. Michel en l'an 1314. par Guillaume
de Ioinuille Seigneur de Gez.

De mesmes par les Seigneurs du pays de Vaux,
pour le pays de Vaux, estant du Diocese de Geneue, sont prestez hommages & promesses, & particulierement pour la faculté à eux otroyee par l'E-
uesque de battre monnoye dans le Diocese, hors la
ville & les terres d'Eglise, soubs la condition d'hômage, d'auoir le quart du profit, & que les maistres
de la monnoye presteront le serment entre mains
de l'Euesque de battre loyale monnoye, comme
resulte d'vn acte d'accord, faict entre l'Euesque
Aymo d'vne part, & Loys de Sauoye Seigneur de
Vaux, d'autre, en l'an M. CCC. V I I I. sur le different
aduenu entr'eux pour raison de la monnoye que
ledit Loys s'estoit dispensé de faire battre dans
Nyon, du fief & Diocese de Geneue.

Lequel accord porte, *Quòd Dominus Episcopus*
suo & Ecclesia sua nomine consensum & autoritatem
præstet eidem Domino Ludouico ac hæredibus suis in
terra quam nunc obtinet, & in posterum obtinebit ipse,
vel dicti heredes sui in dioecesi Gebenn. excepta terra
Ecclesia, fabricari seu cudi facere bonam & legalem
monetà in alio caractere quàm sit caracter Gebennesis
moneta. Secundò quòd idem Dominus Ludouicus suo
& heredum suorum nomine publicè recognoscere de-
beant se dictam monetam, seu ius ipsam cudi facien-
dam in feodum perpetuò tenere à Domino Episcopo, &
Ecclesia Gebennensi prædictis & successoribus suis
homagium facere, & quòd idem Dominus Ludouicus
& he-

& heredes sui Dominum Episcopum & Ecclesiam
posse suo tueri, & defendere teneantur, tanquam boni
vassalli contra omnes. Tertiò quòd dictus Dominus
Episcopus & eius successores habeant & percipiant
quartam partem integre & sine fraude totius emolu-
menti dict. monetæ, & dictus Dominus Ludouicus
promisit sanctis Euangeliis corporaliter tactis, prædictam concordiam perpetuò, firmiter attendere, &
observare, & contra eam in aliquo non venire, suiq;
& heredum suorum nomine confessus fuit, & publicè
recognouit se tenere in fœdem dictam monetam, seu
ius cudendi ipsam monetam in dicta terra seu quam
habet et habiturus est in dicta diœcesi Gebennensi, à
Domino Episcopo et Ecclesia Gebennensi, et sibi homagium fecit, &c. Et nos Episcopus et Ludouicus
confitemur et recognoscimus vniuersa et singula in su-
prascripto instrumento contenta, vera esse. Signatum
Franciscus de Salterio, & Aymo Gondrandi, Notariis auctoritate notarij publici, Anno à natiuitate
Domini M. trecentesimo octauo, indictione sexta secundo Nonas Aprilis, apud Vernayer diœcesis Colum-
nensis.

Semblablement vn Girard de Ternier oure
l'hommage qu'il deuoit pour le Chasteau & mandement de Ternier, prestre particulierement hommage & fidelité le 17. Iuillet 1318. à l'Euesque de
Genene, se recognoissant tenir de son fief le Chasteau de la Bastie Meliet. Lequel hommage pre-
dit de l'an 1308. fust depuis continué de temps
en temps, & bien expressément renouuelé par vn
acte fort notable du 15 Aoust 1345. où Loys de S.
uoye Seigneur de Vaux, qui estoit tuteur du Comte

Verd, se recognoist homme de l'Euesque & de ses
successeurs, & en faict l'hommage de bouche & de
main à l'Euesque Alamandus.

In nomine Domini. Amen.

ANNO *eiusdem* M.CCC.XLIII. *Indictione* XI. *die* 15. *mensis Augusti, coram me
notario, & testibus infra scriptis, personaliter
constitutus vir Illustris Dominus Ludouicus de Sabaudia Dominus de Vaudo ex vna parte, & reuerendus pater Dominus Alamandus Episcopus Gebennensis ex altera. Ipse Dominus Ludouicus confite-
tur & præsens recognoscit se esse, velle esse, & debere esse hominem dicti Domini Episcopi, & successorũ
suorum. Ipsúmque homagium fecit ipse Dominus
Ludouicus manu & ore præfato Domino Episcopo
recipienti nomine suo & suorum successorum, promittens ipse Dominus Ludouicus fide bona facere &
præstare ipsi Domino Episcopo recipienti vt supra, ea
quæ bonus Vassallus Domino suo facere debet, &
præstare, secundùm quod in nouo & antiquo capite
de forma fidelitatis continetur, recognoscens se tenere
à præfato Domino Episcopo ea qua aliàs recognouit in
manu prædecessorũ ipsius Domini Episcopi, & quæ in
instrumentis inde factis continentur. Actum Gebennis in domo habitationis dicti Domini Episcopi, præsentibus Magnifico viro Domino Amedeo Comite
Gebennesy, Dominis Michaele de Ferney, Petro de
Compois militibus. Humberto de Valier IurisPerito
testibus ad prædicta. signé Ansermodus Ambrosij de*
Clusis

Clusis authoritate Imperiali publicus notarius.

Reuenons au Duc Amé VIII. Cé Prince ayant accompagné à Geneue le Pape Martin en l'an M. CCCCXVIII. où ils seiournerent quelques mois, fust en son ame chatouillé d'vn desir & concupiscence de la domination de Geneue, pour le plaisir & contentement qu'il conceut en ceste demeure. Il ne se souuenoit plus des hômages auparauât prestez par luy: quelques annees estoyét depuis escoulees. Il vouloit plustost s'é deliurer, & en reietter l'obligatiô sur l'Eglise. Bref, & en vn mot, il appetoit au regard de Geneue, de cháger seulemét de côditiô auec l'Euesque, & de S^r direct, le rédre Vassal, & au côtraire. N'ayât dôcques aucû titre sur Geneue, tât pour ce que les droits du Vicariat estoyent aneântis & reuoquez, que dautant que pour le Cômté de Geneuois qu'il possedoit, estoˈt deuë fidelité & hômage à l'Eglise de Geneue, il supplia le Pape Martin peu de temps apres que Iean Patriarche de Côstantinople fust faict administrateur de l'Euesché de Geneue, de luy donner la Iurisdiction têporelle, comme nous auons touché ci dessus, pag. 59. Ce qui monstre bien qu'auparauant il ne l'auoit pas, & qu'à faute d'autre droit il recerchoit ce nouuel ottroy, car autrement il ne l'eust pas demandee au Pape (quoy que ni à luy, ni à aucun autre Prince temporel ou Ecclesiastique, il ne fust loisible d'en disposer.) Le Pape Martin ne la luy accorde point, mais tant seulement permet que certains faits par ledit Duc posez en sa requeste, se royét verifiez le renuoyant à ces fins deuât les Euesques voysins & autres prelats pour en prendre

informations. Par ainſi grandement s'equiuoque
Paradin liur. 3. chap. 38. quand il dit ſimplement. &
cruemēt, qu'enuirō l'an 1419. il obtint du Pape Mar
tin & de l'Empereur Sigiſmond, iuriſdiction temporelle en la Cité de Geneue, & de Loſanne, eſtant
conſeillé d'ainſi faire pour empeſcher, que telles
Citez & villes ne ſe r'alliaſſent auec les Seigneurs
des Ligues de Suiſſe, comme auoit fait nagueres la
nation des Valeſiens.

Or pour verifier clairement qu'il* n'obtint point
du Pape Martin ladite Iuriſdiction, & deſcouurit
comme les choſes paſſerent en ces temps la, ie ſuis
contraint d'employer en ce lieu, la teneur, & la ver-
ſion de mot à mot, autant qu'il m'a eſté poſſible,
d'vn acte Latin intitulé, Tranſaction entre Reuerend pere Iean Patriarche, & adminiſtrateur de
l'Eueſché de Geneue d'vne part, & les Citoyens,
Bourgeoys & Communauté de Geneue, d'autre,
contre les efforts & pourſuites du Duc Amé enuers
le Pape Martin, duquel acte auōs parlé pour autre
regard ci deſſus, p. 59. & 60.

Sinɪler
liur. 1. de
la Rep. des
Suiſces.

Acte, qui eſt des plus notables, digne de la conſtance & fermeté des anciens Citadins de Geneue, qui doibt ſeruir de patron & d'exemple aux a-
mes genereuſes des citadins modernes, & de reigle à tous ceux qui viendront apres nous. Il commence doncques en ceſte ſorte.

Le dernier de Feuurier 1420. ledit Iean Adminiſtrateur fait aſſembler dans les cloiſtres de S.
Pierre les Syndiques & procureurs de la Cité, enſemble les Citoyens & Bourgeoys repreſentans
toute

toute la Communauté appelez au son de la grã-
cloche, façon accoustumee, & d'abondant chacun
en particulier, maison par maison en toutes les
Parroisses tant de la ville que des faubourgs, (cõme ont rapporté les Recteurs des Eglises paro-
chiales de S. Croix, de Nostre Dame la Neuue, de
Marie Magdelaine, de S. Geruais, de S. Germain, de
S. Legier, de S. Victor, & autres,) pour entendre
tout ce qui leur seroit proposé par ledit Seigneur
Administrateur, & particulierement luy donner
leur bon aduis, & declarer que leur sembleroit deuoir estre fait sur certaine demande que faisoit ledit Duc de Sauoye de la iurisdiction & Seigneurie
de la ville de Geneue, en donnant par contre, comme ledit Duc offroit, condigne recompense. Ledit
Seigneur Patriarche & Administrateur a premierement presenté & remis aux Syndiques & conseil
certaines lettres Apostoliques, puis leur a dit à
haute & intelligible voix, & en langue vulgaire
leur a proposé, Que dés quelques temps Illustrissime Prince le Duc de Sauoye sus nommé, auoit fait
exposer au Sainct Pape certaines raisons & causes,
pour lesquelles il maintenoit estre vtile & expe-
dient * de transferer à luy Duc, & à ses successeurs
à perpetuité la Seigneurie & iurisdiction temporelle de la Cité de Geneue, appartenante de plein
droit à l'Euesque & à l'Eglise de Geneue, en bail-
lant par vne præallable suffisante recompense à
l'Euesque & à l'Eglise, & que sur ce il auoit presenté vne supplication au Pape sus nommé, dont il a-
uoit obtenu quelque appointement, de laquelle
supplication, ou requeste, & de la signature ou ap-

Preface du Patriarche.

Ergo la-
dite Iu-
risdiction
n'appar-
tenoit pas
aux Prin-
ces de
Sauoye.

q ij

Requeste
du Duc
Amé au
Pape
Martin.

pointement: s'enfuit la teneur : *Beatiſſime Patt*
&c. Autour de Geneue, & à Geneue meſmes, il y
a pluſieurs gentil-hommes, leſquels poſſedent pluſieurs & grandes tetres qui dominent pluſtoſt en
la Cité, que l'Eueſque, veu meſmes que la pluſpart
des habitans de ladite ville ſont eſtrangers, & s'ils

Les pre-
textes du
Duc pour
couurir
ſon deſ-
ſein.

viennent à faire faute, ils ſe retirent és maiſons
deſdits gentilhommes, de ſorte que par l'Eueſque,
ni ſes officiers n'é peut eſtre faite iuſtice, dont pro-
cedent pluſieurs noiſes, meurtres, ribleries, iniures,
& autres choſes illicites s'en enſuiuent, ſur tout
*pource que les crimes perpetrez dans ladite ville,

*Donques
les Offi-
ciers de Sa-
uoye n'a-
uoyent
point de
cognoiſſan-
ce ſur les
gens de la
ville.

ne ſont point punis hors icelle. Et les Eueſques de
Geneue, s'ils ne ſont puiſſans en amis, ou que les
Ducs de Sauoye qui les ont touſiours aimez, ne
prennent le fait à eux, ils ne peuuent viure paiſiblement dans ladite ville. Par ainſi le ſuppliant en
lieu de ladite Seigneurie ſeroit content donner de
ſes biens à l'Eueſque de Geneue vne recompenſe
qui excederoit de beaucoup la valeur de ladite
Seigneurie, & d'autant treſſainct Pere, qu'il eſt cōme impoſſible de preuenir les diſſenſions & ſcandales qui pourroyent ſuruenir par les moyens ſuſ-
dit, ſi voſtre Saincteté n'y iette l'œil pour y pouruoir, A ceſte cauſe voſtre fils deuot Amé Duc dé
Sauoye moderne, qui a grande affection de paci-
fier & empeſcher ſi grands ſcandales pour le deuoir de Iuſtice, & pour la tranquillité de la Republique, ſupplie voſtre Saincteté qu'en guiſe d'vn bō
& piteux Pere, mettant de bonne heure ordre à ces
choſes, vous daigniez commettre & mander à vn
ou deux

ou deux perſonnages dignes de foy que V. S. voudra nommer, qu'ils ayent à informer diligemment des choſes ſuſdites. A ce que par les informations vous apparoiſſant de la verité, ladite Iuriſdictió téporelle,& omnimode en baillát bonne recompéſe,ſoit transferee audit Duc, & à ſes ſucceſſeurs à perpetuité par voſtre autorité. nonobſtant toutes autres choſes contraires.& eſt appointé, *Fiat ſi eſt* *Appointement* *expediens,& committatur.*Soit fait s'il eſt expedié, *& reſpon-* & qu'on commette.*datū Florentia V. Kal. Aprilis* *ſe du Pa-* *anno ſecundo*,& à la fin de ladite requeſte eſtoit eſ *pe Mar-* crit,(& s'il plaiſt aux Eueſques de Grenoble,& de *tin.* Maſcon,& à l'Abbe du Monáſtere de S. Sulpice dē * C'eſtoit l'ordre de Citeaux dioceſe de Bellay).Laquelle re- en l'an queſte eſtát ainſi appointee,ledit Duc n'en fuſt pas 1419. content, mais taſcha derechef pour l'effaict de la tranſlation de ladite Iuriſdiction,& pour la verifi- cation deſdites cauſes, de faire addreſſer la com- miſſion à quelque certain Iuge, & à vn ſeul Com- miſſaire,& s'en vouloit faire expedier lettres Apo- ſtoliques en la Chancellerie Apoſtolique,preſſant de ſon pouuoir l'expedition d'icelles. Mais ledit Patriarche & adminiſtrateur s'en eſtant apperceu, s'y eſtoit,& s'y eſt oppoſé pour ſon intereſt, & ce- luy de ladite Egliſe de Geneue, & comme il eſti- moit pour le bien & profit des Citoyens & Habi- tants de ladite ville, & pour la deduction de ſes cauſes d'oppoſition,il a obtenu la commiſſion eñ la cour de Rome, des Reuerends peres en Chriſt, & Cardinaux, *Antonij Epiſcopis Portinerſi Bonoñ, & Ioannis tituli S. Laurentij in Damaſo presbyteri Montis Arragonum,*deuant leſquels il a propoſé.

allegué & defduit en 23.art.les caufes &raiſós pour
lefquelles il maintenoit les chofes demâdées de la
part du Seigneur Duc ne luy deuoir eſtre aucune-
mêt ottroyees. Et q̃ de nouueau apres auoir iceluy
Patriarche fait ſa propofite à Châbery dernieremêt
pour aûtres affaires de la ville,ſur to⁹ les points de
ſon enuoy &Ambaſſade en la preſécé du Duc &dé
ſon Conſeil , lui fuſt propofé, Que l'eſchange ou
translation de la Seigneurie & Iuriſdiction de Ge-
neûe ,& des fauxbourgs & territoire qui auôit eſté
demâdée par le Duc moyennant recompenfe lé-
gitime enuers l'Eueſque & Eglife,laquelle il eſtoit
preſt de faire,redonderoit au grand bien & vtilité
de l'Eueſque & de l'Eglife, & par ce requeroit iceluy Eueſque de ne luy donner en tel affaire aucun
empeſchement, ains qu'il ſe vouluſt defiſter de
toutes les oppofitions par luy formees , afin que ſa
demande faite par ledit Seigneur Duc peuſt ſortir
ſon effaict.

Demande
faite à
l'Eueſque
par le
Duc.

Ie ne le
croy pas.

Et que ſur cela ledit Sieur Patriarche auoit reſ-
pôdu audit Sieur Duc (comme il diſoit) Qu'il n'e-
ſtoit pas encor bien informé de l'eſtat de l'Egliſe
& Cité de Geneue,veu que depuis peu de temps il
auoit eſté appellé au gouuernement & adminiſtrã-
tion de ladite Eglife, & pour ceſte caufe il ne pouuoit pas bien ſcauoir s'.l feroit vtile ou dommа-
geable à la ville de cela faire.Par ainſi qu'en chôſe
de ſi grande importance, comme eſtoit l'alienatió
ou tranſport de la Seigneurie & Iuriſdiction de la
Cité de Geneue , quelque recompenfe qu'ôn luy
ſceuſt aſſigner , il ne pouuoit,& ne deuoit paſſer
outre,& n'auoit intention de le faire ſans l'aduis &
consente-

Reſponſe
de l'Euef-
que bien
empeſché
pour ſe
deſpeſtrer
de la de-
mande.

confentement du Chapitre, des citoyens, Conſeil
& Communauté de Geneue, & auſſi des Vaſſaux
du ſiege Epiſcopal de ladite Egliſe, le conſeil deſquels il deſiroit grandement d'auoir. A quoy luy
repliqua ledit Seigneur Duc que ceſt expediét luy
agreoit,& qu'il en eſtoit content, comme il diſoit.
Et à ceſt effaict pour auoir l'aduis & conſentemét
du Chapitre de Geneue, ſur ce que faire ſe deura
en ceſte matiere, ledit Sieur Patriarche repreſentoit
pluſieurs autres choſes ſemblables, & en auoit deſia conferé bien au long auparauat auec le Chapitre, & ſçauoit bien ce qu'il auoit à faire par leur
aduis:& ne propoſoit plus ces choſes au Conſeil
que pour auoir l'aduis & conſentement des Syndiques & procureurs, & du Conſeil des Citoyens
à ceſte occaſion conuoquez , & illec aſſemblez.
Leſquelles choſes bien entendues par leſdits Citoyens, Conſeil & Syndiques, ledit Sieur Patriarche a demandé auec l'inſtance requiſe auſdits Syndiques, Procureurs & Citoyens, repreſentans la
Communauté & Vniuerſité des Citoyens & Bourgeoys de ladite Cité, & leur demandoit leur conſeil, conſentement, aide & aſſiſtance pour ſçauoir
que c'eſt qu'il leur ſembloit deuoir eſtre fait, & ſi
l'eſchange de la Iuriſdiction de la Cité, fauxbourgs
& territoire ſoubs bonne recompenſe eſtoit choſe
expediente & vtile, ou non, & ſi elle ſeroit honorable & dommageable, & s'il failloit condeſcen-
dre à la demande du Sieur Duc eu eſgard à ſes rai-
ſós & s'ils y vouloiét cóſétir, ou nó. Et ſi iceluy Sieur
Patriarche en ſadite contradictió & oppoſition deuoit perſeuerer, & s'il leur ſébloit qu'il peuſt ſup-

porter vne si grande charge auec les seules facultez de l'Eglise, sans autre aide. Lesquels Citoyens
& Bourgeoys pour lors assemblez, ayans ouï & entendu les choses susdites, & s'estans retirez à
part en longue deliberatió, ils ont respondu vnanimement au nom de ladite Communauté par l'or-
gane d'honorable hôme Hudriod Hercmite, Bourgeoys, *concorditer et nemine discrepante eleganter*
& constanter responderunt : Quòd attento quod à
longissimis retroactis temporibus, puta à quadringe-
tis annis citra & supra ciuitas Gebenesis cũ suis sub-
urbijs, territorio, & confinibus sibi adiacentibus &
adhærentibus, cum totali & pleno dominio & Iu-
risdictione ommimoda, reditib. et Iuribus, nec non po-
pulus, eorúmque patres & habitatores tam præseriti
quàm præsentes fuerunt, prout nunc sunt, & existunt
in & sub pleno dominio & potestate Ecclesia Geben-
nensis, & eius Prælatis, Qu'attédu que depuis 400.
ans & plu, sla ville & ses appartenáces, tout le peuple & leurs peres ont esté soubs la puissáce de l'E-
glise, soubs laquelle & eux & leurs predecesseurs
ont receu benin & amiable traictement, & ont esté
gouuernez en paix & tráquillement ; & qu'é somme ils n'ont iamais recogneu autre Seigneur, ni ne
peuuent, ni ne veulent, & ne doiuét recognoistre. Il
ne leur sembloit pareillement estre asseuré ni vtile, ni honorable pour l'Eglise & le Prelat, & moins
encor pour les Citoyens, ni pour l'Estat & Communauté, ains au contraire dômageable & grádement dangereux, & que cela pourroit vraysembla-
blement produire des tristes euenemens à l'Eglise, si on procedoit à quelque transport, alienation,

ou

Response du peuple

ou commutation, nonobstant toute recompense,
& qu'il ne sebloit point en pouuoir resulter quelque profit, honneur & commodité au Prelat de
l'Eglise, & Communauté: mais en diuers respects
beaucoup d'incommoditez ou de dangers: *& quod
hoc, multotiens hactenus retroactis temporibus fuerat petitum & attentatum, & nunquam potuit ad
effectum deduci, nec perfici* Et qu'à diuerses fois, par
le passé on auoit tasché d'y paruenir tousiours sans
effaict. Et combié qu'au temps passé il y ait eu des
raisons bié plus apparentes & colorées que maintenant, en ce qu'il y auoit es territoires & seigneuries contigues au territoire de Geneue des grands
Princes & Barons, comme le Comte de Vaux, Seigneur de Satigny, le Seigneur de Gez, frere du Côte de Geneuois, & plusieurs autres viuants, qui en
effait troubloyent fort la paix & le repos du Prelat, Neantmoins iceux tous, & leurs familles ont
pris fin, & ont toutes lesdites Seigneuries esté reduites sous vn seul Prince le Duc de Sauoye, lequel
entretient Iustice & ne souffre estre faite aucune
violence & ne veut troubler la paix & le repos de
personne, surtout des Prelats & Ministres de l'Eglise, ni la Iurisdictiô sur les hommes, ou sur leurs
biens. Ainsi leur donne aide et faueur, *cùm Deo &
eis sit denotus & valdè prudés Princeps & Catholicus, & sép er ipse & sui predecessores fuerut amici & beneuoli Prelatis, Capitulo & ciuitati Gebénési.* Côme
ainsi soit que luy & ses predecesseurs ont de tout
temps esté amis à l'Eglise & Cité de Geneue. Et
pourtát ils n'oseroyét en bône consciéce & suiuât
leur sermét de fidelité, côseiller de cela faire. Adiou

ſtans que iamais ils n'y donneront conſentement,
Ains qu'entant qu'en eux eſt, ils s'y oppoſent, & y
côtrediſent. Car ils ſont entierement diſpoſez &
reſolus à viure & mourir ſoubs la Seigneurie
de ladite Egliſe, & ſous la Iuriſdictiõ & le gouuerne
ment de leur Prelat preſent ou aduenir, ainſi que
leurs peres & predeceſſeurs ont veſcu & perſeueré
longuement, & n'ont iamais recogneu ni admis
autre dominatiõ, *Et nunquã aliam dominationẽ aut
Regimen cognoverunt nec admiſerunt, nec cognoſce
re, aut admittere intendunt.* Requerans parce ledit
Patriarche & adminiſtrateur auec toute la reuerence & honneur à eux poſſible, que ſuiuant le
deub de ſa charge & adminiſtratiõ Paſtorale, &
en vigueur du ſermẽt par luy preſté à ſon agreable
aduenement, de bien & fidelement regir l'Egliſe &
Cité de Geneue, & garder ſes droits au plus ample
contenu dudit ſerment, & l'en ſuppliãs en toute
humilité & inſtance il les laiſſe en leur Eſtat, &
en l'obeiſſance de l'Egliſe, comme ils ont eſté iuſqu'à preſent, *Quatenus remanerent in ſtatu et ordi
ne, ſubiectione et obedientia, et dominio Eccleſiæ, in
quo ſunt et fuerunt uſque ad moderna tempora, et eſſe
debent.*

Et pource que ledit Seigneur Adminiſtrateur leur
a demandé conſeil, comme à ſes feaux, iceux apres
en auoir deliberé du mieux qu'ils ont peu, lui con-
ſeillent que pour l'honneur & magnificence de
l'Egliſe de Geneue, bien & profit d'icelle & des Citoyens & habitans, de ne proceder ſans l'expres cõ-
ſentement des Syndiques & procureurs, & des citoyens, à aucune alienation eſchange ou tranſport
de

Reſolu-
tion des
Citoyens.

* Ci deſ
ſus p. 60.

de la Cité de Geneue, fauxbourgs, territoire, iurifdiction & Seigneurie, de foy, ni par autruy, directement ni indirectement, foubs quelque couleur &
pretexte que ce foit, ni pour aucune recompenfe
que l'on pourroit donner à luy ou à l'Eglife: Mais
que de tout fon pouuoir & de toutes fes forces, côme il a bien commécé, il s'oppofe & contredife virilement & auec effect à toute telle alienation, efchâge ou tranfport, contre qui que ce foit, de quelque eftat, dignité, & preeminençe qu'il puiffe eftre.
Et qu'en fomme il face tant que la Cité de Geneue,
les fauxbourgs, territoire, Citoyens & habitans demeurent en la proprieté de l'Eglife, comme depuis
400. ans & plus, *in proprietate & dominio Ecclefiæ*
Gebennenfis remaneant & perfeuerent perpetuò, ficut Il y a
fuerunt à quadringentis annis citra & fupra, vt di- doncques
ctum eft. Parce difans, & offrans lefdits Syndiques, plus de
Citoyens & Bourgeois, Que fi ledit Sieur & Admini 600. ans.
ftrateur, en ce qui le concerne pour foy & fes fucceffeurs Euefques, ou adminiftrateurs de l'Eglife
de Geneue, qui feront à perpetuité, veut conuenir
& iurer par forme de traité, conuention & compo-
fition à toufiours valable auec lefdits Syndiques,
Procureurs, Citoyens & Bourgeois, & chacun d'eux
& leurs fucceffeurs, Que iamais il ne procedera &
ne pourra, ni ne deura proceder à aucun traité a-
uec ledit Sieur Duc, *ad aliquem tractatum cû præfato*
Domino Duce Sabaudiæ, fuifue fucceffibus, ou auec
autre quelconques, de quelque degré, eftat, dignité,
præeminençe & condition qu'il puiffe eftre, ni à
aucun efchâge ou alienatiô de la Cité, fauxbourgs,
territoire, Iurifdiction & Seigneurie fans l'expres

confentemēt & volonté des Syndiques & Procureurs, Citoyens & Bourgeoys qui font,& qui feront,ainſi qu'ils s'oppoſera luy & ſes ſucceſſeurs cō-
tre qui que ce ſoit,qui directement ou indirectement procureroit telle alienation & eſchange de
Iuriſdictiō,ou qui l'impetreroit,ou qui feroit quelque acte par lequel directement ou indirectement,
on y pourroit tōber,ou qu'occaſiō en feroit preſen
tée.Et de pourſuiure & punir vn tel comme traiſtre
rigoureuſemēt & reellemēt,& auec effect par tous
moyēs poſſibles,ainſi qu'à luy & à ſes ſucceſſeurs
ſemblera bon.En ce cas,la Cité,conſeil,Syndiques
& Citoyens ainſi aſſembléz vnanimement,& bien
aduiſez par traicté legitime fait entr'eux , proce-
dans en ce pour le bien & euidente vtilité de la
Cité & Communauté,de leur bon gré ont offert
& promis pour eux & leurs ſucceſſeurs audit Sieur
Adminiſtrateur , & à ſes ſucceſſeurs qui feront ca-
noniquement auacēz en charge, * *Canonicè intra-
turis,*de luy dōnēr aide & aſſiſtance par tout,en
tous lieux & contre qui que ce ſoit, de quelque dignité qu'il puiſſe eſtre,de tout leur pouuoir, pour
reſiſter,obuier, & pouruoir en toutes ſortes contre
tous(ſur vn ſeul mot qu'il en dira,ou ſigne qu'il en
fera)qui voudroyent procurer le contraire , ou par
quelque acte y cōtreuenir en quelque ſorte que ce
ſoit,& d'obeir à ſes mādemés, & les executer reellement de tout leur pouuoir, & meſmes de s'employer en toutes autres deſpendances.& de contribuer argent pour les frais qu'il pourroit cōuenir
de faire pour les choſes ſuſdites: & ce tant des deniers publics de la ville , que des leurs propres

* C'eſt à
dire, eſ-
leus par
le peuple
en conſeil
general.

pres de chacun en particulier, selon ses moyens &
qualité. Parquoy la bonne volonté, affection
& fidelité desdits Syndiques, Procureurs, &
chacun citoyé & habitát de ladite Cité illec assem
blez, pleinemét entédue, laquelle ils tesmoignét
volontairemét enuers l'Eglise de Geneue leur Mere, & consideré l'offre & présentation qu'ils ont
fait tant pour la Communauté, que chacũ en particulier, ledit Sieur Patriarche a dit, Que puis qu'il
leur sembloit bon, & pour le mieux, & plus expe-
dient tant pour l'honneur & magnificence de ladite Eglise que pour le bié, profit & conseruation de
la Cité, Citoyens & Habitans, Scauoir de ne faire
aucune alienation, commutation, ou translation,
de la Seigneurie, Iurisdiction de la Cité, mais que
le tout doiue demeurer à perpetuité à l'Eglise de
Geneue. Consideré aussi que l'opinion du Chapitre en la conference qu'il en tinst auec eux en re-
uenoit là. Ne pouuant, son honneur sauue, sans offenser & Dieu & le serment par luy presté, & en
bonne conscience refuter les choses susdites. Il
propose qu'il acquiesce aux conseils & deliberatiõs
desdits Seigneurs Syndiques, Procureurs, Citoyens
& Bourgeoys, & qu'il accepte les choses par eux
offertes, Declarant qu'il est prest d'entendre à la
composition, conuention & concorde par eux pro-
posee auec toutes les conditions & circonstances, à
celle fin qu'estant appuyé sur leur aide & assistance
il puisse plus seurement & asseurement resister &
tenir tous les moyens necessaires, luy & ses successeurs au Siege Episcopal de Geneue pour cõseruer
la Cité en la proprieté de l'Eglise, *ad retinédã Cini-*
tatẽ Gebēnēsé eiusque suburbia, territorium, Iurisdi-

Ehoné et totale dominiũ in bonis et proprietate ipsius Ecclesie. Et afin que les choses soyent auec de plus forts liens corroborees , & pour proceder contre tous suiets ou non suiets, clercs ou lays, de quelque dignité & preeminence qu'ils soyent, par l'autorité & iurisdictió Ecclesiastique & seculiere, & pour resister à tous Princes & Seigneurs, Nobles, ou autres dont il s'agira: & afin que les choses ainsi proposees & aduisees meurement, pour le bien & vtilité commune, tant de l'Eglise que Cité de Geneue, Citoyens & habitans en icelle, *perpetuis futuris temporibus firmius obseruentur*, & que la Cité de Geneue , ses fauxbourgs , territoire , Iurisdiction téporelle omnimode,& la Seigneurie, les Citoyés & habitans demeurent plus fermement & solidement à perpetuité à l'Eglise & Euesque , soit au siege Episcopal, comme ils ont esté iusqu'à present, Lesdites parties scauoir le Sieur Patriarche pour luy & ses successeurs en l'Eglise de Geneue d'vne part, & lesdits Syndiques & Procureurs de ladite Cité, Citoyens & Bourgeois illec assemblez au nõ de la Communauté pour eux & leurs successeurs à perpetuité d'autre, par forme de speciale conuention, traité , composition perpetuelle , qui se deura obseruer inuiolablement à tousiours, Illec presens ont conuenu traicté & accordé , & ont solennellement ordonné, ordonnent & conuiennent expressement, scauoir que ledit Sieur Administrateur & ses successeurs, ou aucun d'eux ne pourra & ne deura iamais aux temps aduenir à perpetuité proceder à aucune translation, commutation, ou autre alienation de la Cité de Geneue, fauxbourgs, territoi-

Ci dessus p. 60.

Le resultat du conseil.

toire, Iurifdiction & Seigneurie d'icelle en tout ni
en partie à la requeste, follicitation, pourfuite &
inftance de qui que ce foit, de quelque dignité, e-
ftat, degré, ordre ou præeminence & honneur qu'il
foit, pour quelque recompenfe que ce foit, qu'on
pourroit prefenter à l'Euefque & à l'Eglife, ni ad-
mettre telles chofes, y confentir, ou en faire quelque traicté, foubs quelque couleur & prætexte que
ce foit, directement ou indirectement, fans en a-
uoir par vn præallable requis expreffement auant
toutes chofes, les Syndiques & procureurs de la
Communauté, & fans leur confeil & expres confentement, eftans appelez fpecialement & expreffement au fon de la cloche, & chacû des Citoyens
& Bourgeoys en particulier aduerti en perfonne,
ou en fon domicile en la mefme maniere que pour
ceft accord ils ont efté affemblez, & fans la fubfcri-
ption & fignature defdits Syndiques & procureurs,
& d'vne grande & notable mulutude des Citoyens
& habitans de la Cité qui font, & qui feront : &
que ledit Sieur Adminiftrateur, & autre fon fucceffeur de tout fon pouuoir mettra & deura mettre
peine (toutes feintifes, diffimulations & craintes
poftpofees,) de faire en forte que ladite Cité de
Geneue, fes fauxbourgs, territoire, iurifdiction, &
entier domaine foyent perpetuellement & demeurent de la proprieté, biens & omaine de l'E-
glife fans rien excepter, comme iadis ils ont efté, &
font de prefent, & que femblablement lefdits Syndiques, procureurs, Citoyens & habitans de ladite
Cité, chacun pour foy & fes fucceffeurs ne proce-

deront iamais aucune alienation, translation, eschange de la Cité, fauxbourgs, territoire, iurisdiction & domaine, & n'en traicteront, ou souffriront
estre traicté, & ne consentiront directement ou indirectement que la Seigneurie soit transferee à autre qu'au Prelat, & à l'Eglise, & n'admettront chose
aucune contraire au present traicté sans l'expres
mandement, licence, volonté, conseil & consentement, en premier lieu dudit Patriarche, & administrateur, & de ses successeurs, & en apres de la
plus grande partie des Citoyens & habitans. Et
que lesdits Citoyens & habitans defendront de
tout leur pouuoir & sans fiction contre qui que ce
soit, Prince, Baron, Noble, Ignoble, Bourgeoys, leur-
dit Prelat, s'il apperçoit que aucune chose se traite
& procure en quelque sorte que ce soit pour trasferer ladite Cité, fauxbourgs, territoire, & iurisdiction à autre qu'à l'Eglise, & pourra ledit Patriarche & ses successeurs, imposer aux contreuenans
peines condignes, bannissements, confiscations
de biens, & autres comme par droit conuiendra,
& iceux Syndiques & procureurs, Citoyens & habitans obeiront audit Seigneur Administrateur, &
à ses successeurs en toutes les choses sus accordees, & en leurs depédáces, & deuront donner consentement, faueur, conseil & assistance, mesmes
personnelle pour l'execution au regard de ceux
qui auront la force. Et de mesmes s'il aduenoit que
par quelques cas, ledit Sieur Administrateur ou ses
successeurs vinslent à estre troublez, vexez, inquie-
tez, oppressez & molestez par raison de quelque
telle alienation, eschange, translation, qu'aucun de

/ quel-

quelque qualité qu'il soit, demanderoit & poursui-
uroit, lesdits Syndiques & procureurs Citoyés & habitans de la Cité, & leurs successeurs serót tenus de
leur pouuoir les defendre & se rédre partie formel-
le conttre tous cótredisans, & de s'y porter en leurs
propres personnes, & mesmes de contribuer aux
frais necessaires. Cela fait ledit Sieur Patriarche
de son costé a promis & iuré d'obseruer inuiola-
blemét ledit accord & ordónáce, & les frâchises de
la ville, comme ses predecesseurs ont iuré à leur
aduenement, la main mise sur la poictrine à la façon des Prelats, & tous les autres du conseil sur les
saincts Euágiles, le tout de bonne foy, & par les serments que nous notaires soubsignez, auóns stipulez au nom de tous ceux à qui l'affaire touche ou
touchera à l'aduenir en quelque façon que ce soit,
& soubs l'obligation & hypotheque quant audit
Sieur Administrateur de tous ses biens & de l'E-
glise de Geneue, & de ses successeurs en ladite E-
glise. Et qüant aux Syndiques, Citoyens & Habitans de la Cité de Geneue, soubs l'obligation &
hypotheque de tous les biens communs deladi-
te Cité, & de tous les particuliers, & de leurs successeurs meubles & immeubles presens & à venir.
Et en outre lesdites parties ont consenti, Qu'autres
lettres & instrumens en meilleure & plus authentique forme, si possible est, soyent dictez & dressez
par les Sages Iurisconsultes de la Cité sans rien
changer en la substance, grossóyez & regrossóyez
autant de fois qu'il plaira à l'vne des parties: Desquelles choses lesdites parties nous ont requis d'expedier vn instrument public, comme dessus, ad di-

tamen Sapientum, substantia non mutata, Puis au
pied dudit acte sont escrits la plus part des noms
& surnós de ceux qui en si bó œuure furét preséts
au dit Conseil general representans la Commu-
nàuté de la ville par ordre des paroisses en nombre
de sept cens vingtsept, de compte fait. Et entre
autres les quatre Syndiques, *Dominus Aimo Salam-*
che Iurisconsulte, *Petrus Gaillardi, Nicodus de Vi-*
gier & Iohannes de Iussy. Puis aucuns principaux
Chanoines Professeurs en Theologie, Iurisconsultes, & autres de la ville: *Iohannes de Arantone, Am-*
blardus de Iamuilla, Anselmus de Chesnay, Ame-
deus, de Arenthone Ecclesiæ Gebennensis Canonici,
nec non Magistri, Rodolphus de Porta, & Fr. Iohan-
nes de S. Thoma sacræ Theologiæ Professores, Bartho-
lomæus Lóbardi legum Doctor, Aymo Mallieti Iuris-
peritus, Reymúdus de Orseriys Iurisperitus, Henricus
dè Barmes Iurisp. Richardus Bernicy legú doctor. Ma-
gister Antonius Medicus, Symó Bochenx Licentiatus
in Decretis, Ioh. Ruffy Baccalarius in Decretis, Petrus
Coquet, Petrus Roseti, Paneasel de Rippa, Aymo-
netus Fabri, & plusieurs autres de ce nom, *Roletus*
Curteti, Nicoletus de Castronouo, Mermetus Lulli-
ni, Iaquemetus Gautery, Petrus Vicini, Steph. de
Bona, Ioh. de Rupe, Girardus Donzelli, Iacob. Riuil-
lods, Petrus Trollieti, Petrus de Crosa, Mermetus
Vellery, Henricus Chiualery, Petrus Pecolat, Ray-
mundus Mugnery, Ioh. de Boulo. Girardus Millieti,
Rolet de Rochette, Mermetus de Cherpina, George
de S. Michel, & plusieurs autres de ce nom, *Hugo-*
net de Langino, Franciscus de Versonay, Henri
de Farges, Petrus Marcossay, Fr. Bocheti, Ioh. Con-
tamine

tamine, *Ioh. Brandi, Stephanus Bessonet*, etc. Et en
outre est inseré audit acte le pouuoir desdits
Syndiques, dont ie remarque ceste clause : *Prædi-*
ctis Syndicis, actoribus, procuratoribus, defensoribus,
et administratoribus constitutis, plenam et liberam
potestatem ac mandatum speciale, negotia dictæ Ci-
uitatis, Communitatis, vniuersitatisque gubernandi,
*exercendi, * sententiasque definitiuas et interlocu-*
torias cōtra criminosos proferēdi &c. & en fin ledit a-
cte est stipulé & signé par quatre notaires. *Fulsens*
de Bruille, Ioh. de Vado, Nicolaus Cheurier, Anto-
nius Fontanelli. Acta fuerunt hæc Gebennis Anno,
Indictione, hora, die, mēse, loco et pōtificatu prædictis.

* Les Syn-
diques iu-
ges des
causes cri-
minelles.

Nous auons doncques authentiquement verifié
que Amé VIII. n'obtint point du Pape Martin la
dite Iurisdictiō temporelle de Geneue, comme aucuns ont mal estimé, mais seulemét vn simple appointement de commission bien plaisant. *Fiat si*
expediens est, & commitatur, Et si placet & c. (ce
qui monstre bien que le Pape Martin ne s'en sou-
cioit gueres) & que par ce qui s'en ensuiuit au conseil general, les autres poursuites posterieures du
dit Amé furent interrompues. Et combien qu'il seroit accordé, qu'il eust obtenu ladite Iurisdiction
dudit Martin, neantmoins outre ce qui est en la
responce donnee ci dessus sur les autres bulles des
Papes tel ottroy n'a iamais esté mis en execution,
ni le dit Amé en possession, comme resulte de ce
monument de l'ancienne magnanimité des bons
Citadins de Geneue, & de la resolution genereuse
prinse dans les cloistres de S Pierre.

Heureux Cloistres, Dignes cloistres qui auez esté

le champ de bataille, dans lequel on a iadis en diuers temps defendu autant vaillamment & vtile-
ment les franchises & la liberté de Geneue contre
la force des langues de persuasion, & les dangereux
assauts de maints blandissements, que au milieu de la campagne contre la force des armes &
les violences de l'ennemi. Il faut meshuy chasser
du milieu de vous les tristes ombres de la solitude,
& y loger la splédeur des assemblees honorables, &
que l'on remette en vsage ceste riche table de marbre noir(piece rare)lógue de 9.pieds de Roy,& pl*,
large d'enuiron 5.pieds,& de 8.poulces d'espesseur.
Que desormais l'on voye les trophees de tāt belles
victoires & genereuses resolutiós viuement repre-
sentez côtre vos paroys, & les palmes, lauriers,&
oliuiers se leuer sur vostre parterre. Quoy ? n'auez-
vous pas desia esté honorez de la sepulture de ce
grand seruiteur de Dieu, fidele defenseur de la li-

*Ainsi
escriuoit-il
son nom
par sz.

berté Genenoise, Theodore de * Besze, ou plustôt
du riche estuy, d'vn si rare esprit & d'vn si clair
Luminaire qui nous est eclypsé peu de iours apres
le dernier Ecclypsé du Soleil, & qui fust porté chez
vous parmi les regrets & les larmes du peuple, voi

*Iusques à
l'adueue-
ment du
fils de
Dieu.

re les pleurs du ciel, pour reposer dans vostre sein.*

Ecclipsi solis visa, iam viximus, inquit,
Besza satis, lati, nunc moriamur ait,
Postera Lux oritur, moriens, Theodore, sepulchrum
*In clauftris Petri primus &*vnus habes.*

* Pour le
present.

Pour reuenir au Duc Amé, Il fut grandement esmeu, & fulminoit en menaces à Chambery sur
les nouuelles de ceste ferme & derniere resolution
du peuple de Geneue. Nous auons refuté la proui-
sion

fion pretenduë du Pape Martin. Paffons à celle de
Sigifmond.

Et quelle apparence de verité y a-il en ce preté-
du ottroy de Sigifmond, quand ie voy ce mefme
Empereur lequel aduerti des menaces dudit Duc,
par vne bulle du 6. de Iuin 1420. parle magnifique-
ment, & d'vne façon tant honorable & fauorable
pour les libertez de Geneue, qu'il qualifie Membre
notable de l'Empire, defendant audit Amé VIII.
& tous autres Princes de n'entreprendre fur Geneue, laquelle il declare prendre & receuoir en fa
fauuegarde & foubs les aifles de l'Aigle Imperiale?

Ie prie le Lecteur de nourrir fa patience en la
Lecture de ces fi frequentes tranfcriptions Lati-
nes; la dignité des actes, & le defir d'efloigner de
nous tout foupçon de calomnie m'y forcent, & me
tirent à cefte prolixité.

SIGISMVNDVS *Dei gratia Romanorum Rex*
femper Auguftus, ac Hungariæ, Bohemiæ, Dal-
matiæ, Croaciæ &c. Rex. Notum facimus tenore
præfentium vniuerfis: Licet in profequendis commo-
dis & dirigendis profectibus noftræ Celfitudinis cle-
mentia ex innata fibi bonitate ad vniuerfos facri
Romani Imperij fideles quadam generalitate fit in-
clinata, Illorum tamen præcipuè procurandam pacis
amœnitatem fe fentit debitricem noftra Serenitas, qui
facri Romani Imperij infignia fuppofita exiftunt,
quorúmque Regalia à facro Romano Imperio de-
pendent, fub cuius alis in quietis dulcedine meritò
refpirare debent, & eos ex quodam debito in fuis li-
bertatibus tenemur confouere. Sanè cum Ecclefia Ge-
bennenfis infigne membrum facri Romani exiftat

Imperij,nobiſque,& eidem Imperio immediatè ſub-
iecta.Ita quòd inter nos & dictã Eccl.nullus poſſeſſor
medius inuenitur, ipſiúſque Paſtores & gubernatores
Regalia à nobis,& ſacro Imperio habeant. Cuius e-
tiam Adminiſtrator reuerendus in Chriſto Pater Dominus Iohannes patriarcha Conſtantinopolitanus,
Princeps,deuotus noſter dilectus ad preſens exiſtit.
Nos verò habentes reſpectum ad multa bonitatis
& virtutum merita , quibus prafatum Dominum
Iohannem refulgere comperimus,Ipſum & ipſius Eccleſiam Gebennenſem , cuius adminiſtrator exiſtit
cum omnibus & ſingulis ſuis bonis,Iuribus,exemptio-
nibus,Ciuitate Gebennenſi, villis, oppidis , Caſtris,
& hominibus,in noſtram & Imperij ſacri protectionẽ
recepimus ſpecialem, Imò recipimus per praſentes,
volentes & expreſſe mandantes vniuerſis & ſingulis
Principibus,Baronibus,Nobilibus, Militibus,Cliẽ-
tibus,Capitaneis, praſidibus & officialib.ac alterius
cuiuſcumque ſtatus, gradus,conditionis & dignitatis
hominibus,& ſignanter Illuſtriſſimo Amedeo Duci
Sabaudiæ firmiter & diſtrictè , quatenus prafatum
Dominum Iohannem & Eccleſiam Gebennenſem, i-
pſiuſque homines & ſubditos de cætero nequaquam
inuadant,damnificent,impediant,aggrauẽt, ſeu per-
turbẽt, quin potius ipſos ſub protectione alarũ noſtra-
rum & ſub Saluagardia & tuitione noſtris,in pacis a-
mœnitate & in ipſorum libertate manere permittant,
prout noſtram et Imperij ſacri indignationem grauiſ-
ſimam voluerint arctius euitare. Preſentium ſub noſtri Regalis ſigilli appen,Teſtimonio literarum.Dat.
in monaſterio, Aulæ Regia prope Pragam. Anno Domini M. ccccX x.Sexta die Iunij, regnorum noſtrorum

strarum, Anno Hungaria 34. *Romanorum verò* 10
Ad mandatum Domini Regis.

Michael Canonicus Pragensis.

Nous finirons ce que nous auons à dire d'Amé
VIII. par sa fin religieuse qui le fist paruenir au
Papat & à l'administration de l'Euesché de Geneue. Ce Prince du temps du Pape Eugene, qui fut successeur du Pape Martin en l'an 1431 se resolut estât
aagé de 56. ans, de quitter le monde, & de finir ses
iours en solitude & meditatiós religieuses. Et pour
cest effaict vne nuict sortit de la ville de Thonó, &
s'alla rendre & retirer lui deuxiesme en sa maison
de Ripaille proche de la ville de Thonon, ainsi appellée *à Ripa*, parce qu'elle estoit à la Riue du
Lac, lequel edifice il auoit luy mesmes fait riche-
ment bastir en sa grande ieunesse, & là où il y a-
uoit des fort long temps vne Abbaye, ou Prioré
de l'Ordre de S. Maurice, & y print l'habit d'Her-
mite selon ledit Ordre. Puis ayant fait venir ses
deux fils resigna à Loys l'aisné enuiron l'an 1434.
le gouuernement de ses pays, & le titre de Duc,
còme ie verifieray ci apres, (quoy que Paradin die
au contraire, qu'il se retint le titre de Duc,) lui donnant toute la charge & entiere administration, &
supreme superintendance de tous ses pays & Seigneuries tant deçà que delà les monts, & donna à
Philippes le puisné le Comté du Geneuois. Et par
ce moyen il entra parmi tous les Princes en grande opinion de Saincteté. Il aduint doncques au
Concile vniuersel de Basle, qui dura douze ans,

*V a der-
buch le
cousesse
expresse-
mens pa.
161.*

r iiij

que l'on proceda ſur la rebellion & contumace
du Pape Eugene à l'election d'vn autre Pape,
& que tant pour le bruit de ceſte Sainčteté, que
que par les brigues du Duc de Milan ſon gendre,
iceluy Prince Ame fuſt creé Pape & ſurnommé Fœlix V. en l'an 1439. & à l'inſtát furent enuoyez Ambaſſadeurs à Ripaille, pour luy porter les nouuelles de l'election, & le tirer de ce Monaſtere. Il ne
refuſa point ceſte dignité, ains ſe mit en chemin &
fit ſon entree à Baſle ayant à ſa main droite le Duc
Loys, & Philippe le Comte de Geneuois, à la gauche, ſes enfans. Mais à cauſe de la reſiſtánce du Pape Eugene qui eſtoit ſouſtenu par pluſieurs Punces
en Allemagne & en Italie, il ne fuſt proprement re-
coneu Pape qu'es païs circonuoiſins de Sauoye, &
particulierement il fut admis à l'adminiſtratió des
Eueſchez de Loſanne & de Geneue, qui máquoyét
lors d'Eueſques, & habitoit tantoſt à Loſanne, tantoſt à Geneue, mais le plus ſouuent à Loſanne, ou
il fit baſtir le Conuent des Cordeliers, auquel il y a
vne chambre qui n'agueres ſe nommoit encores la
chambre du S. Pere. Pendant ſon Pontificat & pre-
dite adminiſtration de ces deux Eueſchez, il expe-
dia pluſieurs lettres & bulles dattees les vnes à Geneue, les autres à Loſanne. *Anno Pontificatus noſtri
&c.* Leſquelles ſont toutes recueillies en ſix grands
volumes eſcrits à la main qui ſe voyét en la Bibliotheque de Geneue. Mais que direz vous que celuy
qui auparauant en qualité de Duc de Sauoye, vouloit s'approprier pour ſoy & ſes ſucceſſeurs la ſou-
uerainere & Iuriſdiction de l'Egliſe de Geneue au
preiudice de l'Eueſque & des libertez de la ville,

C'eſt

C'est celuy qui maintenant changeant d'honneurs
& de mœurs, & touché d'vne viue repentance, taſ-
che par tous moyens de conſeruer l'autorité et Iuriſdiction de l'Egliſe de Geneue. Par exemple l'an
1444 il côfirme iure & reuouuelle par vne bulle expreſſe toutes les franchiſes, immunitez, priuileges
& libertez de Geneue eſcrites & telles que iadis elles auoyent eſté dreſſees & publiees par l'Eueſque
Ademarus, duquel auons parle ci deſſus pag. 53.

FELIX Epiſcopus ſeruus ſeruorū Dei ad perpetuā
memoriam. Regis pacifici, cuius inſcrutabili prout.
dentia ordinationem ſuſcipiunt vniuerſa, ipſius diſpo-
ſitionis Clementia vices gerentes in terris, & admi-
niſtrationem ac regimen Eccleſia Gebennenſis in
præſentiarum obtinentes, deſideranté, ſque
libertates, franchesias & immunitates, nec non ſtatuta, vſus, & conſuetudines ciuitatis Gebennarum (illa
præſertim quæ pridem facta, & per præſules eiuſdem
confirmata, hactenus & obſeruata ſunt) abſque vio-
lationis ſcrupulo permanere eis, vt rata & illibata per-
ſiſtant. Sane pro parte dilectorum filorum ciuium, in-
colarum, habitatorum, Iuratorum ac hominum Cô-
munitatis eiuſdem ciuitatis tam Eccleſiaſticorum
quàm ſecularium, nobis exhibita petitio continebat,
Quod olim bona memoria Ademarus tunc Epiſcopus
Gebennenſis per certas ſuas patentes literas omnia et
ſingula priuilegia, libertates, immunitates, francheſias, vſus, ſtatuta & conſuetudines eiuſdem conceſſa,
& quibus, tamé vſi & gauiſi fuerant, & gaudere,
ac vti poterant, laudauit, approbauit, iurauit &
perpetuò confirmauit. Sic etiam de nouo illa perpetuis

temporibus alitura, prout in eisdem literis sigillo
psius Ademari Episcopi sigillatis plenius cōtinetur,
diligenter inspici & examinari fecimus & præsenti-
bus inseri, &c. Quocirca dilectis filiis Gebennensi &
Lausanensi officialib. per Apostolica scripta manda-
mus, quatenus ipsi aut duo vel vnus eorum per eos,
seu alium aut alios, priuilegia, libertates, immunita-
tes, franchesias, vsus, statuta, consuetudines memora-
ratas, ab omnibus inuiolabiliter obseruari faciant, cō-
tradictores per censuram Ecclesiasticam compescen-
do, non obstantibus contrariis quibuscumque , &c.
Datum Losannæ X I. Kal. Iunij Pontificatus nostri
anno 40.

Qui plus est de son temps en l'an 1446. le Duc
Loys son fils passe vn acte en faueur de l'Eglise &
Cité de Geneue, lequel à iamais tesmoignera que
les Ducs de Sauoye n'auoyent aucune souuerai-
té à Geneue, & que Geneue ne despendoit en nulle
sorte de leur domination. Car par cest acte le Duc
Loys se deporte expressemeut de la souueraineté
& superiorité qu'il pretédoit mal à propos en certaines terres de delà l'Arue, appellees les Vernets,
& en termes expres delaisse & abandonne paisible-
blemēt toute superiorité & ressort sur lesdites terres à l'Eglise & Cité de Geneue (les Syndiques stipulans & acceptans pour la ville) à laquel le de
droit telle souueraineté appartenoit tant là que
sur les auttes lieux du pays circonuoisin, tenus par
les Comtes en fief & hommage de ladite Eglise,
comme ci deuant auons verifié, combien que par
le temps les Comtes de Sauoye eussent desia vsur-
pé plusieurs choses sur le territoire de Geneue. Or

pour

pour entendre le merite de tel acte, fait à sçauoir,
Que sur vn different qui estoit entre l'Euesque &
Adminiltrateur de Geneue,& les Syndiques d'vne
part,& le Sieur de Monchenu d'autre. *Inter Domi-*
minum Iohãnem de Grolea Apostolicæ sedis Viceca-
merarium,& eo nomine in spiritualibus & tempora-
libus Ecclesiæ Gebennẽsis per sanctissimum Dominũ
nostrũ Felicem Papam Quintum, Ecclesiam ipsam
nunc fœliciter obtinentem,deputatum,nec non Nobi-
les & honorabiles Syndicos modernos ciuitatis Ge-
bennarũ ex vna parte,& spectabilem & egregiũ mi-
litem Dominum Richardum condominum Terniac-
ci,dominúmque Montiscanuti et Bastide de Me-
lerijs diocesis Gebennarũ,parte ex altera. En ce que
les Syndiques maintenoyét la proprieté des dites
terres appellees les Vernets,dehors le pont d'Arue
du costé du vent, appartenir à l'Euesque & Communauté de Geneue, tant pour leurs pasturages
qu'autres vsages.Et que neátmoins le dit Seigneur
de Monchenu à leur preiudice s'estoit dispensé de
remettre aux hommes de Lácy les dites terres,*sine*
consensu prædictorum Domini Episcopi,ciuium,Bur-
gensium & Syndicorum: & qu'en outre ayant este
de tout temps loisible ausdits Syndiques de faire à
l'endroit des dits Vernets des tornes & defenses,
aduersus cursum impetuosum dicti fluuij Araris à
parte & pro conseruatione plani Palatij. Cependant
ledit Sieur de Monchenu y auoit aussi donné des
empeschements. Sur quoy en fin transaction est
faite entre les ditesparties le 10.de Septébre, 1445.
   Pontificatus Domini nostri Papæ anno sexto,inter-
ueniente amicabili tractatu virorum proborum &

prudentum vtriusque partis amicorum per Præfatū,
Dominum nostrum Papam concordiæ & Pacis zela-
torem & authorem de sua clementia interpositorum.
Et par icelle transaction est accordé que lesdits E-
uesques, Syndiques & Communauté de Geneue,
pourront, si bon leur semble, faire faire des fossez,
chaussees & trenchees aux Vernets pour y destourner & deriuer le fleuue d'Arue de son cours ordinaire, (tout le cours dudit fleuue leur appartenant)
& en outre y faire tant de tornes & defenses que
bon leur semblera, & que moyennant certaine
some ledit Seigneur de Monchenu leur quitte tous
les droits qu'il pouuoit pretendre esdits Vernets,
comme aussi par autre contract dū mesme iour ils
achetent du Recteur de la maladerie de Carrouge,
certaine metairie cōsistāt en terres & prez du mesme territoire des Vernets. Lesdits deux contracts
receus & stipulez par deux notaires, scauoir *per*
Rodolphum Sapientis, & Petrum Roseti de Vsinens
Gebennensis diœcesis clericum, & publica autoritate
Imperiali notarium, qui depuis fut secretaire de la
ville. Mais le bon est, (pour reuenir à nostre but) que le Duc Loys au pied dudit contract
confesse à l'Euesque & aux Syndiques tout le droit
de souuerain ressort & superiorité appartenir à
l'Eglise & Cité de Geneue sur lesdits Vernets, &
leur quitte toute souueraineté qu'il y pretendoit,
ce qu'il n'eust iamais fait si ceux de Geneue eussēt
esté ses subiets. Ains cela monstre qu'il ne pretendoit aucune seigneurie sur Geneue, puis qu'il la
recognoissoit ville libre & souueraine, non seulement dans ses murs, mais aussi dehors. mesmes

LVDO.

LVDOVICVS *Dux Sabaudiæ, &c.* (Il se qualifie Duc, contre ce que Paradin en a voulu dire.) *Visis duobus publicis instrumentis, & post-
modum super eis rehabito personali colloquio cum
sanctissimo Domino nostro Papa Felice V. genitore
meo metuendissimo, cui supradicta Ecclesiæ admini-
stratio nunc incumbit, & participato super his procerum nostrorum Consilio, ex nostra certa scientia pro
nobis & nostris omne ius feudi, directi dominij, meri
& mixti Imperij, superioritatis & ressorti in & super
rebus prædictis & possessionibus eidem Ecclesiæ & Ciuitati Gebennensi in perpetuum relinquimus & quit-
tamus. Per Dominum, præsentibus Domino Varam-
bonis Comite Rupp. Petro de Grolea, Iacobo de Va-
lepergia, Iohanne Mareschallo Thesaurario Sabaudiæ, Stephano Rosseti ex magistris compurotum.*

Ce mesme Fœlix continuant ses faueurs à Geneue pour effacer la souuenance des mauuais offices
passéz, renouuele & confirme pendant son Papat
en faueur de l'Eglise de Geneue, & par vne bulle
assez commune entre les papiers de Geneue, que
l'on nomme la bulle du Pape Fœlix, deux transactions, *quæ incipiebant* (est il dit) *Vetustate consumi,*
& qui auoyent iadis esté faites bien solennellement entre le Comte Aisné de Geneuois, & la
Comtesse Agnes sa femme d'vne part, & Guillaume, puis Iaques prieur de S. Victor d'autre, és années 1302. & 1304. pour l'entier reglement des
droits que les vns ou les autres pouuoyent auoir
sur les terres despendantes de S. Victor.

Ladite Bulle commence. *Fœlix Episcopus, seruus seruorum, ad perpetuam rei memoriam, Sinceræ deuotionis affectus quæ dilecti filij Conuentus Monasterij Sancti Victoris extra muros Geneuenses &c. ad nos (qui Monasteriū & loca huiusmodi in præsentiarum sub cura & administratione nostris regimus)& Romanam gerunt Ecclesiam, promerentur non indignè, ut votis & petitionibus eorum honestis fauorabiliter annuamus.* Puis parlant desdites transactions, il dit, *Amicabiles compositiones interuenerunt, super quibus confecta fuerunt quædam sub nomine ipsius Comitis patentes, & authentica litera diuersis sigillis sigillata per dilectam filiam Agnetam Comitissam* * Comtef. **Gebennesij, laudata & approbata, quas nos, dum es-* fe du Ge- *semus in minoribus constituti, obseruaueramus, illas-* uuois. *que volueramus, sicut decebat, inuiolabiliter obseruari. &c.*

Par la premiere transaction, qui est de l'an 1302. entre ledit Comte Amé de Geneuois, & la Comteſſe Agnes ſa femme, qui ratifie le contract auec renonciation à tous droits d'hypotheque d'vne part, & religieux homme Guillaume Prieur de S. Victor & ledit Conuent d'autre, Il est accordé & conuenu qu'en tous les villages, paroiſſes & terres de S. Victor, & sur tous les hommes desdits lieux ledit Prieur & Conuent, & leurs ſucceſſeurs deuront auoir à perpetuité toute Iuriſdiction, tous les bans, amandes, ſeruices, vſages, ſubſides, aides, couruées, caualcades, &c. & generalement tous autres droits & charges, tàt ſordides qu'hôneſtes, tàt ordinaires qu'extraordinaires, en telle ſorte qu'il ne demeure rien deſdites choſes deuers ledit Côte

te ou ses successeurs, & ue luy en appartienne rien,
ains il quitte audit Conuét tous les droits qu'il y a,
on pourroit auoir, moyennant bonne somme de
deniers qui lui sont deliurez exceptant seulement
le dernier supplice & la conoissance des cas & crimes qu'aucuns desdits hommes de S. Victor viendroyent à perpetrer dans les terres du Geneuois
hors lesdites terres de S. Victor : fait à Saconay 12.
Kal. Iulij & stipulé *per Petrum de Iuria Iuratum*
Curia officialis Gebennensis.

De mesmes par l'autre transaction qui est particuliere pour les villages de Giez & de Merlinge,
qui auoyent esté obmis en la precedente, & dont
estoit arriué nouuelle discorde, est accordé seébla-
blement que le Prieur & Couuent de S. Victor, &
leurs successeurs auront tous les mesmes droits
qui sont exprimez en la precedente sur tous les
hommes & terres de S. Victor riere lesdits villa-
lages, encor que les hommes ne seroyèt pas suiets
originaires de S. Victor, pourueu seulement qu'ils
habitent & ayent domicile riere les terres de S. Victor, *Quòd tam in hominibus dicti Monasterij, qu'am*
etiam in aliis hominibus qui domus suas seu domici-
lia habent, & h██*unt in futurum super terris dicti*
Monasterij, in dictis villis de Giez & de Merlingio,
seu infra dictum territorium, ... dicti
Prior, & Conuentus ex nunc in perpetuum habeant
& exerceant omnem iurisdictionem, omnia banna,
mulctas, pœnas, seruitia, usagia, subsidia, auxilia, cō-
plexuras, coruatas, auenarias, panaterias . . . . .
bastimenta, & messelerias, angarias, perangarias, ca-
ualcadas, & omnia alia, &c. excepto duntaxat ulti-

mo supplicio, quod nobis retinemus.

Bien entendu que ledit Comte & ses ſucceſſeurs ne pourront rien pretendre ſur les biés d'aucun códanné en quelque lieu qu'il ait commis ſa
faute, non pas meſmes pour les frais de Iuſtice.
*Hoc actu expreſſe quod in bonis cuiuſcunque depen-
nati nihil poſſimus poſtulare, petere vel habere aliqua
ratione, conſuetudine, ſeruitute, etiam pro recompen-
ſatione ſumptuum, vel laboris, vbicumque illum condemnatum contigerit deliquiſſe, ſed dictum monaſte-
rium de ipſis ordinet, prout ſibi videbitur faciendum.*

Et au bas de ladite tranſaction, ladite Agnes ratifie & approuue tout ce qu'en icelle a eſté fait *per
ſupradictum Cariſſimum Dominum & virum noſtru
Dominum Amedeum Comitem Gebenneſij,* laquelle
Agnes ie trouue auoir eſté obmiſe dans les eſcrits
de ceux qui ont traité de la genealogie des Comtes
de Sauoye & de Geneuois : car ce ne peut eſtre
Agnes fille d'Amé Quatrieſme, tant par la ſuppu-
tation des années, que par ce que ſon mari,
Comte de Geneuois, eſt appelé par les hiſtoriens
Guillaume, au lieu que nous auons pour mari de
celle ci vn Amé.   Ledit ſecond acte paſſé *apud
Terrier I I I. Nõ. April. Anno Dom.* M. CCCIIII.
*receu per Martinum de Cheurier dicta Curia Iura-
rum.* Et à la fin ie trouue vne clauſe que ie noterai
en paſſát. C'eſt qu'au lieu que à preſét par le ſty-
le de tous lieux on met *ſe ſubmettás à toutes Cours
& Iuriſdictions, ſpecialement à telle & telle &c.* leſdits Comte & Côteſſe de plus diſent qu'ils prient
l'Official de Geneue, & ſes ſucceſſeurs de les con-
train-

traindre à l'obseruation des choses susdites. *Kõ*-
gantes Officialem, vt nos & nostros heredes & succes-
sores copellat ad obseruationé omni prædictorum. Ité
en vn autre endroit, *supponétes, & subiicientes nos &*
terram nostram Iurisdictioni Officialis Curiæ Geben
nesis, vt ipse ad obseruationem omniũ præmissorũ nos
& successores nostros per sententiam excommunica-
tionis & interdicti compellat, canonica monitione præ-
missa. Dont resulte vne autre obseruation de grãde
importáce, c'est qu'ils se recognoissoyét subiects &
Iuridiciables de l'Official de l'Euesque de Geneue.

Par ce que dessus appert euidemmét des beaux
droits qui à l'Eglise & Cité de Geneue (laquelle a
succedé depuis audit Monastere) appartiennent
surtoutes les terres & hommes de S. Victor, ou
autres hommes habitans riere lesdites terres.

Et lesquels Droits ont esté corroborez & cõfir-
mez par ladite Bulle authentique du Pape Foelix,
Duquel Il conuient encores de reciter, Qu'apres la
mort du Pape Eugene en l'an 1447 (qui auoit receu
obeïssãce de toutes les Allemãges par Ambassa-
de solemnelle) ayant esté creé Pape Nicolas V. le Pape Foelix à la suasiõ de son propre fils, le Duc Loys,
& dõnãt lieu aux exhortatiõs qui luy furét faites
pour le repos de la Chrestienté à Geneue par les
Ambassadeurs des Rois de Frãce, d'Angleterre &
de Sicile, & de tous les Electeurs de l'Empire, q̃ tous
y furét enuoyez expressémét, il cõsentit de ceder &
quitter au Pape Nicolas, & luy céda en effect tout
droit & actiõ par luy pretédue en la dignité Papale
au plus ample contenu d'vn decret qui fust fait
pour lauder l'honneur du dit Foelix en vne assem-

* Paradin
liu. 3. cap.
36.

ſ j

blée d'Ecclesiastiques tenue par forme de Cócile à
Lausanne l'an 1449. rapporté par Paradin chap.
39. liu. 3. & de l'acte de procuration & renóciation
fust porteur à Rome Iean de Grolée Prieur de S.
Victor. Et en lieu de Pape il demeura Cardinal, Le-
gat & Vicaire perpetuel du Siege Apostolique en
aucuns lieux d'Allemagne, de France & d'Italie, exprimez dans le susdit Arrest de Losanne, ou neantmoins Geneue n'est point nommeé auec les autres
Citez: Ce qui est notable. I'ay veu aussi dans la Bibliotheque de Geneue vn gros volume des lettres
& expeditions par luy depuis faites, en ceste qualité
de Cardinal iusques à son deces, lesquelles com-
mencent par les titres suyuants.

A MEDEVS *Episcopus Sabinensis sanctæ*
Romanæ Ecclesiæ Cardinalis, in nonnullis Ita-
liæ, Galliarum, & Germaniæ partibus Legatus. Vica-
riusque perpetuus. Aucuns tiennent que derechef
se retira en son hermitage ou monastere de Ripail-
re, & qu'il y deceda & fust enterré en l'an 1452. le 7.
de Ianuier, & les autres, comme Onuphrius en la
Chronique des Pontifes, tiennent qu'il mourut &
fut enterré à Losanne, & est digne de remarque
que neantmoins ledit Onuphrius & Platine *in vi-*
tis Pontificum, ne le veulent point conter au nombre des Papes de Rome, mais le marquent comme
par parethese d'vne lettre diuerse. C'est assez parlé
d'Amé VIII. Venons maintenant à ses successeurs. En l'Euesché & administration de l'Eglise de
Geneue, luy succeda Pierre de Sauoye son petit
fils,

fils,& cinquiefme fils du Duc Loys.Et en la modeſtie,qu'il auoit teſmoigné ſur ſes derniers ans enuers Geneue,luy ſucceda pareillemét le Duc Loys,
lequel,outre ce que nous en auons veu ci deſſus au
fait des Vernets d'Arue, continuant de plus fort à
recognoiſtre que la maiſon de Sauoye n'auoit aucun droit ſurGeneue,ni ſur le territoire d'icelle,ad-
dreſſe des patentes authentiques en l'an 1445. à
tous ſes Officiers,ſur les plaintes à luy faites par le
Vicaire de ſondit fils PierreAdminiſtrateur,de quel
ques violences & attentats qu'ils commettoyent
ſur les terres de Geneue, par leſquelles lettres, il
leur defend de rien entreprendre contre les libertez & franchiſes de Geneue, & leur commande de
reparer promptement tous attentats à peine de
ſon indignation,& de grandes amendes.

Ludouicus Dux Sabaudiæ,Dilectis vniuerſis &
ſingulis Balliuis, Iudicibus, procuratoribus,Ca-
ſtellanis,&c. Conqueſtus eſt nobis Reuerendiſſimus
in Chriſto pater, compater noſter chariſſimus Dominus Archiepiſcopus Tarent.ac Ecclesiæ & Epiſcopatus Gebennenſis pro Illuſtri filio noſtro Chariſſimo
Petro de Sabaudia Apoſtolico, prothonotario,ipſiúſ-
que Ecclesiæ* adminiſtratore Vicarius generalis, vos
ſeu aliquos ex vobis, multas & varias turbationes,
nouitates,vſurpationes,& impedimenta grauia iuribus, priuilegiis,libertatibus,& maxime iuriſdictioni
. . . . ipſius Ecclesiæ Gebennenſis ſæpiſper inferre. Quas ſic tolerare nolentes, vobis diſtrictè inhibemus & ſub pœna centum marcha-

* L'Eueſ-
que n'e-
ſtoit que
Admini-
ſtrateur.

ram argenti, per vnum quemlibet quotiens contra
fecerit, committenda & nobis, irremissibiliter applicandâ, ne vllo modo in præiudicium huiusmodi Iurium,
libertatum & iurisdictionis dictæ Ecclesiæ Gebennensis quicquam faciatis quomodolibet, vel attentetis
quouis quæsito colore, & prætextu quorumcumque statutorum à nobis vel à dictæ memoriæ prædecessoribus
nostris emanatorum, &c. tuendo vos ab omni vi &
violentia Iuris & facti. Si quid fortè iam factum
vel attentatum fuerit, reuocetis, & ad pristinum debitúmque statum reducatis, quod nos etiam reuocamus & reducimus per præsentes quibuscumque literis
in contrarium factis & fiendis, etiam manu nostra
propria signatis, non obstantibus. Quibus omnibus
tenore presentiû ex nostra certa sententia derogamus
& derogatum esse volumus. Et hoc absque alterius
expectatione mandati, in quantum dicta pœna vos
affligi formidatis. datum Chamberiaci die 4. mensis
Aprilis anno M. CCCC. LV.

Et quel plus signalé tesmoignage voudriez vous
de la liberté de Geneue côtre la maison de Sauoye,
que celuy qui resulte d'vn contract passé entre le
mesme Duc Loys & les Syndiques de Geneue en
l'an 1457. par lequel ils acheptent de luy, moyennat la somme de deux mille escus, & par l'intercession de Dame Anne Lusignane de Cypre sa femme
vn priuilege perpetuel de n'estre aucunement par
luy, ni les siens perpetuels successeurs empesché
le transport des viures à Geneue, soubz les obligations de tous biens meubles, & immeubles, & en
parole & foy de Prince? Or la liberté des viures ne
se vend iamais par les Princes à leurs suiets. Ils la
leur

leur doyuent naturellement, comme bons Peres nourriciers: Mais bien ont ils accoustumé d'é trai ter auec les estrágers qui ne sont point leurs suiets, & ausquels ils n'ont pareille obligation, & tels e- stoyent ceux de Geneue au regard du Duc Loys.

Et le Duc Amé IX. successeur dudit Loys reco- gnoissant aussi qu'il n'auoit aucun droit sur ceux de Geneue, ne leur donne-il pas vne declaration perpetuelle en l'an 1466 du priuilege des marchan difes, & de la liberté de tout commerce, portát que les marchádises, qui fortirót ou viédront à Geneue par ses terres & pais serót laissés paffer fans aucu- ne empesche ni molefte? Or comme iamais le trafic n'a esté interdit par les Princes à leurs suiets dans leurs Estats, ouy bié dans ceux d'autruy, de mesmes aussi ne leur ont esté données des permissions, ni priuileges en tels cas & matieres qui n'estoyent suiettes à priuation ou inhibition. Donques & le priuilege, & l'inhibition regardent ordinairement les estrangers non suiets, auec lesquels les Princes n'entretiénent le commerce que *ad libitum*, à leur bon plaifir, finon qu'ils y foyent particulierement obligez par contracts, & traitez.

Ces reconoissances & confessions faites par les Ducs de Sauoye de n'auoir aucun droit sur Gene. ue au moyen de tels & femblables actes ont passé de pere en fils. Car ie voy le Duc Charles II. de ce nom, fils de Charles I. & petit fils d'Amé IX. lequel aduerti par François de Sauoye Administrateur de l'Eglife de Geneue son grand oncle, frere de son ayeul, de quelques lettres & prouifions qui estuyét emanees de son Confeil feant à Chambery au pre-

iudice des droits, Iurifdictions & libertez de l'Egli
se de Geneue, casse, annulle & reuoque le tout; man
dant soubs grandes peines à ses Officiers d'y te
nir main qu'il ny soit contreuenu. Et en donne p̄
tentes datees à Pinerol, le 14. Decemb. 1489.

KAROLVS *Dux Sabaudiæ, &c. Illustris &*
Reuerendissimus auunculus noster charissimus
Dominus Franciscus de Sabaudia, Archiepiscopus
Auxitanus, Administratórque & Princeps Ecclesiæ
& Episcopatus Gebennensis, nobis exposuit ad eius
deuenisse notitiam, Edicta & literas fuisse facta, &
concessas, tam per nos quàm consilium nostrum Cha
beriaci residens, in præiudicium Iurisdictionis priui
legiorum ac libertatis Episcopatus Gebennensis. Et
quia mens nostra non est Iuribus, Iurisdictioni & li
bertatibus Episcop. Gebennensis derogari; aliquódve
præiudicium afferri debere. Ex nostra igitur certa
scientia, etiam matura dicti consilij super his delibe
ratione præhabita, edicta ac literas prædictas
contra libertatem, Iurisdictionem & priuilegia Ec
clesiæ & Episcop. Gebennensis facta & concessas, si
quæ sunt, reuocamus, irritamus, nulliusque valoris &
momenti esse decernimus. Mandantes eapropter om
nibus fidelib. & subditis nostris, quatenus huiusmodi
irritationem, annullationem, & præsentes literas no
stras iuxta earum formam obseruent, & in nullo con
traueniant. Nec consimiles literas in posterum conce
dant, sub pœna centum marcharum argenti; quas si
inaduertenter, vel aliàs concedi contingat, ex nunc
prout tunc pro inualidis perpetuò reputari volumus.

Præse-

Præterea ipsum auunculum nostrum & eius, officia-
rios præsentes & futuros de priuilegys, Iurisdictione
& prærogatiuis earundem Ecclesiæ & Episcopatus
plenè frui & gaudere patiantur, quibuscumque oppo-
sitionibus non obstantibus, & absque alterius expe-
ctatione mandari.

Et le ij. de Mars suiuant 1 4 9 o. lesdites patentes estans presenteés au conseil du Comte Iean de
Geneuois, oncle paternel dudit Charles, il en fait
expedier testimoniales, & promet de ne les mes-
prendre.

Maintenant ie vien à l'argument employé par
le Caualier en la p. 211 pour verifier vn acte de souueraineté pretendu fait dans Geneue par le Duc
Charles I X. en ce qu'il dit qu'en l'an 1 5 2 1. estant
ledit Duc à Geneue en la maison de S. Auré, il
créa Comte du Pont de Vaux, messire Laurent de
Gorreuod, & là dessus philosophant, il adiouste que
les Lyonnois recognoissans la conséquence de telles choses ne voulurent souffrir que l'Empereur
Sigismond dans leur ville, erigeast la Sauoye en
Duché, & fist Duc Amé V I I I. en l'an 1 4 1 7. Cõ-
paraison bien diuerse d'vn Empereur faisant publiquement dans la ville d'vn grand Roy, vn Duc,
& d'vn Duc donnant simples lettres de Comte
dans vne maison particuliere, en la ville de Geneue
où il venoit par fois auec permission de l'Euesque,
& Syndiques, ausquels il en faisoit requeste,
& promettoit par actes authentiques, de ne rien faire au preiudice de la Iurisdiction & liberté de la ville, ni de tirer à aucune conséquence à l'aduenir les
choses qu'il y pourroit faire.

Et combien qu'il seroit accordé que le Duc Charles euft fait eftant dans Geneue à S. Auré d'vn gentilhomme vn Comte, il ne s'enfuit pourtant de la,
que le Duc Charles fuft fouuerain de Geneue, ni
que tel acte luy donnaft quelque fouueraineté de
la ville. Il pouuoit bien faire dans fon logis, & en
l'abfence de l'Euefque & Syndiques plufieurs chofes, fans qu'on fen apperceuft. On n'alloit pas recercher & veiller de fi pres fes actions, ni voir que,
c'eft que cuifoit, comme l'on dit, dans fon pot. Autre chofe feroit d'vn acte fait publiquement en vn
lieu, du confentement de ceux à qui la Souueraineté en appartient. L'Empereur Sigifmond en fon
voyage de France, peu de temps auant que creer le
Conte Amé VIII. Duc de Sauoye, fe difpenfa bien
de faire Cheualier en pleine Cour de Parlement le
Senefchal de Beauquaire, dont le Roy fut grandement offenfé, mais pour cela il ne deuint pas fouuerain en France, moins perdit le Roy quelque cho
fe de fes droits: *Vna hirundo non facit ver.* Vn acte
voire plufieurs faits en fecret & en chambre à l'infceu de ceux que l'on pretend y auoir intereft, ne
leur peuuet preiudicier. Mais ce fpecieux argument
auancé par faute de meilleur droit, & qui eft plus-
toft digne de rifée, que d'vn long examen, me iette
& me mene à la parfin dans le digne champ des
territoires demandez par les Comtes & Ducs de
Sauoye, aux Euefques & Syndiques de Geneue.
Territoires qui chanteront & publieront eternellement les iuftes droits & defenfes de la ville de
Geneue contre la maifon de Sauoye.

Car, comme nous auons touché ci deffus p. 69. &
83.

& des Comtes & Ducs de Sauoye, pour capter & gagner la bienueillance du peuple de Geneue, & pour empieter infenfiblement fur la liberté de la ville, & y gagner quelque credit, refpect & autorité, s'ils euffent peu, s'addreffoyét par fois à l'Euefque, par fois aux Syndiques, par fois à tous deux, & les requeroyét de leur accorder territoire, & leur donner permiffió & licéce de feiourner auec leur Cour & Confeil vn certain nombre de iours limité, & au bout defdits iours en demandoyent prolongation pour quelques autres iours, & donnoyent ordinairement des actes & declaratiós authentiques, Comme ils ne pretendoyent tirer telle permiffion en aucune confequence, ni en rien preiudicier par ce moyen à la iurifdiction & liberté de la ville. Par fois auffi ils demandoyent territoire, pour pouuoir rendre Iuftice entre leurs fuiets, qui fe rencontreroyent à Geneue pendant leur feiour. Et combien que l'intention des Princes en telles demandes ne fuft point paraduenture des plus faines, & que les Euefques, Syndiques & citoyens, ne fe monftraffent que trop volontaires à ottroyer lefdits territoires & demádes affez inciuiles: Toutesfois ce font des tefmoignages irrefragables, que les Comtes de Sauoye n'eftoyent point fouuerains de Geneue, puis qu'ils demandoyent territoire & congé d'y refider quelques iours, tout ainfi que les Princes Souuerains & Republiques font auiourd'huy les vns enuers les autres, pour eftre dóné à leurs Confeilliers & autres Officiers, territoire & permiffion de prédre enqueftes & informations, ou faire autres procedures dans le territoire & reffort d'autruy. I'en fourniray quelques exemples notables, des années

1390. 1398. 1402. 1414. 1417. 1440. 1458. 1469. 1485.
1498. 1508. 1515. & plusieurs d'vne mesme année, tirez
de l'infinité de tels actes, qui se trouuet dans les Archiues de Geneue? & notamment des Princes les
plus qualifiez entre ceux de la maison de Sauoye,
comme du Comte Verd, Amé v i. du Duc Amé
v i i i. Et du Duc Loys son fils. Sensuit la teneur de
la déclaration du Comte Verd, qui est tant plus
remarquable, que c'est celuy qui auoit fait tant de
bruit pour le Vicariat.

Nos Amedeus, Comes Sabaudia, notum facimus
vniuersis, quòd per exercitium Iurisdictionis quod fe-
cerunt & facient dilectus fidelis consanguineus Do-
minus Ludouicus de Cossonay, Locum tenens noster, ci-
tra montes, nec non Consilium nostrum residens nunc
in Ciuitate Gebennarum, vsque ad primam diem pro-
ximi mensis Septembris, de speciali concessione Reue-
rendi in Christo Patris Do. G. moderni Episcopi Ge-
bennarum, non intendimus, nec volumus derogari ali-
cui Iurisdictioni ipsius Domini Episcopi & Ecclesiæ
Gebennensis. nec per ipsum exercitium nobis adquiri
quidquam iuris. Datum Gebennis die 16. mens. April.
Anno Domini M.CCC.XCI. *præsentib. D. de Cossonay.*
B. de Chalant. G. Marchiandi, Galeysto de Viuaco,
sub sigillo Domini Comitis.

Et depuis le Comte Amé v i i i. fait vne semblable déclaration le 9. de Nouembre 1398. sur la permission à luy donnée par l'Euesque de resider à
Geneue iusques au dernier iour de Decembre. Et
derechef le mesme Prince en donne vne autre le 18.
de Feuurier 1402. pour resider en la ville iusques au
dernier d'Auril. Et vn autre le 1. de Septembre audit

dit an, pour y refider dix iours tãt feulement, *vfque ad decimum diem menfis huius, incluſiuè.* Et vne au-treſau mefme an du 27. de Septembre, pour refider en la ville huict iours, *vfque ad octo dies proximos, incluſiuè.* Toutes lefdites declarations femblables de mot à mot à celle du Comte Verd, hors la di-uerſité des dates.

Le mefme Prince qui tafchoit toufiours de gai-gner pied à pied quelque chofe dans la ville, s'il euft peu, demande le 29. d'Aouft 1414. à l'Euefque, puis obtiét permiffion & licence de feiourner quel-que temps dans la ville, ou dans les fauxbourgs, & pareillement impetre territoire pour pouuoir e-xercer iurifdiction entre fes fuiets dans le deftroit de la ville, ou des fauxbourgs. Et donne declaration telle que fes predeceffeurs, pour faire foy de la con-dition & referue accouftumée en tels ottroys.

Nos Amedeus Comes Sabaudiæ, notum facimus, vniuerſis & ſingulis, præſentes inſpecturis: Quòd cùm nos intendamus in ciuitate Gebennenſi, ſeu eius ſub-urbiis aliquandiu reſidere. Et propterea ad noſtram requiſitionem Reuerendus in Chriſto pater Dominus Iohannes Epiſcopus Gebennenſis, nobis licentiam & territorium exercendi iuriſdictionem noſtram in ſub-ditos noſtros infra prædictam ciuitatem, & eius ſubur-bia liberaliter concefferit: Nos atteſtamur & volumus per præſentes, quòd huiuſmodi licentiâ & territorij conceſſio aꝛ exercitium noſtra Iuriſdictionis dicto E-piſcopo ac ſuæ Eccleſiæ Gebennenſi, eorũmque Iuriſ-dictioni nullum in poſterum poſſint preiudicium quo-modolibet generare. Datum in prioratu S. Victoris, * Où il e-*extra muros dictæ Ciuitatis* *.   ſtoit logé.

Sem-

Semblables territoires, estoyent aussi accordez
par fois aux Iuges subalternes du pais circonuoisin,
comme en l'an 1417. le 5. de Feuurier, par l'Euesque
Iean à vn Reymond Dorsieres, Iurisconsulte & Iuge
des terres du Seigneur de Terniet, pour iuger dans
la ville des causes despendantes de sa Iudicature,
ce qui aduenoit souuent sans desseing, & pour diuers respects & plusieurs commoditez, qu'en telles
sceances ils receuoyent:

Nos Reymundus de Orseriis Iurisperitus, Iudex
terrarum Domini Terniaci, & certarum aliarum,
notum facimus vniuersis & singulis per praesentes,
Quòd per exercitium Iurisdictionis praedictarum Iu-
dicaturarum nostrarum, quod fecimus, facimus, & fa-
ciemus in Ciuitate Gebennensi, non intendimus quo-
quomodo Iurisdictioni & dominio Reuerendi in Chri-
sto patris, & Domini Domini Iohannis, miseratione
diuina Episcopi & Principis Gebennarum & suae Ec-
clesiae, in aliquo derogare, sed potius ipsi Iurisdictioni
Episcopali fauere, confitentes, nos praedictam Iurisdi-
ctionem nostrarum iudicaturarum exercuisse & exer-
cere de speciali licentia venerabilis & circunspecti
viri Domini Iohannis de Lemthenay Licentiati in le-
gibus, Officialis Gebennensis, per literas autoritate
dicti Domini Episcopi nobis factas. In cuius rei testi-
monium praesentes nostras literas fieri fecimus, & si-
gilli nostri appensione roboramus.

De mesmes le Duc Loys fils d'Amé VII Lpen-
dât que son pere estoit Pape, & auant qu'il fust admis à l'Euesché de Geneue, le 24. de Iuin 1440. ad-
dresse des lettres requisitoires à François Euesque
& Prince de Geneue, pour auoir territoire & licence

ce,tant pour y seiourner auec toute sa maison, que
pour y exercer Iustice entre ses suiets : l'Acte en est
remarquable,où ledit Loys se qualifieDuc,pédant
la vie de son pere contre la negatiue de Paradin , &
recognoist l'Euesque estre Prince de Geneue , le
priant instamment de ce que dessus en aide & secours de Iustice.

Ludouicus Dux Sabaudiæ, Reuerendo in Christo patri,Compatri & amico nostro carissimò Domino Francisco Episcopo Gebennarum & Principi,
seu eius in spiritualibus & temporalibus dictæ ciuitatis Vicariis, amoris sinceritatem & omne bonum.

Cùm ciuitatem prædictam nos cum domo nostra
tota inhabitare , ibidémque certo tempore residentiam , disponente Domino , facere intendamus , in qua nos Iustitiam exercere , consiliúm-
que nobiscum residens,& cæteri Iudices,& Commis-
sarii nostri tam deputati quàm deputandi per nos,seu
per Consilium nostrum,ad nos eandem ciuitatem a-
deuntes causa actus Iustitiæ inibi exercendi peropre-
mus,& à vobis,seu altero vestrum licentiam ac territorium obtinere:Proptereà vos Dominum Franciscū
Episcopum,seu in vestri absentia,vos eiusdem in spiritualib.& temporalibus Vicarios attentè requirimus
& rogamus , quatenus pro debito cultu Iustitiæ,quæ
per vniuersum coli debet & exerceri, dictas licentiā
& territorium ad actus quoscumque Iudiciarios tam
per nos quàm per consilium nostrum prædictum, in i-
psa ciuitate in quoscumque subditos nostros exercendi
dare,& concedere liberaliter velitis. Nos enim propter hoc Ecclesiæ libertati & Iurisdictioni vestræ Ci-

uitatis tam temporalis quàm spiritualis quoquomodo derogare, & illam in aliquo infirmare non intêdimus.

Et en apres le 26. ledit Duc ayant obtenu ce que par lesdites lettres il auoit demandé, il fournit la declaration requise, estant logé au Conuent des freres mineurs de Riue.

LVDOVICVS *&c. Quòd cùm nos intendamus in Ciuitate Gebennensi, seu eius suburbijs aliquandiu residere, ob quam residentiam ad nostram postulationem Reuerendus in Christo Pater Compater & amicus noster carissimus D. Francisc. Episc. Gebennēsis, siue venerabilis vir D. Iohannes Maria, decretorum Doctor, Officialis Gebennensis, Vicarius in spiritualibus & temporalibus ipsius Episcopi, nobis licentiam & territorium exercendi iurisdictionem nostram in subditos* nostros infra prædictam ciuitatem & eius suburbia liberaliter concesserit, Nos propterea attestamur, & volumus quòd huiusmodi licentia & territorij concessio, ac exercitium nostræ iurisdictionis dicto Episcopo & suæ Ecclesiæ Gebennensi, eorúmque iurisdictioni nullum in posterum præiudicium quomodolibet possit generare. Datum Gebennis, in domo fratrum minorum Ripæ.*

* Ergo
ceux de
Geneue
n'estoyent
pas ses
suiets.

Nous donnerôs encor la teneur d'autres lettres requisitoires du mesme Duc Loys, du 4. de Decembre 1440. addressees audit François Euesque, deuenu Cardinal depuis le mois de Iuin, par lesquelles il remonstre, qu'ayant veu la côcession du territoire à luy accordé, & que le terme qui luy a esté limité beaucoup plus court que celuy qu'il auoit demandé, est proche d'expirer, il desire de resider

encor

encor quelque temps en la ville, & prie de luy prolonger le terme iusques au prochain mois de May, en aide & secours de Iustice.

LVDOVICVS *Dux Sabaudiæ, Reuerendissimo in Christo Patri, compatri, & amico nostro Domino Francisco, miseratione diuina Episcopo Gebennensi, & Cardinali sancti Marcelli, seu eius in Spiritualibus & temporalibus dictæ ciuitatis Viscarijs, amoris sinceritatem & beneuolentiam specialem. Visis literis nostris requisitorijs, atque vestris, territorij concessionibus præsentibus annexis, ipsarúmque tenoribus consideratis, quoniam tempus præfixum territorij, vt in literis prædictis concessum, instat, Deóque authore cupiamus in eadem ciuitate maiore certo tempore adhuc facere residentiam. Propterea vos antefatū Dominum Franciscum Episcopum, seu in vestri absentia eiusdem in Spiritualibus & temporalibus vicarios attente requirimus & rogamus, quatenus pro debito cultus Iustitiæ, quæ per vniuersum coli debet & exerceri dictas licentiam et territorium iuxta formam et tenorem prædictarum literarum nostrarum requisitoriarum prorogari et prolongari à die scripti termini earundem vsque ad proximum mensem May velitis. Non enim propter hoc Ecclesiæ, libertati et iurisdictioni vestræ præsactæ, tam in temporalibus quàm Spiritualibus quoquomodo derogare, & illam in aliquo infringere intendimus.*

Le successeur du Duc Loys Amé IX. de ce nom ayant pareillement addressé des lettres requisitoires à l'Euesque Iean Loys de Sauoye, son frere, ou

à fon Vicaire, au mois de Ianuier 1469. pour auoir
territoire, il luy eſt ottroyé le 12. dudit mois par
Philippe de Compois Protonotaire du ſiege Apoſtolique, Chanoine des Egliſes de Lauſanne & de
Geneue, & Vicaire general tant au ſpirituel que
temporel de ladite Egliſe pour l'Illuſtre & reuereſd
pere Loys de Sauoye Protonotaire dudit Siege A-
poſtolique,& *Adminiſtrateur de ladite Egliſe &
Eueſché de Geneue tant au ſpirituel que temporel, aux fins d'y exercer Iuſtice, exceptee l'execution de peine capitale, & les crimes que les ſuiets
du meſmes Duc auroyent commis riere Geneue,
ou le reſſort de la ville.   Il dit doncques,

* l'Eueſ-
que eſt ap-
pellé Ad-
miniſtra-
teur, ſim-
plement.

*Quòd ad requiſitionem Illuſtriſſimi Principis &
Domini, Domini Amedei Ducis Sabaudia, ipſi eidem domino Duci, ſuóque magnifico côſilio & ceteris
eius iudicibus & commiſſariis deputatis, ſeu medio
tempore deputandis, facultatem, licentiam & territorium cauſas ſubditorum dicti Domini Ducis,(dum-
modo in ciuitate Gebennenſi, ſeu alibi penes iuriſdictionem Epiſcopalem Gebenenſem non deliquerint,)
in ciuitate eadem Gebennenſi eiuſque ſuburbiis & finibus extra loca ſacra, audiendi, cognoſcendi, deci-
dendi, ac in eiſdem cauſis iuſtitia miniſtrandi, citra
tamen quamcunque condemnationem & executio-
nem pœnam ſanguinis concernentem, citraque eiuſdê
Epiſcopalis Gebennenſis, Iuriſdictionis ſpiritualis
& temporalis præiudicium, vice & authoritate præfati Domini & adminiſtratoris, quibus fungimur, in hac
parte concedendi & impartiendi gratioſe duximus,
concedimúſque & impartimur per præſentes.*
Et le lendemain, ãt veu la permiſſion à luy
donnee,*

donnee, il fournit ſa declaration en bonne & deuë
forme, comme ſes predeceſſeurs, d'auoir obtenu
tel territoire liberalement & gratieuſement, &
ſans qu'il doiue ou puiſſe deſormais porter aucun
preiudice à la Iuriſdiction de Geneue.

*Vniuerſis ſerie præſentium fiat manifeſtum, Quòd
cùm nos intendamus in Ciuitate Gebennarum, ſeu e-
ius ſuburbiis, aliquandiu reſidere, ob quam reſiden-
tiam ad noſtri poſtulationem Illuſtris ac Reuerendiſſimus in Chriſto pater & frater noſter chariſſimus Dominus Iohannes Ludouicus de Sabaudia, Gebennarum Epiſcopus, nobis licentiam & territorium exercendi iuriſdictionem noſtram in ſubditos noſtros, *infra prædictam ciuitatem, eiúſque ſuburbia liberaliter
conceſsit: Nos enim propterea atteſtamur & volumus
quòd huiuſmodi licentia & territorij conceſsio, ac exercitium noſtræ iuriſdictionis dicto Epiſcopo, & ſuæ
Eccleſiæ Gebennenſi, eorumque iuriſdictioni nullum
in poſterum poſsint præiudicium quomodolibet generare.*

Ego ceux de la ville n'eſtoyent pas ſes ſuiets.

De meſmes Fráçois de Sauoye Adminiſtrateur de
l'Egliſe de Geneue le 12. d'Octobre 1445. ſur l'inſtáce
& requeſte du Duc Charles 2. de ce nô ſon nepueu,
il lui accorde territoire ſoubs les meſmes clauſes
& exceptions, que le precedent de Iean Loys de
Sauoye.

*Ad inſtantiam & requiſitionem Illuſtriſsimi Prin
cipis & Domini Domini Caroli Sabaudiæ Ducis, ne-
potis noſtri metuendiſsimi, &c.*

Et le lendemain 13. d'Octobre ledit Duc Charles fournit ſa declaration telle que les precedétes.

Carolus Dux Sabaudiæ &c. Tout ainſi qu'au pre

t j

cedent, *Quòd per exercitium iurisdictionis quod nos*
& consilium nostrum fecerimus, & faciemus in ciui-
tate Gebennensi, per tempus quo in eadem præsentia-
liter nos & consilium nostrum prædictum residebi-
mus, de speciali concessione Illustris & Reuerendissi-
mi Patrui nostri charissimi Domini Francisci de Sa-
baudia, Auxitanensis Electi, & administratoris Ec-
clesiæ Episcopatus Gebennensis ; Non intendimus
nec volumus derogari alicui iurisdictioni ipsius Il-
lustris & Reuer. Patrui nostri, & administratoris præ-
dicti & Ecclesiæ Gebennensis, nec per ipsum exerci-
tium nobis quicquam acquiri iuris, præsentibus Do-
minis Anthonio Championis Episcopo Montisregalis,
Cancellario Sabaudiæ A. de Rossillone. Claudio de
Marcossay magistro hospity, Richardi sub sigillo Du-
cali.

Subsecutiuement en l'an 1448. Aimé de Monfalcó
Euesque de Lausanne, *& princeps administratórque*
in spiritualib. & temporalibus Ecclesiæ. Gebennensis
sur les lettres requisitoites du Duc Philibert. 2. de
ce nom, luy accorde le territoire requis, pour euiter, dit-il, que ce que le Duc feroit sans cela dans
Geneue ne fust suiet à null.té.

Cunctis facimus manifestum, Quòd visis literis
Ducalibus præsentibus annexis, & earum serie ma-
turè considerata, ne defectu præstandi teritory quæ ini-
bi per magnificum consilium Illullstrissimi Principis
Domini Sabaudiæ Duces iudicialiter aguntur, vitio
subiaceant nullitatum, prout nec decens arbitran-
dum est, ipsum territorium per causas audiendi exami-
nandi, cognoscendi, fine debito terminandi, ac alijs
actibus iudicialibus fiendi, dummodò pœna sanguinis

non

*non existat infligenda, eidem Magnifico Consilio præ-
bemus per præsentes.*

Puis par acte separé le dit Duc Philibert donne
sa declaration, comme ses predecesseurs.

PHILIBERTVS *Dux Sabaudiæ, & Chablasij,
Comes Gebennesij, &c. Baro, Vaudi, Gaij, & Fon-
tignaci, Dominus, &c. de concessione speciali
Reuerendi in Christo Patris & benedicti Domini
Aymonis de Montefalcone Episcopatus Lausannensis
Administratoris, & reuerendi fratris nostri charis-
mi Domini Philippi de Sabaudia Electi, & commendatarij Ecclesiæ & Episcopatus Gebennensis, Non intendimus, &c.*

Finissons les territoires par le dernier Duc de
Sauoye, qui a esté auant les troubles de l'an 1536. Et
qui a esté neantmoins l'vn des plus contraires à
Geneue, comme l'ay monstré ci dessus par vne di-
gression expresse, pa. 84. & suiuantes, & dont il porta la peine auant que mourir. C'est le Duc Charles *Et de
3. de ce nom, & 9. de Sauoye, qui parlera toutesfois *mesmes en
en ceste matiere de territoires, autant ciuilement, *certaines
qu'aucun de ses predecesseurs, & se nomme tout *lettres
du long sans abbreuiation *Comes Gebennesij,* tout *que i'ay
ainsi que le Duc Philibert. *en main
du 19. O-
CAROLVS *Dux Sabaudiæ, Chablasij, Comes* *ctob. 1512.
Gebennesij, &c. Vniuersis serie præsentium fieri volu-* *en faueur
mus manifestum, Quòd per exercitium iurisdictionis,* *d'vn Pier-
quod nos & consilium nostrum fecerimus, & faciemus* *re Fabry
in ciuitate Gebennarum, per tempus, qua in eadem* *Docteur
præsentialiter nos & consilium nostrum prædictum re-* *ès droits
sidebimus, de speciali concessione Reuerendi in Chri-* *pour l'offi-
sto patris, & bene dilecti D. Aymonis de Montefal.* *ce de Iuge
de Cha-
blais.*

t. ij.

cone, Episcopi Lausanensis administratoris Illustrissimi & Reuerendissimi fratris nostri carissimi Damni Philipp. de Sabaudia, Electi, es commendatarij Ecclesia et Episcopatus Gebennarum, Non intendimus nec volumus derogari alicui iurisdictioni ipsius Illustris et reuerendissimi fratris nostri, et eius administratoris predicti, et Ecclesia Gebennensis, nec per ipsum exercitium nobis quicquam acquiris iuris. Datum Gebennis die 7 mensis Aprilis.

Et le mesme iour, s'estant addressé aux Syndiques de la ville, pour auoir territoire, ce qui est bien considerable, comme aussi depuis au mois de Iuillet 1513. il leur fournit deux declarations de la teneur que sensuit.

CAROLVS Dux Sabaudia, &c. Vniuersis serie præsentium fiat manifestum, Vt cùm bene dilecti Syndici & Consules huius Ciuitatis Gebennensis, morem nostræ voluntati gerere volentes, requisiti concesserint, causas consilij nostri nobiscum residentis, dum in ipsa

*C'estoit
pout fai-
rir de plus
pres la
maison de
ville,

ciuitate residentiam faciemus, teneri in * ala communi ante domum Ciuitatis. Ecce quòd nos attestamur huiusmodi concessionem, non ex debito, sed mera ipsorum Syndicorum & Consulum voluntate processisse, quam nolumus ad consequentiam trahi, nec libertatibus, immunitatibus & franchesijs eiusdem in aliquo preiudicium generari: has literas nostras in testimonium præmißorum concedentes.

Comme aussi depuis la Seigneurie de Geneue a souuent donné territoire. en temps de guerre aux Officiers des Rois de France, & aux Seigneurs & Capitaines Suisses, pour iuger entre les leurs, & leur ont mesmes par fois presté les prisons de la villle, en le, en aide & subfide de Iuftice, fur de bonnes & authentiques lettres requifitoires. Et combien qu'Il pourroit fembler à aucuns, queles territoires ottroyez iadis aux Princes de Sauoye ne leur deuoyent eftre accordez fi liberalement, toutesfois il faut confiderer deux points en cefte matiere, l'vn que iadis l'ô n'eftoit point fi fcrupuleux en tels affaires qu'au iourd'huy, & ne faifoit-on pas plus d'eftat de tels territoires qu'à prefent d'vn fimple *place* fur l'execution d'vn iugement ou citatiô eftragere. L'autre que la plufpart des Adminiftrateurs de l'Eglife de Geneue eftoyent de la maifon de Sauoye par certaine cabale que nous auôs touché ci-deffus, & par ainfi voulás prefter toute aide & faueur les vns à leurs peres, les autres à leurs freres, nepuens, coufins, & en general procurer la grandeur de leur maifô, ils cônuoyét le pl° fouuét & prenariquoyét auec les Princes de Sauoye contre les vrayes libertéz & franchifes de la ville, au lieu de tenir ferme iufques aux moindres chofes, comme l'ô a fait depuis, & apprins de faire aux defpens de nos predeceffeurs, qui attiroyét quoy que c'en foit des mauuais bruits fur leur liberté par telles indulgences & cônniuences : defquelles neantmoins Dieu a voulu tirer ce bien, qu'à prefent elles nous fourniffent des droits fi certains & indubitables, que deformais chacun pourra eftre defabufé des fauffes impreffions du Calomniateur. A ces paroles tu fecoues les aureilles, Caualier, tu t'ennuyes, ce femble, dans cefte Crotte, & voudrois bien maintenát n'auoir pas remué tant de befongne, mais la pierre

en est iettée. Courage, nous sortirons tantost d'icy
apres que tu auras ouy parler ce grand Empereur
Charles V. & les Seigneurs des Ligues pour la liberté de Geneue côtre le Duc Charles. Et derechef
les mesmes Seigneurs des Ligues contre le Duc E-
manuel Philibert : & finalement le Duc Charles
Emanuel à present viuât par vn traité auec la Seigneurie de Geneue.

Ie t'ai oui murmurer quelque chose entre les dēts
des prouisions du Vicariat, que tu dis auoir esté accordées aux Ducs de Sauoye par les Empereurs
modernes. Mais nous t'auons dit ci dessus que si
aucunes y en a, elles auront esté subreptiçemēt obtenues, & auec des nullitez toutes manifestes. Ce
sont morceaux de parchemin mendiez en cache-
te, sans ouir ceux qui y auoyent interest, (& contre
les anciens priuileges inuiolables de l'Empire, &
les expresses reuocations du Vicariat prononçées
contradictoiremét,) voire sur les grandes instances
& importunitez des Princes de Sauoye leurs pa-
rents, desquels ils ont voulu paraduenture se des-
pestrer en leur dōnāt du parchemin, à tout hazard,
pour valoir *quantum valere poterit*. Et toutesfois
l'vn des plus renommés Empereurs modernes
Charles Quint beau frere du Duc Charles a recō-
gneu à diuerses fois du temps * dudit Duc la ville
& Cité de Geneue purement & immediatement
Imperiale, par lettres & patentes nullement recer-
chées : mais par luy escrites de son propre mouuement sans que ceux de Geneue y pésassent, lesquelles tacitement reuoquent toutes autres preceden-
tes concessions modernes contraires, & donnent
loy

loy pour l'auenir. Entre autres il addreſſe en l'an 1527. aux Syndiques & Conſeil de Geneue des lettres fort honnorables & amiables pour leur donner la nouuelle de la naiſſance de ſon fils ce grand Monarque des Eſpagnes, le Roy Philippe dernier defunct, & les exhorte à s'en reſiouir & en louer Dieu.

Honorabilibus noſtris & ſacri Imperij fidelibus, dilectis Nobilibus Syndicis & Conſiliarijs Ciuitatis noſtræ Imperialis Gebennenſis.

CAROLVS *Diuina fauente clementia, Electus Romanorum Imperator, ſemper Auguſtus, &c. Honorabiles, fideles & dilecti. Placuit Deo. Opt. Max. Qui ſua gratuita benignitate magna nobis munera nunquam non elargitur, hunc nobis diem duplici nomine hilarem fœlicémq, præſtare, ſeruata ab anguſtijs partus ſereniſſima Imperatrice Coniuge noſtra, Nouóque nobis præſtito ſucceſſore. Hodie enim (quòd fauſtum fœlíxque ſit) filium nobis in lucē emiſit. Quòd cum exploratum habeamus quàm iucundiſſimum vobis futurum ſit, vos minimè latere voluimus, Quò nobiſcum hoc gratiſſimum Dei donum gratulemini, vt hunc partum quàm fœliciſſimū eſſe velit rois Reip. Chriſtianæ. Dàtū in oppido noſtro Valliſſaleti, die 20 menſis May, anno Domini. M.D. XXVII. Mandato Cæſareæ & Catholicæ Maieſtatis. Alph. Valdeſius.*

Et le meſme Empereur par autres lettres du 18

de Nouemb.1530 intituleés semblablement. *A noz*
chers & bien aimez les Syndiques, Conseil & Com-
munauté de nostre Cité Imperiale de Geneue; les aduertit expressement quayant eu aduis que son cousin le Duc de Sauoye vouloit traicter des choses
concernantes les iurisdictions & droitures de tres-
reuerend Pere en Dieu, son trescher & feal cousin,
& Conseiller l'Euesque de Geneue, il ne veut toutesfois y estre derogé ni preiudicié. Ains (dit il)
comme prouenans & dependans de fondation &
dotation Imperiale, les voulons soustenir & defendre, & faire entretenir, vous auons bien voulu sur
ce escrire, requerant & enioignant tresexpressem̃et
selon la confidence qu'auons de vos deuoirs enuers
nous, & nostre authorité Imperiale, quayez
le regard qu'a ce par raison deués auoir. En enuoyãt
deuers nous personnage instruit de ce que peut e-
stre en controuerse, de maniere que conoistrez le
desir & affection qu'auons que nos vassaux viuent
& demeurent en paix, amitié & concorde. Et nous
faites sur ce responce. A tant, chers & feaux, nostre
Seigneur soit garde de vous. D'Ausbourg. Signe
CHARLES, & plus bas,

Aper semi.

Et dix ans apres luy ayant esté fait vn faux rapport que ceux de Geneue branloyent pour se laisser
aller à la protection de quelcun qui est designé en
ses lettres qu'il n'est besoin de nommer presente-
ment, & nonobstant le changement de religiõ qui
estoit aduenu en la ville 5. ans auparauãt enl'an 1535.
Il ne laisse de leur escrire auec seblable inscriptiõ.

que

que ci deſſus,& en termes honnorables, & les ex
horte de n'obliger leur fidelité à qui que ce ſoit:
mais demeurer fermes en l'obeiſſance du S.Empi-
re ſans faire aucune mention du Duc de Sauoye,du
quel il n'euſt obmis de faire exception s'il euſt entendu le reputer Vicaire de l'Empire à leur regard.

Karolus Diuina fau. Clem. Rom. Imp. Aug. &c.
Honorabiles, fideles, dilecti, Relatum nobis eſt vos
ſeriò ſollicitari ad praeſtandam fidelitatem, ...
. . . . Et quamuis non poſſumus adduci vt creda-
mus vos eò delapſuros, vt in praeiudicium noſtrum &
ſacri Romani Imperij, cuiquam alteri fidelitatem
praeſtare velitis, nihilominus tamen ea de re ſeorſim
vos monere voluimus, Vos ſeriò requirentes, & ſub
poena grauiſſima indignationis noſtrae mandantes,
vt à praeſtando dicto iuramento fidelitatis, omni-
no abſtineatis, neque in diuerſam ſententiam vllo
modo eatis, aut vos adduci ſinatis. Quin potius
in noſtra ac ſacri Imperij fide & obedientia debita
perſeueretis, quod etſi nobis perſuademus vos fa-
cturos, & huic iuſſui noſtro parituros, vt par eſt,ni-
hilominus tamen à vobis petimus, vt animi ve-
ſtri voluntatem, nobis literis veſtris ſignificetis, vt
ea cognita prouidere poſſimus, quemadmodum pro
exigentia rei expedire iudicauerimus, quod vobis
ob id ſignificandum duximus, vt in hac re vos ita
geratis, ne vobis vlla culpa poſſit imputari. Fa-
cturi in eo voluntatem noſtram expreſſam. Datum
apud Hagam Comitatus noſtri Hollandiae,die 8.
menſis Auguſti, Anno Domini M. D. XL.*Impe-*
rij noſtri XX.

Venons maintenant au dernier point deſnié par

le Caualier en la pag.213. Scauoir que les Seigneurs
des Ligues ayent debouté le Duc Charles & ses
successeurs de la souueraineté pretendue sur Geneue.

Doneques pour faire triompher de plus en plus
la verité, sur le mensonge, nous disons que le Samedy apres la feste de Noel en l'an 1531. fust rendue
& prononcée sentence à Payerne par les Seigneurs
des xi. Cantons des Ligues, & des alliez & côfœde-
rez de S. Gal. & de Valey, Iuges & Arbitres acceptez
respectiuemét par les parties, scauoir par Charles Duc de Sauoye, & par les trois villes de Berne,
Fribourg & Geneue. La cause de la dite iournee est
exprimee tout au commencement.

   Comme ainsi soit que se soit leué different de-
,, bat & esmotion de guerre, A cause & pour raison
,, que aucuns gentilhommes & subiets dudit Prince
,, de Sauoye sont allez par force d'armes deuant la
,, ville de Geneue, estant alliée par combourgoisie
,, ausdits nos treschers & confederez des deux villes,
,, l'assiegeant certains iours, & dommageât les Bour-
,, geois d'icelle par maniere de fait de guerre, dont
,, lesdits de Geneue furent occasionnez & contraints
,, de requerir & prier les dits nos chers, & confœde-
,, rez des deux villes pour aide & secours, ainsi qu'ils
,, ont fait, & s'en sont allés audit lieu auec leurs en-
,, seignes & puissance pour les secourir & defendre
de violence. Et est dit que ladite assemblee a esté
faite en execution de l'arrest de S. Iulien de l'annee
precedente, rédu pareillemét par les dits Seigneurs
des Ligues, entre le dit Sieur Duc & la Seigneurie

de

de Geneue dôt nous auôs parlé ci deſſus p. 105. Ité eſt
dit, qu'ils y ont procedé par amiable requiſition
des parties. Et par icelle ſentéce la combourgeoiſie
& alliance contractée auparauant entre leſdites
trois villes eſt confirmée & corroboree, quoy que
le Duc en pourſuyuit la reuocation. cóme s'il n'a-
uoit eſté loiſible à ceux de Geneue d'y entédre: & par
meſme moyen le dit Duc eſt tacitement declaré *Car il
non receuable es droits de *Souueraineté par luy   n'appar-
pretendus, & condamné enuers les trois villes pour   tient qu'à
les frais de la guerre par luy cauſée, en la ſomme de   villes li-
XXI. mille eſcus, & ſon païs de Vaux declaré ſpe-   bres decon
cialement affecté, ſuiuant le precedent arreſt de S.   tracter al
Iulien, au profit de la partie, contre laquelle iceluy   liances.
Sieur Duc viendroit à enfraindre la dite ſentence.
Bref que de tous coſtez deura eſtre demeuré en
Paix. Laquelle ſentéce fut par les parties acceptée,
& partie de la dite ſomme payee par le Duc. Et là
deſſus contre ta propre conſciéce, ou par vne grande ignorance tu viens à deſnier vn acte ſi ſolennel,
& pour en denigrer l'authorité tu retournes à ton
vomiſſement, tu recidiues à cracher les fauſſetez,
les blaſmes & les iniures plus gros que le bras.
En premier lieu tu allegues que les Cantons Catholiques ne furét pas en ceſte aſſemblée, mais que
ce furent ſeulement les Cantons de la religion que
tu recógnois eſtre pleins de l'eſprit de reformatió,
ceſt à dire guidez, conduits & inſpirez par l'eſprit
de Dieu le vray reformateur de nos difformitez, le
vray & vnique patron & exemple, ſur lequel nous
deuons former & reformer noſtre vie & noſtre religion.

Et cependant la verité est, que se trouuerent en
le assemblée pour Iuges & Arbitres les Amba
deurs des x n Cantons des Ligues, & ceux des
les & pays de S. Gal & de Valey alliéz & confed
rez des Ligues: Et pour parties, les Ambassadeurs
S. A. de Sauoye; & ceux des trois villes, de Berne
Fribourg & Geneue. Sçauoir pour Zurich, les Se
gneurs Iean Blueeler & le Balthasar Keller. Pour
Lucerne, Maurice de Mettenuille, & Henri Fle
kenstein. Pour Vry, Iosué Beroldinger, Cheuali
ancien Amman, & Ambroise Pundmer. Pour Suits,
Ioseph Amberg & Martin Geisser. Pour Vnder
sur la forest, Nicolas Vuietz boursier, & dessoub
la forest, Marquard Zelger ancien Amman. Pou
Zug, Osuald Dols, Amman, & Conrad Bachma
Pour Basle, Sebastian Krug, & Christofle Offen
burg. Pour Soleurre. Benoist Manssleys. Et Hiero
me de Lutternouer, Volffgang Stolli & le avalli
Pour Schafhuzen, Iean Ziegler & Alexadre Offe
burger. Pour S. Gal Ioachim de Vatt, Docteur an
Bourgmeistre, & Chrestien Fridolt. Et pour Vale
Iean Verro & Iean Zuriedmatten. Pour le Duc d
Sauoye, Messieurs le Comte de Challant. Mare
chal de Sauoye; le Sieur de Lullin Baillif du pai
de Vaux, les Sieurs de Mersiere gouuerneur de Ve
cel, le Collateral Mulinet & l'Escuiyer Piochet
Pour Berne les Seigneurs Iean Iaques de Vuatten
uille, Iean François Naygelin du conseil, Pier
Girard secretaire; Guillaume Zielin, & Guillaum
Runsin du grand conseil. Pour Fribourg, Les Sei
gneurs Pierre de Perroman, Vlrich Schoulin, ban
deret, Laurent Brandenberg ancien boursier, Iea
Gu

Goglemberg du conseil, Pierre Brug greffier de la Iustice, & Pierre Zimmerman du grand conseil. Pour Geneue, les Seigneurs Besançon Hugues Ayme Guard du conseil, Robert Vandel secretaire & Iean Lullin.

Voila 44 tesmoins de ladite sentence de Payerne, & la plus part Catholiques, & sur tout les Seigneurs des cinq Cantons Catholiques. Ce que le Caualier vouloit dissimuler, & par vne grande impertinence rendre suspecte de faueur ladite sentence soubs le pretexte de la Religion ; comme si aucuns Cantons qui auoyent dés lors embrassé la religion deuoyent estre pource reputez plus affectionnéz & enclins au parti de ceux de Geneue, lesquels n'auoyent pas encor receu la reformation en leur ville, & ne la receurét que quatre ans apres. Voire l'Euesque de la Baume au temps de ladite iournée estoit encor en charge, & n'en sortit qu'en l'an 1534 ignorant, qui s'en voulu mesler de choses qui surpassoyent sa capacité, pour broncher à toutes heures: Et quelle sottise d'abuser du manteau de la religion pour couurir la claire verité, d'vne sentence en laquelle ne fut desbatu de la religion ni pres ni loing, Et combien mesmes qu'il seroit aduenu qu'en telle iournée ou en autre (comme il s'en tient ordinairement en Suisse, sur tout entre les quatre villes de Zurich, Berne, Basle & Schaffusen) ne se setoyent trouuéz autres Seigneurs que de la religion, faudroit-il pourtant se lascher en vn puant torrent de blasmes & connices (tel que celuy d'vne cloaque desbondée) contre le general des Cantons de la Religion, & les qualifier, pauures *fauciſſes, pauures feſſus, pauures heres deformez, veltres reformés à biſſac & boutonniere, barbes d'eſtoupe, p.214.* Dernierement vn Docteur de ceſte nation & religion qui eſtoit deputé de la part de ſon Canton pres S. M. Treſ chreſtienne ſe mocquant de ces detractiós, me dit en ceſte ville de Paris, en ſe ſoubſriant, qu'il ſçauoit tres-bien. *Iſtunc theſaurum ſtultis eſſe in lingua vt maledicant bonis.*

Mais ſi tu es ſi galant homme que tu te fais à croire, va ie te prie dire ces belles ſornettes à leur barbe dans Zurich ou dans Berne, & ie te payeray tes deſpens. Tu y trouueras ſans faute quelque habile barbier qui te nettoyera fort bien les aureilles & te fera la barbe des plus courtes, puis que tu és ennemi des lógues. He que s'il eſtoit reſté quelque dragme de diſcretion en ta ceruele, tu n'euſſes ià ainſi vilipendé le general des Suiſſes de la religion, en offençant non ſeulement les quatre villes ſuſmentionnées*, mais auſſi les peuples des Cantons de Claris & d'Appentzel qui pour la plus grande part ſont de la Religion, & les villes & Republiques de S. Gal. & de Milhuſen alliées des Ligues. S'ils ſont en bon point & de bonne carrure, c'eſt ſigne que Dieu benit leurs perſonnes & que la tranquillité de leur ame les eſloigne de paſteur ou de maigreur, c'eſt ſigne qu'ils ont bon temps, & qu'ils font bonne chere n'eſpargnants point la nourriture à leurs corps pour viure d'oignons, de noix, ou d'eſcarguots, & mettre le ſurplus en pompe d'habits. Tous tels neantmoins que tu les vois, ils n'ont rien de groſſier que ce que ton imagination en forge, ils ſont tels que leurs piques ont eſté aſſez longues pour

*(Dont les deux premieres Bennens, malgré toy & tes ſemblables la premiere ſeance en la Republique de Suiſſe.

pour decider des droits des Princes en bataille
rengée. Penses-tu qu'ils ayent degeneré de l'anciéne valeur de leurs anceſtres que Ceſar appelle hômes guerriers? Nullement. S'ils chomment vn peu,
c'eſt pour y mieux penſer; s'ils reculent iournées
ſur iournées, c'eſt pour tant mieux ſauter, & pour
ruer de plus rudes coups, voire donner de la pate
de l'Ours ſur la iouë des plus huppez. Les Rois &
les plus grands Princes leur font ceſt honneur autant qu'aux Catholiques, ſans comparaiſon, que
d'entretenir auec eux des anciens traitez d'alliances, & de leur continuer la preſence de leurs Ambaſſadeurs ordinaires, voire de les auoir pour gardes de leur Corps. Croi fermement que leurs predeceſſeurs leur ont tranſmis de pere en fils auec la
liberté, la valeur & le courage, & que le recit de
leurs anciennes victoires, dont ie te veux faire ſca-
uant, ne ſera qu'vn preſage des futures. En l'á 1273.
Raoul l'Empereur ſe ſeruit en pluſieurs guerres
des Citoyens de Zurich, leſquels il trouua vaillans
& fideles, meſmes en la guerre de Boeme, il en a-
uoit 200. qu'il mit aux premiers rangs, exhortât les
autres ſoldats de ſon armée d'enſuiure la magnanimité de ceux de Zurich.

   Et en la bataille de Grinovv ils emporterent la
victoire ſur le Comte de Habſpurg, lequel y fuſt tué
en l'an 1337.

   Voire leur ville de Zurich fuſt rudement aſſie-
gee par le Duc d'Auſtriche en l'an 1351. d'vne armee de 20. mille hommes de pied, & 2. mille cheuaux, mais plus valeureuſement conſeruée par la
force & prudence des Citadins. Et en la iournée

de Tetiuille 1200. hômes de Zurich bataillans cō-
tre vne armee puiſſante qui ne ſe comptoit qu'à
milliers, ne laiſſerét-ils pas 700 ennemis morts
ſur la place, entre leſquels y auoit 65. gentil-hommes? Et que dirons nous des Bernois, qui gaigne-
rent en l'an 1291 vne groſſe bataille contre les Cō-
tes de Sauoye, de Neubourg, & de Gruyere en vn
lieu appelé le coſtau du tonnerre, où eſtoit chef
pour les Bernois Huldric Erlach? & la bataille memorable de Loupen du 21. de Iuin 1339. ou commā-
doit pour les Bernois Roul Erlach. Leurs troupes
eſtoyent de 5. mille hommes en tout contre vne
armée de 16. mille hommes de pied, & 3500. cheuaux. Le Comte de Sauoye mourut ſur le champ,
& les Comtes de Nidovv & d'Arberg, & 80. gentil-
hommes de marque demeurerét morts ſur la place auec 1500. hommes de Cheual & 3000. hommes
de pied. Non gueres moindre fuſt la victoire de la
bataille de Sempach du 9. Iuillet 1386. où demeurerent Leopold Duc d'Auſtriche petit fils de l'Empereur Albert, & 676 gentil-hommes de marque.
Eſt encor plus digne d'admiration la bataille gagnée à grands coups de pierre du haut des montagnes contre 16. mille hommes par 380. hommes de
Glaris le 9. d'Auril 1387. qui vindrent à la charge
11. fois, & deſpecherét en forme commune 2. mille hommes de l'ennemi, outre 500. fuyards qui ſe
noyerent dans le Lac par la rupture du pont de la
riuiere d'entre Glaris & Veſen

Iaques de Sauoye Comte de Vaud & de Romōt
en l'an 1474 allant auec vne grande armée pour
faire leuer aux Suiſſes, ſur tout Bernois, le ſiege deuant

uant vne place, d'importance fust chargé si à
propos, qu'ils mirent en route tous ses Sauoysiens
& Bourguinons, & en tuerent bien 1500, & n'y demeura mort qu'vn seul Suisse.

Et en l'an 1475. enuiron la S. Martin vne armee
de 6000. Sauoysiens marchant contre Valey, le secours de Berne & de Soleure, attaqua le camp aupres de Syö, les mirét en route, & iy tuerent 300. gé-
til hómes. La memoire des trois batailles gagnees
sur le Duc Charles de Bourgongne ne s'effacera iamais. Celle de Granson en l'an 1474. où il perdit &
abandonna son bagage & des grandes richesses.
Celle de Morat peu apres où demeurerent 18. mille Bourguignons & Sauoysiens sur la place. Le mô
ticule de leurs ossemens qui se presente sur le grád
chemin dans vne chappelle en fait pour le iour
d'huy foy suffisante. C'en sont les plus vrayes marques. Finalement celle de Nancy où le Duc trouua sa fin, laquelle il cerchoit auidemét par vn merueilleux destin de la prouidence diuine. Nous ter-
minerôs la cômemoratió des rudes exploits de ces
enfás de Mars, & en honneur de la natió par la bataille gagnée le 3. de No. 1478 sur le Duc de Milan
à Iornico, où ils en tuerent 1400, & chasserent les
autres de la vallée. Ces choses sont dites non point
pour rafraischir aux Princes la memoire de telles
disgraces, mais pour monstrer seulement combien
atroce est le crime du Caualier lequel a si vilainement & generalement prophahé le nom & l'hón-
neur de peuples si renommez.

Depuis ayant succedé au Duc Charles, Emanuel
Philibert son fils Prince de grande valeur & pru-

v j

dence (lequel par ſes vertus & par la debonnaireté du Roy de France, fuſt le reſtaurateur de la maiſon, & repara les maux que ſon pere y auoit atti-
rés) Il voulut en l'an 1568. ſ'eſclaircit du merite de
ſes pretenſions imaginaires ſur Geneue, dont ſes
courtiſans luy auoyent long temps bourdonné aux
oreilles, & en voir vne fin, de maniere que par autre ſentence amiable donnée à Nyon en la dite année par les Sieurs Arbitres des ſix Cantons
eſleus & requis reſpectiuement tant par ledit feu
Duc Philibert que les Seigneurs de Geneue, il fuſt
à pur & à plein deſbouté de la ſouueraineté de Geneue, apres que ſes Ambaſſadeurs eurent eſté ouïs
l'eſpace de 12. iours, verbalement & par eſcrit.

Et depuis entretint auec ceux de Geneue bonne
Paix & voyſinance iuſques à ſon deces, qui fuſt en
l'an 1580. Sauoye tu perdis en ſa mort, ta vie, Car depuis, les malheurs des guerres ont labouré ta face
& ont changé ta douce vie, en mille morts. O que
tu ſerois heureuſe, ſi les ieunes conſeillers qui e-
ſtoyent lors aupres de ton ieune Prince euſſent
creu les barbes blanches, & luy euſſent permis, côme ſon inclination l'y portoit, de viure neutralement, & de ſe ſouuenir de la pretieuſe Marguerite
ſa mere, de laquelle eſtoit ſorti ceſt vnique fleuron
Pour les carts & parpilloles on manieroit maintenant des eſcus & des doubles Henrys en Sauoye, &
tant & tant il y en auroit que l'achapt de deux
Marquiſats de Saluces n'euſt enleué que la ſuper-
ficie de voſtre eſpargne. Auguſte nom de Philibert,
nom compoſé d'amitié, Nom qui ſemble auoir e-
ſté de bon augure & de bon effaict enuers la Republ.

publ. de Geneue.. Noftre chroniqueur recite que
Philibert fecond fon oncle pour viure auffi en
Paix auec Geneue, & impofer filence aux langues
blandiffantes, choifit volontairement des arbitres
pour aduifer s'il eftoit vray qu'il euft quelque droit
à Geneue, lefquels promirent par ferment d'en cô-
gnoiftre felon Dieu & leur confcience toute crainte & faueur mifes en arrière. Et tous vnanimement
luy portèrent parole, qu'il n'auoit aucune Iurifdiction à Geneue. Alors il dit franchement en bonne
côpagnie, L'on m'auoit donné à entêdre tout au-
tremêt. Mais puis qu'ainfi eft, ie voue & promets à
Dieu & à S. Pierre patron de Geneue de ne iamais
plus quereller.

Paffons outre, Caualier, nous fortirons tantoft
d'icy, mais puis que tu es fi nouueau en ce monde,
fur tout es affaires de ton Prince, que d'auoir ignoré le traité de Paix fait entre S. A. à prefent viuant,
& la Seigneurie de Geneue à S. Iulien au mois de
Iuilliet 1603. duquel tu n'as daigné faire aucune
mention: ie fuis contraint t'en monftrer le parchemin fortifié des fignatures & des fceaux de ton
Prince, enfemble des Cantons des Ligues qui en
furent les moyêneurs, & t'en donner ici la copie ex- *Et que tu
traite fidelement de fon original, & de l'impreffion en puiffes
qui en fuft n'agueres faite dans cefte ville de Pá- faire part
ris, à celle fin que tu *apprennes par cefte piece qui à tes amis
eft l'vne des plus excellétes de ces Chartres, à te cô- aufquels
tenir & refrener dans les bornes de la tranquillité il femble
publique, & que d'ailleurs tu recognoiffes par la cache auf
teneur dudit traitté, que depuis le cômécemét iuf- fi bié qu'a
ques à la fin il n'y a pas vne fyllabe, nó pas vn iota toy.

qui reſſéble tát ſoit peu la ṗcedure que ṙiendroit
vn Prince auec ſes ſuiets. Rié moins que cela. Tout
eſt ici en aůtres termes, Dieu mercy, to⁹ honorables
& dignes d'vne Republique & ville Imperiale, dignes de la grauité d'vn traité perpetuel: dignes de
la franchiſe qui doibt reluire en toutes les actions
d'vn prince, dignes finalemét de louáge pour tous
ceux qui s'en meſlerent. O douce Pax, riche Don,
pretieux threſor des cieux, la reſſource des eſpe-
rances : icy, icy vne petite pauſe en ton honneur
Paix qui d'vn Chaos reſtablis vn nouueau monde
bien ordonné, qui ramenes en terre la Iuſtice & les
ġertus que les Furies de Bellone ont accouſtumé
d'en bannir & de chaſſer au ciel, qui changes tout
ſoudain la triſte face des riuieres languiſſantes, &
& des Campagnes deſertes, en vn gracieux aſpect
de ruiſſeaux limpides doucement gazouillans, &
en vn Iardin de plaiſance. Puiſſes-tu planter vn ta-
bernacle eternel dans l'vniuerſité de la terre
Chreſtienne. Faiſons enſemble ce vœu, qu'il plaiſe
au Dieu de paix inſpirer en l'ame des Princes Chreſtiens de t'y venir rendre hómage & preſter fidelité,
qu'à tout iamais ils chaſſeront & renuoyerőt leurs
Armées, Ambitions & funebres mouuemés, guerroyer côtre Mahomet en terre profane pour la Sain-
cté. C'eſt à toy, que ie rends honneur delicieuſe
Tranquillité, amoureuſe des lettres, & des Muzes.

φιλόφϱων Ἡσυχία, Δίϰας
Θύγατεϱ, τιμάν δ' ἐϰϵῖ &c.

Pax optima rerum

Quas homini nouiſſe datum eſt, pax vna triumphis
Innumeris potior. !A R T I c I T

ARTICLES DV
TRAITÉ DE PAIX
FAIT ET CONCLV
A S. IVLIEN LE
21. de Iullet
1603.

Entre Son Alteſſe de Sauoye, Et la
Seigneurie & Republique
de Geneue,

Auec les ratifications & verifications.

——*Deus nobis hæc otia fecit,*
Namque erit ille mihi ſemper Deus——

M. D. C. VI.

V Nom de Dieu, Amen.
COMME ainsi soit que pour la pacification des troubles aduenus au
mois de Decembre 1602. Entre Treshaut, Trespuissant, & Serenissime
Prince, Monseigneur Charles Emanuel par la grace de Dieu Duc de Sauoye, &c. & les Seigneurs de
la ville de Geneue, Et pour euiter aux sinistres consequences & effects de la continuation d'iceux, auroit semblé bon aux Magnifiques & puissants Seigneurs des cinq louables Cantons de Glaris, Basle, Soleurre, Schaffuze & Apentzell, du sceu & consentement des Magnifiques & puissans Seigneurs des autres Cantons, de deleguer leurs Nobles & prudens Ambassadeurs, Sçauoir pour Glaris les Seigneurs Iean Hery Schuuartz, Lieutenant: & Nicolas Schitler, Landshauptman: pour Basle les Seigneurs Iacob Goiz, & André Riff conseliers de ladite ville: pour Soleurre, les Seigneurs Pierre Suri, Banderet: & Iean Iacob de Stal, Cheualier, & boursier de ladite ville: pour Schaffuze, les Seigneurs George Meder Bourgmeister, & Henry Schuuartz Docteur és droicts, & Conseiller de ladite ville: pour Apentzell, les Seigneurs Vlrich Naf, Landaman: Iean de Ham Cheualier, Landamin, & Banderet: & Sebastian Thorig aussi Landaman, & Banderet audit Canton, par deuers Son Altesse, ou bien Monsieur d'Albigny son Lieutenant general deça les monts, & lesdits Magnifiques Seigneurs de Geneue, Lesquels Sieurs Ambassadeurs s'i seroyent du consentement des parties

ties employés d'vne bonne, & Heluetiale volonté,
Pource est il qu'apres plusieurs assemblees & con-
ferences sur ce temns à S. Iulien, par l'entremise, intercession, & à la contemplation desdicts Seigneurs
Ambassadeurs, ont les Illustres Seigneurs Charles
de Rochete Seigneur du Donjon & de la Feretz,
premier président de Sauoye, & Claude do Pobel
Baron de la Pierre, & Chambellan de S. A. deputés
de Sadite A. suiuant le pouuoir dont la teneur est
inseree au bas du present actes & les Nobles & prudens Seigneurs Dominique Chabrey, Michel Razes
Sieur de Chasteau-vieux, & Iaques Lect docteur és
droicts & Seigneur de Confignon, tous trois anciens
Syndiques & Conseillers de ladite ville de Geneue,
Iean Sarazin Docteur és droits Conseiller, & Secretaire d'Estat de ladite ville, & Iean de Normandie
Docteur és droits, & Conseiller au grand Conseil de
ladite ville, deputés d'icelle, Ont aduisé, conclu, &
arresté comme s'ensuit.

Article I.

Que le commerce & traffic demeurera libre
d'vne part & d'autre, tant pour les personnes, que
pour toutes sortes de marchandises, viures, bleds,
vins, & autres dérees, en tous les Estats de S.A. sans
aucune prohibition, restriction, ou limitation.

II.

Auquel commerce neantmoins ne s'entendra
comprins le sel, l'vsage, & debitement duquel ne
sera permis dans les Estats de S.A. sinon de celui
des greniers de sa gabelle, & à la forme de ses E-
dits.

III.

Pour celui qui sera necessaire aux citoyens, bourgeois, habitans & suiets de Geneue, hors les Estats de S.A. & riere les terres & villages de S. Victor & Chapitre, & maisons y enclauees, pourront lesdits de Geneue le faire transmarcher par dessus les Estats de Sadite A. sans y commettre abus.

IV.

Toutes procedures faites contre ceux qui ont contreuenu aux Edits de Sadite A. pour le regard dudit sel, comme de mesmes pour le commerce & transmarchement des graines & denrees, toutes peines & amendes encourues pour les faits susdits sont dés à present declarees nulles, de nul effect & valeur, reseruees celles qui se trouueront iugees par autorité de la Chambre des comptes de Sauoye, executees, & payees par les accusés & condamnés.

V.

Les biens, fruicts, & reuenus d'Annoy, Draillans & autres lieux riere le Duché de Chablais, & balliages de Ternier, & Gaillard, possedés par les Seigneurs de Geneue en l'annee mille cinq cents huictante neuf, lors de l'ouuerture de la guerre, leur seront promptement rendus & restitués sans nulle difficulté, (pour iceux recueillir entierement chacun an) auec restitution des fruicts & arrerages dés la publicatió de la paix de Veruins, mille cinq cents nonante huict.

VI.

De mesmes sera rendue & restituee par lesdits de Geneue la ville de S. Genis, & ce qui en peut

despen-

despendre, en l'estat qu'elle se trouue de present,
sans riē y alterer, ou innouer en quelque chose que
ce soit.

VII.

Et pour ce qui concerne les terres de S. Victor &
Chapitre, toutes choses demeureront d'vne part &
d'autre en mesme estat qu'elles estoyét lors de l'ou
uerture de ladite guerre en l'annee mil cinq cens
huictāte neuf, sans riē innouer en sorte quelcōque.

VIII.

Est accordé de la part de S. A. pardon & abolition
generale à tous ses suiets qui ont porté les armes
pendant les guerres, & suiui le parti de Geneue,
sans qu'eux ni les leurs en puissent iamais estre recerchés ni molestés en leurs personnes ni biens.
Et ce faisant seront remis & restablis en la possession & iouissance de tous leurs biens, nonobstant
tous arrests & sentences de confiscations qui pourroyent contre eux auoir esté rendues pour ce regard, lesquels arrests & sentences dés à present
demeureront nulles, & de nul effect. Bien entendu,
qu'en cest article ne seront compris les crimes cō-
mis hors ledit parti.

IX.

Et quant à ceux qui sont sortis pour la religion
refugiés à Geneue, ils pourront reuenir en leurs
biens & maisons, & y demeurer viuans selon les
Edits de Son Altesse. Et en cas qu'ils veuillent
faire profession d'autre religion, il leur est per
mis de iouir & disposer de leurs biens, & de reuenir en leurs maisons, & y demeurer quatre fois
l'annee, sept iours pour chasque fois, & ce à l'in

terceſſion deſdits Seigneurs Ambaſſadeurs.

X.

Tous ceux qui ſont & ſeront citoyens, bourgeois & habitans de ladite ville de Geneue, ne pourront eux ni leurs ſeruiteurs & domeſtiques eſtre troublés ni inquietés pour cauſe de leur religion, pendant qu'ils ſeiournerout dás leurs maiſons & biés ſitnés dans les Eſtats de S. A. Ains y pourront viure & demeurer en la meſme liberté que par ci deuant, à la charge de ne dogmatizer.

X I.

Les citoyens, bourgeois & habitans de ladite ville de Geneue ſuiuant les conceſſions & anciens priuileges des Sereniſſimes predeceſſeurs de S. A. ſeront deſormais exempts de tous daces, peages, trauerſes, demi pour cent, ſur les eſtats de S. A. (reſerués les droits des tiers Gentilhommes particuliers tels qu'ils ont eſté par ci deuant) en conſignant toutesfois les marchandiſes à tout le moins par les lettres de voiéture & faéture, ſans qu'il ſoit loiſible aux daciers & peagers de Sadite A. de faire ouuerture des quaiſſes, coffres, paquets, tonneaux, ou bales deſdites marchandiſes, ſinô en cas de fraude & abus. Et quant à la conſignation de l'or & de l'argent monnoyé & non monnoyé, leſdits de Geneue en demeureront exempts, fors des ſommes qui excederont cinquante eſcus. Leſquelles pour euiter abus, & pour la ſeureté deſdits marchands de Geneue deuront eſtre par eux declarées dans ladite ville à celui qui ſera deputé par la Seigneurie à ces fins, lequel en communiquera le regiſtre au procureur patrimonial de S. A. lors qu'il luy

ſera

sera demandé.

XII.

Comme semblablement suiuant les mesmes priuilèges, demeurerout exemps lesdits de Geneué de toutes tailles, contributions, leuees de graines, impoſts, rations, decimes, & de toutes autres charges tant ordinaires qu'extraordinaires pour leurs biens qu'ils poſſedent à preſent riere les Eſtats de Son Alteſſe. Et ſont toutes ſaiſies & ſubhaſtations faites pour raiſon deſdites tailles, contributions, rations, & leuees pendant les trefues déclarees nulles. Au cas que les conditions deſdites trefues ayét porté de ne leuer aucuns rations, ou côtributions, &c. Et quant à celles qui auroyent eſté faites pour leſdites contributions, rations, ou arrerages deus pour le temps de la guerre, elles tiendront, ſauf aux proprietaires de r'entrer dans leurs fonds, en rendant les deniers, deſpens, & tous legitimes acceſſoires, demeurans les autres ſaiſies & ſubhaſtations faite depuis ladite Paix de Veruins, nulles.

XIII.

Tous abbergemens quels qu'ils ſoyent faits par les Magnifiques Seigneurs de Berne, pendant la tenue des balliages tiendront, & ſi aucuns s'en trouuent ſpoliés au preiudice deſdits abbergemens ſeröt reintegrez auec reſtitution de fruicts.

XIV.

Ne ſeröt decernees aucunes priſes de corps, ou ad iournemméts perſônels côtre leſdits de Geneue, ſinö pour matiere extraordinaire, & nö pour choſes lege

res,& ſerôt faits tous adiournemèts tant en matieres criminelles que ciuiles e's perſónes des accuſez,
ou deffendeurs, s'il eſt poſſible,& à faute de ce, à
leurs domeſtiques. Et ne trouuans ni les vns ni les
autres,ſe feront en domicile par affiction de copie
& notification à quelcun des voiſins , & non ès
lieux limitrophes.

XV.

Confiſcations n'auront lieu d'vne part , ni
d'autre,faites à l'occaſion de ceſte derniere guerre,
& quant à celles de la precedente , tant pour le
regard deſdits de Geneue , que ceux qui ont ſuiui
leur parti, ſera faite reſtitution des biens immeubles à la forme du traicté de Veruins. Et quant
aux debtes actifs,pour raiſon deſquels ne ſeront in-
teruenus arreſts ou iugemens,eſtans encor les ſommes en eſtre , ſans quittance authentique faite
par ci deuant,elles pourront eſtre exigees & demã-
dees , ſans neantmoins aucun renfort de monnoye,ni intereſts.

[Depuis le 3. de Iuin 1604. par interpretation de ceſt
article,la perte & renfort de monnoye , & intereſts,a eſté
reſtrainte au ſeul cas des debtes en partie confiſquez,& dõc
partie a eſte payee reellement au Prince,en vertu de ladite
confiſcation,& l'autre partie recelee par les debiteurs , de
laquelle partie recelee,& encor deuë lors du preſent traité,
ne ſera paye aucun renfort de monnoye,ni intereſt. Mais de
tous autres debtes,en ſera deub le renfort de monnoye, &
l'intereſt à forme du droit.]

XVI.

Les iugemens rendus par leſdits de Geneue en
derniere cognoiſſance pendant la tenue d'aucune
partie des balliages en iugement-contradictoire,
comme

comme auſſi toutes autres ſentences rendues par iuges inferieurs, non ſuſpendues par appellations ci deuant releuees, enſemble toutes ſubhaſtations faites pendant ledit temps tiendront, & ſortiront leur entier effect.

XVII.

Tous iugemens rendus d'vn coſté & d'autre pendant ceſte derniere guerre en contumace, ou auec procureur non fondé, ſont dés à preſent declarés nuls & de nul effect.

XVIII.

Les prouiſions & ſentences obtenues contre ceux de Geneue pour les biens & fruicts Eccleſiaſtiques par eux poſſedés en ladite annee 1589. demeureront pour ce regard nulles & de nulle valeur.

XIX.

Se contente S. A. de ne faire aſſemblee de gens de guerre, ni fortifications, ni tenir garniſons à quatre lieües pres ladite ville de Geneue.

XX.

Tous priſonniers qui n'auront accordé de leur rançon ſeront mis en liberté de part & d'autre, le iour apres la publication du preſent traité, en payant raiſonnablement leurs deſpens.

XXI.

Tout ce que ladite ville de Geneue aura receu dés l'an 1589. ſoit en lods, diſmes, cenſes, & reuenus ſeculiers ou Eccleſiaſtiques demeurera au profit de ladite ville. Et ne pourront les particuliers, eſtre recerchés pour en faire derechef payement, & tiendront les inueſtitures que les particuliers ont obtenues deſdits de Geneue, ſans qu'ils ſoyent tenus d'en prédre de nouuelles, reserué neátmoins ce qui auroit esté prins & retiré en temps de Paix.

XXII.

Lesdits de Geneue, comme aussi tout le contenu au present traité demeureront comprins au traité de paix perpetuelle de Veruins, suiuant la declaration & patentes de Sa Maiesté Treschrestiene du 13. d'Aoust mille six cents & vn. Et lequel traité de Veruins s'entendra confirmé, non obstant la prise des armes, & tous actes d'hostilité suruenus dés le mois de Decembre de l'annee derniere: la memoire desquels & de toutes aigreurs demeurera à iamais esteinte & abolie: & tous entrepreneurs, & perturbateurs du repos public seront punis & chastiés comme infracteurs de la Paix.

XXIII.

Sont reseruės au present traité de la part de S.A. nostre S. Pere le Pape, & le Sainct Siege Apostolique, l'Empereur, & le S. Empire, les deux Rois, & les traités que Sadite A. a auec la Couronne d'Espagne, & les Magnifiques Seigneurs des Ligues. Et de la part desdits de Geneue sont reseruės l'Empereur, & le S. Empire Romain, Sa Maiesté Treschrestiene, lesdits Magnifiques Seigneurs des Ligues, & les alliances & traités qu'il ont auec la Couronne de France, & les Magnifiques & puissants Seigneurs des louables Cantons de Zurich & Berne.

XXIV.

Promettent lesdits deputés de S.A. de rapporter la ratification & approbation du present traité au pied d'icelui dans six iours prochains, & de plus de

le

le faire emologuer & interiner és Senats & Châbres des comptes de Sadite Alteſſe decà & delà les monts dans deux mois auſſi prochains, ſans payement d'aucuns emolumens.

Fait, paſſe, arreſté & conclu à S. Iulien le 21. de Iuillet ſtil nouueau, mil ſix cents & trois.

ROCHETTE. POBEL.
CHABREY. ROSET.
LECT. SARAZIN.
DE NORMANDIE.

Teneur du pouuoir des deputés de Sadite Alteſſe.

CHarles Emanuel par la grâce de Dieu Duc de Sauoye , Chablais , Aouſte , & Geneuois, Prince & Vicaire perpetuel du S. Empire Romain, Marquis en Italie , Prince de Piedmond , Marquis de Saluces & c. A nos treſchers bien aimez & feaux Charles de Rochette noſtre Conſeiller d'Eſtat & premier Preſident de Sauoye, & Claude Pobel Baron de la Pierre noſtre Conſeiller d'Eſtat, deſirans touſiours de preferer le repos public, à toutes autres conſideratiõs de noſtre particulier intereſt, & euiter par ce môyé les mauuaiſes conſequences de la guerre. Et eſtât vrai-ſemblable que ſi nous venons à condeſcercendre à vn traité d'accommodement auec ceux de Geneue, ils y entendront auſſi volontiers de leur part , pour euiter les dommages & inconueniens qu'ils pourroyent encourir par la ſuite d'vne ouuerture de guerre. Pource eſt il qu'eſtant à ceſt effect requis de nommer & deputer personnages qui comparoissent de nostre part au lieu de S. Iulien, assigné pour telle conferéce, Confians en vos prudences, fidelité & integrité, Nous vous auons choisis & deputés, choisissons & deputons par ces presentes signees de nostre main, pour comparoir en nostre nom audit lieu aux fins de traiter auec eux d'vne paix ou d'vn mode de viure, Auec pouuoir & autorité que nous vous donnons de proposer, traiter, resoudre, promettre & faire tout ce que vous iugerez estre de nostre seruice, & conuenir pour la perfection dudit traité: Promettans en foy & parolle de Prince d'auoir à iamais pour ferme, stable, & agreable tout ce que par vous sera fait, traité, promis & resolu en ce que dessus, circonstances & depédances, & de le ratifier, sans permetre que iamais il y soit côtreuenu directement ou indirectemét en maniere que ce soit. De ce faire vous auôs dôné, & donnôs plain pouuoir, autorité & mádemét special par cesdites presétes, Pour corroberation desquelles, nous y auons fait apposer le grand seau de nos armoiries, & contresigné par l'vn de nos secretaires d'estat. Dôné à Thurin, le 25. iour du mois de Feurier 1603., signé Charles Emanuel, & au dessous, *Visa Prouana*, & plus bas, *Roncas*, & seellé en placart en cire rouge.

Teneur du pouuoir des deputés de la
Seigneurie de Geneue.

NOus Syndiques petit & grand Conseil de Geneue. Estant requis d'aduiser auec les

Seigneurs deputés de S. A. de Sauoye fuiuant leur pouuoir expedié à Thurin le 25. de Feurier dernier à quelque accommodement & moyens de paix, pour euiter les maux que la guerre traine apres foi, Par meure deliberation, preferans le repos public à noftre particulier intereft, & eftans fuffifamment informés de la fuffifance, fidelité & experience des Nobles & prudens Dominique Chabrey, Michel Rofet, Iaques Lect, Ieah Sarazin, & Iean de Normandie nos feaux Confeillers, Les auons commis & deputés, Commettons & deputons par ces prefentes pour en noftre nom cóparoir au lieu de S. Iulié, conclurre & accorder auec les deputez de Sadite A. dês articles de iadite paix, iceux figner en noftre nó, afin qu'il vaillét à perpetuité, promettás de les ratifier toutes fois & quátes. De ce vous donnós plein pouuoir, autorité & mandement fpecial par ces prefentes. Données fous noftre feau commun & feing de noftre fecretaire ce 24. Iuin 1603. Signé Gautier, & feellé en placart de cire rouge. (Suiuent apres les fignatures dés deputés de part & d'autre.) Rochette, Pobel, Chabrey, Rofet, Lect, Sarazin, De Normandie. (Puis eft efcrit.)

Pour auoir efté prefens & mediateurs les nobles prudens, & tres-honorés Seigneurs Ambaffadeurs des Magnifiques & puiffans Seigneurs des Cantons de Glaris, Bafle, Soleurre, Schaffuze & Apentzell. Et en tefmoignage de la verité des chofes: ai tées ont lefdits Sieurs Ambaffadeurs figné le prefent traité. Et y feront appofés les feaux des Magnifiques Seigneurs des Cantons fudits, figné

Hans Henrich Schvvartz,
Nicolaus Schuler,
Iacob Götz,
Andreas Ryff,
Pierre Süry,
Iean Iaques von Staal,
George Meder,
Henrich Schvvartz,
Ulrich Näf,
Iohann von Heimen,
Sebastian Törig.

Ratification de S. A.

NOus Charles Emanuel par la grace de Dieu,
Duc de Sauoye, Chablais, Aouste, & Geneuois,
Prince & vicaire perpetuel du S. Empire Romain,
& de Piedmont, Marquis de Saluces, & c. Ayant le
susdit traité pour agreable en tous & chacuns les
poincts & articles y cótenus, Auons iceux, tát pour
nous, que nos successeurs à l'aduenir quelconques
approuué, ratifié, & confirmé, approuuons, rati-
fions, & confirmons par ces presentes, & le
tout promettons de bóne foy & parole de Prince
garder, obseruer, & entretenir inuiolablement,
sans iamais y cótreuenir directemét ou indirectement en maniere que ce soit. En tesmoin dequoy
nous auós signé cesdites presentes de nostre main,
& à icelles fait mettre nostre seel, & cótresigner par
nostre premier secretaire d'Estat. Donné à Thurin le 24. Iuillet 1603. signé Charles Emanuel: & au
dessous Visa, Prouana, & plus bas, Roncas, & seellé
du grád seau en cire rouge pédát en queuë bláche.

Ratification de Geneue.

NOus Syndiques, petit & grád Conſeil de Ge
neue, Avans veu tous les articles du traité có
clu & arreſté au lieu de S. Iulié le 21. de ce mois par
les Seigneurs deputés de S. A. de Sauoye, & les noſtres, en la preſence & par l'entremiſe des Seigneurs
Ambaſſadeurs des cinq Cantons de Glaris, Baſle,
Soleurre, Schaffuze & Apentzell, par meure deliberation de noſtre Conſeil, Auons icelui traité de S.
Iulien approuué, ratifié, & confirmé en tous ſes
points & articles, comme par vertu des preſentes
nous l'approuuons, ratifiós, & cófirmons pour nous
& les noſtres à l'aduenir quelconques, promettans
l'obſeruer & garder inuiolablement, faire obſeruer
& garder ſans y contreuenir directement ou indirectement en maniere que ce ſoir. En ſoy dequoi
auons donné les preſentes ſous noſtre ſeau & ſeing
de noſtre ſecretaire d'Eſtat. ce 18. de Iuillet 1603. ſigné Gautier, & ſeellé.

Verification du Senat de Sauoye.
Extrait des Regiſtres du Souuerain Senat
de Sauoye, &c.

LE Senat, veus les articles & traité d'entre S. A.
& les Syndiques petit & grand Conſeil de la
ville de Geneue en date du 21. Iuillet dernier, A
iceux articles & traité emologué, & verifié, & interiné, dit & ordóné, que le tout ſera regiſtré es regiſtres dudit Senat pour y auoir recours par ci apres.
Fait à Chábery audit Senat, & pronóćé le 12. Nouẽ
bre 1603. & plus bas, Collatió faite, ſigné, Raimód.

Verification de la Chambre des comptes
de Sauoye.

Extrait des Regiſtres de la ſouueraine Chambr
des comptes de Sauoye.

LA Chambre, veu le traité d'entre S. A. & le
Syndiques & Conſeil de la ville de Geneue er
date du 21. de Iuillet dernier paſſé : A icelui trait
emologué & interiné. Ordōnāt qu'il ſera regiſtré ç
regiſtres de ladite Chambre. Fait à Chambery au
bureau des comptes, & pronōcé le 14. Nouembr
1603. & plus bas, Collation ſ aite, ſigné Benoiſt.

Verification du Senat de Piedmont.

Il Senato Ducale de qua dà Mōti in Torino ſedéte

AD Ogniuno ſia maniſeſto che viſti, & letti li
capitoli preſētati per Il trattato cō quelli di Ge
neua, & vditi li fiſcali nelle luoro concluſioni, atteſa la
giuſſione di S. A. Serma , habbiamo ordinato & or
diniamo douerſi, per quanto a noi ſpetta, detti capitoli
interinar, come gl' interiniamo, Mandando ſiano regi
ſtrati nelli regiſtri noſtri per hauerli all' auenire rac
corſo ſe biſognera. Dat. in Torino nel Senato li vin
ti ſette di Luglio mille ſeicento quatro. Et plus bas,
Per l'Eccmo Senato ſudetto. ſeellé du grand
ſeau de S. A. en placard. & ſigné. *Rolandono*

F I N.

DEpuis pour plus grande aſſeurāce & corroboration du
preſent traité , & ſuiuant l'article dernier d'icelui, les
ſceaux deſdits Magnifiques & puiſſants Cātō s, de Glaris, Baſle
Soleurre Schaffuze & Apeutzell, Vſ Rodé, & in Roden, ont
eſté appoſés & attachés à l'vn des originaux du preſēt traité,
qui à ces fins leur fur porté & preſenté de Cāton en Cāton
par les deputés de la Seigneurie de Geneue S A R A Z I N, &
R o s e t au mois de Nouembre mil ſix cents quatre.

Finalement ie te diray que le plus asseuré droit
que nous ayons en ce siecle, c'est le bouclier de la
foy en Iesus, & l'asseurance que nous auons en luy,
que non point pour nos merites:mais par les siens,
& pour estre son sainct Nom inuoqué sur nous,il
sera de plus en plus la Sauuegarde. & le protecteur
de nous & de nos droits:Qui se doyuent aussi main
tenir à la pointe de l'espee. d'vn chascun fidele citoyen,telle que ce fer que tu vois pendu à mon costé. Les parchemins se consument au feu,la cire &
le plomb s'y fondent,mais ce metal de Vulcain y
préd la rougeur & la teinture du sang.Par les miseres aussi & les calamitez & oppressions qui sont
les flammes d'espreuue (estans appuyez en la vertu du tout Puissant)nostre bras se roidira d'autant
plus,& s'enflamera d'ardeur pour assommer & deuorer ceux qui voudroyent attenter sur le precieux
thresor de nos droits , sur la liberté qui ne se doit
perdre q̃ par la vie:Liberté que nous defendrons à
bec & à ongles,iusques à la derniere goute de nostre sang,lequel aussi bié se noirciroit & corróproit
en la seruitude,gemissant soubs le fais de la capti-
uité.Chacũ citoyé porte graués les droits de la Ci
té dans la lame de son espée,& apporte en naissant
escrit sur son cœur en grosses lettres,vn VIVE GE-
NEVE.La loy ciuile de l'Estat crie anatheme & sup
plices exquis côtre ceux qui offensent la naturelle.
Penses tu,Caualier,que nous soyons descheus de
la fidele constance de nos ancestres, & que le flus
& reflus de tant d'annees ait effacé du liure de me
moire la memorable constance & fermeté du Citadin Pecolat,& le cruel traictement qui luy fust

fait en l'an 1518. & aux deux ieunes Citadins Nauis
& Blanchet en Piedmont, puis en l'an 1524. dans

*de Tour-
nes au
Paradin
liur. 3.
chap. 118.
& tome
4. des me-
moires de
la Ligue
p. 732.
& le Ct-
feur Frã-
çois p. 378

Bonne au Docteur Leurery, & par vne secõde fatalité à 400. pauures innocens, lesquels y furent
massacrez, * le 22. Aoust 1589. & 50. à Ternier cõtre la foy promise? Les playes en saignét encores.

    Manet alta mente repostum.
Iudicium Paridis.

    Et nati natorum & qui nascentur ab illis.

Tels & semblables exemples ont d'autant plus
raffermi nos cœurs contre l'intention de nos haineux, & ont engendré au plus profond recoin de
nos ames les viues racines d'vne saincte & generen-
se cõspiration, que plustost perdriõs-nous cent mille vies si nous les auions, & nos membres verriõs
nous tirer à lambeaux, * plustost mesler nos cédres
auec la fumee de nos maisons, que de prophaner &
flestrir le zele qui nous tient liez à Dieu & à la Patrie, de quelque pensee desloyale, ou du moindre
esbranslement.

*Mathieu
en son hi-
stoire, liu.
5. pa. 199.

    Si fractus illabatur orbis,
Impauidos ferient ruina.

Iean Pecolat pource qu'il maintenoit à cor & à
cri les libertez & franchises de la ville contre les
ennemis d'icelle, fust à l'instigatiõ & poursuite des
Sauoysiens en l'an 1518 mis à la torture pour luy
faire dire qu'il auoit mangé le lard, laquelle il en-
dura trois fois, & fust laissé pendu à la corde
long temps, tandis que ses haineux prenoyét le loisir de disner. Lesquels en fin voyans qu'il ne vouloit
prophaner sa langue d'aucuns propos de reuolte
& de felonie, luy firent venir vn barbier pour luy
raire

raire les cheueux & la barbe, à cause(disoit-on)qu'il estoit charmé. Mais luy qui ne vouloit rien dire au gré des ennemis de la Republique qui vouloyent parler par sa bouche, Il tire des mains du barbier le rasoir, & s'en couppe la lãgue, laquelle on vou-loit forcer & induire à blasphemer côtre les droits & la liberté de sa Patrie. Plusieurs années apres e-stans les Magnifiques Seigneurs de Berne entrés au pais, le Iuge qui auoit mis en execution telle iniuste condamnation à torture, fut par ledit Pec, prins en instance, & en fin condamné iustement en de grandes amendes, dommages & interests.

Et quant à Nauis & Blanchet ieunes citadins, ils furent apprehendez en Piedmont portans des lettres de recommandation du Seigneur François de Boniuard à aucuns siens amis, qui furent helas! leurs lettres de condamnation : car par là ils furent soupçonnés d'estre amis de Boniuard, & d'adhærer au parti de ceux qui maintenoyent la liberté de la ville, ils sceellent tost apres cette verité de leur pro-pre sang, & y laissent leur vie plustost que de re-nier leur Patrie & sa Liberté. Ils sont decapités a Pinerol, mis en 4. cartiers, & pour despiter tant plus les bons Citoyens, leurs testes & vn cartier de chacun d'iceux sont salez & apportez dãs des bar-rils, & par vne nuict clouez au bout de Plein Palais côtre vn noyer, là ou les reliques de ces côstãs Cita-dins, & les tesmoignages d'vne brutale cruauté fu-rêt trouués à l'aube du iour, & ostés. Les autres car tiers demeurerent aux portes de Thurin. Quelque têps apres le Duc voulut excuser leur mort enuers leur pere & mere, & leur presenter argét pour re-

X ij

compenfe de leur perte, mais ils le refuferent, &
dirent qu'ils ne vouloyent vendre fi vilainement
leur propre fang.

Au regard d'Amé Leureri Docteur és Droits &
fidéle Senateur, pource qu'en confeil il s'eftoit viuement oppofé à quelque chofe qui derogeoit
aux libertez de la ville, & que le Duc neantmoins
requeroit (ce que par vn traiftre de Ieans fuft rapporté,) Vn iour qu'il fe pourmenoit en Palais auec
le bonnet Carré veftu d'vne longue robe de Ca-
melot & d'vn fayon de véloux, il fuft abordé par
quelques Sauoyfiens, lefquels faifants femblant de
luy demander aduis en vne caufe, le menerent en
deuis familiers vn peu à l'efcart du cofté d'Arue,
là où il fuft enleué côme vn corps fainct, & garro-
té fur vn cheual qui eftoit là exprès : mené à Bonne, & torturé fur le champ, puis condamné à eftre
decapité. Ce que luy eftant notifié, il efcriuit en la
paroy de fon cachot.

Quid mihi mors nocuit ? Virtus poft fata virefcit
Nec truce, nec faui gladio perit illa Tyranni.

Et le lendemain XI. de Mars par vn iour de Dimâ-
che *de paffione*, & à bô iour bô œuure, (dit le chroniqueur par Ironie, & en cholere) il fuft mené tout
de nuict aux flâbeaux en la place du chaftel de Bône, & là décapité. En allant au fupplice, il dit; Dieu
me fait belle grace que ie meure pour fouftenir
l'authorité de S. Pierre & la liberté de mon païs.
Mais les meurtriers, par les bourrelemens qui tra-
uerfoyent leur ame, & par la prefence du fang
innocent qui crioit dans leur confciences, Vengeance à Dieu, tout foudain s'en repentirent. Plie-

                                                    rent

rent la teste & le corps dans vn linceul, le mirent dans vne biere, & l'enterrerent soigneusement en l'Eglise de Bonne. Funeste mort qui cousta depuis vn millió de vies Sauoysiénes par les cruelles guerres qui ensuiuirent, esquelles ne se parla d'vn long temps de prisonniers. Personne n'estoit receu à merci. La rançon c'estoit la vie, & tousiours l'iniuste mort de Leureri mise en auant pour iuste fondement d'vne sanglante guerre.

I'ay n'agueres apprins ces belles prouesses dans vne epistre d'Antoine Froment au peuple de Geneue imprimée l'an 1554.

Si veux ie encor & deuant que de venir à nostre conclusion rapporter en ce lieu quelques obseruations que i'ay ci dessus obmises, & à ce propos ie prie le Lecteur de croire que ceste response a esté troussee auec vne grande præcipitation, & à heures comme desrobées, de sorte qu'il ne sera de merueilles si on y recognoit quelque diuersité de style causé par les diuerses reprinses de l'ouurage, cóbié qu'é aucuns lieux ie me soi adstraint aux pro pres termes & phrases des Chroniqueurs. Bref c'est la pure & sincere verité que le tout n'a esté auancé q̃ *currente pralo.* I'é ay pour tesmoins mes amis & voisins au Palais, & les voisins de l'imprimeur en la rue S. Iaques. Ce que ie dis pour estre supporté es fautes & omissions qui par vne si grande accelera. tió & à trauers tát d'autres occupations, nous peuuent estre eschapees. Entre autres choses ie prie qu'on ne trouue estrange si en diuers lieux, & sur tout au commencement, vne iuste douleur nous fait parler des grosses dents au Caualier, car à la

verité il à vomi tant d'infametez & d'infernales
calomnies cõtre Geneue, que si on les considere
de prés, sans passion & neutralement, on trouuera
que nostre repartie n'est encorque trop douce pour
luy. Il s'est prins aux Rois, aux peuples & villes en
tieres. Nous n'é voulõs qu'à lui seul, quel qu'il soit.

J'adiouste donques à nos inscriptions antiques
des p. 25.26.27. & 31. celles-ci qui me sont de nouueau tombées entre mains, & qui auront auec les
autres vn peu plus de grace que les hieroglifiques
du Caualier mises en la page 81.82. esquelles il n'y
a ny rime ny raison : & pourquoy aussi luy mesme
les a cõfessees suiettes a deuinailles. Vers la maison
de la Mõnoye est la suiuáte, cõme est rapporté par
Ianus Gruterus en sõ corps d'inscriptiõs, pag. 477.
Oeuure digne d'vn si grand personnage, & qui est
vn rare monument d'vn indicible trauail employé en la recerche de toutes les antiques inscriptions qui ont esté remarquees & recogneues en
la Chrestienté. Il y en a de Geneue. 30. ou 31.

<pre>
        C. VALERIO. T. F. A. N
          TR. MIL. LEG. II
      PATRONO   OPTVMO
        GENEVENS. PROVINCIA
            B M. P.
                   ———
      VIXIT ANN. LX. M. II.
          DIES XVII.
</pre>

Elle sert pour verifier ce que ci deuant nous a-
uons dit, que iadis tout le pais circonuoisin despendoit de la ville de Geneue, & lui estoit suiet
iusques à Soleurre inclusiuement, comme nous a-
uons tacitement touché p. 49. Simler au liu.1.de
                                        la

la Repu. des Suiſſes p. 197. atteſte que Soleurre fuſt rebaſtie
& aſſuiettie à l'Eueſché de Geneue, & que parmi les ruines
du temple de S. Victor hors les murs de Geneue ſe ſont
trouués eſcrits ces mots il y a long temps: *Acta ſunt hæc*
regnante Domitiano Epiſcopo Geneuenſi, quo tempore etiam
Caſtrum Solodorenſe Epiſcopatus Geneuenſi ſubditũ erat, &c.

En l'Egliſe de S. Pierre.

D. M. S.

C. IVLIVS CAESAR LONGINVS

D. C I L.

C. IVLI LEIBERTVS

PERRVPTIS. MONTIBVS. HVC TANDEM

VENI. VT. HIC. LOCVS. MEOS. CONTE

GERET. CINERES.

APOLLO. TVAM. FIDEM

VIXIT. ANOS. XLI. MESS. III

DIES. XIII

HOR. NVL

T. FVLVIVS. D. L. L.

COMMILITO. COMMILITON.

VALE. LONGINE. AITERNV

S. T. T. L. (i. ſit TIBI TERRA LEVIS.)

X iiij

Celle ci eſt fort belle, & particulierement remarquable pour la preuue de ce qu'auons dit en
la p.32. que Geneue iadis ſoubs le Paganiſme auoit
pour patron le Soleil, & le retenoit en ſes armes.

Entre les articles des droits & anciennes
fráchiſes de la ville que i'ay touchees ci deſſus p.54.
ne doit eſtre obmis celuy ci qui eſt de gráde importance. Scauoir que ceux qui ſe retirét à Geneue des
pais circóuoyſins, ou autres eſtrangers, nó ſuiets de
la ville, & leſquels y ſont receus bourgeois, ou ha-
bitants, apres y auoir demeuré vn an & iour, ſans
eſtre vendiquez par aucú Seigneur, & par ce móyé
ayans rendu preuue de la ſuiettion qu'ils ont vouͤ
à la Republique & Seigneurie, ne peuuent par a-
pres eſtre recerchés ni eux ni leurs enfans par aucun Seigneur, qui voudroit pretendre Iuriſdiction
& Empire ſur leurs perſonnes, ou aucun droit de
main-morte ſur leurs biens & ſucceſſions conſi-
ſtantes rieré la ville & ſon territoire, ains ils demeurent affranchis de toute autre ſuiettion en laquelle ils eſtoyent auparauant.

L'ancien article 34. des franchiſes parlant generalement de ceux qui meurent *ab inteſtat* à Geneue ſans enfans, en diſpoſe bien expreſſement de
ceſte ſorte:

»   Si aucun clerc, citoyen, iuré, ou habitant de la di-
»   te Cité meurt ſans faire teſtament, quel qu'il ſoit,
»   ou de quelle condition, les enfans qu'il aura ſoyent
»   ſes heritiers dedás & dehors, & s'il n'a nuls enfans,
»   ſes parens plus prochains, en telle maniere que
»   nuls Seigneurs leurs biens ne puiſſent prendre, ni
»   demander. *Et nullus Dominus* (eſt il dit áu Latin)
                                            eorum

eorum bona capere possit, aut aliquid petere in eisdem.

De laquelle ancienne franchise ie trouue preuues diuerses,& vne confirmation d'icelle plus particuliere au regard de l'an & iour, par quatre sentences & transactions rendues & faites iadis entre
les Euesques de Geneue, & les Comtes de Geneuois, qui en ces temps là tenoyent tant en hommage de l'Eglise & Cité de Geneue, que auttemét,
la plus part du pais circonuoisin: les Princes de Sauoye n'estans encor pour lors sortis de la Morienne pour la conqueste de Sauoye.

De la premiere ci dessus mentionnée p.168.du 25.
Feurier 1156 pronócée par les Archeuesques de Vié
ne, de Lyon, & de Tarantaize entre l'Euesque Ardutius & le Comte Amé de Geneuois L'article est
tel, *Aduentitios quoque ex quo per annum & diem
Gebēna moram fecerint, solius Episcopi esse.* De la seconde ci dessus mentionnee p.171 de l'an 1184.pro-
noncee par Robert Archeuesque de Vienne & Hugues Abbé de Bonneuaux entre ledit Euesque Ardutius & le Comte Guillaume de Geneuois, L'article est tel que le precedent, *Aduentitios quoque ex
quo per annum & diem Gebennis moram fecerint, so-
lins Episcopi esse.* La 3.transaction mentionnée ci
dessus p.172. de l'an 1186 faite par l'entremise du
mesme Robert Archeuesque de Vienne, entre l'E-
uesque Nantelinus,& le Côte Guillaume de Geneuois parle encor plus formellemét. *Aduentitij omnes vndecumque Gebennam venerint, nisi infra annū
& diem ab eorum dominis reclamatum fuerit, deinceps Episcopi erunt homines.* La 4.du mois d'Octobre 1219.ci dessus ment.p.173.faite par Iean Arche-

uefque de Vienne, entre Aymō Euefque de Geneue
& Guillaume Comte de Geneuois parle comme
les trois premieres: *Aduentitii quoque ex quo per*
annum & diem Gebennæ moram fecerint, ad folum
Epifcopum pertinebunt.

Ils appartiendrōt à l'Euefque, c'eſt à dire, ils ne
feront plus reputés fuiets dudit Seigneur, mais
fuiets de l'Epifcopat & Cité, non toutesfois en telle
forte & maniere qu'ils l'eſtoyent de leur Seigneur
car par exemple, & fuiuant la teneur de la dite franchiſe, l'Euefque ou la Seigneurie ne fe faifit pas de
leurs biens quand ils viennent à deceder fans enfans ainſi qu'euſt fait leur Seigneur. Mais en vn feul
cas tant feulemēt, fcauoir lors qu'ils decedent fans
auoir teſté, & fans aucuns enfans ou proches parens, car alors la Seigneurie vfe de fon droit de Regales qui eſt de fucceder aux biens vacants.

Monſieur Hotoman fameux luriſconfulte par
vn ſien confeil non imprimé, que i'ay en main, lequel il dōnoit en telle matiere en l'ā 1584. pardeuāt
le Senat de Geneue, fouſtient auec raifons de droit
ladite franchiſe, & pour confirmation de fon aduis il cite le confeil 16. num. 14. du Docteur Molinæus touchant vn Bourgeoys de Dole qui s'eſtoit
,, retiré en vne ville Imperiale, lequel Molinæus dit,
,, Que s'il y a en France des couſtumes locales, que
,, tous ceux qui fe retirēt en certains lieux font affrā-
,, chis pour iamais, & exēpts de toute main-morte,
,, & que telles couſtumes font tenues en France
,, pour loy, combien plus fe doibt entretenir & ob-
,, feruer la couſtume d'aucunes villes de l'Empire,
qu'vn homme habitant en vne ville libre & Impe-
ria-

riale demeure franc & libre encores que aupara-"
uant il fuſt de condition de main-morte? Il eſt fait "
nouuel homme, & n'eſt plus celuy qu'il eſtoit auparauant puis qu'il a gagné la terre de franchiſe.
Lequel priuilege & franchiſe de Geneue fuſt d'a-
bondant recognue veritable en l'an 1558 par l'art.
XI. de la côbourgeoiſie perpetuelle paſſée entre les
deux villes de Berne & Geneue.

Ie terminerai la matiere des droits de Geneue
par le dernier article des franchiſes qui pourroit à
la perpetuelle conſeruatiõ & fermeté d'icelles, nõ-
obſtant toute diſcontinuation à les obſeruer commençant par ce ſommaire: Que ſi les Syndiques
n'vſent deſdites franchiſes, elles ne ſont pourtant "
point perdues. Item que ſi les deſſuſdits Citoyés "
de Geneue qui par le temps preſent ſont & feront "
au temps aduenir procureurs de ladite Cité, des "
deſſuſdits priuileges & franchiſes en tous leurs "
chapitres, ou en aucun deux n'en vſent: que pour- "
tant leſdits Citoyens & Communauté par l'eſpace "
de trente ans, quarante ans, cinquante ans, ou plus "
ne ſoient pas perdus, ni ne leur puiſſe encourre au- "
cune preſcription de temps. Et ſi nous, ou nos "
officiers (dit l'Eueſque) par le temps aduenir vé- "
noyent au contraire en tout ou en partie de ces pri- "
uileges, ou qu'ils attétaſſent de venir au contraire, "
que pourtant ils ne deuſſent auſdits Citoyens & "
Communauté porter preiudice quelconque, ni al- "
leguer preſcription de temps, ſinon entant qu'il ſe "
roit du côſentémét & vouloir deſdits Citoyens de "
ladite Communauté.   "

Il eſt temps, ie l'aduoue, que nous ſortions dê ces

parchemins & pancartes. Nous lairrons le reste
pour vne autre fois,& garderons quelque chose
pour la bonne bonche, Combien que diuers acci
dens de feu aduenus en la ville,& la retraite de l'E
uesque & des Chanoines en l'an 1534 en ayent em
porté bon nombre. Car outre les feux que i'ay des
signés ci dessus p.24.& 25. scauoir du temps d'He
liogabale que la ville fust du tout bruslée sans
qu'il restast vne seule maison entiere. Et de l'an
1334 que les deux parts & plus de la ville furent
bruslées & 80 personnes,nos annales remarquent
que l'an mille 321 au mois d'Auril toute la rue lon
gue de Geneue appelée *Riperia* la riuiere, & la rue
du costé du Lac & toute la rue Neufue iusques
la boucherie que l'on nomme auiourd'huy la rue
de la rotisserie furent entierement bruslées. Et fut
tout celle ci,qu'aucuns dient auoir prins de là son
nom,par ce que tout y fust rosti. Et derechef en l'
1530.le 21 d'Auril vn Vendredy le feu se print en
vne gráge vers la riue du Lac, & fust porté en téps
de Bise iusques au clocher de S. Pierre , ou la plus
part des cloches furent fondues : *fuerunt fundata*
duo magna & grossa cymbala,cœpitque ignis pessima
hora in quadam grangia prope ripam lacus fortissima
Borea tunc regnante. Cela se trouue à la fin d'vn
vieil liure de la Bibliotheque de Geneue, nommé
l'horologe de sapience,escrit à la main en parche
min de l'an 1417.

Mais pour nous recueillir brieuement,i'ay veri
fié depuis la p.143.iusques a 186. (il faut que tu le
confesses) que les Comtes pretendus de Geneue,
qui ne l'estoyent que du Geneuois,& qui s'appe
loyent

loyent, *Comtes Gebenneſi*) n'auoyent aucun droit
ſur Geneue,& qu'au contraire ils preſtoyent hommage à l'Egliſe & Cité de Geneue, & en eſtoyent
vaſſaux & hommes lieges,& que de leur temps &
contre leurs pourſuites du Vicariat, l'Empereur
Frideric Barberouſſe à l'exemple de ſes predeceſſeurs declara par ſes bulles authentiques que toute
la ſouueraineté de Geneue appartenoit à l'Eueſque & Egliſe de Geneue,c'eſt à dire à la ville meſmes,comme ville libre & Imperiale.

I I.   Que les Comtes de Sauoye ne peuuent prẽdre aucun droit du Comté de Maurienne appelé
au ſecours de Geneue contre celuy du Geneuois
pour les raiſons deſduites és pag. 186. 187. &
188.

I I I.   Que les Comtes de Sauoye eux meſmes,
comme Amé VIII. & ſes ſucceſſeurs preſtoyent
hommage & fidelité à l'Egliſe & Cité de Geneue,
à cauſe du Comté de Geneuois & autres terres
qu'ils tenoyent en fief de l'Egliſe, comme Ternier, p. 225.

I I I I.   Que le pretendu Vicariat de l'Empire ſur
Geneue accordé au Comte Verd par l'Emp. Charles IIII. a eſté reuoqué bien expreſſement par diuerſes bulles du meſme Empereur & de ſes ſucceſſeurs,& des Papes,& que le Comte Verd luy meſmes y renonça p. 204 iuſques a 223.

Ne nous parles plus doncques de Vicariat, cela
eſt trouſſé.

V.   Que les Ducs de Sauoye ne peuuent prẽdre aucũ droit d'Amé VIII. ſous prætexte d'vne pretendue conceſſion du Pape Martin touchant la iuriſ-

diction temporelle & fpirituelle de Geneue qui ne
fuft oncques ottroyee, moins executee par la refi
ftance de l'Euefque Iean de Pierrecyze & des Ci
toyens & bourgeoys de la ville, p. 239. iufques a p.
261. Que les bulles des autres Papes y font contrai
res 231.232. Que ledit Amé VIII. luy mefmes par
diuerfes bulles s'eft aidé à garder la fouueraineté
& iurifdiction de la ville à l'Euefque & Cité, p.
263.

VI. Que fes fuccesfeurs l'ont enfuiui comme le
Duc Loys, notamment en la ceffion de la fouue
raineté des Vernets. p. 267. & 273. & les autres Prin
ces p. 274. 275. & 276.

VII. Que les territoires ottroyez aux Ducs de
Sauoye par les Euefques & Syndiques fur les re
queftes qu'ils en prefentoyent ne fouffrent point
de replique p. 280. iufques à 291. Car s'il y a acte
quelconque ou procedure repugnante au droit de
fouueraineté, ce font telles requeftes ou requifitoi
res, qui fe trouuent de pere en fils, & les conceffiõs
à eux baillees auec tant de referues & limitations,
n'y ayant Prince fi facile ou fi hebeté qui voulut fe
degrader iufques là, que de demander à fes vrays
fuiets *per libellum fupplicem* accez en fa propre vil
le. Ioint qu'ils confeffent affez expreffement par
lefdites Requifitoires que lefdits de Geneue n'e
ftoyent pas leurs fuiets, en mettant diftinction en
tre leurs fuiets, & la iurifdiction de l'Euefque &
Cité fur ceux de la ville.

VIII. Que par fentences des Ligues, & le Duc
Charles, & le Duc Philibert fon fils, ont efté de
deboutez de la fouueraineté pretendue fur Gene
ue, p. 297.

Bref

Bref que Geneue a esté recogneue ville libre & Imperiale par to° les Empereurs, mesmes par Charles V. p. 193. à l'exclusiõ de tous autres Princes. IX. Que les Ducs de Sauoye n'ont iamais battu mõnoye dãs la ville (Marque principale de Regales) Oui bié dãs aucunes terres du diocese de Geneue, ou du Genouois, & ce par permissiõ expresse des Euesques, & souhs hõmage, ce que la marque des vieilles pieces de la monnoye de Geneue tesmogne p. 177.

X. Que les alliances contractees par Geneue auec aucuns Princes de Sauoye, Roys, & Republiques, fourmissent vne autre marque de ville libre p. 129. iusques à 1375.

Et combien que la pluspart des prouisions Imperiales ci dessus alleguees parlent nommement de l'authorité souueraine de l'Euesque sur Geneue, Si est ce toutesfois qu'il nous suffit de preuuer par là, que les Ducs de Sauoye en sont exclus, & d'ailleurs il se descouure manifestement que l'intentiõ des Empereurs n'a point esté d'attacher leurs priuileges à la persõne de tels ou tels Euesques õu des Euesques simplement, ains à tout le corps de la Republ. tousiours cherie par les Empereurs, & ce pour le bien & seruice de l'Empire duquel elle est reputee Membre notable.

Car la pluspart des droits conioignent tousiours auec l'Euesque, *Ecclesiam & Ciuitatem Gebennensem,* & ainsi ils ont voulu declarer Geneue, Cité libre & Imperiale soubs la conduite & administration de ses Euesques, & soubs le seul nom de S. Pierre Apostre. Autremét c'eust esté vn bien petit priuilege, & nõ digne de tãt d'assẽblees Imperiales & solénelles, de desnier à vn Côte de Zeringuen, &

aux Ducs de Sauoye l'authorité supreme sur la vil
le, pour l'establir absoluement entre les mains d'vn
autre Prince particulier, quoy qu'Ecclesiastique. Et
de fait nous auons verifié depuis la pa. 51. iusques à
71. comme l'authorité de l'Euesque qui estoit recogneu Prince & par les Empereurs & par le peuple par vn respect religieux & reueréce deuotieuse,
estoit en diuerses manieres restrainte, bornée & di-
mitée, specialemét par les frächifes de la ville lefquelles ils iuroyét folénellemét de garder & obfer-
" uer, & nó mais (ainfi que dit Ademarus fur la con-
" clufion d'icelles) icelles frächifes, ou aucune partie
" d'icelles, ni de leurs Chapitres en tout ou en partie
" faire caffer, reuoquer, ni enfraindre, ni dóner cófeil,
" faueur ni aide à ceux qui viendront au cótraire ta-
" citemét ou expreffemét.) Et entre autres par l'art.
8. il eft dit, Que l'Euefq ni fes officiers ne pouuoyent, impofer plus grande peine fur les Citoyés que
de 60. fols, & neantmoins les Syndiques des impé
foyent plus grandes, felon l'exigence du cas, voire
eftoyent iuges fouuerains des caufes criminelles,
tem art. 13. l'Euefque ne pouuta faire mettre vn hó-
me à la torture finon par la cognoiffance & iugement des Syndiques & Citoyens, lefquels foyent
prefents à la torture du malfaiteur, laquelle fe fera
à leur arbitrage. Item art. 39. Les biens de ceux qui
mouroyent fans enfans, ou proches parens, ou autres heritiers legitimes, ne pouuoyent eftre occu-
pez ni detenus par l'Euefque ou fes officiers, mais
eftoyent gardés par les quatre Syndiques de la Cité comme vacans.

Et finalement par le 68. il eft dit que les Citoyés
baut

bourgeoys & incoles de la Cité ne seront tenus receuoir aucune monnoye de quelque Prince que ce
soit, ni en vser en aucune maniere sinon que la mo-
noye fust legitimemét par l'Euesque, par le Chapitre, & par la Communauté de la Cité approuuee.

Et en somme quelles qu'ayent esté les præeminences des Euesques à Geneue, elles appartiennét
auiourd'huy à la Republique & Eglise de Geneue,
laquelle estoit participante de la meilleure part, &
veu que c'est le mesme corps de ville & Communauté, comme en plusieurs autres parts du monde
a esté fait par les changemens de religion aduentis
au precedent siecle, & qui ne seront iamais resolus
que par vn Concile libre & vniuersel, où l'Esprit de
Dieu præside, & ses Sainctes escritures soyent proposees pour seule loy & reigle, toutes humaines
traditions laissees à cartier, comme vaines & trom-
peresses. Vn autre, vn autre Caluin, en tel Concile?
Tu me rauis encor à toy Caluin, quád i'aduise ton
pourtraict là bas à main droicte. Heureuse la iournee qui te mit au monde, heureuse la mere qui te
porta dans ses flancs, heureuse la ville qui t'a veu
parler, enseigner, prier, escrire, ædifier, bien viure &
bien mourir. Tu fus enuoyé du ciel par nostre
Iesus, pour combattre les superstitions, descoourir
les impostures de ce prophane Ignace Loyola An-
ti-Iesus, l'auteur de ceste fourmiliere d'insectes ses
sectateurs, desquels ie ne puis dire autre que le re-
frein d'vne poesie Latine de feu Henry Estienne,
CAVETE VOBIS PRINCIPES. Tu fus, dis-ie,
mandé pour faire adorer le vray Dieu, duquel la co.

y j

gnoiſſance s'en alloit perdue entre les hommes.
Pardonne moy ceſte digreſſion, Caualier. Nous
voila hors des parchemins. Tu les as veus, tu les a
leus; tu m'as confeſſé de les auoir ſceus auparauant. Comment doncques as-tu bien oſé effrontement parler en la pag. 195. des pretenſions & des
poſſeſſions que les Princes de Sauoye ont ſelon ton
dire eues à Geneue des pluſieurs ſiecles iuſques au
changement de la religion aduenue en l'an 1535.
quand tu vois au contraire, que de pere en fils ils
en ont eſté deſboutez, par les Empereurs, par les
Papes, par les Roys, par les Archeueſques, Eueſques, par eux meſmes, & par le peuple de Geneue,
Et que la ſouueraineté & autorité en la ville, a
demeuré de ſiecle en ſiecle, par vne poſſeſſion &
iouiſſance continuelle riere les Eueſques, & les
Syndiques & Conſeil coniointement?

　Appren, appren les regles du ſilence, & à ne donner ainſi legerement ta langue au vent de la temerité.

　Mais qu'eſt ce que i'apperçoi encor dans la p.214
& ſuiuātes de ce libelle monſtrueux? Tu ne t'es pas
contenté d'auoir ſouflé de ta peſtilente haleine ſur
la face de nos beaux droits pour la ternir, ſi l'effaict
euſt peu reſpõdre à ton pernicieux vouloir. En quoy
toutesfois tu demeures confus. Tu ne t'es pas auſſi
contenté d'auoir deſgorgé vn monde de blaſpheme, d'auoir vomi par le canal de ta paſſion outrée,
tant de blaſmes & d'iniures contre la louable communauté de Geneue l'ayant appelee, *Le tartare*,
» l'abyſme, le cahos, la confuſion des creances ſi ſou-
» uent condamnees, le magazin où toutes les hære-
ſies

fies furannées, des ennemis de l'Eglise ammonce- «
lees,font vn corps pourri,qui de fa vilaine exhala- «
tion empoifonne la terre,le fiege où Baal & Dagō «
tiennent l'Empire de leur puiffance, & delugent «
comme d'vne digue rompue, vne partie des cam- «
pagnes de l'Europe.Geneue rebelle & efchapee qui «
traine la lefle de fa feruitude p.165.Geneuois enne- «
mis de Dieu qui viuent en leurs blafphemes,qui a- «
pres les tenebres prefentes, attendent la lumiere «
future de Dagon & Baal.Infame Geneue qui por- «
te en fon front mafqué du fard d'hypocryfie, les «
marques de fa rebellion p.194. Ce nid de Merca- «
dans,rebut du monde,la lie & l'ordure des Con- «
uents defroquez, ce petit troupeau d'eftourneaux, «
que Belzebut a fait fortir de l'Orque pour picorer «
les raifins de la vigne de Iefus Chrift p.216.Puis en «
fin des vilains,des roturiers,des fauetiers,des igna- «
res en tout & par tout,p.218, pauures lapins,qui a- «
nés eu l'efpouuante dans voftre clapierp.219. Voila «
ton langage.Il falloir encores pour combler la mefure de tes crimes adioufter à force ruades, petar-
rades,Rotomontades & cagades, te defborder en
menaces,iactances,& fulminations, *que ton Prin-*
ce mettra le pied fur la gorge de nos bourgeois p.166.
que fo coufteau les deuorera fur fa cholere,p.215.(C'eft
bien mal parlé à toy de ton Prince, car on n'en di-
roit pas d'auantage d'vn boucher qui efgorge les
brebis auec fon coufteau)*que tonnant & grondant*
en foudre d'efté il les abyfmera quand il en aura l'en-
uie.p.216. Mais cela feroit fait il y a long temps,fi
on auoit compté depuis le commencement de cefte enuie qui a couftétant de fang. *Que meflé dans*

la fumee de 50.pieces de Canon, il bondira par deſſus les ruines de leurs boulevards, qu'il noyera leurs armes dans le ſang de leur corps, p.217.&c.

Quelle fougue, ie vous prie, quelle boutade de ce croquand, quelle incartade de ce brauache: Vn petit fiston morguer Geneue? trancher du ſuffiſant? Malheureux, tu voudrois donc changer le calme de la Tranquillité publique, les Plaiſirs d'vne douce Paix en l'amertume des guerres, vne douce vie en vne viuante mort, precipiter le reſte de ta prouince dás vn abyſme & fondriere de miſeres, apres tant d'orages luy ſuſciter la greſle, le trouble & la tourmente par ta verge ſatanique, la mettre en deſolation, luy procurer vn deluge de maux, le renouuellement d'infinies calamités, l'eſtrener de violences, de cruautés, de l'horreur & de l'aſpreté des armes, r'appeler pour la troiſieſme fois les armées Frácoiſes en Sauoye, chaſſer les belles Nymphes, & leur faire ſucceder les hydeuſes & laides Furies. Paure enragé, boutefeu, volontiers ceux qui ont allumé le feu demeurent parmi les cendres. Et quoy? l'aſtre homicide qui tyranniſe ton ame te fait dócques ſonner le tocſain? Tu as prins tant de peine d'exhorter le Roy à la Paix pour le deſtourner d'vne iuſte guerre, tu l'en as coniuré par les ſacrez ſerments de la Paix. Et tu veux maintenant induire ton Prince contre la Paix à vne guerre iniuſte. Tu as dit en la pag. 193. que ceux de Geneue viuent aux portes de la France, pleins de ſeurté & d'aſſeurance dans leurs murailles, & tu l'appelles maintenant Paureuſe Geneue, pleine de desfiances & d'inquietudes. Accordez ces fluttes. Noſtre

bon-

bonne garde te fait elle mal au cœur pour la qualifier desfiance? Bonne garde fera bonne paix, à ce
que i'en voy, & Donne toy garde n'eſt pas mort: on
ne nous prendra plus ſans verd, Dieu aidant. Mais
toy pluſtoſt & les tiens eſtes paoureux & tous tran-
ſis d'effroy, qui au moindre remuement de nos armes dans Geneue, à l'arriuée d'vne ſimple garniſó
Françoiſe dans les terres eſchágées, gagnez tous au
pied çà & là cóme paúures leurauts remplis à toús
moments de terreurs Paniques qui vous font leuer
les aureilles: O inſenſé courratier de diſcorde tu cór
nes la guerre aux oreilles de ton Prince! (Le reſpect de la paix déuoit pour le moins attiedir ta
ſangláte fureur.) Tu le cóuies à ſacrilege, deſloyauté, tu veux attirer ſur ſa reputation vne infamie
perpetuelle : fleſtrir ſa foy & ſa parole, l'enfiler
dans les peines eternelles, eſpouuantables, du per-
iure, par le bris & rupture des ſacrez & inuiolables
liens de la paix?

　　Paix qui a tant couſté à faire. Et qui n'eſt aduerti de l'indicible peine qu'il y euſt pour amener le
peuple de Geneue à ceſte paix, peuple qui par vne
iuſte indignation auoit iuré vne eternelle guerre,
puis que la Paix publique auoit ſerui de manteau,
d'eſtrier & d'eſchellon à la guerre. Tant d'allees
& de venues à S. Iulien. Tát d'exhortations & d'ob-
teſtations qui furent par vous faites, Meſſieurs les
Ambaſſadeurs des Ligues, au peuple de Geneue
dans l'Egliſe de S. Pierre, & ailleurs dans leurs có-
ſeils, en general & en particulier, les prenants vn
par vn, pour leur faire apprehender & gouſter les
fruits de la paix. L'hiſtorien du Roy Mathieu l'at-

　　　　　　　　　　　y iij

teſte au 5.liure, 7. Narration. Combien de perſonnages falut-il iouer pour finir ceſte Tragedie en
Comedie? Voſtre grande patiéce, prudence, ſageſſe,
fidelité, experience, parurent publiquement en ce
digne œuure, & vous acquirét vne gloire immortelle, &ſur tout le pais vne obligatió perdurable. Eſtás
de retour en vos maiſons, ceux qui d'entre vous
n'auoyét point encor pour lors les premieres charges de l'Eſtat, n'y furét ils pas (choſe remarquable)
promptement appelez pour vous aſſeurer du contentement qu'on auoit receu de voſtre negotiation & pres & loin? Sa Maieſté Treſchreſtiéne par
lettres frequentes, & par Monſieur de Vic ſon Ambaſſadeur, ne pouſſa-elle pas auſſi de ſon coſté les
affaires à la Paix? Memorable exemple de ſa ſincerité enuers l'Eſtat de Geneue. Exemple qui eſt ad-
miré par les hómes de ce ſiecle, & qui le ſera encor
plus par la poſterité qui en verra la ſouuenáce retenue dás les fideles monumés des Hiſtoriés? Et encor oſer parler côtre ceſte Paix? Le pauure peuple de
Sauoye ne crioit-il pas autant la Paix que les Geneuois la guerre? & vne ville de Châbery, qui trébloit
ſous les troupes de Geneue qui eſtoyét à toutes heures à ſes portes, & qui cómandoyét dans la ville de
S. Genis? I'ay eſté informé de bonne part que pendant qu'on alloit & venoit à S. Iulien pour la Paix
l'eſpace d'vn mois ou enuiron, les grands chemins
depuis le pont d'Arue iuſqu'a S. Iulien eſtoyét gar-
nis en haye du pauure peuple de Sauoye, hommes,
femmes, enfans, tous deſolez , languiſſans en ſouſpirs d'angoiſſe , ſanglottans en gemiſſements effroyables.   Leſ

Lesquels, voyans ces dignes herauts de la Paix
approcher, se prosternoyent sur le champ, prians le
Dieu de paix à mains iointes qu'il voulust benir
leurs allees & venues. Puis quãd le Côte de Foen-
tes Lieutenant pour le Roy des Espagnes au Duché de Milan, apperceut que la negotiation de la
Paix s'en alloit rompue, & que ceux de Geneue n'y
vouloyent entendre que soubs bonnes & iustes
conditions, n'enuoya il pas promptement à Geneue, pour renoüer les affaires?

Le 19. May 1603. arriua & se presenta en conseil
vn Capitaine Espagnol, nómé Sebastien Culebro,
accõpagné d'vn autre, lequel dit q̃ le Côte de Foẽ-
tes ayãt sceu qu'il y auoit eu vn pourparler de Paix
entre le Duc de Sauoye & ceux de Geneue, & que
neantmoins ne s'en estoit rien ensuiui, auoit mandé par Courrier expres au Seigneur Zãche de Luna, maistre de Camp des troupes qui sont en Sauoye, d'enuoyer à Messieurs de Geneue vn Capitaine pour leur remonstrer qu'ils eussent à penser
à ladite Paix, & combien c'estoit chose vtile, & leur
declarer frãchement que au cas qu'on ne s'accom-
modast auec le Duc, S. M. Catholique cóme alliée
de S. A. & ayãt prins ses pays en protectió ne pourroit de moins que de l'aider & assister en ceste guerre. Et remit l'original de sa comission & des instru-
ctiõs à luy baillées par le Seigneur Zanche de Luna de la teneur que s'ensuit. Estant trãslaté d'Espagnol en François:

Le Capitaine Sebastien Culebro ira à la Roche,
& là dira à Monsieur d'Albigny, qu'il le face conduire en Bonne seurement, & menera auec luy

y iiij

Pierre le Tambour de sa compagnie, & menera
aussi auec luy le Capitaine Vatanour, estant en
Bonne mandera le Tambour à Geneue à demander saufconduit pour aller parler à Messieurs
de Geneue, leur disant, comme il est enuoyé de sa
part, & leur fera sçauoir la volōté de son Excellēce,
laquelle est, Que la Gendarmerie du Roy doibt
defendre le Duc, & s'opposer à tout ce qu'ils pourroyent entreprendre, & qu'ils aduisent de s'accorder auec luy au pluftoft: Pource que au cas que
cela ne se face il prendra resolution sur cest affaire: à Annecy le 28. May 1603. signé Don Zancho de
Luna, & plus bas, De Roza.

Les termes Espagnols sont notables:

Para hir allar à Los Senores de Sinebra diziendo
les come va de mi Parte, y dando les à entēder la vo-
luntad de su Exc que es.

Que la gēte de su Magd A de defender al Duque,
y opponerse à quanto yntentaren, y que vean concier-
tarse con el Luego. Por que donde no se tomara forma:

Et oser parler contre vne Paix si solennelle? Au
temple de laquelle en fin se laissa mener au mois
de Iuillet, le peuple de Geneue, donnant lieu aux fideles conseils de ses amis. Les raisons leur firent
tomber les armes des mains, & les larmes du peuple circonuoisin leur firent mettre bas les armes.
Si tost que le traicté fust signé par les Ambassadeurs, le Sieur President Rochette se mit
aux fenestres de la maison où se tenoit la conferen
ce, & cria à tous ces pauures peuples, qui estoyent
plus de cinq ou 600. entassés les vns sur les autres
enuironnans la maison cóme vn sainct Autre de salut

lut où ils abordoyent, Mes amis, loüez Dieu, vous
auez la Paix.

Au son de ceste parole fust la tristesse & l'appre
hension tournée en consolation & reiouïssance. A
ceste parole retentit soudain le ciel des cris d'ale-
gresse: ces pauures corps qui estoyét tout basanés, à
demi morts, & qui sembloyét plustost des fantosmes
deschárnés, reprindrét en vn momét la couleur, & la
vie, & la force pour tressaillir de ioye. Les trópettes
& la publication furent la seconde voix qui redou-
bla dás leurs cœurs l'asseurance d'vn si grand bien.
Et puis parler contre ceste Paix?

Souuiene toy que tous ceux qui iadis & de nostre
temps ont voulu heurter contre Geneue s'en sont
retournez auec les tables de leur naufrage, qu'elle
a tenu (comme dit le Sieur de la Barillere en son
Censeur François, p. 287.) ton Prince si longuemét
en halaine. Et quoy ? ceste grande masse de basti-
ments posée par vne assiete remarquable entre ces
montagnes au riuage d'vne petite mer, enuiron-
née de si belles plaines, ayant deux riuieres pour
fossé, & vn costau pour Citadelle aux fins de do-
miner sur tout le pais circonuoisin, comme elle a
iadis fait longues annees seroit auiourd'huy domi
nee par autruy? la n'aduiene: Nous irons, nous irós
au contraire à beaux sacrifices de nos testes & de
nos fortunes.

Sed mihi vel tellus optem prius ima dehiscat,
Que de voir nostre Liberté & nostre sacrée
Religion alterees en leurs moindres parties.

Tu nous mesprises par ce que nous sómes petits.
Si genus humanum & mortalia temnitis arma,
At sperate Deos memores fandi atque nefandi.

. Mais pour te faire defmordre de tes rouges &
meurtrieres efperances, montons là haut, ie t'y ferai voir quelques tableaux qui ne font à mefprifer.
Entrons en cefte fale.

Voici le premier qui eft bien antique en fon fuiet, mais qui fuft renouuelé il y a enuiron 30. ans.
Ceft la desfaite du Comte de Geneuois & de Hugues Daulphin, Seigneur de Foucigny, lefquels en
l'an 1307. & le 6. de Iuin eftoyent entrez par le moyé
d'vne trahifon à Geneue. Ils furent repouffez.
Six vingts demeurerent fur les carreaux, & trois
cens prifonniers. Plufieurs des traiftres pendus, &
leur maifons demolies. Et combien que le Comte
de Maurienne, & aucuns de fes troupes fuffent
pour lors à Geneue, nouuellemeut arriuez en fecours, neantmoins le combat fuft rendu par les Citoyens vers l'arc appelé d'Iuoire à l'Ongemale. La
chronique Latine en parle de cefte forte.

ANNO à natiuitate D. M.CCCVII. die Mar-
tis 6. menfis Iuny in fefto beati Claudy, proditione in-
trauerunt Ciuitatem Gebennenfem, Comes Gebenne-
fij & Dominus Hugo Delphini, Dominus Foucig-
gniati, cum gentibus eorum, equitibus & peditibus.
Aymo de fanfto Germano, Mermetus Benedifti,
Michael de Diulno, Guillelmus Verdun, Iaquemetus Medicus, & Peronetus Boffeletus, cum eorum cõ-
plicibus fuerunt fuffenfi, & bona eorum diffipata, &
domus eorum deftrufta per ciues Gebennarum, & ipfa
die hora prima fuerunt repulfi difti inimici de difta
Ciuitate per diftos Ciues, & interfefti fuerunt de gentibus diftorum Dominorum 12 5. & capti circa ter-
centum

centum, & plus. Et puis venir contre Geneue, quelle seurté ?

Passons au second qui est vn peu vieux, mais on y apperçoit encor de bons lineaments. Cest le village de Merin. (le nom est au dessous) où tu vois vne grande meslee, & les Geneuois victorieux qui poursuiuent les Sauoysiens là haut contre les bois. Ce fust le 8. Octobre 1530, que les Geneuois pour amener des bleds que les Sauoysiés leur retenoyét en la terre de Gez, sortirent de la ville en nombre de 150. hommes tant seulement. On leur dresse vne embuscade de 700. hommes à Merin. Ils en sont aduertis. Poussent neantmoins outre, & se resoluent par vne ruse de guerre qui estoit bonne en ces temps là, qu'approchans l'édroit de l'embuscade, ils se glisseroyent tous le ventre contre terre, hormis cinq ou six enfans perdus qui marcheroyét deuát: si tost que ces v. ou vi. sont apperceus par l'ébuscade, les Sauoysiens tirent tous leur coup. Les Geneuois à l'instant leur saultent sus auant qu'ils eussent le loisir de recharger leurs bastons à feu, les mettent en route, en estendent par terre 60. de morts, grand nombre de prisonniers, le reste en fuite, & de Geneue n'en mourut qu'vn, & non encor par les mains des Sauoysiens, mais par l'vn de ses compagnons qui le voyant fuir luy tira vn coup d'harquebuze. Ceste victoire fust reputee miraculeuse à Geneue, & en fust chanté le *Te Deum,* est il dit sur le liure du conseil. Et puis venir contre Geneue, quelle seurté ?

Tourne toy de deçà. Tu vois en ce troisieme vne rude escarmouche qui se donne entre Sauoysiens

& entre des gens habillez à la Suisse, au lieu de
Gingin. Tu me diras que ceux de Geneue n'ont
point de part en ceste victoire. C'est la verité: mais
neantmoins il est bon de t'esclaircir du suiet de
ce tableau: tu vois Geneue en vn bout, & Neufchastel en l'autre. Ceux qui sont habillez à la Suisse sor
tent de Neufchastel à la file, pour venir secourir
Geneue en Oct. 1535. qui estoit pressée par le Duc
Charles: se voyás pches des troupes Sauoysiennes
ils se resserrent & font vn gros de 9 0 0. hommes
qui estoyent portez d'vne ardente affection enuers
les Geneüois laquelle ne sera iamais oubliée. A
Gingin ils rencontrent des troupes Sauoysiennes
qui faisoyent enuiron 300. mille hommes dispersez
par les Villages voysins. Lesquels leur desuient le
passage. Aucuns rebroussent chemin pour ne hazarder temerairement le combat contre si fortes
parties. Mais par contre il y en eut 500. qui se reso-
lurent de passer à quelque prix que ce fust. Ils se
iettent parmi les ennemis à corps perdu, lesquels
voyans telle resolution furent contraints leur faire largüe, & y furent desfaicts 2 0 0. Sauoysiens,
& les Neubourgeois n'y furent perte que de
7. hommes de leur bande, en l. quelle il y auoit
vne Virago qui est ceste femme que tu vois
si proptement armée, laquelle fit merueilles
& combattoit vaillamment d'vne espee à deux
mains: elle me fait souuenir d'vne qui en la nuict
de l'Escalade courut en son cartier auec la hale-
barde, autant resolue que si toute sa vie elle eust
manié les armes. Les autres femmes se tindrent
coyes en ceste nuict là dans leurs maisons & va-
que.

quétent à prieres & oraisons, sans qu'on ouyst, ni les pleurs, ni les heurlemens que l'infirmité du sexe leur fournit en pareil cas. Que si on leur eust permis de sortir, elles estoyent bastantes auec leur seules quenouilles de terrasser ces assassins, & auec autant de courage que la Virago de Neufchastel, & de resolution que leur Concitoyenne. Vers la porte de la Monnoye il y en eust aussi vne qui mit par terre son homme du haut des fenestres d'vne maison à grands coups de pierre, & auec vn fonds de tonneau quelle luy jetta sur le cerueau.

Et puis venir contre Geneue, quelle seurté? Et que diras tu de ce quatriesme qui represéte l'assaut donné a Geneue par les Sauoysiés le 13. de lanuier 1596. entre neuf & dix heures de nuict, du costé de S. Geruais, pendant le siege du Duc Charles. Voi tu comme ils approchent au pied de la muraille & au bord du fossé auec eschelles, mais comme ils se lebutét les vns sur les autres? C'est tout ce que l'on peut voir à trauers la lueur que donnent les arquebusades & les canonnades qui fouettent net dans le fossé, & qui greslent comme foudre sur ces carcasses ennemies.

Ils sont vaillamment repoussés auec grande perte de leurs gens, dont furent rendues à Dieu graces solennelles. Mesmes est escrit au liure du Conseil, *Deus tamen (cui omnis honos) ipsos repulit, multíque ex ipsis vulnera asportauerunt?*

Et puis venir contre Geneue, quelle seurté.

Pour te faire voir le cinquiesme & dernier tableau des anciens, nous tirerons ce rideau: C'est vn grand paysage composé de plusieurs villes, Chasteaux & Villages. Tu vois à chacune porte des Tra-

bants Suiffes auec des manches & des hauts de
châuffes bouffis d'vn beau taffetas de diuerfes couleurs, portans de ces grandes barbes qui fi fort te
defplaifent, & de grandes efpees à deux mains. Tout
remue por là dedans. C'eft vn vray remue-mefnage
& fur chacune ville & bourgade eft efcript ce di-
éton VETERES MIGRATE COLONI.
Que penfes tu que ce foit? C'eft la conquefte des
pays du Duc Charles faite en l'an 1536 par les Bernois, Fribourgeois & Valeyfans pour la querelle de
Geneue, contre laquelle il auoit dreffé vne forme
de fiege au mefpris de l'arreft de S. Iulien de l'an
1530. & contre la teneur de la fentence de Payerne de l'an.1531.

Les premiers occupent tout le pais de Vaux, & les
Balliages de Gez, Chablais, iufques à la Drâfe, Ternier & Gaillard. Les feconds la Comté de Romôt,
& les troifiefmes le pais de Chablais depuis la Drâ
fe en fus contre Valay. Et en ce coin du tableau ne
recognois tu pas les bannieres de France qui vindrent arrefter à la Clufe le progres de l'armee Ber-
noife? Bannieres victorieufes du grand Roy François, lefquelles tant pour la caufe de Geneue, que
pour vne autre plus particuliere querelle furent
plantees en tous les autres endroits de la Sauoye
& du Pied-mont. Et puis venir contre Geneue
quelle feurté? Il y a plufieurs autres vieux tableaux,
mais l'on n'y cognoift plus rien. Laiffôs ces vieilles peintures pour nous tourner du cofté des modernes: lefquelles ie te vai monftrer dans ce cabinet, en grand nombre. Mais nous n'aduiferons que
les principales.

*Les Ber-
nois ren-
dirent en
l'an 1567
les quatre
dernieres
pieces.

Le Roy
garda le
pays 23.
ans.

Voila bien celuy de l'Efcalade de l'an 1602. fort viuement reprefenté en obfcure nuiƈt par la main d'vn excellent ouurier, mais pour ne t'en faire mal au cœur, & ne t'accabler de triftefse, ie fuis content de ne le defcouurir point, combien que là bas en vn coin qui n'eft pas du tout couuert, i'aduife bien ie ne fcay quoy vers le bouleuard de L'oye : mais paffons outre.

En voici vn qui eft magnifique & fuperbe. Voila vne belle fortereffe au haut d'vne bourgade, gardee par vn grand nombre d'hommes. Vne petite troupe d'armez de toutes pieces, entre à la file par cefte ruelle que tu vois, Ils font foudain vn terrible carnage par les rues, haga que de corps morts entaffez les vns fur les autres, & des Forçats enchaif. nez qui les contemplent, s'efforçans d'en fauter de ioye. La principale Tour eft battue à grands coups de Canon. Aduife comme le Capitaine en fort auec fes gens & le bagage, tefte nue, le tambour fur le dos, les enfeignes ployees, tous triftes, faifans de grands *Inclinabo*, aux vainqueurs. Et au quatre coins du tableau ie confidere des trompettes qui fe refpondent d'vn fon efclattant à qui mieux mieux en figne de triomphe & de refiouiffance. Que veut dire tout cela ? Tu le comprens defia bien. C'eft le Fort de Verfoy que ton Prince en Septembre 1589. fit conftruire pour preffer Geneue, & le nóma S. Mauris, auec vne plateforme au bord du Lac, où il logea deux pieces de campagne, pour incommoder les vaiffeaux de Geneue. Il en partit au mois d'Oƈtobre pour courir en Prouence, & y laiffa pour Gouuerneur le Seigneur Baron De la Serra auec 500. hommes d'eslite, 70. Forçats, Turcs & Chrestiens pour trauailler à la fortification, & quatre doubles Canons dans le Chasteau, lesquels ton Prince appeloit Les clefs de Geneue, mais ces clefs sont eschapees de la main du maistre, & sont demeurées à la serrure. Ceux de Geneue pour deliurer le Baron & ses gens de tant de veilles & de fatigues, & les leuer bien à propos de sentinelle, sortent le Vendredy 7. Nouemb. 1589. de la ville sur les 10. heures du soir soubs la conduite du Seigneur de Lurbigny en nombre de 500. hommes de pied, deux compagnies d'argoulets, & deux de gendarmes portans quelques petards & eschelles. Parut au ciel en leur chemin vn cercle blanc fort luisant, suiui de colomnes de feu qui donnerent grande asseurance & bon espoir aux Geneuois, lesquels les prindrent pour vn fauorable signal du ciel, & à leur ennemis au contraire furent matiere de terreur. Le Samedy huitiesme apres minuict les troupes se trouuans pres de Versoy furent ordonnées diuersement, les vns pour doner aux portes auec le petard, les autres pour se tenir aux aduenues. Mais entre autres 17. armés, dot les vns sot encor pour le iourd'huy viuans à Geneue, entrent dedans par vne petite ruelle du costé du lac, le coutelas en main ou la pertuisane, font mains basses d'vne estrange sorte. Peu apres le petard donne à la porte de Copet par où entrerent les troupes qui poursuiuirent l'execució. Trois cents corps basanés des ennemis furét estendus morts par les places, & dedans les maisons, & autres bruslez, plusieurs blessez, qui de nuict se nuict voulás se sauuer se noyerét dás le Lac. Le Baron se sauue dans la Tour du chasteau. Il y est assiegé. Il se rend le Dimanche par composition, & en sort auec 200. hommes ou enuiron, la mesche esteinte, le tambour sur le dos, 2. enseignes ployees, & auec le bagage. Les six Canons furent amenez à Geneue (pour essayer s'ils viendroyent bien à la serrure) & 70. Forçats, & 150. caques de poudre, & deux enseignes apportees auec vn grand butin. Le Fort ruiné dans peu de iours, & esplané. C'est le lieu où iadis le 29. Ianuier 1536. 80. hommes sortis de Geneue sur le Lac, & conduits par le Capitaine de Veray, duquel auons parlé en la guerre de l'an 1536. firent merueilles, ayans assailli Versoy, & desfaict les soldats qui y estoyét. Ce qui dóna tel progres aux armes de la ville, que le mesme iour, furét sommez les chasteaux de Gaillard, & d'Armence qui se rendirent, & y furent mis des Chastelains de Geneue, tout ainsi qu'apres la prinse de Versoy, les places de la Bastie, Gez, la Pierre, & l'Escluse furent emportées en peu de temps par ceux de Geneue & battues auec les Canons de Sauoye.

Et puis venir contre Geneue, quelle seurté?

Ie t'ai donné des exemples des victoires gagnees par ceux de Geneue sur les Sauoysiens assiegeans, ou assiegez. Il en faut voir de celles qu'ils ont emporté en rase campagne, contre les grandes armees.

Doncques tous ces petits tableaux qui s'entresuiuent, representent les belles escarmouches attaquees du costé du Pont d'Arue, lesquelles furent

au commencement de la guerre de l'an 1589. le
iournalier exercice de nostre ieuneſſe, & le champ
ordinaire où ils venoyent cueillir la Victoire auec
ſes verdoyants Lauriers. Car en toutes, les Geneuois emportent le meilleur,& les Sauoyſiens à belles chartetees les corps morts de leurs troupes, ſãs
ceux qu'ils ſont contraints de laiſſer pour les
gages. En ceſtuyci vne grande armee de 10. mille
hommes, en ceſtuy là vne de 15. mille, où la preſence du Prince deuoit conuertir en feu tous leurs courages, ne peut faire teſte à vne poignee de gens de
Geneue, à vne petite troupe de ieunes fantaſſins
qui courent à l'eſcarmouche auec vne allegreſſe
merueilleuſe. On y en voit de treize ou quatorze
ans autant reſolus que de vieux gendarmes. Enquis
par les chemins où eſt leur Capitaine, le monſtrét
au ciel d'vne contenance aſſeuree. Les femmes y
accourent parmi les harquebuſades ennemies, qui
tombent dru comme pluye ſans nul offenſer, &
portent à leurs maris, à leurs peres, à leurs enfans
quelques fruicts de Ceres & de Bacchus pour les
rafraiſchir, & les renuoyer plus alaigres au combat, voire de beaucoup plus hardis. Ne pouuans
attendre que toute honte & vergongne, s'ils euſſent reculé, en lieu où il baſtoit en l'ame du ſexe
le plus infirme de s'arreſter. Ces femmes qui a-
uoyént le chef couuert de linges blãcs contre l'ardeur du Soleil, ſembloyent au gros des ennemis e-
ſtre des piquiers en armure blanche. Bref les Geneuois y font merueilles par vn ſupport extraordinaire de la prouidence de Dieu. Voyez quelle
meſlee

meslee. Ceste petite troupe s'en va estre perdue au
milieu de la Caualerie qui l'enuironne. Il semble
qu'il n'en eschapera pas vn. Et les voila sains & sau-
ués de retour. Vn blessé, vn mort, deux morts, trois
blessez tout au plus, & de l'autre costé, monticules
de morts, ruisseaux de sang. Mais c'est le ciel qui
combattoit pour Geneue, & qui faisoit dire aux a-
mis & aux ennemis ce que tu vois escrit au dessous
de chacun tableau :

Non hæc humanis opibus, non arte magistra,
Proueniunt.
Maior agit Deus.

Voila le Comte de Salleneuue, lequel en vn
temps que l'on pouuoit saulter dans le Fort d'Arue
auec vn baston (si peu il estoit auancé) iure que
ce iour là il enttera dans Geneue, le Fort d'Arue
n'estât digne de l'arrester. Mais il est arresté par vn
escholier nómé HENRY, qui luy plante la fourqui-
ne de só mousquet droit dans les deux yeux. Il pre-
se te des milliers d'escus pour rançon, & luy & autres crient Vie sauue. Mais on leur respond, Grace
de Bonne, Grace de Ternier, tout est mis au fil de
l'espee. Il porto t sur soy le despartement des logis
de Geneue, mais il ne fust fourrier que de son
corps. Il estoit doncques le matin dans Geneue
d'esprit, & non de corps. Il voulòit y estre au soir
d'esprit & de corps. Il y fust au soir de corps, & nó
d'esprit, & ces veloux & ces satins & armoisins que
l'on pensoit desia mesurer à la pique, furent chan-
gez en drap noir que l'on vint acheter à Geneue
pour son deuil. Et puis venir contre Geneue, quelle seurté?

Pour entendre le reste de ces exploits qui sont ici despeints en huyle, ie te renuoye chez les libraires, où ils se trouuent en taille douce.

En ce petit qui ioint ceux des escarmouches du pont d'Arue, tu vois le Seigneur de Lurbigny ancien Capitaine qui met en route 150. lanciers & 400. pietons Espagnols & Italiens. Le Vendredy 5. de Iuin 1590. ayant poursuiui insques au village de Farges terre de Gez, ceste troupe de picoreurs qui emmenoyent 300. pieces de bestail, plusieurs hômes, femmes & enfans, il leur fait en fin lascher prinse, il charge si à propos les lanciers qu'ils sont mis en merueilleuse desroute, les plus asseurez rennerssez morts sur le champ, les autres se sauuent à bride abbatue : & au village sont tuez six vingts Espagnols ou Italiens, plusieurs fuyants blessez, aucuns prisonniers, le reste escarté par les bois & contre la montagne. Le lendemain Don Amedeo, Lieutenant general du Duc, enuoye à Geneue vn tambour pour scauoir le nombre des prisonniers, qui rapporte qu'ils trouuoyent defaut de huict vingts hommes en leurs troupes.

Et puis venir contre Geneue, quelle seurté?

Laissons ces petites rencontres pour voir quelque chose de plus grand. C'est icy que tu verras la rude espée du Baron de Conforgien, le seul nom duquel dônoit iadis terreur en Sauoye. En vn mot, c'est la miraculeuse victoire de la Menoge.

Le Ieudy 17. de Septembre 1590. quelques troupes de Geneue sortent de bon matin enuiron octante cheuaux, & 300. hommes de pied, commandez par ledit Sieur Baron pour faire escorte à ceux qui al-

loyent

loyent ramasser toute la védâge du costé de Bône,
ne pésâs point que l'ennemi deust paroir si fort, lequel dés quelques mois s'estoit tenu caché dâs les
garnisons, voire qui par vn commun bruit s'estoit
retiré aux plus lointaines. Le Baron d'Armence qui
venoit de r'assembler toutes ses troupes de caualc-
rie & d'infanterie faisans enuiroh 1600. hômes de
pied, & 2 0 0. cheuaux pour desfaire celles de Geneue, si elles s'auançoyent loin pour la vendange,
estant aduerti qu'elles auoyent passé la riuiere de
la Menoge (qui n'a que deux passages bien diffici-
les) s'auance à couuert auec toutes ses troupes, se
saisit des auenues pour les tenir enferrez entre luy
& Bonne-Loge 150. mousquetaires ou arquebusiers
des plus asseurez en vn moulin qui estoit à six pas
du passage, se place au dessus du moulin sur le costau, & pose force embuscades és vignes, & attend
de pied quoy le retour des Geneuois, tenant la victoire toute asseurée de son costé, comme aussi il
y en auoit toute apparence, soit à cause du nombre de ses troupes, soit à cause du lieu qui estoit si
aduantageux pour luy, entant que ceux de Geneue
estoyent contraints de descendre vne vallee, passer
vne riuiere à trauers les arquebusades, remonter
bien haut en lieu estroit, pour pouuoir gagner le
passage. Il commande à toutes ses gens de ne receuoir aucun à merci, ains de mettre tout au fil de
l'espee, (comme declarerét les prisonniers) reserué
le chef dont on feroit present à la Duchesse de Sauoye: mais ce chef le Baron de Conforgien approchant la Menoge, & ayant apperceu trois esqua-
drons de Caualerie, & plusieurs troupes espassés

de pietós, prend soudaine resolution auec ses Capitaines qu'il faloit passer, ou mourir. La priere faite à
Dieu, & le courage donné à ses troupes, il enuoye
quinze harquebusiers suiuis d'vne compagnie de
gensde pied donner au moulin, Et vne trentaine
de gendarmes pour gagner la montee & l'vn des
costaux, & esbranler la Caualerie de Sauoye. Aussi
tost dit, aussi tost fait. Ils descendent à teste baissée
vers le moulin à trauers les arquebusades, en deslo-
gent l'ennemi, en tuent plusieurs, blessent les autres, le reste mis en fuite. Les trente gendarmes en-
foncent par les flancs vn escadron de lanciers, &
le renuersent: vn autre escadron est salué par aucuns mousquetaires qui s'estoyent coulez le long
des hayes & promptement escarté par la cheute
de dix ou douze de leurs principaux. A l'instát voila le Baron à eux, qui donne vne si rude charge,
qu'il esbranle la Caualerie de l'ennemi, leur fait
tourner le dos, les met à vau de route, leur chauffe
les esperós d'vne terrible sorte. Só cheual luy est tué
entre les iabes: on fait védáge sur la plaine, & sur les
costaux aussi bien que dás les vignes d'vn grád nó-
bre d'ennemis de Geneue, la plus part tuez à coups
de main: Vn de Geneue recognoit son cheual entre
les iabes d'vn Capitaine ennemi qui l'auoit gagné
en vne precedente charge, le poursuit, le tue, & reprend son cheual. Le Baron d'Armence se sauue
monté sur vn genet d'Espagne, ou plustost *sur le dos
de la peur*: qui aislée de plumes legeres le pourmenoit en triomphe iusques dans Bonne.

Trois cens hommes de compte fait demeurerét
morts sur la place, & entre iceux quinze gentilhó-
mes

hommes, & six vingts prisonniers amenez à Geneue, Capitaines, Gentil hommes & autres, & vn butin honorable de dixhuict bons cheuaux, de trois
cents arquebuses, trente cinq cuirasses, trente casa-
ques rouges de véloux, diaprées de passemēts d'or
& d'argent, 60 lances entieres: De Geneue n'y mōu
rut qu'vn seul gédarme, dix pietons & quinze blessez. Et puis venir contre Geneue, quelle seurté?

En cest autre tableau ie voi 400 cheuaux Sauoy-
ards, Neopolitains & Milanois qui sortét de la Roche, pour faire leuer le siege de Buringe où estoyét
les Sieurs de Sancy, de Lurbigny, de Cōnforgien,
mais à leur arriuée, qui fust apperceuë par leurs
grāds cris & huées, on donne à toute bride sur eux:
Leur chef Don Christofle de Gueuara est mis par
terre des le commencement, & autres 66 sont e-
stendus morts, qui donnent telle frayeur au reste
qu'ils fuyent à vau de route contre la Roche. Ceste
cornette y fut gagnée où tu vois peinte en brodé-
-rie vne S. Catherine.

Et puis venir contre Geneue, quelle seurté?

Tournons à la main gauche. Et recognoi la bataille gagnée à Monthou le Vendredy, douzieme
de Mars M. D. XCI. sur les trois heures du soir
contre l'armée Ducale, qui pouuoyent faire enuiron trois mille hommes de pied & cinq cents
cheuaux, où estoyét Dom Amedeo, Dom Oliuarē,
le Marquis de Tresfort, le Comte de Chasteauneuf,
Sonas & toutes les forces de Sauoye, Bresse, & Lyō-
nois, faisans cinq mille fantassins, six cents lanciers,
& quatre cents arquebusiers à cheual.

Les Sieurs de Sancy, Quitri, & le Baron de Cōn

z iiij

forgien commandent aux troupes Royales. Ce dernier abordant. Sonas le met par terre d'vn coup de piftolet, & tous enfemble donnent fi vaillamment & prudemment fur les ennemis, & mefnagét rét fi bié cefte rencontre qu'ils demeurét triófhás, & victorieux. Et apres auoir rallié leurs troupes, ils recognoiffent 300. morts de l'ennemi, entre lefquels il y auoit pres de 100. gentilhommes, & plufieurs prifonniers.

Et puis venir contre Geneue, quelle feurté?

IE ne dirai rien des ruines de Ripaille, ni des cendres de ces grands vaiffeaux qui eftoyent appareillez pour faire trembler le Neptune de noftre Lac, pour aborder noftre rocher de Neptune, la pierre de Nipton, & qui ont paffé par les deuorantes flammes de Vulcain. Auffi n'eftoit il pas conuenable de faire d'vn lieu de religion, & qui auoit efté confacré iadis au Repos & à la Deuotion, vn Manoir de Bellone, & vne Fournaife de Mars: d'vn lieu d'oraifon, en faire vne cauerne de gendarmes.

IE ne dirai rien de la rencontre de S. Ioiré, où noftre Capitaine Bois fe porta vaillamment, & r'emporta neantmoins les playes d'vne glorieufe mort, ni de l'infinité de tant d'autres actes, dignes d'eftre mandez à l'immortalité. Ie te renuoye (pour en fcauoir d'auantage) aux efcrits qui en ont efté publiez, tant par les memoires de la Ligue qu'ailleurs.

Pour conclufion ce dernier tableau comprend deux places; D'vn cofté le Fort de S. Catherine qui deuoit, ce fembloit, engloutir Geneue, dans lequel paroif-

paroiſſent les drappeaux François. Et toſt apres eſt
eſplané par la diligence de certains habiles pion-
niers du menu peuple de Geneue, en telle ſorte
qu'il n'y reſte trace de fortereſſe. Conſidere ie te
prie comme ces fortificateurs de Geneue accom-
modent la paliſſade, les baſtions, les cabanes. Ils ne
ſont point laſches en beſógne. Ils en desfót plus en
vne heure que les autres n'en auoyent fait dans vn
an: D'autre coſté ie voi la ville de S. Genis ſoubs la
Clef, & l'Aigle, aux quatre coins les bannieres de
Geneue. Au deuant de l'Egliſe le Miniſtre & les
ſoldats qui s'en vont au preſche. Ie ſcai bien que tu
me diras que Geneue y perdit pour vn ſoir pluſieurs valeureux Capitaines, les Seigneurs de Neſ-
de, & de Boucheuilier hommes de bien, & autres
qui furent grandement regrettez. Mais pourtant
on ne laiſſa pas d'y tenir ferme, & quoy que c'en
ſoit, il ne fuſt poſſible de r'auoir ceſte place des
mains des Geneuois, autrement que par la Paix.
Et puis venir contre Geneue, quelle ſeurté?

Bref ne nous parle plus des 50. pieces de Canon
de la p. 217. car ie me doubte fort quelles pourroyét
prendre les meſmes briſees que celles de Verſoy,
de S. Catherine, & de Mommelian. Laiſſe pareillement en repos la nobleſſe de Sauoye, & leur four-
nis pluſtoſt les moyens de bien voyſiner auec Geneue, cóme Geneue fera de ſon coſté, car autremét
la plus part des gentil-hommes Sauoyſiens en ces
guerres de Geneue ont paſſé par l'vne de ces quatre Fortunes, d'eſtre ou priſonniers, ou tuez, ou bleſſez, ou leurs maiſons ſaccagées. Et puis venir con-

tre Geneue, quel profit, quelle feurté?

Et de porter tō Prince à vn fi malheureux deffein, c'eſt tout autant que fi tu luy difois : Mon Prince, dreſſez vne efcalade contre le ciel, bandez vous cō-tre le deſtin, & la fouueraine volonté de Dieu mani-feſtée par tant d'experiences. Il a fait cognoiſtre à vous & à vos predeceſſeurs que Geneue n'eſt point de voſtre partage. Et neantmoins bufquez fortune *per fas aut nefas.* Le vent de ceſte bouche eternelle a foufflé fur les entreprifes des gétils de la Cuillier, des Mammelus, des Peneyfans, des Fagotiers, fur tant d'intelligences & de trahifons pratiquées & deuant, & pédāt, & depuis les approches de la trou-pe de Raconis ; & finalement fur ce dernier effort de l'Efcalade, tant de traiſtres ont eſté executez à Geneue, & defcouuerts miraculeufement, qui pen-foyent, par maniere de dire, eſtre fi fecrets que leur main feneſtre ne fceuſt pas ce que la dextre auoit fait. Mais ne laiſſez pourtant de rifquer contre le ciel. Roidiſſez vous cōtre le bras du Tout puiſſant. Rompez la foy promife, ne faites point plus d'eſtat du traicté de Paix que d'vn mefchant parchemin. Vous lairrez vn bel heritage à vos enfans, fi vous leur pouuez amaſſer vn threfor de querelles, & l'in-dignation du ciel. Voila quels font les proiets de ceſt orgueilleux confeiller, qui enflé de vent com-vne veſſie de pourceau, tout bouffi de prefomption a publiquement enfanté fa vergongne Mais ô que ceſt chofe terrible de tomber entre les mains du Dieu viuant!

Et que tu ofes encor p. 219. triompher de l'efcala-de, brauer d'vne fi honteufe deffaicte, la memoire de la-

de laquelle eſt condamnée par l'art 22. du traićté
de S. Iulien. Pour ton honneur, tu t'en deuois taire.
Car elle n'eſt tournée qu'a la grand hôte & côfuſio
de ceux qui auoyent braſſé vne ſi haute & damnable
entrepriſe, contre le reſpećt & la Religion des
ſacrez ſerméts de la Paix. Ie te renuoye au diſcours
François qui en fuſt publié toſt apres, Intitulé: *Vrai
diſcours de la miraculeuſe deliurâce enuoyee de Dieu
à la ville de Geneue le 12. iour de Decembre 1602,* &
au docte Panegyrique Latin, Intitulé, *Academia
Genéuenſis παλιγγνιεσία, ſeu Panegyricus Chriſto
Liberatori.*

Tous autres diſcours qui en ont eſté depuis faits,
errent en la plus part des circonſtances, pour auoir
eſté les autheurs d'iceux mal informez ou mal affećtionnez.
Tant y a que toute l'eau de là mer ne
ſeroit pas baſtâte pour iamais lauer, & nettoyer les
taches de ceſte entrepriſe. Toutes excuſes ſont
friuoles : meſmes celles que l'Ambaſſadeur de
Sauoye qui eſtoit en Suiſſe donna ſoudain au côſeil
de Berne, par la propoſition qui s'enſuit.

TRESPVISSANTS Seigneurs, &c. Des le
iour & heure que i'ay eſté aduerti de l'entreprinſe
& execution faite contre la ville de Geneue: Ie n'ay
rien eu plus à cœur que de m'enquerir de mon
Prince & Seigneur, comme la choſe eſt paſſée au
vray, pour au nom de ſadite A. ie puiſſe informer
au vray V. S. & autres bons amis & affećtionnez,
veu qu'en tels affaires & exploits, pluſieurs paroles
contraires à la verité ſeront ſemées çà & là par les
aduerſaires. Car iceux comme deſtituez de toutes

caufes legitimes, & de toute equité, fe font entre-
mis pour dóner couleur & deféfe à leur mauuaife
caufe, au deſhonneur & præiudice de fadite A. de
mettre en difgrace, fade.A.&le rendre odieux.C'eſt
pourquoy moy ayãt eſté aduerti de la part de fade.
A.tãt par eſcrit que de bouche, par le moyé du Seigneur Secretaire & adioint en ceſte caufe; ayant
receu treſexpres commandement de le vous communiquer amiablemét & felon toute bonne voyſinance,à ce que vous ne foyez en aucun doubte de
fa bonne volonté & affection: moy diſne,& ledit
Secretaire n'auons voulu laiſſer à vous dóner à entendre,ſuiuant tel commandement, le fait de ladite execution,laquelle eſt aduenue,comme s'enſuit:
V.S. ſcauent treſbien quelles pretentions fadite A.
a eu des la derniere guerre fur vne ville de Geneue,
fur tout à caufe des tailles,tributs & autres charges
ordonnées pour raiſon d'aucuns biens qu'iceux de
Geneue poffedent dãs les terres de fadite A.A quoy
elle auroit taſché de les contraindre, & preſſer par
toutes fortes de moyens,en eſperance qu'iceux de
Geneue fe fubmettroyét à l'equité,ainſi que autres
royaux & voiſins qui ont des biens dans les terres
de fadite A.mais au contraire ils n'ont ceſſé de faire
des plaintes continuelles à la Maieſté du Roy de
France,comme auſſi à V.S.nonobſtant qu'ils ayent
eſté rebutez par pluſieurs Seigneurs de marque
près de S.M.de telles indeuës recerches,&réuoyez
à ſatisfaire à telles charges equitables, còme fans
doubleV.S.en auròtfait de meſmes en leur endroit.
Ils ont continué opiniaſtrement en leur deſſeing
de pretenſions reiettables, &non feulemét ont en-
treprins

*Les pre-
tenſions
du Duc
n'eſtoyens
plus que
pour les
tailles des
biens ſi-
tuez en
ſon pais.

*Tant
s'en faut,
que ceux
de Gene-
ue ne
payent
aucunes
tailles au
balliage
de Gez.

tteprins par moyens de mainforte & attentat
de maintenir leur pretendu droit, comme sadite A.
en a esté aduertie, mais aussi contre l'edict de
sadite A. publié, ont tout fraischemét fait emmener
& conduire en leur ville quelques bleds, lesquels
deuoiét demeurer au pais de sadite A. pour l'entre-
tenement necessaire de ses suiets, & pour obuier
aux necessités futures. Et par tel moyen & mespris
ont enfraint & aneanti tel Edit publié. Pour lesquelles iustes causes & occatiõs sadite A. auoit bié
voulu entreprendre ladite execution contre la ville
de Geneue au 22. Nouēb. nouueau Calédrier: Mais
a delayé pour quelque téps, principalement à ce q́
sadite A. fut presente, à celle fin qu'entre les siens
ne peust aduenir aucune cõfusiõ ou desordre, cõme
en tel fait il aduient aisement. Et que par mesme
moyen à ses autres voysins & bons amis ne fust
fait aucun dommage. Mais quant à ce que lesdits
de Geneue se veulent seruir cõtre les pretensions
desadite A. de quelques priuileges à eux dõnés par
ses predecesseurs, d'heureuse memoire, ils ne s'en
peuuent preualoi. Car iceux priuileges ne peuuent
plus estre en leur vigueur, attédu qu'ils n'ont rendu
les charges & deuoirs, esquels ils estoyent tenus, &
par ce moyen ont eux mesmes rendu inutiles lesdits priuileges, & iceux aneantis. De mesmes en est
il touchant ce qu'ils auançent sans fondement
qu'il sont comprins & incorporez au traité de Paix
entre S. M Royale de France & sa dite A. Car est
à considerer qu'en ce ils n'ont point de droit ni de
fondement de mespriser par ce moyen sadite A. &
est certain qu'ils ne peuuent estre entédus soubs ce

I.
Specieux
fondemēts
& pre-
texte de
l'Escala-
de.

mot* d'Alliez, attédu qu'ils ne sont alliez auec tout
les Cantons de Suisse. Et qu'audit traité de paix ils
n'ont esté expressemét specifiés & nómés commé
les autres alliez.   Et aussi n'ont peu estre mis &
inseres audit traité de paix en l'absence de sadite A.
comme estant l'vne des parties principales, & sans
son gré sceu & volóté. En outre ie ne puis sainemét

celer à V.S. que sadite A. a esté aduerti de bós lieux
& dignes de foy, que Mósieur de "LEsdiguieres auoit
vne entreprise pour suprendre ladite ville de Gene-

ue.   Ce que, s'il eust esté executé, eust causé à sadite A. & à vous vn grand dommage, & pource sadite A. a estimé estre le plus asseuré de le preuenir,
mais afin que V.S. ne puissent prendre aücün soup-
çon que sadite A. eusse pensé entreprendre quelque chose contre l'ancienne correspondáce & voysinance pour vostre regard; Elle a principalement
à ceste occasion repasse les monts en dil géce. Car
elle est en intentió de continuer enuers vostre Estat
toute bonne & amiable volenté & voysinance, com
me d'ancienneté a esté fait, & à cest effaict est resolue par amitié voysinale de móstrer en vostre endroit & de tous vos suiets tout libre & ouuert có-
merce, & toute amiable volóté de voysin, & que
sur ce vous vous en esclaircissiez enuers sadite A.
Comme de ce ie ne doubte point que vous nous
bailliés vne response selon nostre desir & volonté.

La response fust tantost baillée. Que s'ils ne se
se fussent promptément retirés hors la ville, & que
le respect de la Seigneurie n'eust serui de bárriere
aux Citoyens de Berne, ils leur alloyent faire leurs
be-

besongnes de belle sorte. Tãt estoit odieuse à tout le peuple la memoire de ceste entreprinse, les friuo les excuses de laquelle ne pouuoyent trouuer place dans les cœurs genereux. Ains fust condamnee par tout l'vniuers, voire par le Pape mesmes.

Et tu feras encor parade d'vne demi douzaine des tiens qui combattirent (dis-tu) sur les remparts de Geneue? Il me semble au contraire qu'il y en de-meura quelques douzaines, & que ta poesie qui cõ-mence par Remparts au mespris de nos remparts, peut beaucoup plus proprement estre retorquée contre toy , & en la iuste louange de nos rem-parts:

Remparts qui nonobstant que de Charles le foudre
Ait tasché les franchir, les conuertir en poudre,
De ces prompts citadins redisent le trespas,
Qui vainqueurs des effrois de cent morts apparentes
Rapporterent au ciel sur leurs ames volantes
Et l'honneur du butin & celuy des combats.
De ces preux champions la troupe courageuse
Marchoit aux sombres rais d'vne nuict tenebreuse,
Le ciel pour les cacher esteigneit ses flambeaux:
Le destin non priué par la Nuit de sa veuë
Bien recognut les siens, donnant à l'impourueuë
  Aux vainqueurs des lauriers, aux vaincus des
    cordeaux.

  Ces heureux bastions de deux sangs s'enyurerent
Les valeureuses morts aux laides se meslerent,
Par l'effort de l'honneur fut le vice abbatu,
Et les fuyars en fin receurent ceste grace,
Que si de surmonter ils n'eurent pas l'audace

De nos dix & sept forts y mourut la vertu.

Beau sang de ces heros! Damons de la vaillance,
Silreste en vostre humeur encor quelque puissance,
Faites sur ces tombeaux renaistre des lauriers.
Aisément il se peut, ceste plante mignarde
Sçaura tost prendre pied en terre non couarde,
Et iamais dans le champ de ces lasches meurtriers.

Miserables! qui n'eurent pas l'esprit de profiter en
la leçon qui se presentoit à leurs yeux bien pres de
leurs eschelles, en grosses lettres. Vn ancien monument Latin posé dás les murs de la ville, leur par-
loit par vn prognostic veritable, par vn rencontre
bien remarquable en ces termes:

I'ay vescu, comme vous viuez. Vous mourrez,
comme ie suis mort. Ainsi nostre vie se pousse hors.
A dieu, passant, & va à tes affaires. Il ne fait pas bon
ici pour toy.

VIXI. VT. VIVIS.

MORIERIS. VT. SVM. MORTVVS,

Scalator. SIC. VITA, TRVDITVR

VALE. *VIATOR.

ET. ABI. IN. REM. TVAM.

Il est rapporté par Gruterus en ses inscriptions
pag. 898.
O grande stupidité! O impieté! O damnable
entreprise! Tout s'y est rencontré prodigieux.
Quoy? Le flus & reflus du Rhosne aduenu
extraordinairément à Geneue en Septembre 1600.
& le tremblement de terre de l'an 1601. la pasle
couleur de la face, & des rayons du Soleil en la
mesme

mefme annee ne furent-ils pas les fignes auant-
couttiers de cefte prodigieufe entreprinfe?le Rhofne,vn des plus rapides fleuues de l'Europe par vn
fecret merueilleux a efté veu rémonter & laiffer
fon lict comme à fec. Sortant du pais de Valay il
entre fort enflé dedans le long & fpacieux Lac Leman depuis la Villeneufue, où il demeure meflé
l'efpace de 12. heures de nauigation aifee iufques à
Geneue:Làoù il fort du Lac,& entre en fon canal
particulier, & d'vne vifte courfe defcend à Lyon
pour continuer iufques à fon Rendez-vous en la
mer Mediterranee. A caufe dequoy Aufonius (ancien autheur,lequel a vefcu du temps de l'Empe-
reut Theodofe,qui luy faifoit ceft honneur que de
l'appeler fon Pere) en fon poëme de Narbone, at.
tribue la fource du Rhofne au lac Leman,appelát
Geneue,*Gebennas*, *Qua rapitur præceps Rhodanus*
genitore Lemanno, Interiúfque premunt Aquitanica
rura Gebenna. Or Nicolas des Gallars en fon Commentaire fur Exode au 14. chapitre, imprimé l'an
1560. dit auoir entendu de gens dignes de foy,
que enuiron 70. ans auant l'edition de fon commé-
taire, à l'endroit où ledit fleuue fort du Lac à Geneue,pour entrer en fon canal particulier, iceluy
fleuue par la violence d'vn vent Auftral fuft tellement repouffé contre mont;que les eaux s'amon-
celantes au Lac, le Canal demeura fec pres d'vne
heure,& fut en tel eftat contemplé de plufieurs lefquels ont vefcu long temps depuis.

Autant,voire encor plus admirable fuft le reflus
du mefme fleuue (dont i'ay parlé) aduenu le 16. de
Septemb.1600.à trois ou quatre reprifes,depuis le

matin iufques à onze heures auant midy apres
plufieurs grands tonnerres . Les bafteaux pres du
port demeurerent à fec . Les enfans y prindrent
des petits poiffons,& n'eurent plus belle hafte que
de fe fauuer, & les feruiteurs des coufteliers allerent amaffer foubs vne partie du grand pont des
cloux & pieces de ferraille.Ce bras du Rhofne vne
heure auant ce reflus &vne heure apres,auoit plus
de cinq pieds d'eau d'hauteur. Ce reflus dura peu
en fes reprifes. S'il euft duré en l'vne d'icelles vn
quart d'heure, à la defcente du grand amas d'eau,
les moulins & le bourg de S. Geruais euffent efté
en manifefte peril,mais nul mal n'y furuint. Et ne
fuft ce point vn prefage & prognoftic du deluge
d'armes , qui le 12 de Decemb. 1602.fe defborda
par deffus les murailles de Geneue à diuerfes reprifes,roulant auec foy des groffes balaines pour
deuorer les pauures truites?   Mais le bras de Dieu
qui à trauers la mer rouge dreffa iadis vn chemin
à fec,& arrefta de part & d'autre,comme auec des
hautes murailles les flots de la mer , eft le mefme
bras qui feruit de rempart & de chauffee pour renuoyer ce deluge,& qui en fon reflus delaiffa les balaines à fec fur terre. Et en ce rude tremblement
de terre qui aduint à Geneue & lieux circonuoifins
par trois fecouffes entre vne & deux heures de la
minuict,ceft element qui fe voyoit deftiné pour e-
ftre inondé d'vne mer de fang innocent,ne defcou
uroit-il point la tremeur & l'effroi dont il eftoit
faifi au plus profond de fes entrailles? Et ce pafle
foleil de toute l'annee 1600. Soleil,l'ancien patro
de

de Geneue, ne donnoit il point à conoiſtre par la triſte couleur de ſes rayons, le regret & la triſteſſe, voire l'apprehenſion qu'il auoit des malheurs & des cruautez que la rage des hommes deſſeignoit d'executer en Tenebres contre Geneue ſa bien ai‑mee?

Mais ayant reprins l'annee ſuiuante ſa pre‑miere couleur, & redonné à ſa face ſon natu‑rel aſpect de benigne allegreſſe, ne declaroit‑il pas derechef que la prouidence du ciel preuien‑droit la malice des hommes, & que le Soleil de Iu‑ſtice donnant de ſes clairs rayons en pleine nuict ſur l'Iniuſtice, ſauueroit la Cité?

O miranda Dei iudicis aquitas!
Fraudis fraude ſua prenditur artifex.
O res pectoris altis
Condenda in penetralibus!

O miracle des miracles de noſtre ſiecle! O heu‑rauſe iournee de la ſeconde natiuité de Geneue! Tu es celle qui doibt ſignaler, voire eterniſer nos Faſtes. Ceſt à toy que ce riche monument a eſté conſacré en eternelle memoire., ou pluſtoſt au Grand Dieu Liberateur qui t'a voulu marquer par l'eſclat de ceſte Merueille.

D. O. M. S.

QVÒ NON ALLOBROGAS RAPIT FVROR ET CVPIDITAS SVA TRANSVERSOS? QVÒ NON DEI PRÆPOTENTIS EXCVBATIO IN GENEVATVM TVTELAM EXPOR‑GITVR? AVDI ÆTAS NOSTRA,

POSTERA AVDI IGITVR OLLI
POST INRITA TOTIES PVBLICA
ARMA, PRÆSIDIVM PERFIDIÆ
ET CALLIDITATIS AMPLEXI,
DVM SACRILEGO SCALARVM
INSCENSV MOENIA NOSTRA
CLAM CONTEMERANT, DEIN CON-
TRA FAS DEI ET GENTIVM CVIQ.
ÆTATI, CVIQ. SEXVI IMMINENT
IPSA IN VRBE NOCTVRNI, EN
SVPPLICIA MVLTIFORMIA IPSI
SIBI ALIQVAMMVLTI, PAVCIS CI-
VIVM MORTEM IN PATRIA ET PRO
PATRIA GLORIOSAM, DEDECVS SO-
CIIS TANTI SCELERIS ÆVITER-
NVM, NOBIS BONISQ. OMNIBVS
QVAQVA PATET ORBIS TERRAR.
NOVAM ATQ. VBERRIMAM DIVI-
NÆ IN NOS QVIDEM BENEFICEN-
TIÆ, IN PARRICIDAS AVTEM VL-
TIONIS ÆSTIMANDÆ AC DEMI-
RANDÆ SEGETEM ADSCIVERE.
HARVMCE RERVM CAVSSA S.P.Q.G.
ÆNEVM HOC MONVMENTVM PERPE-
TVÆ MEMORIÆ CONSECRAVIT,
ADDITO EDICTO, VTI HVNC
DIEM VELVT NATALEM VRBIS
ALTERVM PER RECVRRENTIVM
ANNORVM VICES VNIVERSA CI-
VIVM MVLTITVDO CONCELEBRET
RITV SOLENNI. DIEM VTIQ. MA-
GNVM ET SOLENNEM, QVO VRBS

VALI-

VALIDA, ANTIQVA, IMPERIALIS
BARBARICO SERVITIO ET CALA-
MITATI VLTIMÆ EREPTA. FVIT
IS D. M. DECEMB. XII. ALBENTE
PRIMVM AVRORA. A. D. CIↃ.IↃ.CII.

Et à vous genereux champions, exemplaires de
valeur & de pieté, heureux nombre de dixſept
vrays ſucceſſeurs du courage & du zele des 17. armez de Verſoy, vaillans Citadins qui n'auez point,
comme les viperes, raui la vie à voſtre mere, par
l'ouuerture de ſes entrailles, mais bien qui lui auez
rendu par voſtre mort, la vie qu'elle vous auoit donné, Voſtre mere, voſtre patrie ſuruiuant à la brieueté de vos iours, pour vn teſmoignage de ſa gratitude, & par vn honneur extraordinaire digne de la
grandeur de voſtre merite, qui n'eſt point d'vn
rang ordinaire vous a fait dreſſer ce glorieux tombeau.

D. O. M. S.

QVORVM INFRA NOMINA SCRI-
PTA, CORPORA SITA, POSTERI
NOSTRI, HI DVM INGRESSIS IPSA
IN PACE VRBEM HOSTIBVS, ET
FORTITER ARMA SVA ET SEDV-
LO MVNIA ALIA PERNECESSA-
GIO TEMPORE OPPONVNT, GLO-
RIOSO LAVDABILIQVE EXITV
PRO REPVB. CECIDERVNT AD
D. XII. DECEMB. CIↃ.IↃ. CII. QVEIS
ICCIRCO PERPETVVM HOC MO-
NVMENTVM AMPLISS. ORDO
DECREVIT. L. M.

Ioannes Canal Senator.	*Martinus Debolo.*
Ludouicus Bandiere.	*Daniel Humbert.*
Ioannes Vandel.	*Michael Monard.*
Ludouicus Gallatin.	*Philippus Potier.*
Petrus Gabriol.	*Franciscus Bousezel.*
Marcus Cambiague.	*Iohannes Guignet.*
Nicolaus Bogueret.	*Iacobus Petit.*
Iacobus Mercier.	*Girardus Muzy.*
Abrahamus de Baptista.	

Vos noms sont icy escrits en marbre, mais ils sont
beaucoup mieux grauez au ciel auec des caracte-
res de duree sur le liure de l'immortelle Fœlicité.
Vous auez prins le droit chemin de l'immortalité.
Ie vous ai doncques cuidé faire tort de vous parler
de mort. Vous n'estes point morts, vous viuez encor
parmi nous, & viurez eternellement au ciel. Vos
places vous sont particulierement ordonnees dans
les champs Elysiés. Dans le iardin du Paradis celeste, vous auez vn parterre assigné. Les sainctes lettres l'enseignent, les prophanes le confessent.

*Instit. de
excus. tut.
l. qua actio
ne, ff. ad l.
Aquil.*

*Philip. 9.
Val.
Max. lib
5. c. 6.*

      *Hi enim qui pro Republica ceciderunt, in perpe-
tuum per gloriam viuere intelliguntur,* disoit vn Em
pereur Chrestien: & vn Payen, qui emporta le nom
de pere de la Patrie, enseignoit ceste mesme doctrine: *His enim, maiores nostri, qui ob Rempublicam mortem obierunt, pro breui vita diuturnam memoriam re-
liquerunt.* Et le poete des poetes represente dás l'Æ
neide septieme, que ceux qui ont exposé leur vie
pour la patrie ont vn rang special au siege des bien-

heureux, ayans leurs teſtes enceintes de couronnes
verdoyantes, auec ceſte glorieuſe inſcription:

Hi manus ob patriam pugnando vulnera paſſi
Omnibus his niuea cinguntur tempora vitta.

Qui eſt ce doncques qui ne couirra d'allegreſſe
animé d'vne bruſláte chaleur, aux occaſions d'vne
conqueſte de ſi grand prix?

Scipion parlant à Africain le battoit de ceſte iuſte raiſon.

Sed quò ſis, Africane, alacrior ad tutandam Rempu.
Sic habeto, Omnibus qui Patriam conſeruarint, ad-
inuerint, auxerint, certum eſſe in cælo & definitum lo-
cum vbi beati æuo ſempiterno fruantur. Iuſtitiam cole
& pietatem, quæ cùm magna in parentibus & propin-
quis, tum in PATRIA maxima eſt. Ea vita via eſt in
cælum.

Et au contraire les parricides inhumains qui
cerchent la mort de la Patrie qui les a enfantez, les
traiſtres, les rebelles, les criminels de læſe Maieſté
ſouffrét en enfer dans les triſtes manoirs, leurs peines eternelles: & ſur leur frõt eſt poſé ceſt eſcriteau:

Diſcite iuſtitiam moniti, & non temnere Diuos:
Vendidit hic auro Patriam, Dominumque potentẽ Virg. lib.
Impoſuit.   6. Aenei.

Ie me tourne maintenant à vous, courageuſe
troupe des bleſſez, qui de ce meſme combat du 11.
de Decẽb. 1602 auez remporté des playes glorieu-
ſes, qui ſont les dignes & immortels trophées de
voſtre gloire, de voſtre victoire; Cõbat qui eſt brie-
uẽment repreſenté par la fin d'vn Sonnet que Iean
de Tournes m'eſcriuit peu de iours apres:

L'affreux bruit des tocsains le Geneuois resueille,
Qui se voyant prochain d'estre tout abysmé,
Saute dehors du lict, se vest, & puis armé
Soudain se rend au lieu où son deuoir l'appelle.
Le Sauoyard venoit fort bien pourueu de tout,
Ce qu'il faut pour mener telle entreprinse à
bout
Le seul droit luy defaut, de faute non petite.
Mais le preux Geneuois se voyant prins sans verd
Court trouuer l'ennemi, le bat, l'abbat, le perd,
Qui vaincq ayant bō droit, double los il merite.

Vous, dis-ie, les blessez qui auez deux senateurs
en teste de vostre bande, & vn gentil homme
iadis Sauoysien, viuez ioyeusement, conti-
nuans à la Patrie les deuoirs que vous auez dignement commencé de luy rendre: & pour sentir dās
vos ames la douceur de vostre vraye gloire. Rendez
en tout l'hōneur & toute la gloire au Dieu de gloire, de qui vous auez le cœur & la vie & la volonté
d'auoir bien fait par le passé, & de bien faire à l'aduenir, & qui daigna despartir les mesmes graces de
courage a plusieurs autres bons citadins qu'il gui-
da bien auant au combat, sans vouloir toutesfois
qu'ils eussent la douleur & la gloire d'vne playe.
Et voirement i'entends qu'en vostre assemblée
qui se fait tous les ans chacun iour 12. Decembre,
pour tesmoigner vostre saincte vnion au bien de la
Patrie, vous admirez la grace de Dieu sur vous &
luy donnez auec le reste de l'Eglise toute la gloire
de cest exploit admirable, sans rien garder aux hō-
mes, auec humbles actions de graces conceuës en
vers de la teneur qui s'ensuit.

O Dieu

O Dieu qui d'vn clin d'œil nos haineux bouleuerses,
Qui forces leurs efforts, qui leurs desseins renuerses,
Qui les buffetes tous d'vn seul tour de ton bras:
Qui froisses leur estoc, qui rends vains leur combats:
Qui asseures nostre œil, & mets dedans nostre ame,
Pour les choquer sans peur, vne diuine flame:
Qui les nous as fait voir par vn difforme rang
Estendus dans nos murs & veautrez dans leur sang.
D'vn soin particulier au plus fort des atteintes,
Estans nos corps frapez, n'as voulu que leurs pointes
Missent fin à nos iours d'vn assassin effort:
Graces nous t'en rendons, ô Dieu puissant & fort.
Mais puis qu'à ce coup là d'vne seconde vie
Renaistre nous as fait, qu'vne nouuelle enuie
S'auiue aussi dans nous de ne reuiure plus
La vie que viuions; que ton esprit reclus
Au milieu de nos cœurs, en toi nous face viure.
Les coups qu'auons receus par ce nouueau reuiure,
　Facent plustost pleurer nos ames que nos corps,
D'vn sainct ressentiment des playes & des torts
Qu'elle mesme se fait sans sentir ses blessures.
O Dieu fai que nos ans, que nos iours, que nos heures,
Facent mourir en nous tout ce qui n'est du tien
Iusques au departir de ce val terrien.

Voila peuples de l'Europe, ce que le Citadin de *An non
Geneue auoit à dire contre les atteintes de la Ca-sapietu
lomnie & du Mésonge. Soyét donques meshuy des-qui vanis
abusez de toutes sinistres impressions ceux qui e-opinionib.
stoyent encor detenus de l'ignoráce en beaucoup inflati,
de choses qui sout icy publiees.　　　　　　　　erratis?

Eutip.
　ὃ μὴ φρονήσεθ' οἳ κενῶν δοξασμάτων πλήρεις πλα-v Elect.
　νᾶσθε.

Les vns ont eu ceſte creance, les autres ont licentié leur plume d'eſcrire, Que les Geneuois e-
ſtoyent rebelles,& qu'ils s'eſtoyent diſtraits de la
maiſon de Sauoye. Par exemple, Vn Giouan Bote-
tero en ſon liuret Italien, *de la Ragione di ſtato,*
imprimé nouuellement, a dit pluſtoſt par ignorance des droits de Geneue, que par malice (ie le veux
ainſi croire) au commencement du 2. liure, touchât
l'Eſtat de Geneue, *Eſſendoli ribellata dal ſuo legiti-*
mo Signore, indegna deſſer da noi cõmemorata tra le
Citta. Et cependant ce ſont pures fables, ce ſont
ſornettes, & contes de vieille. A Dieu Caualier, ie
te renuoye en Paix iuſques au reuoir. Et ſi ton
Prince prenoit de noſtre reſponſe, quelque ſuiet
d'offenſe, (lequel toutesfois il n'y trouuera point,)
tu luy diras qu'il t'en chaſtie, & qu'il s'en prenne à
toy ſeul qui as reſueillé le chat qui dormoit: Combien que ie le prie (autant que l'on peut faire vn
Prince ſage & prudent) de mettre à part ſon affection particuliere qui fait ſouuent trebuſcher la
baláce de noſtre iugement par-deſſus la reigle d'e-
quité. De noyer la ſouuenance de tous amertumes
paſſez dans le fleuue d'amniſtie,& que ſi chatouillé de ceſte pipeuſe eſperance, il s'eſtoit iuſques icy
laiſſé emporter au vent des langues flatereſſes, il
vueille deſormais reprédre le chemin de l'Equité,
pour de mieux en mieux obſeruer & faire obſeruer
à tous ſes Officiers & ſuiets le Traicté de Paix qu'il
a auec la Republique de Geneue. Et ce faiſant, procurer aux terres de ſon obeiſſance (qui ont eſté iuſqu'à preſent fertiles en maux, fœcondes en morts,)
vn heritage de biens, de Vie & de Repos, laiſſer aux
Princes

Princes ſes enfans, le deſir & la volonté de voyſiner autant paiſiblement auec Geneue, que longuement leur biſayeul & pere ont guerroyé a-côtre icelle ſás aucū fruict. Dreſſans leurs armes à l'exéple de leurs genereux prædeceſſeurs côtrel'Empire de l'Infidele d'Orient, pour empeſcher qu'il n'auance ſa domination ſur les terres que le ciel a partagees aux Princes Chreſtiens, & en rapporter les trophees immortels de l'effaict d'yne ſeconde deuiſe. F. E. R. T. Ie me voy maintenāt (à Dieu en ſoit la gloire) hors du côbat, où le Caualier de Sauoye m'auoit appelé. Il s'en retourne bien bleſſé.

Tandem reuertor ſoſpes ad patrios Lares. O CA-RA SALVE TERRA.

* Senec. in Agam. Act. 4. Sc. 1.

Ie te ſalue chere Patrie, & vous peuple vniuerſel de Geneue pour finir par on i'ay commencé. La iuſte douleur qui me ſerroit l'ame, commence de s'alentir quand ie ſens d'auoir tiré ma raiſon de ce Caualier qui ſe rend. Il me vient de dire à l'oreille, *Vous auez raiſon, mais que voulez vous, il faut viure entre les viuans, plaire aux vns, pour deſplaire aux autres.*

MAIS vous mes côcitoyés, viuez contés en la connoiſſance de voſtre bon Droit, ſans touteſfois vous glorifier ni fier en autre qu'en la grace & miſericorde de Dieu.

Nos certé & Deo licet fidere, & cauſa qua nulla iuſtior honeſtior ve apud amatores. Patria Reíque publica. Pour vous ie fay encor ce voeu à Dieu, qu'il luy plaiſe de benir & faire proſperer à touſiours-mais ceſte ineſpuiſable pepiniere de ieuneſſe, que l'on void deux fois le iour deſcendre par la vallee de

* App. Alex. de bel. Ciuil. lib. 2.

ce Magnifique College, des deux costez, comme
deux bras de riuiere, qui s'escoulent doucement, &
se vont espancher en diuers cartiers de la ville. I'en-
tés ceste petite armee de ieunesse qui va multipliãt,
& laquelle on voit vne fois d'annee faire vn corps
de bataille sous la voute de l'Eglise de S. Pierre, la
où les plus vaillans fantassins reçoiuent d'vn costé
le prix de leurs prouesses des mains liberales du
premier Magistrat, & d'autre costé vn thresor de
sainctes remonstrances de la bouche de leur docte
General. C'est de là que Dieu tire de temps en
temps des Theologiens, des Iurisconsultes, des Ma-
gistrats, des Medecins, Philosophes, Capitaines, Soldats, & toutes autres sortes d'instruments de sa prouidence en diuerses vocations. Ie leur donne à tous
pour exhortation les graues paroles de l'Empereur
Iustinien: *Vosmet ipsos sic eruditos ostendite, vt spes*
vos pulcherrima foueat, toto legitimo opere perfecto,
posse etiam nostram Rempublicam in partibus eius
vobis credendis gubernari.

In fin.
proœm.
Instit.

Et derechef, peuple de Geneue, que chacun de
vous soit vn miroir de Constance & de Fermeté,
resolus de deux points. L'vn, qu'auec vostre bon
droit vous n'aurez iamais faute d'amis tandis que
vous aurez Dieu pour amy (*Si deus pro vobis, quis*
contra vos?) & que vostre Estat sera estançonné sur
les deux colomnes de Pieté & de Iustice, en pratiquant soigneusement la sentence qui est escrite
sur le secõd portail de vostre maison de ville, B E A-
T I Q V I F A C I V N T I V S T I T I A M I N O-
M N I T E M P O R E, & vous ressouuenans aussi
des beaux dictons qui ornent les paroys de la sale
du

du Conseil, & de celuy-ci entre autres, CON-
CORDIA PARVÆ RES CRE-
SCVNT, DISCORDIA MAGNÆ DILA-
BVNTVR. L'autre point, Que si les raisons de
vos bons droits ne peuuent trouuer lieu dans le
cœur de vos haineux,& qu'ils viennét à vous agaſ-
ſer,& à irriter vos courages;il n'y a que deux chemins,ou de VAINCRE,ou de MOVRIR, &
d'en tirer la raison auec le trenchant de l'eſpee.

Ἀλλ' εἰ θανεῖν δεῖ κατθανάμεθ' εὐγενῶς.
Ἢ ζῶντες, αἶνον τὸν πάρος, εὖ σώσομεν.

Quin si moriendum eſt, moriemur fortiter,
Aut viuis priorem laudem tuebimur.

Mais Dieu,qui d'vn ſoin particulier vous a aſſemblez & conſeruez iuſqu'à preſent auec l'admiration de tout le monde,vous conſeruera, vous de- *l'entends
fendra de plus en plus par ſa grace, en exauçant *le vray
les prieres des gens de Bien. Dieu,Pe-
re,Fils &
Hæc DI *côsiderunt,hæc* DI *quoq, mœnia seruãt.* S.Eſprit.

AMEN.

Fautes furuenues en ceste Impreſſion.

En l'Epiſtre liminaire, ſur la fin, liſez des Sainéts, au premier quadrain, lig.2.liſez, l'Enſeigne, au ſecond quadrain, lig.2. liſez n'aguere, p.13.lig.11. liſez Ie te cederai.p.35.lig.10. liſez Dieu a retiré à ſoy, p.53.lig.13.liſez, ſtipulans, icelles fr.p.55. liſez, item en l'art.12.& 14. p.59. lig.2. liſez, Loys de Sauoye Seigneur de Vaux, p.69.lig.5.effacez ces mots, ſans faire mention de l'Eueſque, p.78.2.lig.liſez l'an 1417. comme auſſi depuis l'Eueſque Fr.de Mie ſon nepueu.p.78.lig.30. liſez, s'introduire, p.94.lig.10.liſez, de parler de faire des cries, lig. 14. liſez, hommeau, lig.23.liſez, des bons Citoyens, & p.138. lig. 12.liſez, elle y demeura aſſez compriſe, ſous le nom &, Pag. 146.lig.32.liſez, le pays de Geneuois, p.151.lig.2.liſez, contraire, p.152.lig.21. liſez, Berthold. IIII. pag. 202. lig.9. liſez Loys de Creuille.p.205.lig.9.liſez remettre en. Pag.219. lig. 20. liſez clandeſtinement. & lig.22.des legit. p.271. lig. 3. liſez omnium præd.p.301.lig.18.liſez, preſages des futures, ſi on les vient agaſſer.p.306.lig.10.liſez, qui reſſente.

www.ingramcontent.com/pod-product-compliance
Lightning Source LLC
Chambersburg PA
CBHW050750030726
47505CB00002B/487